CW01664475

Originaire de Sherbrooke, au Québec, Nathalie Roy est journaliste, réalisatrice, scénariste, auteur et blogueuse. Elle a étudié les arts et technologies des médias. Ses affectations dans le milieu des communications sont nombreuses : *La Tribune de Sherbrooke*, *Le Journal de Québec*, *J.E.*, *Dans la mire*, *Salut Bonjour*, *Les Nouvelles TVA*, *Télé-Québec*, *Kampaï*… Fan de chick lit, de télévision mais aussi de cuisine, ces trois passions combinées lui ont inspiré son cycle à succès, *La Vie épicée de Charlotte Lavigne*, composé de quatre tomes parus aux éditions Libre Expression.

Retrouvez toute l'actualité de l'auteur sur :
www.charlottelavigne.com
et sur Facebook:
www.facebook.com/Nathalie-Roy-Auteure

LA VIE ÉPICÉE DE CHARLOTTE LAVIGNE

DU MÊME AUTEUR
CHEZ POCKET

LA VIE ÉPICÉE DE CHARLOTTE LAVIGNE

1. PIMENT DE CAYENNE ET POUDING CHÔMEUR
2. BULLES DE CHAMPAGNE ET SUCRE À LA CRÈME
3. CABERNET SAUVIGNON ET SHORTCAKE AUX FRAISES

NATHALIE ROY

LA VIE ÉPICÉE DE CHARLOTTE LAVIGNE

Tome I

Piment de Cayenne et pouding chômeur

LIBRE EXPRESSION

MIXTE
Papier issu de sources responsables
FSC® C003309

Pocket, une marque d'Univers Poche,
est un éditeur qui s'engage pour la préservation
de son environnement et qui utilise du papier fabriqué
à partir de bois provenant de forêts gérées
de manière responsable.

Le Code de la propriété intellectuelle n'autorisant, aux termes de l'article L. 122-5, 2° et 3° a, d'une part, que les « copies ou reproductions strictement réservées à l'usage privé du copiste et non destinées à une utilisation collective » et, d'autre part, que les analyses et les courtes citations dans un but d'exemple et d'illustration, « toute représentation ou reproduction intégrale ou partielle faite sans le consentement de l'auteur ou de ses ayants droit ou ayants cause est illicite » (art. L. 122-4).
Cette représentation ou reproduction, par quelque procédé que ce soit, constituerait donc une contrefaçon, sanctionnée par les articles L. 335-2 et suivants du Code de la propriété intellectuelle.

© Éditions Libre Expression
ISBN : 978-2-266-24135-9

À toutes les animatrices avec qui j'ai adoré travailler.
Ne vous inquiétez pas, aucune d'entre vous
ne ressemble à Roxanne. Enfin... pas totalement.

1

« La règle des deux verres s'applique
à toute personne qui cuisine : pendant la préparation du repas,
interdiction formelle de boire plus de deux verres de vin. »

CHARLOTTE LAVIGNE, Gémeaux ascendant Lion.

Le sourire du poissonnier n'est pas sincère. Je suis convaincue que, s'il le pouvait, il m'assassinerait sur-le-champ. Mais c'est moi la cliente et la cliente a toujours raison, non ?

C'est vrai qu'à sa place, je serais peut-être un peu excédée. On ne peut pas dire que je sois une cliente décidée aujourd'hui. Ça fait vingt minutes qu'il sort tous les poissons de son comptoir, me les montre un à un, m'explique que le maquereau est un excellent choix quand on veut faire un souper japonais. De même que le mahi-mahi. Ou le thon rouge. Le thon rouge ? Pas question. Je n'ai pas envie que mon invité pense que je n'ai aucune conscience écologique. Le thon rouge n'est-il pas une espèce menacée ?

Pour l'instant, c'est plutôt moi qui me sens menacée par la file de clients qui s'impatientent derrière moi.

— Allez-vous vous décider avant les calendes grecques ? me lance un homme venu acheter du pangasius pour faire une recette avec du lait de coco.

Chaque fois que j'entends cette expression, « les calendes grecques », je me demande d'où ça vient, ce que ça veut dire. À voir le regard foudroyant de l'homme en veston-cravate qui tient la recette de pangasius à la main, ce n'est visiblement pas le moment de le lui demander.

— Donnez-moi encore deux minutes…

Allez Charlotte, tu dois te décider. Après tout, ce n'est qu'un souper…

— Je vais prendre deux filets de mahi-mahi, deux autres de maquereau, deux de hareng… Donnez-moi aussi du saumon bio pour faire mes sushis, quatre gros pétoncles, six crevettes et du calmar frais.

Bon, le compte y est, je pense. Enfin, presque…

— Pouvez-vous ajouter un marlin entier, s'il vous plaît ?

J'adore le nom de ce poisson, il me fait penser à Merlin l'enchanteur, mon personnage préféré de petite fille. Il va me porter chance, c'est sûr.

Et voilà, c'est réglé. Je n'aurai qu'à me décider une fois à la maison. C'est bien plus simple comme ça.

— Ça vous fait 102,57 dollars.

Ouf ! Un peu cher pour un souper d'amoureux. D'autant plus que c'est la septième facture de la journée.

Tout d'abord, il y a eu le coiffeur. Ensuite, le livre de recettes japonaises, les plats à sushis et les bols à soupe miso, la visite à l'épicerie japonaise, les bouteilles de saké et finalement… le kimono de geisha. On fait un souper japonais ou on ne le fait pas.

La musique de *Sex and the City* se fait soudain entendre dans le fond de mon sac à main. C'est Aïsha, ma meilleure amie, qui m'appelle.

— Alors, c'est le grand jour ? me demande-t-elle.

— Écoute, je suis assez énervée comme ça, pas besoin de me mettre plus de pression.

— Ben voyons ma belle, tu reçois pas le pape. C'est juste ton chum.

Juste mon chum, comment peut-elle dire ça ? C'est pas juste mon chum, c'est le chum le plus important que j'aie jamais eu.

Ça fait un mois que j'ai rencontré Maximilien. Et ce soir, pour la première fois, je lui prépare un souper. On est allés au resto plusieurs fois, on a commandé des pizzas, on a mangé des toasts au beurre d'arachide à deux heures du matin, mais il n'a encore jamais goûté ma cuisine. Après le test du sexe, que j'ai passé haut la main selon Maxou, c'est le test du chaudron. Et me voilà obsédée par cette phrase que j'ai lue dans un recueil de pensées chez le dentiste la semaine dernière : « Le chemin menant au cœur de l'homme passe par son estomac. »

— Est-ce que tu lui as dit au moins ? me demande Aïsha.

— Dit quoi ?

— Que tu n'avais jamais cuisiné japonais ?

— Euh, oui, oui.

Je ne peux tout de même pas avouer à ma meilleure amie que j'ai dit exactement le contraire à Maxou.

Je nous revois, il y a à peine deux semaines, assis côte à côte sur un tatami dans le meilleur restaurant japonais de Montréal ; les grandes portes coulissantes refermées derrière nous, dégustant des sushis hors de prix. Seuls au monde.

— J'adore la cuisine japonaise, m'a lancé Maximilien. C'est santé, c'est frais.

— Ah oui, moi aussi. Tu sais que c'est relativement facile à faire ?

— Ah oui ?

— Oui, oui, je vais t'en faire, tu vas voir. Des sushis, des makis, des nigiris. J'en ai déjà fait plusieurs fois. Facile.

— Ah oui, décidément, t'as tous les talents, ma chérie…

C'est comme ça que je me retrouve un samedi pluvieux de janvier – satané réchauffement climatique qui défait ma mise en plis fraîche de ce matin – à courir de la librairie à la poissonnerie, en passant par la petite boutique spécialisée dans les fringues asiatiques.

Je retourne à ma conversation téléphonique avec Aïsha.

— Penses-tu que le kimono, c'est trop ?

Silence au bout de la ligne. Visiblement, Aïsha ne trouve pas que c'est une bonne idée. J'ai l'habitude d'écouter les conseils de mon amie, mais cette fois-ci, ça me fait mal au cœur de penser que j'ai dépensé 275 dollars pour rien. C'est que j'ai choisi un vrai kimono, importé du Japon, et pas une imitation à 20 dollars qui ressemble plus à une robe de chambre.

Mon kimono est en soie rouge, orné de petites fleurs dorées, avec de larges manches. Il tombe au sol et est coupé par une large ceinture dorée. Magnifique, mais un brin trop théâtral.

— Bon d'accord, je le porterai peut-être en fin de soirée, après le souper.

— Je crois que c'est plus sage. Tu sais que tu as tendance à en faire trop avec tes chums. Rappelle-toi Jean-François et puis Étienne. Essaie de ne pas lui faire peur à celui-là.

C'est vrai que je ne suis pas très douée en amour. Après quelques mois, mes chums ont la fâcheuse habitude de me laisser tomber, sous prétexte que je suis trop envahissante, que je veux aller trop vite.

Moi, je me considère plutôt comme une fille entière, mais cette définition ne semble pas leur convenir.

Cette fois-ci, j'ai promis à Aïsha que je ferais attention, que je n'irais pas trop vite. Je ne parlerai pas tout de suite à Maxou de mon désir d'emménager chez lui. Je ne commencerai pas à feuilleter *Un prénom pour la vie* devant lui. Je le ferai en cachette.

Je tiens beaucoup à Maxou. Après tout, ce n'est pas tous les jours qu'on rencontre un diplomate français qui vit dans une immense maison de Saint-Lambert.

Maximilien Lhermitte. Un homme raffiné, cultivé et qui, j'en suis convaincue, a un lien de parenté avec mon acteur français préféré, Thierry Lhermitte. Mais il va falloir que j'enquête à ce sujet. Maxou n'a pas d'arbre généalogique, ce qui est tout de même étonnant pour un Français de trente-neuf ans.

Et, contre toute attente, Maximilien s'est intéressé à une fille comme moi. Charlotte Lavigne, trente-trois ans. Pas médecin, ni avocate, ni professeure à l'université, ni mathématicienne. Non, simplement recherchiste en télévision. Fille unique d'un col bleu et d'une agente d'immeubles du 450. Vous voyez maintenant pourquoi je suis stressée ?

— Charlotte, es-tu là ?

— Désolée, Aïsha. Toi, comment ça va ? Qu'est-ce que tu fais ce soir ?

— Bof, un p'tit samedi tranquille. J'ai loué *Sous le soleil de Toscane*. Je vais sûrement passer à travers une des bouteilles de rouge qui me restent de mon *party* du jour de l'An, avec des chips aux légumes.

Ouch ! Depuis que je suis en couple, mes samedis soir sont réservés à mon chum. Normal, non ? Le problème, c'est que je me sens coupable envers Aïsha. Avant, c'était avec elle que je passais ces soirées. Souvent au resto, mais aussi chez elle ou chez moi, à cuisiner ensemble en buvant du vin blanc et en déblatérant contre tous les hommes de la Terre. Sauf nos deux pères, évidemment.

C'est Aïsha qui m'a tout appris de la cuisine du Maghreb. Le plus important : comment rouler le couscous comme le faisait sa mère, du temps où toute sa famille vivait en Tunisie.

Personnellement, je n'ai jamais compris pourquoi on devait passer des heures à manipuler les grains de semoule pour les faire gonfler, d'autant qu'on peut le faire en quelques secondes. Suffit de les ébouillanter et le tour est joué.

C'est ce que j'ai fait une fois devant Aïsha. Erreur. Vous auriez dû voir son air scandalisé. Elle a tout jeté à la poubelle, disant que ça portait malheur et qu'en Tunisie une femme qui veut trouver mari doit savoir rouler le couscous.

Je ne suis pas convaincue qu'ici les hommes font la différence entre les deux techniques, mais je ne veux pas briser les illusions de mon amie, alors je n'ai plus jamais ébouillanté ma semoule. Quand elle est avec moi, du moins.

Aïsha cherche désespérément un mec depuis des années. Je ne comprends pas, d'ailleurs, qu'elle soit encore célibataire. De grands yeux bruns profonds, qui peuvent vous envoûter d'un clignement de cils. Des cheveux noir jais, qui tombent en boucles parfaites sur ses épaules délicates. Aïsha ressemble tout à fait à une princesse arabe des contes des *Mille et Une Nuits*.

Une toute petite taille, des seins généreux, bien fermes, bien ronds. Je ne l'ai jamais avoué à Aïsha, mais de tous ses attraits, ce sont ses seins dont je suis le plus jalouse. Les miens sont petits, je dirais même minuscules. J'ai longtemps porté des soutiens-gorge trop grands avec des retailles de vieux bas de nylon à l'intérieur.

Mes seins sont l'un de mes nombreux complexes. Il y a aussi mon nez, que je trouve trop retroussé. Même si tout le monde le trouve mignon et charmant, moi je l'aurais préféré plus conventionnel, disons.

Et puis mes lèvres, que je ne trouve pas assez pulpeuses. Quand j'étais adolescente, je voulais tant ressembler à Julia Roberts dans *Pretty Woman* que j'avais demandé à mon petit cousin de me frapper les lèvres avec une tapette à mouche pour les faire gonfler.

Est-ce qu'il a fait exprès ? Je ne le saurai jamais, mais quoi qu'il en soit, il a frappé plus haut et plus fort que prévu. En plus de recommencer plusieurs fois.

Je me suis retrouvée avec le nez tout rouge et très enflé. Et là, j'ai dû expliquer à mes parents que je m'étais fait piquer par une guêpe. Depuis ce temps, ma mère croit que je suis allergique aux guêpes et me fait une scène épouvantable quand nous nous baladons à la campagne et qu'elle constate que je n'ai pas d'EpiPen.

Il y a heureusement quelques parties de mon corps

qui me plaisent. Mes mains, par exemple. Elles sont délicates, pas du tout potelées. Mes faux ongles leur donnent beaucoup de classe. Avec ma bague à diamants en toc et ma manucure française, elles pourraient facilement passer pour des mains de star.

Mes cheveux bruns, que je porte mi-longs, me plaisent aussi. Surtout depuis que j'ai appris à les dompter, grâce au fer plat. Fini les boucles disgracieuses.

Ce que j'aime par-dessus tout, ce sont mes grands yeux verts. Encore plus quand ils sont maquillés. Et encore plus quand c'est Aïsha qui me les maquille. Elle a le don de faire ressortir le côté vamp en moi. Bon, ce n'est pas un côté prédominant, je vous l'accorde. Mais comme n'importe quelle femme, il m'arrive de rêver que je peux avoir tous les hommes à mes pieds, juste avec un battement de paupières.

— Aïsha, il faut que je te laisse, j'arrive à ma voiture. Tu m'en veux pas trop de te laisser toute seule, encore une fois, un samedi soir ?

— Mais non, occupe-toi bien de Max, c'est ça qui est important. Tu lui prépares quoi exactement ?

— Ah, c'est tout simple. Une soupe miso et des sushis en entrée. Ensuite, du maquereau, ou peut-être du mahi-mahi. À moins que je décide de faire le marlin. Enfin, je sais pas trop encore pour le plat principal.

— Et comme dessert ?

— Des bananes frites au miel.

— Mais c'est pas japonais, ça !

— Non, je sais, mais y en a pas de desserts japonais. Je peux quand même pas faire un repas sans dessert. Mon chum, il a le bec sucré.

— Ouin, je comprends. Mais fais attention avec la friture, Charlotte.

— Mais non, ça va être correct. C'est pas les bananes qui me stressent, c'est tout le reste. Faut pas que je manque mon coup avec les sushis.

— Si ça marche pas, t'auras juste à aller en chercher à l'épicerie, ils vendent ça partout maintenant.

— C'est pas la même chose voyons, ceux de l'épicerie goûtent le plastique. Les miens vont goûter tout l'amour que je vais y mettre.

— Ah, mon éternelle romantique ! Bon, n'oublie pas notre plan de match : tu m'envoies un texto si t'as besoin de quoi que ce soit. Je ne bouge pas d'ici. Bonne soirée.

— Bye, ma chouette.

De retour chez moi, je grimpe péniblement l'escalier pour me rendre à mon appartement, les bras chargés de paquets. Les marches sont glacées, encore une fois, et je dois faire attention pour ne pas tomber.

Quand il est arrivé à Montréal, il y a un peu plus d'un an, Maxou a été charmé par les escaliers extérieurs des maisons du Plateau-Mont-Royal. À Paris, disait-il, les cages d'escaliers intérieures sont souvent sombres et humides.

Ici, les escaliers sont peut-être charmants, mais pour le côté pratique, on repassera. Je tourne la clé dans la serrure. Dieu que je vais mériter mon verre de blanc !

Quand je cuisine, pour me détendre, je prends souvent un verre de vin blanc. Ou de rosé si c'est l'été. L'idée, c'est de ne pas dépasser deux verres. Je l'ai appelée ma règle des deux verres. Cuisiner demande quand même de la précision et de la concentration.

Première étape : la soupe miso. Rien de plus facile.

De l’eau, du miso, du tofu, des algues et quelques légumes. Hop, hop, hop ! On garde le tout au chaud.

Un deuxième verre pour la cuisinière, avant d’attaquer les sushis.

« Aux armes, citoyens, formez vos bataillons ! Marchons ! Marchons ! »

Ça, c’est la sonnerie qui m’annonce que mon chum m’appelle. Maxou n’a pas beaucoup apprécié quand je lui ai dit que l’hymne national de la France me faisait penser à lui. Non pas qu’il ne soit pas fier de ses racines – au contraire –, mais il trouve que le passage que j’ai choisi ne convient pas à sa personnalité plutôt pacifique.

— Allô mon amour, dis-je avec enthousiasme.

— Bonsoir Charlotte, comment vas-tu ?

— Super bien, je commence mes sushis.

— Oui, à propos…

Ah non, il ne me fera pas le coup de se décommander, j’espère.

— Je ne pourrai pas être là à temps. Je vais être en retard d’au moins une heure, j’ai une réunion qui n’en finit plus, ça te va ?

Ouf…

— Oui, oui, pas de problème. Je vais t’attendre tranquillement. Prends ton temps.

— Désolé, Charlotte, j’arrive dès que je peux. À plus.

Parfait, je vais avoir le temps de relaxer, de prendre un long bain avec plein de mousse et même de m’épiler les sourcils. Mais avant tout, les sushis.

C’est drôle comment avec un deuxième grand – très grand même – verre de vin, ça semble se faire tout seul. Rouler les makis est un jeu d’enfant avec ce petit tapis. On y met le concombre, l'avocat et l'oignon vert. Si j'essayais avec des fruits ? Tiens, de la mangue, des pommes vertes, pourquoi pas ?

On roule tout ça dans le riz, avec les feuilles de nori. Ça nous fait de magnifiques petits rouleaux que je servirai avec la sauce soya, le gingembre mariné et le wasabi. Oh, que Maxou va être impressionné !

La mousse que je verse dans mon bain s'appelle *Soirée romantique*. Elle sent la grenade, la fleur de concombre, le jasmin et la mélisse. Du moins, c'est ce qui est écrit sur l'emballage. Pour l'instant, mon nez distingue seulement une vague odeur fruitée et artificielle. Peu importe, le bain me détendra, c'est certain.

Une fois glissée dans l'eau chaude, je pense à ce qui s'en vient. Ce sera une soirée parfaite. J'ai même acheté une brosse à dents et des boxers de rechange pour Maxou. Comme ça, même s'il a oublié son baise-en-ville à Saint-Lambert, il n'aura aucune excuse pour ne pas dormir ici. Merde, faut pas que j'oublie de changer les draps !

Tout est prêt, les chandelles sont allumées, le maquereau marine dans son miso. J'ai finalement opté pour ce poisson de la Gaspésie. Ça va donner une saveur locale à mon repas japonais.

Dans ma chambre, je m'examine devant le miroir et je suis assez heureuse de ce que je vois. J'ai choisi des sous-vêtements noir et rose, achetés aussi aujourd'hui. Oups, j'avais oublié cette dépense. Ça porte à huit le nombre de factures de la journée.

Mon nouveau kimono attend bien sagement sur un cintre. Je meurs d'envie de le porter, mais j'ai promis à Aïsha… Non, c'est vrai, je n'ai rien promis.

J'adore la douceur de la soie sur ma peau, c'est

tellement sensuel. J'enfile tranquillement les manches une à une. Jusque-là, ça va bien, c'est assez simple. C'est ensuite que ça se complique : lequel des rectangles dois-je replier en premier ? J'essaie tout d'abord avec le gauche. Hum, pas certaine, j'ai l'air toute boudinée. Et si j'essayais de l'autre côté ?

Ding ! Trop tard, ça sonne à la porte. Je me jette sur mes jeans et mon nouveau chandail noir avec des manches en dentelle, acheté en solde le jour du *Boxing Day*. Une dernière touche de *gloss* et voilà, j'ouvre la porte. Il est là.

Ça fait trois jours que je ne l'ai pas vu et il est encore plus beau que dans mon souvenir. Maximilien a les cheveux blonds, coupés un peu trop court à mon goût, mais d'ici un mois, ils seront parfaits. Il me regarde avec son sourire qui ferait mourir d'envie n'importe quel mannequin venant de décrocher un contrat avec Crest. Ce sourire qui fait dilater mes pupilles, ramollir mes jambes et… vous le saurez plus tard.

— Bonsoir Charlotte, dit-il en me tendant un bouquet de lys roses et une bouteille de champagne.

J'adore les bonnes manières de Maxou. « Bonsoir », ça fait tellement plus classe que « Allô ! » ou « Salut ! ».

— Les fleurs sont magnifiques. Maxou, t'aurais pas dû…

Il m'embrasse tendrement, en me serrant fort contre lui. Si je m'écoutais, je lui arracherais sa chemise et tout le reste avant de l'entraîner tout droit vers la chambre à coucher. Mais je me souviens de ma promesse à Aïsha. Pas trop vite. Attendons qu'il ait bu au moins un verre de champagne.

Pendant que je me débats pour enlever le plastique qui sert d'emballage aux fleurs – peut-être que je devrais utiliser des ciseaux finalement, mes ongles ne sont pas très efficaces –, Maximilien commence à me raconter sa journée. Pauvre chou, il a l'air épuisé.

— Je sors tout juste du consulat, quelle journée de fou ! Tu sais qu'on a eu… de la grande visite, comme vous dites ici.

Mon chum adore nos expressions québécoises. Il s'amuse à les dire de temps à autre. Avec son accent français, c'est craquant.

— Ah oui, oui… de la grande visite, hein ?

J'essaie de gagner du temps et je réfléchis à toute vitesse aux personnalités internationales qui se trouvent à Montréal présentement. Y a bien Madonna qui donne deux spectacles ce soir et demain soir, mais pourquoi diable irait-elle au consulat français ?

— Mais oui, M. Sarkozy.

C'est vrai. Je me rappelle soudain la manchette des nouvelles : « Le Président français en mission économique au Québec pour deux jours. »

— Ça s'est bien passé ?

— Oui, Pierre-François et moi, on l'a accompagné toute la journée dans ses rendez-vous. En plus, j'ai dû m'occuper des journalistes français : l'équipe des communications était débordée avec ceux du Québec.

Pierre-François, c'est Pierre-François Perrin, consul général de France à Montréal. Maximilien est son bras droit et il porte le titre de chef de chancellerie. Un titre un peu fourre-tout, selon ce que je comprends de son travail. La seule chose qui est claire pour moi, c'est qu'il est souvent débordé.

— Je suis claqué. J'ai vraiment envie d'un verre de champagne. Tu veux que j'ouvre la bouteille ?

— Non, non. Toi, tu relaxes, laisse-moi faire.

Je croise les doigts pour que ça ne se passe pas comme la dernière fois que j'ai ouvert une bouteille de champagne. C'était au bureau, avec toute l'équipe. On venait justement de terminer l'enregistrement d'une émission spéciale sur le champagne et on s'était gardé quelques bouteilles juste pour nous.

— Charlotte, ouvre donc la dernière bouteille, m'avait demandé la réalisatrice.

Un peu pompette après quelques verres d'un excellent champagne rosé, je m'étais donc exécutée *subito presto*, sans trop réfléchir. De nature plutôt exubérante, j'ai décidé de ponctuer mon geste d'un discours de félicitations à toute l'équipe. Tenant fermement la bouteille avec ma main droite, je pointais ainsi chacun de mes collègues pour leur adresser un petit mot. J'ai ensuite ouvert la bouteille.

Catastrophe ! Dès que le bouchon a sauté, le champagne a giclé dans tous les sens, mais particulièrement en direction de notre princesse, l'animatrice de l'émission.

Je me rappelle sa robe de satin, aqua, tout éclaboussée de bulles, mais c'est surtout son regard qui me revient en tête. Jamais je n'avais vu Roxanne aussi furieuse. Ça m'a pris deux semaines et plusieurs tablettes de chocolat noir au piment d'Espelette avant qu'elle me pardonne.

Maintenant je sais que jamais, au grand jamais, on ne doit agiter une bouteille de champagne. Je devrais bien m'en sortir. À trois, on y va. Je compte : un, deux, trois. Dans ma tête, bien entendu. Je desserre tranquillement le bouchon de liège et le laisse doucement sortir du goulot, en le retenant tout au long de l'opération pour qu'il ne m'échappe pas. C'est ça le but : qu'il ne m'échappe pas. Comme Maxou.

Pop ! Un beau son clair et net. J'ai réussi sans faire de dégâts. Yé ! C'est un bon signe pour le reste de la soirée.

— Qu'est-ce que c'est ? me demande Maximilien quand je lui présente les edamames, avec son verre de champagne.

— C'est une grignotine japonaise. Des fèves de soya qu'on mange à l'apéritif.

— Avec leurs cosses ?

— Oui, oui, c'est comme les pois mange-tout, juste un peu plus gros.

En fait, je me rends compte maintenant que c'est beaucoup plus gros. Pourtant, l'employé de l'épicerie japonaise m'a bien dit que ça se mangeait avec la cosse.

Pendant que Maxou porte la fève à sa bouche, j'ai soudain un doute. Et si j'avais mal compris ? Faut dire que l'employé japonais baragouinait un anglais très approximatif.

Bon, le mieux, c'est d'y goûter. Sous la dent, à la première impression, c'est croquant et frais. C'est ensuite que ça se gâte, la cosse est dure et fibreuse. Évident qu'on ne doit pas l'avaler. Je me retourne vers mon chum.

— Maxou ?

En le voyant, mon cœur arrête de battre. Il a le visage tout rouge et porte les mains à sa gorge. Sa bouche est grande ouverte, mais il n'émet aucun son. Il est en train de s'étouffer avec une foutue edamame.

Pas de panique, j'ai déjà appris la manœuvre de

Heimlich. Bon, c'est vrai que ça fait un bail, mais si je me concentre, ça va me revenir.

Le mouvement doit être sec et brutal. Je me place derrière Maxou et j'appuie fermement mes deux poings juste au creux de son estomac. Une fois, deux fois, trois fois. Rien. Il suffoque toujours.

Encore un peu plus fort. Allez, Charlotte, mets-y toute ta force, tu vas y arriver.

La cinquième manœuvre est la bonne. Maxou expulse la cosse d'edamame qui a failli lui coûter la vie. Il s'affale ensuite sur le divan, dans un état second. Ouf ! On l'a échappé belle !

Pendant que Maxou récupère, je vide tranquillement la bouteille de champagne en textant mon désespoir à Aïsha : « J'ai failli tuer mon chum. » J'appuie ensuite sur « envoyer ».

Une minute plus tard, mon téléphone sonne.

— Comment ça, t'as failli tuer ton chum ? me demande-t-elle.

— Aïsha, j'ai pas d'allure, je lui ai fait manger des edamames avec leurs cosses et il s'est étouffé.

— Mais là, il est correct ?

— Oui, oui, il se repose et moi je suis en train de devenir folle. Quelle imbécile je suis ! Il aurait pu mourir, tu imagines ? Ça se peut-tu, ça, mourir étouffé par une cosse ?…

— Ben, j'ai pas entendu ça souvent.

— « Un diplomate français meurt pendant un souper japonais. » Penses-tu que j'aurais pu être accusée de négligence criminelle, parce que je n'avais pas compris qu'on mangeait juste la fève ?

— Charlotte, arrête de boire, tu dérapes…

— C'est clair qu'il ne voudra plus rien savoir de

moi, ça fait juste un mois qu'on est ensemble et je fais déjà une connerie..., dis-je, en me versant un autre verre de champagne.

— Charlotte, arrête de voir tout en noir...

— Mais je fais quoi maintenant ?

— Tu te calmes et tu le laisses se reposer. Quand il se réveillera, tu t'excuseras et tu lui serviras ton souper. C'est pas la fin du monde.

— OK, ma pitoune. Une chance que t'es là.

Une heure plus tard, la bouteille de champagne est finie et je suis toujours assise, seule, à la table de la cuisine. J'entends des pas derrière moi.

— Ah, Maxou, ça va mieux ? Excuse-moi, je suis tellement, tellement désolée.

— C'est pas grave Charlotte, tu ne savais pas, dit-il, les yeux encore un peu vitreux, sa chemise blanche, habituellement impeccable, toute froissée.

— Mais j'aurais dû savoir. Une hôtesse parfaite ne laisse pas ses invités s'étouffer à l'apéro.

— Qui a dit que tu devais être parfaite ?

— Moi.

— Mais non. Et c'est quand même toi qui m'as sauvé. T'as appris ça où ?

— Quand j'étais *lifeguard* pour payer mes études. Faut croire que ça m'est revenu avec l'adrénaline.

— Eh bien, merci, Charlotte.

J'ai tellement honte, je ne veux plus en parler. Pour faire diversion, je lui demande s'il veut manger.

— Pas tout de suite, mais je reprendrais bien un verre de champagne.

Oups. Je regarde la bouteille vide avec un sentiment de culpabilité envahissant. Une fois de plus, je lui présente mes excuses.

— Mais j'ai un excellent saké pour aller avec les sushis, si tu veux y goûter.

— Viens là, dit-il en retournant s'asseoir sur le divan du salon.

Je m'approche un peu, méfiante. Je sens que je vais entendre une fois de plus les paroles habituelles : « Tu sais, je pense qu'on devrait prendre un peu de recul… j'ai besoin de réfléchir avant de m'engager plus loin… on peut rester amis si tu veux… bla bla bla… » J'ai déjà les larmes aux yeux.

Je m'assois à côté de Maxou. La tête penchée, les yeux fixés au sol, j'attends ma sentence. Comme une condamnée à mort. Résignée.

Il m'entoure de ses bras musclés et m'embrasse tendrement dans le cou. Il prend mon menton dans sa main gauche, je me tourne vers lui. Il me regarde fixement dans les yeux et murmure : « Tu sais que tu es unique au monde ? »

Ouf, un répit. Mais plus de gaffes, Charlotte, plus de gaffes.

Devant l'assiette de sushis, l'atmosphère est détendue et on joue maintenant à « la fois où j'ai eu l'air le plus fou ». C'est au tour de Maxou.

Il me raconte une histoire qui s'est passée il y a quelques années, au Salon du livre de Paris, au sujet d'un célèbre auteur de romans historiques. Un ami de sa mère.

— J'étais avec quelques amis, on discutait de son dernier roman. C'était nul, mais tout le monde disait que c'était un chef-d'œuvre. J'en avais marre et j'ai dit : « Le roman est à l'image de son auteur, ringard et totalement inintéressant. » Et là, y a mon copain Yannick qui me fait de grands signes avec ses yeux.

J'entends derrière mon épaule : « Maximilien, comment allez-vous ? » Je me retourne et devine qui est là ?

— L'auteur en question.

— Ouais et, visiblement, il avait tout entendu.

Je ris pour lui faire plaisir. C'était certes une situation embarrassante, mais ce n'est pas ce que j'appelle avoir l'air fou. Si c'est ça pour lui, avoir l'air fou, pas question que je lui raconte mes propres histoires.

— Et toi ? me demande-t-il.

— J'ai plein d'anecdotes à te raconter, mais pas ce soir. Je vais passer mon tour. Comment tu trouves les sushis ?

— Très bons. C'est original, des sushis végétariens.

Comment ça, végétariens ? Il est où le saumon bio acheté à gros prix ? Hé merde ! Il est resté dans la voiture !

La deuxième bouteille de saké entamée, je n'ai plus du tout envie de cuisiner le poisson. Et ni moi ni Maxou n'avons encore faim.

— Parle-moi de ta première blonde.

— Tu veux vraiment savoir ?

— Oui, dis-moi tout. T'avais quel âge ?

— Ma première vraie copine, je devais avoir autour de dix-huit ans. Béatrice Bachelot-Narquin. Ç'a duré deux ans et c'est elle qui m'a laissé tomber. Ma première peine d'amour. Ça m'a pris des années pour m'en remettre.

— Pauvre chou. Elle était comment ?

— Physiquement ?

— Oui. Elle était blonde ? Brune ? Rousse ? Grande ? Petite ? Boulotte ?

— Pourquoi tu veux savoir tout ça ?

— Ben pour rien. Pour jaser, c'est tout.

C'est la première fois que je mens à mon nouvel amoureux. En fait, ce n'est pas tout à fait exact. Je lui ai dit que je n'avais pas de voiture et que j'étais une adepte des transports en commun. C'est à moitié vrai.

Oui, j'utilise souvent l'autobus et le métro, mais j'ai tout de même une voiture. Sauf que je ne veux pas qu'il le sache. Premièrement, ça fait plus *in-branché-écolo* de ne pas posséder d'auto. Ensuite, ma voiture est un tas de rouille et de ferraille ambulant. D'où ma honte de prendre des passagers.

Donc, pour lui, je roule en transport en commun l'hiver et à vélo l'été. J'ai d'ailleurs la ferme intention de m'acheter un vélo ce printemps, avec un petit panier à l'avant pour mettre mes provisions, et avec une clochette. Ça fait très chic quand on veut annoncer son arrivée.

Mais pour l'instant, ce qui me préoccupe, c'est d'en apprendre plus sur cette première blonde. Mon instinct me dit que cette histoire n'est pas tout à fait derrière lui.

— Elle était blonde et elle avait des yeux verts, un peu comme les tiens, mais pas aussi beaux.

— Charmeur… Tu l'as revue… après votre rupture ?

— Un peu avant mon départ de Paris, je l'ai revue par hasard. Ça faisait des années, mais elle n'avait pas changé. Presque pas.

Son regard se perd quelques instants dans ce que je crois être des souvenirs très heureux.

— Et vous avez fait quoi, quand tu l'as revue… par hasard ?

Maxou sort de sa rêverie et attrape la bouteille de saké sur la table.

— Il est bon ton saké, Charlotte… Je t'en ressers ?

Là, c'est trop. Un gars qui évite une question de façon aussi peu subtile a quelque chose à cacher, c'est certain.

— Excuse-moi, je reviens, dis-je en me dirigeant vers les toilettes, tout en ramassant discrètement mon iPhone sur le comptoir.

Assise sur le bord du bain, je tape « Béatrice Bachelot-Narquin » sur Google. Avec un nom comme le sien, ça ne devrait pas être trop difficile de la trouver. De toute façon, quand je m'y mets, je suis la meilleure recherchiste au monde. Enfin, au Québec disons.

Le visage de l'ennemie m'apparaît sur le site d'une compagnie française spécialisée dans la gestion des ressources humaines et la restructuration d'effectifs. En langage clair, le congédiement d'employés.

Béatrice Bachelot-Narquin, associée principale, Groupe Eurova. Et c'est bien ce que je craignais : elle est vraiment superbe. Un sourire enjôleur, des yeux de rapace.

Sur la photo de groupe, je découvre que, en plus, elle a les jambes les plus longues que j'aie jamais vues. Talons aiguilles et minijupe en prime. Bon, heureusement, elle vit à plus de cinq mille kilomètres d'ici et un océan nous sépare.

J'ai soudainement une grande envie de me sucrer le bec. De retour à la cuisine, je m'affaire à préparer mes bananes frites. C'est une recette que je peux faire les yeux fermés. Une chance puisque j'ai largement dépassé les deux verres que je m'autorise habituellement avant de cuisiner.

Maxou feuillette quelques livres que j'ai laissé traîner sur la table à café du salon. *Recettes de nos grands-mères*, *La Patate dans tous ses états*, *Verrines en folie*, *Cent façons de cuisiner l'agneau du Québec*, *Desserts pour les nuls*, etc.

— C'est vraiment une passion pour toi, la cuisine, constate-t-il.

— Oui, j'adore ça. Puis ma deuxième passion, c'est toi, dis-je en glissant tout doucement mes mains à l'intérieur de sa chemise.

Mes doigts caressent lentement le bas de son dos, s'attardent au petit creux juste au-dessus de la ligne de ses fesses, reviennent tranquillement vers l'avant, jusqu'à la fermeture Éclair de son pantalon.

— Ah, comme ça, je suis bon deuxième ? me relance-t-il, sur un ton faussement indigné.

Un à un, il détache les boutons de mon chandail de dentelle, le fait glisser sur mes épaules, dégage mon bras droit, puis le gauche. Ses mains remontent le long de mes côtes, ses lèvres effleurent mon cou, puis ma poitrine. Il descend lentement la bretelle droite de mon soutien-gorge noir avec de la dentelle rose. Voilà enfin le moment que j'attends depuis le début de la soirée.

Hiiiiiiiii ! Le bruit strident qui résonne tout à coup me tire de ma douce volupté. Perdue dans ma béatitude, je n'avais pas remarqué la fumée noire qui commençait à envahir l'appartement.

Du coin de l'œil, je regarde vers la cuisine. Des flammes jaillissent du chaudron déposé sur la cuisinière. L'huile végétale de mes bananes frites est en train de se transformer en véritable brasier. Au feu ! Au feu !

Plié en deux, Maxou tousse à s'arracher les poumons. Mon Dieu, c'est vrai, il est asthmatique !

La porte d'entrée s'ouvre soudainement avec fracas, laissant passer de l'air frais, ce qui permet à Maxou de reprendre un peu son souffle.

Une silhouette que je parviens à peine à distinguer avance à travers l'épais brouillard. Mes yeux piquent, ma gorge est en feu, je n'arrive pas à articuler un seul mot.

— Charlotte ! Charlotte ! crie la silhouette.

Avec soulagement, je reconnais la voix de mon voisin et meilleur ami, Ugo. Ugo pas de H pour les intimes.

— Ici, Ugo ! Ici !

L'énergie du désespoir me fait retrouver la voix. J'entends à nouveau Maxou tousser et chercher de l'air. Il est maintenant assis par terre, la tête appuyée contre le divan.

Il faut qu'on sorte d'ici. Ce n'est pas vrai qu'il va mourir asphyxié dans mon appartement, le premier soir où je lui prépare à souper. Il a survécu aux fèves edamames, il survivra aux bananes frites !

— Fais sortir Max, dis-je à Ugo.

Devant mes amis, je préfère ne pas utiliser le surnom que je donne à Maximilien. D'autant plus qu'il a lui-même du mal à s'y faire.

— Drôle de façon de rencontrer ton nouveau chum, répond Ugo en prenant le bras droit de Maxou pour le mettre sur son épaule.

Quelques instants plus tard, on se retrouve tous les trois sur le trottoir, devant le duplex dans lequel on habite, Ugo au rez-de-chaussée, moi juste au-dessus. Appuyé contre un lampadaire, Maxou reprend tranquillement ses esprits.

Je fixe la fumée qui s'échappe de la maison. Je suis figée, complètement abasourdie par ma dernière bêtise.

— Je vais aller chercher mon extincteur, dit Ugo, ce qui me fait revenir les deux pieds sur terre.

Je dois réagir, mon appartement est en train de passer au feu. Tous mes souvenirs vont s'envoler.

— Peux-tu apporter une couverture aussi ? demande Maxou à Ugo en jetant un coup d'œil dans ma direction.

— Ouais, je vais faire ça.

Et c'est là que je me rends compte que je suis non seulement une sinistrée, mais une sinistrée en soutien-gorge noir avec de la dentelle rose. Sur le trottoir, avec des curieux qui commencent à se pointer et mon nouveau chum qui semble se demander comment il en est arrivé là. Je veux rentrer six pieds sous terre.

Avec son extincteur, Ugo réussit miraculeusement à éteindre les flammes. Appelés en renfort par une voisine, les pompiers restent le temps de constater qu'il n'y a plus de danger. Ils partent non sans m'avoir fait un joli sermon sur les risques de la cuisson à l'huile sur la cuisinière. Prochain achat : une friteuse.

Pendant que j'ouvre toutes les fenêtres de l'appartement pour évacuer la fumée, Maxou, qui semble maintenant avoir bien récupéré, rassemble ses affaires.

— Je ne crois pas qu'on puisse dormir ici ce soir, dit-il.

— Tu veux qu'on aille chez toi ?

— Charlotte, ce serait préférable que tu restes ici, dit-il, après un court moment de silence. Tu pourrais dormir chez Ugo. Comme ça, s'il y a un problème, tu ne seras pas loin. Je vais rentrer en taxi.

Je dois avouer qu'il a raison, même si ça me brise le cœur. J'avais imaginé un autre scénario pour ce premier souper à la maison. Tellement plus romantique qu'un feu dans une casserole.

— OK. On s'appelle demain ? dis-je, pleine d'espoir.

— Oui, oui, on s'appelle demain.

Il m'embrasse sur le front. Je le laisse partir, la mort dans l'âme.

Ugo, qui n'a pas perdu un traître mot de notre conversation, me regarde avec pitié. Et découragement.

— Allez ma belle, on descend. Il commence à faire drôlement froid ici.

Ugo me prend par la main pour m'aider à m'extirper de la chaise sur laquelle je me suis effondrée.

— Je peux pas croire que j'aie tout gâché. Je suis vraiment trop nulle, dis-je en attrapant au passage le reste de la bouteille de saké, que je porte immédiatement à ma bouche, dans un geste de désespoir et de manque de classe total.

— Bon, ça suffit, là, ordonne Ugo en m'enlevant le saké des mains.

Ugo est, depuis toujours, mon ange gardien. C'est lui qui m'a ramassée à la petite cuiller quand Jean-François m'a quittée pour une danseuse des Grands Ballets canadiens. Il a fait la même chose quand Étienne a refait ses boîtes, un mois seulement après avoir emménagé dans mon appartement, emportant avec lui la cafetière *espresso*.

Cette fois-là, Ugo était vraiment en colère. C'est lui qui m'avait donné la machine à café italienne pour mes trente ans. Il a bien tenté de la récupérer en allant sonner chez Étienne, mais la blonde plantureuse qui a ouvert la porte ne l'a jamais laissé entrer. Depuis, Ugo et moi, on boit du thé vert chez moi. Jusqu'à ce que j'aie assez d'argent pour m'acheter une nouvelle cafetière.

— Attends, je veux prendre un dernier truc avant de partir.

Je retourne vers ma chambre à coucher. Le lit, couvert de faux pétales de rose en tissu, me rappelle douloureusement ce que j'avais prévu de faire, à ce moment précis de la soirée.

— Charlotte, t'as tout ce qu'il faut en bas. La dernière fois, t'as même laissé ton pyjama. Tu sais, celui avec Winnie l'ourson ?

Oui, mais ce soir, ce n'est pas ça que je veux porter. Pas un pyjama d'enfant. J'ai besoin de me convaincre que la soirée n'est pas totalement fichue.

***

Assise sur le lit d'Ugo, une tablette de chocolat noir à la fleur de sel devant moi, je regarde mon meilleur ami avec tendresse.

— T'es magnifique, Charlotte, dit-il. Ton kimono te va à ravir.

Je le crois à moitié. Oui, le kimono est magnifique, mais que dire de mes cheveux en broussaille, de mes yeux bouffis par les larmes et de mes joues noircies par le mascara ? Je savais que j'aurais dû acheter celui qui était hydrofuge, braillarde comme je suis. Mais les amis, après tout, c'est fait pour vous réconforter. Et le mensonge est une des meilleures techniques de réconfort que je connaisse.

— Qu'est-ce que t'en penses ? Est-ce qu'il avait

l'air fâché quand il est parti ? Ou découragé ? Ou écœuré de sa soirée ?

— Charlotte, comment tu veux que je le sache ? Je le connais pas, je l'avais même jamais rencontré avant ce soir. Il me semble assez réservé comme gars, non ? Mais il est encore plus *cute* que tu m'avais dit.

— Hey, pas touche ! Ah, Ugo, je suis découragée. Il va dire que je suis pourrie comme cuisinière. Je pourrai jamais être à la hauteur, je pourrai jamais être la blonde d'un diplomate français, tu te rends compte ? Il faut savoir recevoir.

— Mais tu sais recevoir, voyons donc. Je ferais des miles en kayak pour ton osso buco. Et Aïsha n'est plus capable de manger le tajine de sa mère depuis qu'elle a goûté au tien. Charlotte, ce soir, t'étais juste trop énervée.

— Et trop soûle.

— Et trop soûle. La règle des deux verres, Charlotte, la règle des deux. De toute façon, c'est l'intention qui compte, dit Ugo d'un ton rassurant.

Les paroles de mon ami me font l'effet d'une douche d'eau glacée et me sortent de ma torpeur.

Il a bien raison. J'ai tout fait pour que ça marche. J'ai couru d'un bout à l'autre de l'île de Montréal pour concocter le parfait repas japonais. Ça m'a coûté une petite fortune. Je crois bien, d'ailleurs, avoir atteint la limite de crédit de ma carte Visa, mais je n'ai pas osé aller vérifier sur Internet.

Malgré tout ce qui est arrivé, je ne méritais pas d'être abandonnée dans un appartement enfumé, avec une vieille couverture sur le dos et un fond de saké. Qu'il y retourne, dans sa banlieue de riches ! Ou qu'il retourne en France, avec sa Béatrice de je-ne-sais-quoi !

Rageusement, je soulève les draps du lit d'Ugo pour m'y glisser. Ce que j'aime quand je dors ici, c'est que les draps sont toujours fraîchement lavés. Ils sentent la lavande. Et moi, je sens la fumée et les vapeurs d'alcool.

— Tu viens te coucher ?

Je regarde Ugo enlever tranquillement ses vêtements. À trente-cinq ans, il est vraiment bel homme. Son dos musclé par les nombreuses séances de gym, sa peau douce et son discret tatouage celtique sur le bras gauche : tout chez lui me plaît.

— Ugo, ça te tenterait pas de changer ton fusil d'épaule ? De toute façon, t'es toujours déçu avec tes chums. On ferait un beau couple tous les deux.

— Ça fait dix fois que tu me le demandes et ça fait dix fois que je te dis non. Fais-en ton deuil, chérie, répond Ugo en venant me rejoindre sous les draps.

— Qu'est-ce que tu faisais un samedi soir tout seul chez toi ? T'es pas sorti ?

— Non, je voulais être là si t'en avais besoin. Je veillais sur toi.

J'appuie ma tête sur sa poitrine et je m'endors immédiatement.

2

« L'animatrice idéale
est celle qui se met au service
de son émission de télévision.
Et non l'inverse. »
Un producteur qui cherche encore la perle rare.

— Charlotte, la réunion commence, me lance Dominique, la réalisatrice, en passant en trombe devant mon bureau pour se rendre à la salle de conférences.

— J'arrive.

Comme tous les lundis matin, l'équipe de *Totalement Roxanne* se réunit pour planifier la semaine. Avant d'y aller, je veux relire le courriel que Maxou m'a envoyé hier, au lendemain de notre souper catastrophe. Ça fait cent fois que je tente de déchiffrer le véritable sens de son message, mais je n'y arrive toujours pas.

De : Maximilien Lhermitte
À : Charlotte Lavigne
Objet : Merci pour le souper
Bonjour Charlotte,
Merci pour le souper d'hier, c'était très bon. Je vais rester tranquille à la maison aujourd'hui. J'ai du travail à terminer pour demain et j'attends un technicien qui doit venir réparer mon système d'alarme. On s'appelle en début de semaine.
Max xx

Premier problème avec ce message : il est trop poli. « Merci pour le souper, c'était très bon », écrit-il. Mais on n'a pratiquement pas mangé…

Ensuite, quel réparateur de système d'alarme travaille le dimanche ? Surtout à Saint-Lambert, une banlieue huppée où les plaintes pour des voisins qui tondent le gazon le week-end sont plus nombreuses que les plaintes pour cambriolage.

Puis : « On s'appelle en début de semaine. » C'est quand ça exactement ? Lundi ? Mardi ? Trop flou, trop vague. Comme quelqu'un qui veut se défiler. Je connais la technique : les vedettes qui ne veulent pas venir à l'émission parce qu'elles ne savent pas cuisiner une omelette espagnole ni faire la différence entre un lys et un iris me font le coup régulièrement.

Finalement, les deux x me laissent perplexe. Deux x, c'est deux becs sur les joues, c'est pour les amis ça, non ? Les amoureux, c'est plutôt trois fois, xxx, comme dans 3X.

— CHARLOTTE ! me crie Dominique. On commence.

J'entre en catastrophe dans la salle de réunion où

mes collègues sont déjà attablés. La réalisatrice, qui dirige la rencontre, est entourée de Martin, mon collègue recherchiste, et de Justin, le chroniqueur horticole. Et, bien entendu, la place de Roxanne est libre. Notre animatrice, qui aime bien nous faire croire qu'elle est toujours débordée, ne se pointe jamais sans vingt minutes de retard.

— Et nos cafés ? me demande Dominique.

Eh merde, j'ai complètement oublié ! C'est ma semaine de cafés. À tour de rôle, les lundis matin, chacun apporte le café pour tout le monde.

— Je reviens, je vais les chercher, dis-je en me dirigeant vers l'ascenseur pour me rendre à la cafétéria.

— Laisse faire, on a pas le temps, lance Dominique avec son regard des mauvais jours.

Ma réalisatrice a dû encore passer son week-end à chercher un chum sur le site de rencontre auquel elle est abonnée, en tentant de résister au sac de chips sel et vinaigre caché dans la lingerie. Sac de chips grand format qu'elle a finalement englouti hier soir pour se consoler de ses recherches infructueuses. Et c'est pour ça que, ce matin, elle se sent coupable et que c'est moi qui écope. Classique et prévisible.

Si je sais tout ça, ce n'est certainement pas parce que Dominique me l'a raconté. Avec moi, c'est une tombe. Mais j'ai des espions bien renseignés.

— On va commencer sans Roxanne, qui va certainement arriver d'une minute à l'autre, poursuit Dominique en distribuant l'horaire de la semaine.

Ouf ! Tout un programme. Quatre émissions à enregistrer demain, quatre autres jeudi. Le rythme d'une émission quotidienne. À la longue, on s'y fait.

Ça fait déjà deux ans que je bosse pour *Totalement*

Roxanne, une émission qui traite de bouffe, de déco, de plantes vertes, de yoga et de sexe. J'adore mon travail parce que j'apprends plein de choses tous les jours : comment faire une mayonnaise à la lime, redonner une nouvelle vie à de vieux coussins, cultiver l'érotisme au quotidien…

Ça, c'est la partie facile et plaisante. Le côté plus difficile, c'est les relations humaines.

— Charlotte, résume-nous le contenu des émissions de demain, ordonne Dominique.

— Bon, alors, notre premier invité est l'auteur du livre *Cent façons de cuisiner avec le citron*. Il va d'ailleurs nous faire sa recette de confiture de zeste de citron. Je l'ai essayée à la maison, c'est, ouin… Comment dirais-je ? Original. Mais c'est santé, alors ça va pogner. Ensuite, on a…

— Vous savez pas ce qui m'est arrivé ? m'interrompt Roxanne en faisant une entrée fracassante dans la salle de réunion.

— Bonjour Roxanne, dit-on tous les quatre, en chœur.

À quarante-cinq ans, notre animatrice paraît en avoir trente-neuf. Elle a les cheveux d'un beau roux acajou, d'immenses yeux bleus avec de longs cils très fournis, une poitrine à faire rêver tous les hommes et le plus beau sourire au monde.

Mais, ce matin, son sourire n'est pas au rendez-vous. Elle a son air des grandes angoisses.

— Mon entraîneur personnel m'a laissée tomber, nous apprend-elle sur le même ton que prendrait un présentateur de nouvelles pour annoncer la mort du pape.

— Hein, comment ça ? fais-je.

Le truc avec Roxanne, c'est d'avoir l'air aussi catastrophée qu'elle quand elle nous raconte ses mésaventures.

— Il déménage à Las Vegas. Il s'en va entraîner des acrobates du Cirque du Soleil. Bon, je savais qu'il était *hot*, c'est d'ailleurs pour ça que je l'avais choisi, mais je savais pas qu'il était *hot* à ce point-là !

— C'est pas grave, Rox, tu vas en trouver un autre, la rassure Justin, le chroniqueur horticole.

— Oui, mais ce sera pas pareil. Lui, il me connaissait vraiment bien. Et puis, je peux pas arrêter de m'entraîner longtemps ; je vais prendre du poids. Faut que je règle ça aujourd'hui, décrète-t-elle en s'asseyant à mes côtés. Il est où, mon café au lait ? ajoute-t-elle en sortant son iPhone de son sac à main.

— Euh, en fait, je l'ai oublié, désolée.

Devant sa mine de victime des grands jours, j'enchaîne rapidement sur le contenu des émissions.

— Avant que tu arrives, je disais qu'on allait faire des recettes avec du citron.

— Ah oui, le jeune cuisinier qui a sorti un livre sur le citron. As-tu une photo ?

Je lui remets, pour la deuxième fois, le rapport de recherche de la semaine. Roxanne a le don d'oublier ses documents à la maison et, surtout, d'oublier de les lire.

— Sa photo est ici, à la page 4, dis-je en tournant les pages pour elle.

— Ouin, beau bonhomme. Est-ce qu'il a une blonde ? demande-t-elle d'un ton avide.

— Euh, je sais pas…

— Tu lui as pas posé la question ?

— Ben… non, pas vraiment.

Je sais que j'aurais dû le faire. Dès qu'un invité est beau gosse, Roxanne veut savoir s'il est marié, s'il a des enfants et s'il gagne beaucoup d'argent. Mais ça me gêne beaucoup trop. Comment faire pour lui demander tous ces renseignements personnels sans qu'il pense que c'est pour moi ?

Et puis, de toute façon, j'aime beaucoup trop le chum de Roxanne pour être complice des infidélités de sa blonde. J'en sais déjà bien assez sur le côté volage de mon animatrice.

— Bon, les filles, est-ce qu'on peut continuer la réunion ? intervient Dominique. Donc, demain, l'enregistrement de quatre émissions. Justin, c'est quoi ta chronique ?

— Je pensais parler de l'entretien des plantes d'intérieur en plein hiver, donner des trucs pour éviter qu'elles souffrent du…

— Et si je m'inscrivais à un gym ? demande soudain Roxanne en coupant la parole à Justin. Je pourrais aller dans un de ces gyms privés où il n'y a que des gens comme moi… Je veux dire, des gens de mon statut.

Des gens de son statut, ça veut dire quoi exactement ? Des gens qui passent à la télé ? Des gens riches et célèbres ?

— Mais ça n'empêcherait pas quelques curieux de me regarder le cul pour autant. Y a toujours des groupies qui réussissent à s'abonner à ces endroits-là, poursuit l'animatrice.

— Moi, à ta place, propose Justin, j'essaierais d'en trouver un qui viendrait à la maison. Je vais faire quelques téléphones pour toi.

Têteux, que je pense en regardant Martin avec un sourire complice. Justin est vraiment prêt à tout pour avoir sa chronique dans chacune des émissions. Présentement, il apparaît deux fois par semaine.

Le son d'un crayon qui tape sur la table attire mon attention. Dominique commence à s'impatienter.

— Donc, Justin, tu nous parles des plantes intérieures. Est-ce que tu vas avoir des exemples avec toi ? relance-t-elle.

— Oui, je vais avoir un dragonnier panaché de rose, un hibiscus…

— Dominique, ça te dérange-tu si Justin et moi, on va faire quelques appels à son bureau ? implore Roxanne en se levant subitement de sa chaise. On va revenir tout de suite après.

Et Justin de suivre Roxanne comme un petit chien de poche, en nous laissant tous les trois pantois.

— Tu pourrais faire du jogging en attendant, suggère Justin en refermant la porte de la salle de conférences.

— Mais non, j'ai besoin d'être encadrée. Toute seule, je n'y arriverai jamais, répond Roxanne d'un ton tellement désespéré qu'on peut l'entendre à travers la porte.

Martin et moi, on se regarde, découragés.

— Dominique, tu peux pas aller la chercher ? On n'y arrivera pas, on a quatre émissions à enregistrer demain, il faut qu'elle sache de quoi on va parler.

— Tu sais bien, Charlotte, qu'il n'y a rien à faire quand elle est dans cet état-là. On va leur laisser dix minutes puis je vais aller les chercher.

Tous les trois, on poursuit la réunion. Dominique a décidé que j'irais faire un rapport verbal à Roxanne un peu plus tard.

Après quelques minutes, la porte de la salle de conférences s'ouvre, laissant entrer un Justin piteux.

— Euh, elle est partie.

— Comment ça, « partie » ? Partie où ? Elle revient quand ? demande-t-on tous les trois.

— Je lui ai trouvé un nouvel entraîneur et elle a décidé d'aller le rencontrer tout de suite. Charlotte, peux-tu lui envoyer toute la recherche par courriel ? Elle va la lire chez elle.

— Ouais, fais-je en regardant les documents que Roxanne a laissés en plan sur la table de la salle de conférences. Ça augure bien pour demain…

***

Un peu avant midi, je me rends à la petite cuisine aménagée sur l'étage où les équipes de différentes émissions se rencontrent de façon informelle pour luncher.

J'y mange parfois, mais il y a des moments où je préfère me retirer dans mon bureau. Surtout les jours où sont présents des membres de l'émission qui traite de sport.

Premièrement, ces goinfres s'envoient souvent de la pizza *all dressed*, extra bacon, ce qui me fait saliver et me donne envie de jeter mon sandwich hoummos-luzerne à la poubelle.

Deuxièmement, ils ont toujours un air de bœuf parce que le Canadien a encore perdu la veille. Je ne comprends pas pourquoi ils s'acharnent à soutenir cette équipe de hockey s'ils ne sont pas contents de sa performance. Ils n'ont qu'à devenir partisans d'un club gagnant et leur vie serait beaucoup plus agréable. C'est simple, non ?

Aujourd'hui, c'est tranquille dans la petite pièce et c'est exactement ce que je voulais. J'ai même fait exprès d'y venir avant l'heure de pointe. C'est que, ce midi, je dois enfreindre le règlement : faire chauffer du poisson dans le four à micro-ondes, ce qui est totalement interdit par le grand patron des émissions.

Il y a un an, M. Samson – personne ne se souvient jamais de son prénom – nous avait fait parvenir un courriel portant le titre : « Poisson proscrit sur l'étage. » Au début, on avait cru qu'il voulait qu'on se débarrasse de Pichou, notre poisson rouge et mascotte de l'émission.

Mais, en lisant le courriel, on s'était rendu compte que c'était beaucoup plus sérieux que ça. M. Samson avait fait visiter l'étage la veille à la famille d'un riche entrepreneur québécois décédé quelques années auparavant.

Le but de l'opération était de convaincre la veuve dudit homme d'affaires de donner son accord pour une série documentaire portant sur la vie de son mari. Un projet monstre qui devait rapporter des millions de dollars en publicité.

M. Samson avait déployé tout son charme pendant la visite, qui s'était déroulée dans la bonne humeur. Jusqu'au moment où le gentil groupe s'était approché de la cuisinette. Quelqu'un – on n'a jamais su qui – venait d'y faire chauffer un pavé de saumon à la dijonnaise.

Après avoir humé l'odeur, encore bien présente, le visage de la vieille dame était rapidement devenu tout enflé et cramoisi. Devant l'air ahuri de notre patron, elle s'était affaissée de tout son long sur le plancher sale du couloir, son sac à main Gucci trempant dans une petite flaque de gadoue.

La pauvre dame avait alors commencé à s'étouffer, en plus de se gratter les joues de manière compulsive. « Allergie sévère aux poissons et aux fruits de mer », avait alors annoncé son fils, qui l'accompagnait. Transportée d'urgence à l'hôpital, l'octogénaire avait été placée sous respirateur artificiel. Il lui avait fallu trois jours pour se remettre de sa crise et recommencer à respirer normalement.

Traumatisée, la veuve n'a jamais donné son accord et le projet n'a jamais vu le jour. Bye bye millions.

Depuis, la direction ne veut plus prendre de risques et a carrément interdit l'odeur de poisson sur l'étage. Mais aujourd'hui, je n'ai pas le choix. Je ne vais quand même pas gaspiller tous ces beaux poissons achetés en fin de semaine.

Plantée devant le four à micro-ondes, je regarde à gauche, puis à droite, je place mon Tupperware dans l'appareil et le mets en marche, avant de m'enfuir aux toilettes.

Deux minutes plus tard, je sors de ma cachette, tenant d'une main la bouteille de parfum d'ambiance des toilettes. L'odeur de maquereau au miso a envahi le couloir principal de l'étage. Alléchant !

En entrant dans la cuisinette, je fige. La porte du micro-ondes ouverte devant elle, Dominique soulève le couvercle du Tupperware. Je cache précipitamment la bouteille de parfum d'ambiance dans mon dos.

— C'est toi, Charlotte, qui fais chauffer du poisson ? Ça sent jusque dans mon bureau.

— Non, non, c'est pas moi.

En prononçant ces paroles, je me sens comme une petite fille de cinq ans qui vient de casser un vase et qui tente de faire accuser le chat.

— Je pense que c'est Martin, j'ajoute dans un souffle.

Oh, que je peux être vilaine parfois. Mais Martin, lui, a gagné l'estime de notre réalisatrice depuis belle lurette. Elle l'adore et va sûrement lui pardonner cet écart de conduite. Tandis que moi, c'est à peine si elle peut me supporter. Alors s'il faut qu'elle apprenne que je déroge aux règlements de M. Samson, je suis foutue.

— Martin ? fait-elle en s'adoucissant. Bon, dis-lui que j'ai tout jeté aux toilettes. Ce sera sa punition.

Incroyable comme notre réalisatrice parle comme une maîtresse d'école ! Je me rue au bureau de Martin pour lui expliquer la situation. Comme il ne semble pas très content du mauvais rôle que je veux lui faire porter, je joue le grand jeu.

Je me penche doucement vers lui, laissant ainsi entrevoir mon décolleté et mon soutien-gorge. De quelle couleur il est aujourd'hui ? Ah oui, bleu poudre, pour aller avec ma blouse bouffante. Je regarde Martin droit dans les yeux. Enfin, j'essaie, parce que ses yeux à lui regardent un peu plus bas.

Et je le supplie : « *Pleeeease...* »

Avant de l'inviter à dîner au bar à salades de la cafétéria.

Bon, oui, ça m'arrive de jouer les agaces, mais je vous le jure, c'est vraiment dans des cas extrêmes. Des cas de vie ou de mort.

***

En fin d'après-midi, je peux souffler un peu. Les derniers petits détails sont réglés pour le lendemain : je décide donc de m'accorder une pause perso. C'est le moment de faire la grande fille et d'affronter la réalité : le relevé de ma Visa.

Après quelques clics, l'écran de mon ordinateur affiche mon nouveau solde. Non, il y a une erreur, c'est certain. Je n'ai jamais dépensé ça seulement pendant le week-end. Ça ne se peut tout simplement pas. Impossible. Pas de panique, regardons tout ça de plus près.

— Bella coiffure : 70 dollars.

— Librairie du quartier : 37 dollars.

Ah, oui, le livre de recettes japonaises.

— Vaisselle d'Orient : 140 dollars.

Ah ! Première erreur. C'est quoi ça, Vaisselle d'Orient ? Je suis jamais allée là.

Bon, ça me rassure. Moins 140 dollars.

— L'Épicerie japonaise de Montréal : 94 dollars.

Ouch, je n'avais peut-être pas besoin d'acheter quatre sortes de miso. Ni trois sachets d'algues fraîches. Ni tous ces vinaigres de riz. Oui mais les bouteilles étaient tellement belles ! Ni quatre paquets de shiitake séchés. Oui mais c'est très santé.

Mais heureusement, tout ça n'est pas perdu. Voyons ensuite.

— SAQ : 112 dollars.

Les deux bouteilles de saké d'importation privée que j'ai finalement dénichées après avoir visité quatre succursales.

— Le Japon à votre portée : 256 dollars...

Le kimono. Et si je le retournais ? Difficile, la politique du magasin était très claire : échange seulement.

— Poissonnerie du marché : 102 dollars.

— Juste pour une nuit : 239 dollars.

Les sous-vêtements sont vraiment hors de prix dans cette boutique. C'est la dernière fois que j'y mets les pieds.

— Douceurs chocolatées : 29 dollars.

Ah oui, les chocolats du dimanche midi, pour me faire oublier la soirée de la veille. Essentiel.

— Nettoyage en profondeur : 17 dollars.

Mes produits bio achetés pour laver les murs de mon appartement noircis par la fumée.

— Cuisine et compagnie : 139 dollars.

La friteuse conseillée par les pompiers.

Total : 1 095 dollars. Une semaine de paye. Brut.

Bon, j'ai toujours sauvé 140 dollars.

— Ah, j'ai souvent entendu parler de cette petite boutique : Vaisselle d'Orient. Qu'est-ce que tu as acheté là ?

Je me retourne subitement. Justin est derrière moi, regardant mon écran.

— T'es pas gêné, fais-je en refermant mon portable d'un mouvement sec.

— Ça fait longtemps que je veux y aller. Paraît qu'ils ont de super beaux plats à sushis, ajoute Justin.

Ah non, les plats à sushis et les bols à soupe miso, je les avais oubliés, ceux-là !

+ 140. Vrai total : 1 235 dollars. Faut vraiment que je me calme.

Après avoir expédié une dizaine de courriels en vue de l'enregistrement de demain, je rentre à la maison, non sans faire un détour par la boucherie d'Ugo.

Mon meilleur ami a hérité du commerce de son père, il y a cinq ans. À l'époque, c'était un minuscule local, empoussiéré et sombre. Après des années de travail acharné, Ugo en a fait la boucherie la plus courue du quartier. Il a tout d'abord doublé l'espace en achetant le local voisin. Il a ensuite peint les murs aux couleurs de la Provence, jaune et bleu, installé des luminaires halogènes au plafond et recouvert le plancher d'une belle céramique sable.

Aux traditionnels steaks de contre-filet et côtelettes de porc, il a ajouté toute une panoplie de viandes sauvages, des charcuteries artisanales, des fromages fins du Québec, une sélection de produits du terroir, des mets cuisinés tout à fait divins et… un bar à olives.

J'adore les olives. Vertes ou noires. Farcies à l'ail, au fromage Rassembleu, à la féta ou aux amandes. Kalamata, marocaines ou à l'italienne. Petites, moyennes ou charnues. Avec ou sans noyau. Marinées aux piments, au citron ou, comble du bonheur, au curry. Je ne résiste à aucune.

J'arrive à la boucherie cinq minutes avant la fermeture. En entrant, je prends quelques secondes pour humer les parfums qui parviennent à mes narines. Aujourd'hui, ça sent la tomate, l'ail et le basilic. C'est la journée sauce à spag' !

Derrière le comptoir, Ugo s'affaire à servir une cliente malcommode.

— Je sais que mon jambon est un peu plus cher, madame Brisebois, mais il n'a pas de nitrites, il est plus santé.

Allez Ugo, affiche-lui ton plus beau sourire, offre-lui un pot de rillettes de canard et mets-la dehors au plus sacrant, qu'on puisse fermer la place et jaser tranquillement.

Dix minutes plus tard, l'écriteau « Fermé » est sur la porte et les lumières sont tamisées. Ugo et moi, on est appuyés contre le bar à olives.

— As-tu des nouvelles de Max ? me demande mon meilleur ami.

— Rien depuis le courriel d'hier. Qu'est-ce que je fais, je l'appelle ?

— Hum, je sais pas trop. Demande à Aïsha, elle est meilleure que moi dans ces situations-là.

— Justement, je lui ai demandé de venir nous rejoindre. On pourrait peut-être se réchauffer un pâté chinois. J'ai envie de quelque chose de réconfortant, dis-je en croquant une olive kalamata épicée.

Dans la cuisine de sa boucherie, où il fait cuire ses mijotés, Ugo a aménagé ce que j'appelle le coin dépannage. Une petite table, trois chaises et une réserve de bouteilles de vin rouge. Comme ça, les soirs où il doit travailler pour terminer sa sauce à spaghetti, par exemple, on peut quand même souper ensemble. Et prendre un verre.

Et voilà Aïsha qui arrive justement, une housse à vêtements sur l'épaule. Yé ! Je m'élance vers elle et lui saute au cou, comme une adolescente de treize ans à qui on vient d'annoncer qu'elle a été choisie comme mannnequin pour le défilé de mode de l'école.

Ma meilleure amie est aussi ma *pusheuse* de vêtements. Gérante et copropriétaire d'une boutique de mode, Aïsha profite de rabais incroyables sur les dernières collections.

Je choisis un petit sac messager multipoches couleur chili – très pratique les jours de tournage – et une minijupe ballon grise. Le tout pour la ridicule somme de 130 dollars. Voilà, on est prêts pour la première bouteille de vin et je débouche un chianti. Ce n'est peut-être pas évident à première vue, mais pâté chinois et vin italien ont toujours fait un heureux ménage dans mon cas.

Après quelques gorgées de rouge, je me sens maintenant disposée à parler de ce qui me préoccupe vraiment : mon avenir avec Maxou.

— Qu'est-ce que t'en penses, Aïsha ?

— Moi, je l'appellerais. On a pas dix-sept ans pour jouer à « c'est qui qui appelle en premier », répond ma sage amie d'un ton décidé.

— T'es certaine, Aïsha ? relance Ugo en ajoutant

du vin rouge dans sa sauce à spaghetti. C'est pas bon d'avoir l'air trop accro, il me semble.

— Ben, s'il veut plus rien savoir d'elle, c'est mieux qu'elle le sache tout de suite.

— Ouin, peut-être.

— Mais c'est pas sûr qu'il veuille la quitter, enchaîne Aïsha. Elle a pas fait une folle d'elle à ce point-là, quand même.

— Ben, ça paraît que t'étais pas là. Elle t'a pas dit, hein, qu'elle s'est retrouvée à moitié nue sur le trottoir ?

Je me lève brusquement de ma chaise de fortune pour attirer leur attention.

— EILLE ! Ça va faire ! Arrêtez de parler de moi comme si j'étais pas là. J'haïs ça quand vous faites ça tous les deux.

— Comment ça, « à moitié nue sur le trottoir » ? s'exclame Aïsha avec un air catastrophé, tout en faisant complètement abstraction de ma minimontée de lait. Faut dire qu'elle a l'habitude.

— Ah, dis-je exaspérée, pas à moitié nue. En soutien-gorge, c'est pas pareil…

Mes deux meilleurs amis ne sont malheureusement pas les meilleurs amis du monde. Oh, ils s'aiment beaucoup, c'est certain, mais il y a parfois une espèce de rivalité entre eux, comme si chacun voulait toujours avoir le dernier mot.

Maman, qui se croit une fine observatrice des comportements humains, m'a déjà dit que c'est parce qu'ils souhaitent secrètement avoir l'exclusivité de mon amitié. Ça m'a fait bien plaisir, mais de là à la croire… À mon avis, c'est beaucoup plus une question d'ego.

— Bon, assez parlé de Max. J'ai faim. Est-ce qu'on mange maintenant ? dis-je en versant du vin dans nos verres déjà vides.

Le silence s'est installé dans la boucherie d'Ugo pendant qu'on dévore le plat national du Québec. Un vrai pâté chinois : steak, blé d'Inde, patates. Pas une de ces variantes avec du canard, des patates douces, des lentilles ou du chou-fleur. Inondé de ketchup, c'est délicieux.

Dans ma tête, ça roule à 100 km/h. Qu'est-ce qu'il fait en ce moment ? Il est encore au boulot ou il « dîne » avec des collègues chez l'italien du coin ? Il est chez lui, un kir à la main, en train de m'écrire une lettre de séparation sur son ordinateur.

Intuitivement, je vérifie mes courriels sur mon iPhone. Rien. Rien encore… La soirée est jeune.

— Bon, OK, vous en mourez d'envie. Dites-moi quoi faire, dis-je en rompant le silence.

Ugo et Aïsha s'animent soudain et commencent à parler en même temps. Ma tête s'agite de gauche à droite, tentant de suivre la conversation.

Dans le coin gauche, Aïsha : « … tout de suite, tu prends ton téléphone… »

Dans le coin droit, Ugo : « … attendre demain, fais-le languir… »

Dans le coin gauche, Aïsha : « … ou le texter… c'est moins engageant. »

Dans le coin droit, Ugo : « … encore faim ? Vous voulez que je sorte un pouding chômeur comme dessert ? »

— Ouiiiii… s'écrie-t-on, Aïsha et moi.

À moi de prendre la décision, finalement. Je respire un grand coup et compose le numéro de Maxou. Le calme est revenu dans la boucherie, mes deux amis me fixent intensément. Je me lève de ma chaise pour leur tourner le dos.

— Bonsoir Charlotte, j'allais justement t'appeler, répond-il tout de go.

— Comment ça va, mon amour ?

— Très bien et toi ?

La conversation se poursuit quelques minutes avec des banalités, pendant que je sens la présence de mes deux amis dans mon dos. C'est clair qu'ils tendent l'oreille. Je m'éloigne un peu plus, vers la section des fromages québécois artisanaux.

— Je voulais te dire que je pars pour Ottawa ce soir. Je serai à l'ambassade jusqu'au week-end, m'annonce-t-il.

— Ah bon, dis-je, un peu triste.

Moi qui pensais l'inviter à venir en studio cette semaine pour qu'il me voie en pleine action. Ça me semblait être une excellente tactique pour me réhabiliter à ses yeux. Il aurait pu constater à quel point je peux être en contrôle de la situation quand je suis sobre.

J'entends soudain le plancher qui craque derrière moi. Je me retourne et me retrouve face à Aïsha et Ugo, qui affichent des airs de conspirateurs. Je les renvoie à leur place, d'un geste impatient de la main. Peu impressionnés, ils reculent en prenant tout leur temps.

— On se voit donc en fin de semaine. J'organise un souper pour l'anniversaire de ma mère, tu veux venir ?

Devant l'air horrifié de mes deux amis, j'ai soudain un doute. Est-ce que j'ai bien fait de l'inviter à se jeter dans la gueule du loup ? Comme ça, sans aucune préparation mentale ? Bon, trop tard de toute façon. Dès que je raccroche, Aïsha attaque.

— Mais t'es folle, complètement folle. Tu vas lui faire subir l'épreuve Mado ?

— C'est la fin, c'est sûr. Ton couple est trop jeune pour survivre à ça, renchérit Ugo.

— Ben voyons, elle est pas si pire que ça…

— Pas si pire que ça, répètent-ils en chœur.

— Elle va le manger tout rond, ton Maximilien. Et cette fois-ci, elle va venir avec lequel de ses amants ? Pas celui de vingt-sept ans, j'espère… m'implore Ugo.

— Non, non, c'est fini avec Sébastien, elle est maintenant avec… un dénommé François. Je pense qu'il a mon âge.

Depuis sa séparation avec papa, il y a maintenant une dizaine d'années, maman collectionne les aventures avec des hommes plus jeunes qu'elle. Beaucoup plus jeunes, en fait.

— Ah, encore un énergumène, je te gage, soupire Aïsha.

— Vous allez pas me laisser tomber, hein ? Voilà ce qu'on va faire : vous allez venir tous les deux. Comme ça, à trois, on devrait pouvoir la contrôler. Et puis, ça va être le fun, j'ai engagé une voyante pour la soirée. Elle va pouvoir nous prédire notre avenir à tour de rôle.

— En tout cas, poursuit Aïsha, j'ai pas besoin d'une voyante pour te prédire l'issue de la soirée. Ça s'épelle : C-A-T-A-S-T-R-O-P-H-E.

3

Une gomme balloune rose contient 25 calories,
6 grammes de sucre et une minute de pur plaisir.

La sonnerie de mon réveille-matin se fait entendre de façon insistante. La nuit a été beaucoup trop courte, d'autant que j'en ai passé une bonne partie à faire la *pitourne* : « Pis tourne d'un bord, pis tourne de l'autre. »

J'ai dû inventer mille excuses dans ma tête pour annuler le souper pour ma mère, changer de menu au moins dix fois, décider de faire ça au restaurant, revenir sur ma décision… et finalement aller de l'avant. Advienne que pourra.

Une douche rapide et une chocolatine plus tard, me voilà en route pour le studio, où on enregistre aujourd'hui quatre émissions devant public. Les journées de tournage sont particulièrement stressantes pour l'équipe de production. Notre horaire est réglé au quart de tour, c'est tout juste si on a le temps de dîner. Heureusement, j'ai apporté le reste du pouding chômeur d'hier.

Pendant que l'équipe technique s'occupe de faire les derniers tests d'éclairage, je révise le plan de match avec Roxanne dans sa loge. Vêtue d'une robe de chambre rose pâle, avec des pantoufles en minou, Roxanne se fait faire une manucure, tout en m'écoutant. Ou en faisant semblant de m'écouter, je ne sais trop.

Je constate que notre animatrice a l'air fatigué ce matin. Mais il faut dire qu'elle n'est pas encore maquillée. Les coups de pinceaux magiques de notre maquilleuse Linda ont pour effet de lui donner beaucoup d'éclat. En fait, ils la changent carrément. Ce n'est plus la même femme.

Roxanne ne le sait pas, mais des paris courent sur elle et sa beauté… euh… naturelle. Dans l'équipe, on a même fait un *pool* qui s'appelle : « Combien de chirurgies et/ou de soins esthétiques Roxanne a-t-elle reçus ? » La cagnotte s'élève maintenant à 160 dollars.

De mon côté, j'ai gagé pour les injections de Botox et les soins repulpants pour les lèvres. Le cameraman qui la filme souvent en gros plan est convaincu, pour sa part, que Roxanne a reçu un lifting sur fil.

J'ai déjà lu, dans un de mes magazines préférés, la description de cette chirurgie. De quoi vous faire dresser les cheveux sur la tête : « Le lifting sur fil est l'insertion de fils chirurgicaux sous la peau du visage et du cou pour la retendre. Les fils sont insérés à l'aide d'aiguilles. »

Ouache ! Rien que d'y penser, ça me fait mal.

Ensuite, on y expliquait les conséquences à court terme : « Après la chirurgie, le visage reste douloureux. Il est enflé et couvert d'ecchymoses. La patiente peut même éprouver de la difficulté à ouvrir la bouche. Par conséquent, manger devient une tâche ardue. »

Ainsi, Roxanne aurait souffert le martyre et se serait privée de nourriture pendant des jours, juste pour faire disparaître le petit gras au-dessous du menton ? Oui, fort possible.

Mon collègue Martin, lui, a parié qu'elle n'a pas toujours porté des soutiens-gorge de bonnet C. Moi, je ne suis pas certaine que Roxanne ait subi une augmentation mammaire. Et puis, qui suis-je pour la juger ? Depuis des années, je me dis : « Dès que j'ai économisé 5 000 dollars, je fais grossir mes seins. »

Malheureusement, il me faut toujours payer des factures exorbitantes de restos, d'épiceries, de chocolateries, de fromageries, de boutiques d'articles de cuisine, de SAQ, etc.

Mon vice me coûte cher, mais c'est comme une drogue. J'ai besoin de recevoir, d'avoir des gens à ma table, des regards braqués sur moi quand je dépose le gigot d'agneau caramélisé sur la table, quand je présente une verrine de crevettes, fenouil et pommes à mes invités, quand je saupoudre de la cardamome moulue sur ma mousse au chocolat noir et que j'y ajoute quelques framboises bien charnues.

C'est certain que je trouve moins drôle d'avoir des gens à ma table quand je tranche un rôti de bœuf et qu'il est trop cuit, quand j'oublie de dénoyauter mes dattes avant d'en faire des carrés – et que mon invité se retrouve avec une dent en moins –, quand je confonds la cardamome avec le cumin, servant sans le savoir des mousses au chocolat à l'indienne… pas mangeables.

Mais bon, généralement, mes soupers sont assez réussis, même s'il y a toujours un petit quelque chose qui n'est pas totalement à mon goût. Mon rêve serait de réussir le souper parfait. Sans aucune tache.

C'est peut-être ce qui va se produire samedi, pour l'anniversaire de maman. Je sais, je peux toujours rêver en couleurs…

— Mon nouvel entraîneur est formidable, lance Roxanne, me tirant de ma profonde réflexion.

— Ah oui ?

Je me demande combien de temps la lune de miel va durer, cette fois-ci. Je parierais sur… quatorze jours.

— Oui, et en plus, Mark, c'est un peu comme un *coach* de vie. Il va s'occuper aussi de mon bien-être mental, en plus de m'aider dans mon entraînement quotidien.

Oh, *boy*, qu'est-ce qui nous attend ?

— Il m'a déjà fait quelques observations. Par exemple, il dit que je devrais penser plus à moi.

Mais c'est qui, ce gars-là ? Roxanne pense déjà à elle cent pour cent du temps. Comment peut-elle faire plus ?

— Ça, c'est l'entraîneur que Justin t'a recommandé ?

Roxanne acquiesce aussitôt, un pétillement dans les yeux. Attends qu'on lui passe un savon, au chroniqueur horticole.

— D'ailleurs, il va falloir qu'on change l'horaire de tournage, annonce-t-elle.

— Pourquoi ?

— Parce que Mark veut que je prenne une pause santé entre chacune des émissions.

Non mais, c'est pas un stupide entraîneur qui va nous dicter nos horaires de travail !

— Regarde, il m'a fait un plan, dit-elle en me montrant un document Excel. Entre l'émission un et deux, je fais vingt-cinq minutes de yoga et cinq minutes de méditation. Entre la deux et la trois, c'est le traitement d'acupuncture pour rééquilibrer mon énergie. Et finalement, entre la trois et la quatre, j'ai droit à un minimassage thaïlandais. C'est très *in*, les massages thaïlandais. Paraît que ça aide à libérer les blocages énergétiques.

— Euh, c'est pas un peu trop, pour une même journée ? Tu risques d'être épuisée, Roxanne.

— Mark dit que non. Au contraire, ça va me donner beaucoup d'énergie. Et aussi, on va pratiquer l'aromathéraphie. Ça, c'est pour mon anxiété. Mark va venir cet après-midi pour examiner les lieux. Il va falloir réaménager ma loge et je vais avoir besoin d'une heure entre chaque enregistrement.

Hé merde, on ne finira jamais de tourner avant 10 heures du soir.

***

Dans la minuscule loge que je partage avec Martin, il y a tout juste de la place pour mon ordinateur, l'imprimante, nos volumineux dossiers de recherche et un dernier objet qui ne cadre pas du tout avec les autres : ma machine distributrice de gommes ballounes.

Une belle machine rétro qui trône fièrement au milieu de la place sur son beau pied chromé, avec une grosse boule transparente sur le dessus. On y voit des gommes rondes de toutes les couleurs : roses, bleues, vertes, jaunes, rouges et même noires.

Je me souviens de l'émoi que j'ai provoqué le matin où je suis arrivée avec ma machine.

— J'ai besoin d'un peu de fantaisie dans ce bureau, avais-je lancé à la ronde.

Ce qui n'était pas vrai du tout. Si j'avais voulu mettre de la gaieté dans ma loge, j'aurais accroché des photos de mes enfants – bon, d'accord j'en ai pas –, de mes neveux – j'en ai pas non plus –, des chats de ma voisine – ça, j'en ai.

En fait, la machine à gommes ballounes est là uniquement pour une raison : m'apporter ma dose de sucre nécessaire à la survie d'une journée d'enregistrement. Une baisse d'énergie ? Hop, je m'enfile une jaune ou une rouge, ça dépend de mon humeur.

Le truc, c'est de jeter la gomme dès que vous avez absorbé tout le sucre. J'ai calculé, ça prend environ une minute. Et là, on en reprend une autre. Et ainsi de suite. Inutile de vous dire que je dois souvent remplir ma machine. D'autant qu'il y a des voleurs de gommes ballounes dans l'équipe.

Le premier enregistrement n'est pas encore commencé que j'ai déjà les nerfs en boule.

— Ton premier invité est arrivé, m'annonce la réalisatrice.

Ah oui, le cuisinier du citron. Celui dont il faut que je découvre le statut civil.

— Bonjour, monsieur Ladouceur.

— Appelez-moi Patrice, dit-il en me remettant douze citrons dans un filet et une tarte au citron meringuée.

Ce qui est plaisant dans le travail de recherchiste, c'est qu'on reçoit souvent des cadeaux. Bon, ils ne sont pas toujours aussi appréciés qu'une tarte au citron. J'ai déjà reçu des trucs complètement inutiles, comme des vis à tête hexagonale, qui venaient du chroniqueur rénovation. Ou bien du fil à broder de la part de l'Association des brodeuses de Montréal. Ou bien un poinçon pour faire du *scrapbooking*. Mais là, une tarte au citron… En plus, c'est un de mes desserts préférés.

— La tarte, c'est pour votre animatrice, ajoute l'invité. Vous pouvez garder les citrons. Ils sont bio.

Grrr… Je grogne intérieurement avant de le gratifier de mon plus beau sourire d'hypocrite. Je l'entraîne jusqu'à la loge de Roxanne.

— Vous n'êtes pas venu accompagné ? Vous savez, si votre conjointe veut assister à l'enregistrement, ça nous fait plaisir.

— Elle n'était pas disponible.

***

La journée d'enregistrement s'achève et je croise les doigts. Aucun imprévu jusqu'à présent. Pas de crise de vedette encore. Tout roule.

— Charlotte, je te présente Mark, mon nouvel entraîneur, m'introduit Roxanne.

— Bonjour, Mark.

Je le détaille discrètement de la tête aux pieds. C'est visiblement un homme très en forme. Vêtu d'un survêtement de sport moulant, on devine les muscles fermes sous le tissu noir et jaune.

— Comme je le disais à Roxanne, je vais l'aider à organiser son horaire pour qu'elle puisse avoir le plus d'énergie possible. Et que tout ça soit bien réparti également pendant la journée ici en studio, ajoute-t-il en se tournant vers notre animatrice.

Je n'aime pas du tout le regard qu'elle lui porte à ce moment-là. Un regard béat d'admiration, comme celui qu'on devait lire dans les yeux des victimes de l'Ordre du temple solaire quand elles regardaient Luc Jouret. Ce gars-là va lui arracher une petite fortune, j'en mettrais ma main au feu.

— Pour l'horaire, vous allez voir ça avec ma réalisatrice, c'est elle qui...

— Je vais aussi avoir besoin d'une table de massage, réclame-t-il en me coupant la parole.

Il ne m'impressionne pas du tout, lui. Même s'il se donne des airs de grand seigneur.

— Je ne suis vraiment pas certaine que nous ayons le budget pour ça, mais je vais aller vérifier avec l'équipe.

— Ben voyons, Charlotte, c'est sûr que ça rentre dans le budget, s'enflamme Roxanne. C'est pour mon bien-être et ma performance. Si je suis meilleure en ondes parce que je suis plus reposée, ça vaut la peine, non ? Les cotes d'écoute vont, elles aussi, être meilleures. Faut voir ça comme un investissement.

— Un investissement pour toi tout d'abord, beauté, insiste Mark. Pense à toi en premier. Vois-tu, encore là, tu faisais passer l'émission avant toi.

— C'est vrai, tu as raison. Je dois me recentrer sur moi.

Je tourne les talons et me dirige vers les toilettes, un peu dégoûtée par cette mascarade.

— C'est un *wrap*, tout le monde, le tournage est terminé, annonce Dominique, visiblement satisfaite du boulot de l'équipe.

— Ouf, je suis crevée, dis-je en croquant dans ma dernière gomme balloune de la journée.

Une rose pour me donner juste assez d'énergie pour me rendre chez moi.

— Charlotte, tu veux bien me rendre un dernier petit service ? demande langoureusement notre animatrice. Appelle mon chum, dis-lui qu'on a eu plein de problèmes techniques aujourd'hui et qu'on va finir d'enregistrer juste en fin de soirée.

— Pourquoi ?

— Charlotte, s'il te plaît… me prie-t-elle, les deux mains jointes devant elle, la moue boudeuse.

— J'haïs ça mentir à ton chum. Dis-moi au moins avec qui tu sors ?

— Euh, avec Patrice.

— Patrice ?

— Ben oui, Patrice. Le cuisinier du citron.

4

Voyante à domicile : tarots, pendule,
chiromancie, radiesthésie et voyance.
Forfait de groupe : 500 dollars. *Priceless*…

— *Thank God, it's Friday*, me lance Martin en entrant dans le bureau. Quelle semaine de fou !

Il n'a pas les nerfs très solides, notre Martin. Honnêtement, j'ai vu bien pire. Et ce n'est rien à côté de ce qui nous attend lors des prochains enregistrements. Quand toute l'équipe devra se plier au nouvel horaire de Roxanne. Un beau casse-tête en perspective.

— Ils en annoncent toute une, hein ? m'interpelle Martin.

— Quinze centimètres de neige, en plus des vents violents… pouvant atteindre 60 km/h, dis-je en consultant le site internet de Météomédia.

Habituellement, je ne m'en fais pas trop avec le temps. Dans mon pays, on s'habitue vite aux variations soudaines de température. Mais aujourd'hui, ça m'inquiète un peu plus. C'est qu'après le boulot je dois partir pour la campagne, plus précisément pour un petit village du nom de… comment donc ? Ah oui, Ulverton, dans les Cantons-de-l'Est.

Je dois aller chercher les steaks de bison que j'ai commandés plus tôt cette semaine en vue du souper pour l'anniversaire de ma mère demain. J'ai décidé de faire un repas cent pour cent québécois, pour montrer à Maxou qu'ici aussi on a accès à des produits raffinés.

Au menu, donc : crème d'asperges – heureusement, il me reste des asperges dans le congélateur –, steak de bison à l'érable avec frites de pommes de terre rouges et salade de betteraves jaunes. Une assiette de fromages du Québec : Gré des champs, Sauvagine et Bleu d'Élizabeth. Pour le dessert, je suis dans l'indécision totale. Ça m'a pris la semaine à finalement coucher mon menu sur papier. C'est comme si mon cerveau refusait de prendre une autre décision culinaire. Alors, pour le dessert, je ferai avec l'inspiration du moment.

La neige commence à tomber vers midi. « Neige mêlée de grésil », comme on l'annonce à la radio.

— Charlotte, c'est pas prudent de prendre la route aujourd'hui, me dit Ugo pendant notre conversation téléphonique quotidienne.

— Je sais, mais j'ai pas le choix. J'ai déjà dit à Max que nous mangerions du bison…

— J'en ai à la boucherie, voyons…

— C'est pas pareil, ça fait tellement plus vrai si je vais le chercher à la ferme directement. De toute façon, j'ai juste à conduire lentement. Et je me suis organisée pour partir tout de suite après le dîner, avant le trafic.

— Toi, quand tu t'entêtes…

Quelques heures plus tard, me voici au volant de mon bazou sur le petit chemin qui mène à la ferme de bisons. J'ai mis le double du temps pour me rendre jusqu'ici, mais j'y suis arrivée. En route, j'ai dérapé et failli prendre le champ au moins deux fois. Mon sens inné de la conduite m'a fait revenir dans le droit chemin. Bon, c'est vrai qu'une auto est assez facile à contrôler quand elle roule à 20 km/h, mais je suis tout de même fière d'avoir évité la catastrophe. Dehors, c'est glacial. La neige me fouette le visage, les rafales de vent ont dû atteindre le maximum prévu par les météorologues. Et même plus. Avec mes 52 kilos, je risque de m'envoler à tout coup. J'avance péniblement dans la neige qui me monte jusqu'aux genoux.

Avec un soulagement intense, je pousse la porte de la boutique du producteur. Derrière le comptoir, un homme corpulent, vêtu d'un tablier de boucher, me dévisage avec stupéfaction.

— Mon Dieu, madame, faut vouloir, pour sortir par un temps pareil. Vous arrivez d'où ? me demande-t-il.

— De Montréal.

Je constate à ce moment-là à quel point je suis épuisée. J'ai les mains douloureuses tellement j'ai agrippé le volant avec force et vigueur pendant plus de deux heures, le cou m'élance et j'ai les yeux qui chauffent.

Je m'approche du comptoir, y appuie mes deux coudes et laisse retomber mon menton entre mes mains.

— Asseyez-vous deux minutes, fait l'homme en me désignant un coin lunch, avec quelques tables recouvertes de nappes à carreaux.

Le scotch sur glace qu'il m'offre me retape aussitôt. J'échange quelques mots avec celui qui se présente comme le fermier-propriétaire de la ferme et je consulte mes messages sur mon iPhone.

Ugo et Aïsha m'ont texté à tour de rôle, toutes les vingt minutes.

Ugo : « T'es rendue où ? »

Aïsha : « Suis inquiète, rappelle-moi. »

Ugo : « De la pluie verglaçante ici. Et toi ? »

Aïsha : « Donne des nouvelles. *NOW*. »

Ugo : « L'autoroute vient de fermer. »

Aïsha : « Ça y est, j'appelle la police. »

Ouh là là, elle est sérieuse. Je la rassure avec un laconique texto : « Suis arrivée aux bisons. Tout est OK. »

Je constate que je n'ai aucun message de Maxou. Mais comment aurait-il pu être inquiet ? Il me croit bien à l'abri dans une salle de cinéma, en train de m'empiffrer de pop-corn en écoutant le dernier « film de filles ».

— Vous voulez que je vous réchauffe un bon bison bourguignon ? De toute façon, vous êtes coincée ici, ils ont fermé l'autoroute, me confirme le fermier.

— Ils ont dit combien de temps l'autoroute allait rester fermée ?

— Ah, ça, on sait quand ça ferme, on sait jamais quand ça rouvre. L'année dernière, à pareille date, elle a été fermée pendant vingt-quatre heures. On a ouvert les sous-sols des églises et les gens y ont passé la nuit.

J'ai soudain une vague appréhension. Je m'imagine dans une salle paroissiale éclairée aux néons, étendue sur un matelas gonflable qui ne cesse de se dégonfler. À ma droite, un nourrisson qui hurle de faim et de peur. À ma gauche, un monsieur sans dentier qui me raconte sa vie avec sa perruche.

Tout ça, je pourrais le supporter. Mais c'est que j'ai un souper à préparer, moi. Et pas n'importe lequel. Tout à coup, je commence à paniquer. Prends une grande respiration, Charlotte, et réfléchis… Mais oui ! Pourquoi n'y ai-je pas pensé avant ?

— Il doit bien y avoir des petites routes par lesquelles je peux passer ?

— Vous êtes pas sérieuse, là, s'indigne le fermier-propriétaire. C'est encore plus dangereux. Oubliez ça de retourner à Montréal ce soir, vous passerez la nuit ici, j'ai une chambre d'invités.

Ouh, pas certaine que j'aime ça…

— Ma femme va vous préparer le lit.

OK, c'est mieux… Quoique, est-ce vraiment une garantie ?

Mais autant en prendre mon parti. Je rentrerai très tôt demain matin et, une fois chez moi, je n'aurai qu'à passer à la vitesse supérieure pour que tout soit prêt à temps. Bon, c'est réglé.

Je texte mes deux amis pour les rassurer : « Je dors chez les bisons. À demain. » Et voilà, je peux maintenant profiter de la soirée, d'autant que mon fermier-sauveur s'amène avec ce qui semble être une excellente bouteille de rouge.

Lui et son épouse s'avèrent être de charmants hôtes et nous passons une soirée très amusante à faire des parallèles entre la vie à la campagne et à la ville. Moi qui croyais que la vie en pleine nature à soigner des animaux et à cultiver des tomates était paisible et dénuée de tout stress. Eh bien, je me trompais…

Leur Roxanne à eux, c'est dame Nature. Imprévisible, colérique, capable de déverser des torrents de pluie en quelques minutes et de gâcher ainsi les récoltes. À bien y penser, je préfère endurer les crises de larmes de Roxanne. Au moins, ça n'a pas d'impact sur ma paye de la semaine.

Quelques heures plus tard, enfouie sous la lourde catalogne verte, turquoise et jaune, j'écoute le bruit du vent qui frappe contre les fenêtres de la vieille maison. Dehors, visiblement, ça ne s'est pas calmé. C'en est presque terrifiant.

C'est dans ces moments-là, quand je me sens seule et menacée, que je pense à mon père. S'il avait été là, c'est certain qu'il aurait bravé la tempête pour venir me chercher. Il aurait emprunté un camion de déneigement de la Ville de Laval, pour qui il a travaillé toute sa vie. Il aurait tracé un chemin jusqu'à Ulverton pour venir secourir sa fille prisonnière chez les bisons.

Mais inutile de rêver, il n'est pas là. Est-ce qu'un jour je vais accepter les choix de vie qu'il a faits ? Des choix qui l'ont éloigné de nous… Pas tout de suite, du moins. Et je m'endors d'un sommeil agité.

Je comptais sur le chant du coq pour me réveiller. Après tout, on est à la campagne. Mais je crois qu'il est passé tout droit. Comme moi.

Il est 11 h 25, je me trouve à plus d'une heure de route de Montréal. Et encore, ça dépend des conditions de route. Le pire, c'est qu'il me reste des tonnes de choses à faire, à commencer par décider quel foutu dessert je vais servir.

Avant de partir, je remercie chaleureusement mes hôtes et leur promets d'être prudente. Mais je ne suis pas très inquiète. Après la tempête, le calme, comme dit le dicton. Serait-ce plutôt le contraire ? Enfin, quoi qu'il en soit, il a cessé de neiger, le soleil est au rendez-vous et le vent est tombé.

Je me lance tout d'abord dans l'épreuve ultime des lendemains de tempête : déneiger mon auto. Ça devrait aller puisque je dispose d'un outil redoutable : le balai à neige avec manche télescopique.

Je l'ai acheté une nuit d'insomnie, alors que je visionnais *Télé-achats*. J'en suis particulièrement fière, puisque c'est un objet utile. De façon générale, ce que j'achète par le biais de la télévision, ce sont des trucs qui m'apparaissent terriblement essentiels la nuit, mais dont je ne me sers finalement jamais.

C'est la première fois que je l'utilise et ça semble assez simple. Je déploie le manche rétractable. Ouh, ça mesure au moins deux mètres, cet engin-là. C'est géant.

Je commence par dégager le toit de la voiture. C'est vraiment génial. Les morceaux de neige tombent comme des briques au sol. Je tire, la neige tombe, je tire encore, la neige tombe encore. Et ainsi de suite, jusqu'à ce que je sente une certaine résistance. Je tire plus fort. Rien. Plus fort encore. Rien. Tellement fort que je tombe brusquement à la renverse dans un immense banc de neige.

J'ai toujours mon manche télescopique dans les mains, sauf que le petit balai qui se trouve généralement au bout du manche a disparu. Je me relève péniblement, une douleur aiguë me traverse le bas du dos. Oh là là, j'espère que ça va passer !

Mais je n'ai pas de temps à perdre et je me mets à la recherche de mon petit bout de balai. Je ne le vois nulle part. Ben voyons, ça ne peut pas disparaître comme ça !

— T'as un problème, Charlotte ? me lance mon nouvel ami le fermier sympathique, depuis la porte d'entrée de la petite boutique.

— Je cherche mon bout de balai.

— Ton bout de quoi ?

— De balai.

— Attends, j'arrive.

Et le voilà qui glisse ses pieds dans de grosses bottes style astronaute pour venir me rejoindre.

— Et t'allais oublier ça, fait-il en me tendant un sac écolo aux couleurs de la ferme.

— Un cadeau ? C'est trop gentil, dis-je en ouvrant le sac pour découvrir les six steaks de bison que j'ai payés hier soir.

Ouf, heureusement qu'il y a pensé !

Quinze minutes plus tard, je suis finalement en route pour Montréal. On a bien retrouvé le bout de balai, mais on n'a jamais été capables de le fixer sur le manche. Alors, on a fini le travail avec les outils de mon gentil fermier et j'ai finalement pu décoller. Façon de parler quand on conduit un bazou de matante.

Je sens encore une douleur lancinante dans mon dos, mais je n'ai guère le temps de m'en préoccuper. Je dois réviser dans ma tête le plan de match de la soirée.

Comment vais-je gagner du temps ? Bon, facile : tout d'abord, la vaisselle. S'il y a une chose que je déteste dans la vie, c'est laver des casseroles et des verres à vin. Et mon lave-vaisselle a bien mal choisi son moment pour tomber en panne cette semaine, avec tout le travail que j'ai eu.

À l'heure actuelle, les assiettes et les casseroles s'empilent donc dans mon évier et sur le comptoir de la cuisine. La solution : le fond du placard de l'entrée. C'est le seul endroit où il y a un peu de place. Dans ma tête, je fais un crochet virtuel à côté de « ménage ».

Ensuite, les cheveux. Guère le temps pour une mise

en plis, même maison. Un chignon fera parfaitement l'affaire. Deuxième crochet.

Maintenant, les choses sérieuses : le repas. Les courses de dernière minute : pas le choix. Cuisiner l'entrée : pas le choix. Faire un dessert : pas le choix ! J'essaie de caser tout ça dans mon horaire virtuel. Impossible.

Je dois faire un sacrifice. Et si je demandais à Aïsha ou à Ugo d'apporter le dessert ? Oui, c'est pas très bon pour ma réputation, ils vont penser que je ne sais pas m'organiser. Tant pis, je vais l'acheter. L'important, c'est que personne n'en sache rien.

Je vais donc m'arrêter dans une petite pâtisserie de village. Comme ça, je suis certaine de ne pas acheter un produit industriel. Voilà, j'ai tout réglé, je peux respirer. Ouch, que mon dos me fait mal !

***

Décidément, je suis une championne de l'organisation. Il est 18 heures, tout est prêt et j'ai même eu le temps de passer un moment en tête à tête avec mon chum. Bon, d'accord, un court moment – on parle de quinze minutes –, mais ô combien intense !

J'étais très nerveuse à l'idée de le revoir. Après tout, la dernière image qu'il avait de moi était celle d'une fille enroulée dans une vieille couverture de laine et complètement soûle.

Je me suis donc formellement interdit de boire de l'alcool avant qu'il arrive. Quand il m'a appelé pour me dire qu'il était à cinq minutes de chez moi, j'ai tenté de me calmer en prenant de grandes inspirations.

Ça fonctionne peut-être pour les adeptes de yoga, mais pas pour moi.

Je me suis ruée vers l'armoire qui contient mon kit de survie. J'ai choisi une bouteille de vodka, me fiant à Meg Ryan dans le film *When a Man Loves a Woman*. Je me suis souvenue qu'elle jouait le rôle d'une alcoolique qui buvait de la vodka en cachette. Elle disait à son mari que la vodka, c'était inodore et qu'il ne pouvait pas savoir si elle avait bu ou non. Exactement ce qu'il me fallait.

J'ai tout juste eu le temps de m'en enfiler une bonne rasade avant d'entendre le carillon de la porte d'entrée.

Ce furent des retrouvailles, disons, mémorables. Je lui ai fait l'amour de façon sublime et… efficace. Il m'a même confié que je lui avais manqué. Waou ! Je flotte sur un nuage.

Je le regarde amoureusement pendant qu'il m'aide à garnir une assiette de saucisson biologique de Charlevoix pour accompagner l'apéritif. Avec ses jeans Parasuco, qui lui font des fesses d'enfer, son chandail noir bien ajusté et ses baskets Diesel, il pourrait très bien poser pour un magazine de mode. Dieu que je suis chanceuse !

Aïsha et Ugo sont les premiers arrivés. Ma copine est vraiment magnifique avec sa jupe noire moulante et son décolleté plongeant. Avec les seins qu'elle a, elle peut se le permettre, elle.

Une fois les présentations d'usage faites et le premier *drink* servi, je m'éclipse pour retourner à mes chaudrons. Si Ugo et Maxou se sont déjà brièvement rencontrés, c'est la première fois que je présente ma meilleure amie à mon chum. J'arrête de brasser la soupe pour écouter leur conversation.

— T'habitais où à Paris ? demande Aïsha à Maxou.

— Dans le 7e, tout juste à côté de l'Assemblée nationale. J'y ai encore mon appartement, d'ailleurs.

— Quel hasard ! C'est mon quartier préféré. Quand je vais à Paris, je descends toujours à l'Hôtel de France dans le 7e. Je choisis une chambre avec vue sur les Invalides, s'exclame Aïsha.

— Tu vas souvent à Paris ? lui demande Maxou.

— Ah oui, plusieurs fois par an. Pour la boutique, tu comprends, je vais faire des achats.

Hein, qu'est-ce qu'elle raconte là ? Aïsha n'est pas allée à Paris depuis des années. Depuis, en fait, qu'elle a découvert qu'elle avait une peur bleue de l'avion. C'est maintenant sa partenaire d'affaires qui fait les achats en Europe. Aïsha se concentre surtout sur la mode locale et new-yorkaise, puisqu'elle peut y aller en auto.

Et puis, qu'est-ce qui lui prend de s'inventer un faux accent français ? Elle veut vraiment l'impressionner.

— Et j'adore les Parisiens, ajoute ma copine.

Dis donc, qu'est-ce qu'elle en met, ce soir ! Ça non plus, ce n'est pas vrai. Combien de fois l'ai-je entendue chialer au retour d'un voyage en France ? Combien de fois s'est-elle plainte que les Parisiens ne comprenaient pas son accent, un mélange de québécois et de tunisien ?

Wô les moteurs ! Mon instinct me dit de retourner au salon. Chemin faisant, on sonne à la porte. Bon, maman maintenant.

J'ouvre la porte d'entrée et devant moi se tient une petite femme boulotte. Un foulard brun lui recouvre la tête et des boucles d'oreilles en forme de feuilles de tilleul tombent sur ses épaules. Elle tient dans ses mains une grande boîte en carton, qu'elle me remet aussitôt.

— Attendez, j'ai d'autres boîtes dans l'auto, dit-elle en redescendant l'escalier extérieur.

La voyante, je l'avais oubliée, celle-là !

Mme Marguerite s'installe dans ma chambre à coucher. Elle y monte une petite tente, avec des rideaux en velours rouge et or. À l'intérieur, elle recouvre une table ronde d'une nappe noire et y dépose précieusement sa boule de cristal et son jeu de tarots.

Depuis des années, ma mère ne jure que par l'astrologie. C'est ce qui guide toutes les décisions de sa vie, autant dans ses amours que dans sa vie professionnelle. Alors, j'ai pensé lui faire plaisir ce soir en invitant une médium qui, semble-t-il, jouit d'une renommée internationale.

Et comme Mme Marguerite travaille à forfait – 500 dollars pour la soirée –, nous allons tous pouvoir profiter de son expertise. Moi la première.

Comme à son habitude, maman est en retard. C'est calculé, bien entendu. Elle aime bien se pavaner tel un paon devant les invités, m'a-t-elle déjà avoué un dimanche après-midi, après s'être enfilé plusieurs mimosas.

Cette fois-ci, elle a particulièrement réussi son coup pour se faire remarquer. Tandis qu'elle serre la main de Maxou et de mes deux amis, j'examine sa tenue. Bon, le pantalon, rien à redire. Noir et classique. C'est plus haut que ça se gâte. Elle porte une camisole rouge pompier avec des bretelles spaghetti. En plein mois de février et… sans soutien-gorge.

Mon Dieu ! Faites qu'à son âge je ne m'habille pas comme elle ! Ni que je me peigne les ongles en rouge écarlate ! Ni que je porte une chaînette en or avec un pendentif de mon signe du zodiaque ! Au fond, faites que je n'aie jamais l'air de ça !

— Ma chérie, tu connais François ? suppose-t-elle en se tournant vers l'homme qui l'accompagne.

— Euh, tu m'as parlé de lui, mais on ne s'est jamais rencontrés. La dernière fois, tu étais avec Sébastien.

— Ah oui, quelle déception ! François est beaucoup plus mature, beaucoup plus… homme, ajoute ma mère tout en se blottissant dans ses bras et en lui caressant doucement le ventre. D'un geste sans équivoque.

Inquiète, j'observe Maxou du coin de l'œil. En bon diplomate qu'il est, il esquisse un sourire neutre et poli. Tout le contraire d'Ugo. Son air traumatisé fait augmenter mon angoisse d'un cran. Il nous faut un autre apéritif. La bouteille de mousseux californien apportée par François fera parfaitement l'affaire.

— Joyeux anniversaire, madame Champagne ! souhaite Aïsha à ma mère en levant son verre.

Et nous tous d'enchaîner avec nos bons vœux.

— Je vous en prie, appelez-moi Mado, précise-t-elle à mes invités, en rougissant.

Avant de servir l'entrée, je fixe un bandeau sur les yeux de maman et la guide vers ma chambre, suivie des autres invités. Je la fais tourner trois fois sur elle-même, avant de lui enlever le bandeau et de m'écrier : « Surprise ! »

Déstabilisée par la tourniquette, le mousseux et ses talons aiguilles, maman perd pied, trébuche et s'agrippe maladroitement au bras gauche de Maxou, évitant de justesse une malencontreuse chute. Quand, finalement, elle aperçoit la petite femme qui se tient devant elle, elle jubile.

— Pas Mme Marguerite ! Charlotte, t'aurais pas dû, roucoule-t-elle. Commencez sans moi.

Et elle entraîne la voyante sous le lourd rideau de velours.

Comme si on allait souper sans elle, alors que c'est son anniversaire qu'on célèbre. Bon, en attendant, ouvrons une autre bouteille de mousseux. Et profitons-en pour tout savoir sur François.

Quinze minutes plus tard, on a appris que François a trente-trois ans – misère, le même âge que moi –, qu'il est serveur dans un restaurant – double misère, il doit gagner à peu près le quart du salaire de maman – et qu'il n'a jamais eu d'enfants. À sa connaissance du moins, puisqu'il nous a avoué avoir bamboché pas mal dans sa « jeunesse ».

— Mais maintenant, c'est fini. Je veux avoir une relation sérieuse et j'ai trouvé la bonne personne.

Et cette personne, ce serait ma mère ? Une femme qui a presque le double de son âge et qui se rend ridicule à force de vouloir paraître plus jeune ? Non, mais faut pas me prendre pour une dinde !

Ça aurait été beaucoup plus crédible s'il avait dit : « J'en ai marre de vivre dans un trois et demi. J'ai l'intention de m'installer dans la maison sur pilotis de ta mère et de profiter du sauna avec mes copines quand elle n'est pas là ! »

Ça, il ne l'avouera jamais, n'est-ce pas ? Mais moi, je compte bien le démasquer.

J'entends la porte de ma chambre qui se ferme bruyamment. Maman a le visage complètement défait, comme si elle venait d'apprendre une très mauvaise nouvelle.

— Charlotte, il faut que je te parle. Suis-moi,

déclare-t-elle d'un ton solennel en se dirigeant vers la salle de bains.

À part la chambre, c'est la seule pièce fermée de mon appartement. Maman le sait fort bien puisqu'elle s'y réfugie souvent pour pleurer en silence quand elle vient me rendre visite.

— Qu'est-ce qui se passe ?

— Chut ! fait-elle en posant son index sur ses lèvres, avant de tourner le robinet du bain pour faire couler l'eau.

— Tu veux prendre un bain ?

— Non, c'est pour qu'ils ne nous entendent pas. Charlotte, poursuit-elle après un court silence, Mme Marguerite vient de me dire quelque chose de très important.

Ah balivernes ! La dernière fois, la voyante lui avait annoncé que je deviendrais lesbienne. Aucun risque. La fois d'avant, elle lui avait dit que je partirais vivre en Afrique. Là non plus, aucun risque. Ça va être quoi, maintenant ? Je vais avoir des jumeaux ?

— Il y a un traître dans l'appartement. Quelqu'un qui va te faire beaucoup de mal, qui va te poignarder dans le dos.

— Ben voyons, maman, ce sont mes amis et mon chum. Je ne crois pas à ça.

— En tout cas, je t'aurai prévenue. Surveille tes arrières.

Je lui fais un large sourire avant de la prendre dans mes bras et de lui dire qu'elle s'inquiète beaucoup trop pour moi. Comme toujours.

Dès qu'elle sort de la salle de bains, mon sourire s'efface. Et si c'était vrai ? Non, impossible. Je retourne auprès de mes invités, parfaitement confiante.

Le potage asperges et fenouil est une réussite totale. Crémeux à souhait. Autour de la table, tout le monde semble se régaler.

— Qui va être le prochain sur la liste de Mme Marguerite ? dis-je en regardant tour à tour chacun de mes invités.

— Tu devrais y aller, toi, suggère Aïsha à Maxou.

— Quelle bonne idée ! renchérit maman.

— Ma-xi-mi-lien. Ma-xi-mi-lien, entonnent en chœur Aïsha et maman en tapant des mains.

Et Maxou de me lancer un regard signifiant : « Peux-tu me sortir de ce pétrin de façon élégante et sans blesser personne, s'il te plaît ? »

Ugo, qui a saisi le désarroi de Maxou, vient à sa rescousse.

— Les filles, laissez Max tranquille. C'est déjà assez pour lui de tous nous rencontrer le même soir.

— Ah, c'est juste pour le fun, réplique Aïsha. On veut savoir ce qui va arriver à notre beau Français. Est-ce qu'il va vraiment repartir pour la France à la fin de son contrat ou est-ce qu'il va s'établir au Québec ?

Ça, c'est quelque chose que je ne veux pas savoir. Pas tout de suite, du moins.

En théorie, Maxou doit retourner vivre à Paris dans un peu moins d'un an. Comme ça m'angoisse terriblement, je préfère ne pas y penser et faire comme si ça n'existait pas. De toute façon, un an, c'est long. Il peut se passer bien de choses d'ici là.

— Max est comme moi, il ne croit pas vraiment aux voyantes.

— Oui, mais nous, on y croit. Et je suis certaine qu'il est quand même curieux, n'est-ce pas, Maximilien ? fait Aïsha en se tournant vers lui et en posant tout doucement la main sur son épaule.

Une sonnette d'alarme retentit dans ma tête.

— Moi, je vais y aller, tiens, affirme soudain Ugo sur un ton de défi.

Quel ami merveilleux ! Ugo m'a déjà avoué qu'il détestait tout ce qui touche de près ou de loin à l'astrologie depuis qu'un de ses chums l'avait quitté après avoir fait un test de numérologie sur Internet. Alors, qu'il aille consulter la voyante, dans le but non avoué qu'Aïsha lâche le morceau, me fait chaud au cœur.

— On va t'attendre pour le bison, lui dis-je d'un ton attendrissant.

Maman et François vont s'asseoir au salon pour se minoucher, pendant que je reste à table avec Maxou et Aïsha.

Ça fait maintenant huit ans que je connais Aïsha. Quand je l'ai rencontrée, elle sortait tout juste d'une relation hypercompliquée avec son professeur de danse. Un homme marié dont elle était éperdument amoureuse, mais qui l'a laissée quand sa femme est tombée enceinte.

Depuis, elle est célibataire et s'offre des aventures de temps en temps. Elle adore jouer les séductrices et, généralement, je lui laisse le plancher. Mais quand c'est de mon amoureux qu'il est question, c'est une autre histoire.

— Je suis allé souvent au Maroc, mais jamais en Tunisie. Est-ce que c'est un aussi beau pays ? demande Maxou à Aïsha.

— C'est encore plus…

— Ma mère y est déjà allée, dis-je en lui coupant

la parole. Elle avait rencontré un beau Tunisien sur le Web.

— Mais non, ma chérie, c'était en Turquie ! crie maman depuis le sofa du salon, où elle est maintenant étendue de tout son long, pendant que François lui masse les pieds.

— Ah oui, c'est vrai. Excusez, c'est la faute au pinot noir, dis-je en remplissant les verres de chacun.

Je savais pertinemment que c'était la Turquie, mais Aïsha et Maxou, eux, ne pouvaient pas le deviner. J'avais simplement oublié que maman était tout juste à côté.

— Bonne nouvelle tout le monde. Je vais me marier cet été ! s'exclame Ugo d'un ton sarcastique en sortant de ma chambre à coucher.

— Oh, wow ! C'est excitant, dit Aïsha en lui sautant dans les bras.

— J'ai même pas de chum, comment tu veux que je me marie ?

— Ben, on sait jamais. Tu vas peut-être avoir un coup de foudre, suggère maman en venant nous rejoindre à table. Moi, ça m'est arrivé souvent depuis mon divorce. Mais je ne me suis jamais remariée.

Ah non ! Elle ne va tout de même pas nous faire l'énumération de ses conquêtes ! Chaque fois, c'est terriblement embarrassant. Pas devant Maxou, s'il te plaît, maman, je prie intérieurement.

— J'ai quand même attendu un an après mon divorce avant de commencer à fréquenter quelqu'un. Charlotte, tu te souviens de Julien ?

Voulant lui signifier que cette conversation ne m'intéresse pas, je m'éloigne et retourne à mes fourneaux. Maman n'en fait pas de cas et poursuit.

— Quand je l'ai connu, il commençait sa carrière de chanteur. Aujourd'hui, il est célèbre. Il est à la tête d'un groupe rock québécois très populaire, tu les connais peut-être, Maximilien, c'est…

Depuis ma cuisine, je ne l'entends plus jacasser et fort heureusement. De toute façon, j'ai à faire. Je commence mes steaks de bison à l'érable et, pendant que je suis seule dans la cuisine, je sors le gâteau de son emballage commercial.

Après avoir jeté un coup d'œil à la ronde, je dissimule l'emballage dans le fond de la poubelle, sous les autres déchets.

— Wow ! Ç'a l'air délicieux ! s'extasient mes invités quand je dépose les assiettes devant chacun d'eux.

— Où est mon chum ?

— Aïsha l'a convaincu d'aller consulter la voyante, m'informe fièrement maman, en souriant de façon complice à mon amie.

— Bon, c'est chaud, alors commencez.

Déçue et déstabilisée, je retourne à la cuisine pour mettre l'assiette de Maxou au four. Quand il revient avec nous, quelques minutes plus tard, nos assiettes sont vides et c'était en effet délicieux.

On est maintenant en pleine discussion sur les derniers scandales de la Ville de Montréal. *Boring !* Et, comme à son habitude, maman fait comme si elle connaissait le dossier de long en large et y va de ses recommandations farfelues.

Nous, on l'écoute poliment. Puisque c'est son anniversaire et qu'elle a aujourd'hui… Non, c'est vrai, elle m'a ordonné de taire son âge.

— Ce sera pas long, Max, je t'apporte ton steak, dis-je en me dirigeant vers la cuisine. À mon grand désarroi, je constate que le séjour de l'assiette de Max dans le four n'a pas été, comment dirais-je… avantageux.

Côté look, c'est raté, les frites sont ratatinées, la sauce s'est éclaircie et, vérification faite, la viande est trop cuite. Hé malheur !

Pense vite Charlotte, pense vite ! Bon, on oublie les frites, je lui refais un steak et, heureusement, il me reste de la sauce. Le problème, c'est que je n'ai plus de bison. Bon, après tout, un bison, c'est un genre de bœuf en plus sale et en plus méchant. Va pour le contre-filet de bœuf, Maxou n'y verra que du feu…

C'était mal connaître les facultés organoleptiques hyperdéveloppées de mon chum.

— Charlotte, m'annonce-t-il sans sourciller en prenant la première bouchée, tu t'es fait avoir comme un bleu. C'est du bœuf, ça, pas du bison !

Et vlan ! C'est pas ce soir que je vais décrocher le titre de l'hôtesse parfaite.

— Pis, qu'est-ce qu'elle t'a dit, la voyante ? demande Aïsha à Max.

— Je dois pas vous le dire. C'est un secret.

— Ah ! s'écrient de concert Aïsha et maman. Tu veux te faire désirer, c'est ça ? ajoute Aïsha.

— Mais non, elle m'a vraiment dit de garder ça pour moi, que ça pouvait créer… comment s'est-elle exprimée déjà ? Ah oui, que ça allait créer de la turbulence autour de la table.

— Comment ça de la turbulence ? On est pas en avion ! dit Ugo.

— Dans le sens de créer des conflits entre nous. Inutile d'insister, je ne veux faire de peine à personne avec ces âneries.

J'échappe soudainement les assiettes sales que je rapportais à la cuisine. Elles tombent sur le plancher dans un grand fracas et se cassent en mille morceaux. Une fois de plus, Ugo vient à mon secours. Ensemble, on ramasse mes dégâts.

— Ben voyons, chérie, te mets pas dans tous tes états. C'est de la foutaise, tu le sais bien, murmure-t-il pendant qu'on est tous les deux à quatre pattes au sol.

— Oui, je sais, mais j'ai comme un mauvais pressentiment. Il commence à y avoir trop de signaux ce soir.

— En tout cas, je voulais te dire, il est vraiment chou, ton Max.

— Oui, je l'aime tellement, c'est l'homme de ma vie, dis-je en soupirant. Même en contre-plongée, il est beau et n'a pas de double menton.

***

Ugo et moi, on décide qu'il est assez tard. Ce n'est pas le genre de soirée qu'on souhaite prolonger inutilement. On sert les fromages et, ensuite, on passe au dessert. Je convoque tout le monde dans la cuisine, sauf Mado. Et la voyante, que je laisse moisir dans sa tente.

— Bon, vous vous souvenez des consignes : interdiction formelle de lui parler de son âge. Voyez, j'ai mis cinquante-quatre chandelles sur le gâteau et non soixante. Allez, on y va.

— *Ma chère Mado, c'est à ton tour, de te laisser parler d'amour*… chantons-nous en nous avançant vers elle, nos visages illuminés par la lueur des chandelles.

Et voilà ma petite maman qui est tout émue et nous

regarde comme si on lui avait offert la Lune. Elle ferme les yeux, émet un souhait en silence et souffle sur les chandelles.

— Moi, quand ma mère a eu soixante ans, tous ses vœux se sont réalisés, lance Aïsha.

Non mais, elle fait exprès ou quoi ? Quelle *bitch* ce soir ! On va devoir avoir une sérieuse conversation entre *best* avant longtemps !

La remarque d'Aïsha jette un tel froid dans la soirée que tout le monde part en ayant à peine touché au dessert. La bonne nouvelle, c'est que personne n'a eu le temps de remarquer que le gâteau n'était pas fait maison.

***

Maxou trempe ses mains dans l'eau savonneuse, en ressort une grande assiette carrée, qu'il astique sensuellement avec le bout de ses doigts, comme une longue caresse. Je rêve d'être cette assiette.

— À moi, tu peux le dire ce qu'elle t'a dit, la voyante ?

— C'est sans importance et puis, de toute façon, tu n'y crois pas. Alors, qu'est-ce que ça change ?

— Oui, mais je suis curieuse, dis-je en me levant sur la pointe des pieds pour l'embrasser dans le cou. Juste sous l'oreille, là où il aime tant.

— Bon, cède-t-il en se retournant pour me faire face. Mais promets-moi que tu ne prendras pas ça au sérieux.

— Juré, craché !

Et je me penche au-dessus de l'évier pour honorer mon serment.

— Enfin Charlotte, fais attention, s'impatiente Maxou. On ne crache pas dans l'eau de vaisselle !

Oups !

— Elle m'a annoncé que je trouverais le grand amour au Québec, que la femme de ma vie était ici, autour de la table…

Yé, je le savais ! Il va s'installer ici, on va vivre dans sa grande maison de banlieue, on va avoir deux enfants. Non, trois. Trois garçons qui vont lui ressembler, avec des belles boucles blondes comme des petits saints Jean-Baptiste. Je vais les habiller en bleu à chaque fête nationale.

— Mais elle a dit aussi, continue Maxou, que le grand amour de ma vie n'était peut-être pas celui que je pensais… Regardez autour de vous, elle m'a dit… Des conneries, tout ça.

Quoi ?

Et là, je prends une décision irrévocable. C'était la première et la dernière fois qu'Aïsha se trouvait en présence de Maxou. Juré craché. Et je crache à nouveau dans l'eau de vaisselle.

5

« Mieux vaut pleurer dans une limousine
que dans un bazou. »

MADO CHAMPAGNE (1951-).

Déjà un mois que le souper d'anniversaire de ma mère a eu lieu et je n'ai toujours pas eu LA conversation que je me suis promis d'avoir avec Aïsha. Voilà à quoi je pense en programmant le tapis roulant du gym auquel je me suis abonnée récemment.

Je n'ai pratiquement pas revu mon amie depuis le fameux souper, prétextant avoir trop de travail, ma lessive à terminer ou une migraine carabinée. Le vrai problème, c'est que je ne sais pas trop comment aborder le sujet. Pour la millième fois, je réécris le scénario de la conversation dans ma tête. Je pourrais prendre l'approche thérapeutique. Lui parler au *Je*, tout doucement, sans hausser le ton, comme le recommandent les psychologues.

Ça donnerait quelque chose du genre : « J'ai quelque chose d'important à te dire au sujet du lien de confiance entre amies, j'aimerais que tu m'écoutes attentivement et ensuite, je vais entendre ce que tu as à me dire. L'autre soir, j'ai été un peu blessée par ton attitude… »

Oui, mais ce n'est pas vrai. Je ne suis pas *blessée* par son attitude, je suis en colère ! Et ce n'est pas mon genre de tourner autour du pot comme ça. Et si j'essayais de façon plus directe : « T'as couru après mon chum toute la soirée, tu veux me le piquer, j'en suis certaine. Tu sais que c'est l'homme de ma vie pis tu veux tout bousiller, tu peux pas accepter que je sois en amour et pas toi… »

Un peu enfantin, peut-être ? Manque seulement les « gna gna gna gna gna » et la grimace avec la langue !

L'homme qui fait du vélo stationnaire à côté de moi me regarde tout à coup d'une drôle de manière, un peu comme s'il était insulté. Ah non ! J'ai dû lui tirer la langue sans m'en rendre compte !

— Désolée, je récitais un rôle pour ma pièce de théâtre pour enfants. Je ne voulais pas vous faire une grimace.

Il me fait un bref signe de la tête et monte la vitesse de son vélo de trois crans. C'est ma nouvelle résolution : m'entraîner au moins trois fois par semaine. On ne peut pas passer sa vie à cuisiner et à manger sans risquer de prendre du poids. Ça fait maintenant deux semaines que je fréquente le gym et j'ai tenu mes résolutions. Enfin, presque.

La première semaine, je suis venue trois fois. Bon d'accord, la première fois, c'était pour m'inscrire et comme je n'avais pas mes espadrilles, je n'ai pas pu m'entraîner. La deuxième fois, c'était pour faire le tour des machines avec un gentil entraîneur qui m'en expliquait le fonctionnement. Et la troisième fois, j'ai vraiment commencé.

La deuxième semaine, je suis venue trois fois. En fait, c'est ce que dit mon calendrier électronique. C'était prévu, mais j'ai dû annuler deux séances pour des questions de vie ou de mort.

Le mardi, Ugo avait besoin d'aide à sa boucherie parce qu'il recevait deux veaux entiers qu'il devait découper le soir même. On ne laisse jamais un ami dans le besoin. Surtout lorsqu'il vous promet des jarrets de veau en échange.

Et le jeudi, un fabricant de barbecues qu'on avait déjà reçu à l'émission nous a envoyé une invitation. Il organisait pour nous une gigantesque vente de feu le soir même.

Je ne pouvais tout de même pas manquer cette opportunité. Avec Martin, je me suis rendue dans ce coin perdu de l'ouest de l'île pour profiter de rabais de 10 à 15 %.

J'ai acheté le top du top. C'est du moins l'expression qu'a utilisée le vendeur. Et il est tout à fait génial ! Le barbecue… pas le vendeur.

Je peux y faire rôtir un porcelet entier sur la broche. J'ai un petit rond pour faire cuire du riz. Et, comble du bonheur, il dispose d'un bac à glaçons incorporé pour la bouteille de rosé !

Bon, Martin a fait son rabat-joie en me disant que les glaçons allaient fondre quand je mettrais l'appareil en marche. Mais qu'est-ce qu'il en sait ? Il ne l'a jamais essayé.

Le vendeur m'a aussi dit que mon barbecue est muni de six brûleurs en acier inoxydable de soixante mille BTU. Il m'a expliqué pourquoi c'était important les BTU, mais je ne m'en souviens plus. J'étais trop occupée à choisir des outils de barbecue avec des manches roses et un tablier avec l'inscription : « Je suis la reine du grill. »

Et pas cher du tout, le barbecue : 175 dollars. C'est le montant que j'ai payé avec ma carte de crédit. Oui, oui, c'est bien ce que ça m'a coûté.

Encore là, Martin a voulu jouer les trouble-fête en me disant que je ne pouvais pas calculer comme ça. Il dit que je dois tenir compte des onze autres paiements de 175 dollars qui seront facturés sur ma carte de crédit chaque mois. Ce qui fait monter le prix du barbecue à… combien déjà ? Ah oui, quelque chose comme 2 000 dollars.

Mais dans la vie, tout est une question de perception, non ? Et pour l'instant, mon barbecue me coûte 175 dollars. Une véritable affaire !

Il me sera livré au printemps. D'ici là, j'aurai bien trouvé un endroit où l'installer. Impossible de le mettre chez moi, je n'ai pas de balcon. Peut-être que je pourrais le faire livrer chez Maxou ? C'est tellement génial avec lui en ce moment, on est vraiment amoureux. Aucune ombre au tableau.

Et, pour tout avouer, l'idée de m'inscrire au gym, c'est avant tout pour qu'il continue de me trouver belle et séduisante. C'est pour ça que dès cette semaine, plus rien ne m'empêchera de venir ici trois fois semaine. Plus rien.

Je termine avec un faux enthousiasme mes vingt minutes obligatoires de vélo stationnaire et je me dirige tranquillement vers les douches. Pour cette fois, je m'autorise à sauter les exercices de musculation. J'ai une bonne excuse, je suis déjà en retard pour mon rendez-vous avec Maxou au resto.

***

— J'ai un service à te demander, me demande Maxou entre deux dim sum.

— N'importe quoi pour toi, mon amour.

— J'ai besoin du meilleur chef à domicile de tout le Québec. Le meilleur, insiste-t-il.

— Ouh là là, c'est du sérieux. C'est pour quelle occasion ?

Je nous imagine déjà tous les deux à table, des violonistes russes debout à nos côtés, jouant une mélodie romantique pendant qu'on se regarde les yeux dans les yeux en sirotant des bulles.

On aurait sorti l'argenterie de ma grand-mère – ou de la grand-mère de Maxou plutôt, la mienne n'a jamais eu d'argenterie –, et le chef à domicile déposerait devant nous des faisans aux morilles.

— C'est pour une réception avec l'ambassadeur de France, m'informe-t-il, me ramenant les deux pieds sur terre. On va faire ça chez moi. Du coup, ce sera plus sympathique et plus discret. C'est un dîner important avec des entrepreneurs français.

— Ah bon, très bien. Et tu penses à quoi comme menu ?

— L'idée, c'est qu'ils ne se sentent pas trop dépaysés, ni dans l'assiette ni dans l'étiquette. Alors, un menu français, typique mais pas trop, avec une petite touche québécoise peut-être. Tiens, pourquoi pas un dessert à l'érable ? Ça, ils adoreraient.

Maxou m'explique que les Français auront eu l'occasion de goûter la cuisine québécoise les jours précédant le souper chez lui. D'où l'idée de leur montrer qu'au Québec on peut aussi manger comme chez eux.

Je sors discrètement mon iPhone pour prendre des notes.

— Aussi, poursuit-il, je veux que le chef et ses garçons connaissent l'étiquette à la française et qu'ils portent un uniforme. Donc, pour les serveurs : chemise blanche et gilet noir, pantalon et souliers noirs cirés, tablier noir et nœud papillon. Pour le chef : veste de cuisinier blanche à double boutonnage à l'avant, toque – bien entendu – et une petite touche de fantaisie. J'aime bien le foulard rouge noué autour du cou. Ah, et puis le nom de l'entreprise doit être brodé sur les uniformes.

Un chausson avec ça ? me dis-je tout bas en continuant à noter à vive allure.

— Tu penses pouvoir trouver ça facilement ? me demande-t-il.

— C'est pour quand et pour combien de personnes ?

— Pour samedi en huit. On attend une douzaine de personnes.

— Pas de problème. C'est comme si c'était fait.

Je souris à Maxou pour le rassurer et tenter de me convaincre moi-même.

— J'aimerais que tu sois là aussi, Charlotte. Je veux leur présenter ma nouvelle copine du Canada.

— Du Québec, Maxou, du Québec.

***

Cinq jours plus tard, je n'ai toujours pas trouvé ce foutu chef à domicile. Soit il fait de la cuisine fusion, soit il ne connaît pas le savoir-vivre français, ou encore ses serveurs s'habillent en gris ou le nom de son entreprise n'est pas brodé sur les costumes.

Il y en avait un qui aurait pu très bien faire l'affaire à mon avis. Mais quand j'ai dit à Maxou qu'il était originaire du Lac-Saint-Jean, il a eu peur que ses compatriotes ne le comprennent pas. Foutaises ! Les Jeannois ont un accent tout à fait adorable et parfaitement compréhensible.

Bon, pour les expressions, c'est autre chose. Il aurait fallu avertir le chef Tremblay de ne pas demander à un invité : « À cause tu fais simple de même ? » Ni de traiter l'ambassadeur de « grand talent » ou de nous faire « accrère » que « ça prend juste trois beluets » pour faire une tarte. Sinon, je suis convaincue que ça se serait bien passé. Mais c'est Maxou le *boss*, c'est lui qui décide. Cette fois-ci, du moins.

Et me voilà à trois jours de l'événement, sans aucune réservation, en pleine crise de panique. Assise à mon bureau, à l'abri des regards indiscrets de mes collègues, je pianote vigoureusement sur mon portable en mangeant des canneberges séchées de façon compulsive. Pour l'énième fois, je fouille sur Internet pour tenter de dénicher la perle rare.

« Daniel Souligny, maître traiteur certifié, l'Inde et le Guatemala à la même table. » Eille, c'est n'importe quoi !

Je continue ma recherche. « Traiteur Tout pour votre boîte à lunch. » Des sandwichs au prélart, non merci ! « Traiteur Colette Spénard », « Traiteur Charlotte »… Quoi ? Moi qui rêvais un jour de créer ma propre entreprise de traiteur, voilà que le nom est déjà pris !

« Traiteur Charlotte », ça sonne bien, dommage. Je pourrais appeler ça « Charlotte à votre service ». Non, ça pourrait prêter à confusion. « Charlotte, l'hôtesse qui se déplace chez vous. » Non, pas vraiment, encore un double sens.

« Votre hôtesse de l'année : Charlotte Lavigne ! » Voilà, c'est ça, ce sera le nom de ma future entreprise. Mais… et si le futur était plus rapproché qu'on le pense ? Je crois que je viens de trouver la solution à mes problèmes.

Je referme subitement le couvercle de mon portable et j'empoigne mon téléphone.

— Ugo, j'ai besoin de toi. J'ai un souper à organiser pour douze personnes… Pour samedi. Oui, dans trois jours.

Je raccroche et je cours jusqu'au bureau de la réalisatrice pour lui annoncer qu'une de mes tantes vient de mourir, que je dois me rendre d'urgence dans le Bas-Saint-Laurent et que je serai de retour lundi. Saine et sauve. Enfin, j'espère.

***

Attablée avec Ugo au coin dépannage de la boucherie, je feuillette le *Larousse de la cuisine*, à la recherche du menu idéal pour le souper des Français. Tous les deux, on est très agités et on ne tient pas en place sur nos chaises.

— Tu trouves pas ça un peu flou comme commande ? Un menu français, typique mais pas trop. Qu'est-ce qu'il voulait dire par là ? me demande Ugo.

— Il a dit que personne ne devait se sentir dépaysé.

— Bon alors, allons-y avec quelque chose de traditionnel. Un bœuf bourguignon, un tartare de bœuf, une blanquette de veau.

— Ah, c'est trop banal ! Ça n'impressionnera personne !

— Moi, ce qui m'inquiète, c'est de savoir comment tu vas faire pour que Max ne sache pas que c'est toi le traiteur !

— T'en fais pas, j'ai un plan. Mais il faut qu'on choisisse quelque chose qui se cuisine d'avance. Un mijoté, un ragoût, une fricassée…

— Français, typique mais pas trop, je sais…

Et on se remet à fouiller fébrilement dans LA bible de la cuisine. On va bien finir par trouver.

Crêpes jambon-fromage… Trop breton. Bouillabaisse… Trop marseillais. Carbonade flamande… Ben non, c'est belge. Et puis moi la bière, de toute façon… Même s'il y a de l'alcool, rien à faire, je n'aime pas ça.

— On n'y arrivera jamais, dis-je, découragée.

— Bon, je t'ai déjà connue plus persévérante. Voilà ce qu'on va faire. Je feuillette le livre, tu comptes jusqu'à dix, j'arrête de feuilleter et on cuisine ce qu'il y a sur la page.

— Bonne idée ! Un, deux, trois, quatre, cinq, six, sept, huit, neuf, dix !

— Velouté aux oursins.

— Ah, t'es pas sérieux ? Pas question, j'ai pas envie de me piquer. On recommence.

Et je me remets à compter, cette fois-ci un peu plus vite puisque le temps presse.

— Fricassée de lapin, annonce Ugo.

— Du lapin ? Génial ! C'est exactement ça.

— Oui, mais c'est pas tellement original.

— On a juste à prendre une recette moins classique. Au lieu de le faire aux pruneaux ou à la moutarde, on va trouver une nouvelle façon, un nouvel ingrédient. Je sais pas, moi, un lapin aux…

Je regarde autour de moi, histoire de trouver un peu d'inspiration. Quand j'aperçois tout à coup l'étalage des noix.

— … aux pistaches, tiens ! C'est bon en terrine, je vois pas pourquoi ce serait pas bon en fricassée. Voilà : fricassée de lapin de Stanstead aux pistaches. Ugo, t'es super !

— Mais j'ai rien fait, moi. C'est toi qui es géniale.

***

Maintenant que le choix du menu est arrêté – on va y aller avec des brochettes d'escargots en entrée et un truc à l'érable pour le dessert –, je dois m'occuper du service. Où vais-je recruter un faux chef et deux serveurs tirés à quatre épingles ?

L'idée, c'est que ça ne me coûte pas cher. Voyez-vous, quand j'ai décidé de m'improviser traiteur pour le souper de Maxou, je n'avais pas pensé à ça, mais je vais pouvoir faire d'une pierre deux coups.

Tout d'abord, je vais impressionner mon chum en lui faisant croire que j'ai trouvé le meilleur traiteur de tout le Québec. Et ensuite, je vais faire un petit coup d'argent et pouvoir rembourser une partie des dettes de mon souper japonais ! Et de mon nouveau barbecue, tant qu'à faire…

Ça va faire du bien à mon compte de carte de crédit. Régler le montant minimal, ça évite les problèmes. Mais il faut bien un jour s'attaquer aux soldes antérieurs. Surtout quand ils s'accumulent.

Je ne vole rien à personne. Tout est une question de

savoir comment répartir le budget. Je me vois un peu comme l'entrepreneur général de cette aventure. Je vais donc me garder une large part des profits et essayer de payer le moins cher possible mes sous-traitants.

Mais quel homme acceptera de travailler à rabais un samedi soir ? Surtout un soir où le Canadien affronte les… les quoi donc déjà ? Ah oui ! Les Pingouins de Toronto.

Simple : un homme qui me doit quelque chose. Justin, *it's payback time* ! Et je laisse immédiatement un message sur le répondeur de notre chroniqueur horticole.

— Salut mon chou, tu te souviens quand tu m'as appelée en catastrophe à 5 heures du matin pour que j'aille te chercher dans un bar clandestin à Joliette ? Tu sais, t'avais oublié que tu devais être en studio à 8 heures ? Eh bien, là, c'est moi qui ai besoin de toi. Rappelle-moi, j'ai besoin de connaître ta taille et ta pointure de chaussures.

Je le convoque à une rencontre au sommet, le soir même, à la maison, sans lui dire exactement de quoi il retourne. Je fais la même chose avec Martin, qui accepte avec plaisir même s'il n'a aucune dette d'honneur envers moi. Et je demande à Ugo d'être également présent. Voilà, j'ai mes trois hommes.

Bon, Maxou va certainement reconnaître Ugo, mais je lui dirai qu'il rencontre des difficultés financières et qu'il a renoué temporairement avec son ancien métier, celui de serveur. Même si c'est vrai qu'il était plutôt coiffeur avant d'être boucher.

***

— Non, c'est interdit de broder une inscription à la main sur nos vêtements de location. Même si vous l'enlevez par la suite, m'avertit clairement le propriétaire de la boutique *Mille métiers, mille costumes*.

J'aurais dû suivre mon instinct et garder pour moi ce petit détail, somme toute insignifiant quand on y pense. Je suis convaincue que le commerçant ne se serait douté de rien. Mais maintenant qu'il sait…

— Vous pouvez par contre utiliser du velcro, ça ne cause pas de dommages aux vêtements.

Pas bête, pas bête.

— Parfait. Je vais louer deux costumes de serveur et un de chef cuisinier. Vous avez un petit foulard rouge ?

J'entends tout à coup la sonnerie de mon téléphone. Aussitôt que j'en reconnais la mélodie, mon cœur se serre. C'est Aïsha. Je réponds d'une façon plutôt laconique, tout en me disant que cela ne pourra pas durer éternellement. Je devrai, un jour ou l'autre, dire à Aïsha ce que j'ai sur le cœur. Mais pour le moment, je ne trouve pas le courage.

— Les gars sont tous des salauds, clame-t-elle, une fois les salutations évacuées.

— Qu'est-ce qui s'est passé ?

— J'ai revu mon ex-amant.

— Lequel ? dis-je en prenant un ton volontairement un peu blasé.

— Ben là, y en a pas tant que ça. Albert, le prof de danse. Celui qui était marié.

— Était marié ?

— Oui, il s'est séparé, c'est pour me dire ça qu'il m'a appelée.

— Et… ?

— Ben, il est venu me voir hier soir et, *my God*,

c'était juste trop bon ! C'était vraiment comme si nos deux corps ne s'étaient jamais quittés, comme si on avait couché ensemble la veille. Ça a duré des heures et des heures. Ça faisait longtemps que j'avais pas baisé comme ça. Des années je pense.

— Hein, c'est ben *hot* ! Raconte encore…

Je n'ai jamais su résister à une bonne histoire de baise. Et là, ça fait un moment que je n'en ai pas entendu. Habituellement, Roxanne me raconte ses aventures de long en large, mais elle semble plutôt tranquille dernièrement. Depuis le cuisinier au citron en fait.

— Ben, tu sais, quand t'as besoin de rien dire, quand le gars anticipe tous tes désirs. Il a commencé tout doucement en me caressant la joue. Et là, je me suis rappelé à quel point ses mains étaient douces.

Je m'aperçois que le vendeur me regarde maintenant d'un drôle d'air. Je lève mon index, pour lui faire signe d'attendre une minute et je cours me cacher derrière les uniformes de policier. Je m'accroupis pour mieux savourer la suite de la conversation.

— Continue, dis-je à Aïsha, oubliant toute ma rancune.

— Tu veux une description complète ?

— Ben, c'est évident.

— Comme j'avais prévu le coup, je portais mon cache-cœur turquoise. Tu sais, celui qui est très décolleté ? Avec ma jupe noire, mes bas jarretières et… j'avais pas mis de petite culotte.

— Hein, t'avais pas de petite culotte ?

Derrière moi, j'entends le vendeur qui se racle la gorge. Oups, je pense que je me suis un peu trop emballée.

— Non, pas de petite culotte. Ensuite, on s'est embrassés longuement, puis il a commencé à me déshabiller, mais j'ai gardé mes bas et mes talons hauts tout le long.

Décidément, il est temps que je m'achète des bas jarretières. Je suis convaincue que ça plairait à Maxou. Et je pourrais lui faire la surprise de ne pas porter de culotte. Tiens, pourquoi pas samedi ?

— Madame, c'est que j'allais fermer ma boutique, là ! me crie le vendeur depuis son comptoir.

— Une minute, j'arrive… Aïsha, je vais devoir y aller, mais pourquoi tu as dit ça, que tous les hommes sont des salauds ?

— Bon, alors, après une baise écœurante, on a commencé à jaser. Moi, je m'attendais à ce qu'on se remette ensemble, qu'on fasse des projets. Il est libre maintenant. Mais non, monsieur ne veut pas de blonde. Il a la garde de son fils de huit ans et il veut s'y consacrer entièrement. Il veut seulement qu'on se voie pour baiser, comme dans le temps.

— C'est donc ben poche, qu'est-ce que tu lui as répondu ?

— Ben, tu sais, des baises comme ça, ça court pas les rues. J'ai dit oui. Parce que c'est mieux que rien. Mais, dans le fond, je veux plus. Beaucoup plus.

Pauvre chouette, toujours à la recherche du bonheur. Toujours en attente de l'homme qui lui fera chavirer le cœur, et qui restera au lit après une baise torride. Qui ne partira pas pour aller retrouver sa femme. Ou son fils.

Elle est seule, Aïsha, alors que moi… Moi, j'ai Maxou, cet être extraordinaire, qui illumine mes journées, qui donne un sens à ma vie et sans qui je ne pourrais plus respirer, ne serait-ce qu'une seconde… Bon, il faut vraiment que j'arrête de louer des films d'amour quétaines, ça déteint trop sur moi. S'il fallait que je dise ça tout haut…

Je sens tout à coup fondre toute ma colère envers mon amie. Peut-être qu'elle ne l'a pas vraiment fait exprès, l'autre soir, au souper d'anniversaire de ma mère ? Peut-être qu'elle se sent seule et qu'elle veut simplement attirer l'attention ? Peut-être qu'elle n'est pas si dangereuse que ça pour mon couple, après tout…

Je suis prête à lui accorder le bénéfice du doute, mais de là à passer l'éponge sans rien dire, il y a une marge.

— Aïsha, il faut qu'on parle toutes les deux. T'as le temps de prendre l'apéro là, tout de suite ?

Et je lui donne rendez-vous dans un endroit neutre, un *lounge* de la rue Saint-Laurent. Je m'installe au bar et je commande une bouteille de Tempranillo espagnol.

J'adore ce cépage aux arômes de cerise et de réglisse, surtout quand le vin est jeune. Non pas que je me considère comme une spécialiste des vins, loin de là, mais j'ai appris à les marier avec mes repas et avec… mes émotions. Je sais qu'un Tempranillo va calmer ma nervosité et apaiser mes angoisses.

Quand Aïsha arrive, avec quarante-cinq minutes de retard, j'ai déjà bu la moitié de la bouteille. Mes sentiments oscillent entre la colère, l'ennui et la compassion.

Oui, je suis fâchée contre elle. Mais en même temps, elle me manque. Je m'ennuie de nos conversations, de nos éclats de rire… et de ses rabais sur les vêtements. En plus, elle me fait pitié avec sa solitude. Bref, je ne m'y retrouve plus vraiment.

— Salut, t'es resplendissante, me lance-t-elle en m'embrassant sur les deux joues.

Visiblement, elle ne se doute de rien.

— Toi aussi.

On bavarde quelques minutes, Aïsha en remet sur son amant, me parle de sa déception et de sa rage. Elle s'arrête soudainement, essuie du revers de la main les larmes qui inondent ses joues, fait valser ses cheveux vers l'arrière et me regarde dans les yeux.

— Tu voulais me parler de quelque chose, Charlotte ?

Je prends une grande respiration. Plonge, Charlotte, plonge.

— C'est à propos du souper pour ma mère…

— Ah oui, c'était tellement sympathique. Merci encore, c'était vraiment délicieux. Tu cuisines tellement bien, t'es bonne à marier, c'est pas comme moi.

Décidément, la partie ne sera pas facile.

— Comment t'as trouvé mon chum ?

— Extraordinaire, tellement raffiné, tellement de classe, lance-t-elle.

Bon, voilà, j'ai au moins la confirmation que je ne fabulais pas.

— D'ailleurs, poursuit-elle, moi, si j'étais toi, je ferais attention à ton Français. C'est le genre de mec que bien des filles voudraient avoir dans leur lit.

Toi la première ? me dis-je intérieurement.

— Justement, Aïsha, j'ai eu l'impression que tu voulais… comment dire, l'impressionner.

— Ben quoi, y a pas de mal à vouloir faire bonne impression, réplique-t-elle, maintenant sur la défensive.

— Non, mais avoue que tu y es allée fort, avec toutes ces histoires sur tes voyages à Paris. Et puis, ta façon aussi de te coller sur lui pour lui parler dans l'oreille… c'était un peu déplacé. Même Ugo l'a remarqué.

— T'exagères, franchement, je lui parlais tout bas

parce que je lui parlais de ta mère ! Et puis, mêle pas Ugo à ça. De toute façon, il prend toujours ta défense.

— Il est pas le seul. Même la voyante a remarqué quelque chose…

— La voyante ? Ben voyons, elle n'était pas dans la même pièce que nous.

Bon, c'est vrai que Mme Marguerite n'a pas assisté au petit jeu de mon amie, mais elle a quand même senti qu'il se passait quelque chose, non ? Sinon, elle n'aurait jamais dit à Maxou que le véritable amour de sa vie n'était pas moi, mais bien Aïsha.

Et ça, je ne veux surtout pas qu'elle l'apprenne. Ça la mettrait dans une position de force et je suis convaincue qu'elle tenterait par tous les moyens de se rapprocher de Maxou.

— Qu'est-ce qu'elle a dit, la voyante, hein ? Dis-le-moi ! me relance-t-elle.

Mieux vaut ignorer la question.

— Prends-le pas mal Aïsha, mais, vraiment, t'étais pas obligée de passer la soirée à le séduire. Je sais que ça fait partie de ta nature, mais c'est MON chum.

— C'est ça, dis donc que je suis une voleuse de chum. Pour qui tu me prends ?

Pour une fille en mal d'amour… je pense tout bas.

— C'est juste que je veux que les choses soient claires. Avec Max, c'est pas comme avec les autres. J'y tiens à ce gars-là, je veux que ça dure plus de trois mois. Et pas question de le partager celui-là.

Aïsha sait très bien à quoi, où plutôt à qui je fais référence. C'est une histoire que nous avons vécue toutes les deux il y a quelques années, à l'époque où je fréquentais Mike, un anglophone de Montréal. Un célibataire endurci qui collectionnait les aventures.

Avec lui, tout était clair. Une ou deux fois par semaine, on sortait ensemble, au resto ou dans un bar de la rue Crescent. Et, invariablement, on finissait la soirée chez moi, ou parfois même dans son Grand Cherokee. Je le trouvais amusant, bon amant, mais sans plus.

Nous n'avions pas beaucoup d'affinités et il était loin de partager ma passion pour la bouffe. Pour lui, le summum de la gastronomie, c'était un filet mignon, sauce au poivre, avec une patate au four et de la crème sure. Avec une Molson dry. Mais bon, pour la baise, c'était génial.

Un jeudi soir, alors que nous prenions tranquillement un verre à la terrasse de notre bar favori, qui vois-je arriver ? Aïsha. Et toute seule, de surcroît. Était-ce un hasard ? Encore aujourd'hui, j'en doute. Je crois plutôt qu'elle était intriguée par tout ce que je lui avais raconté au sujet de Mike.

Toujours est-il qu'elle s'est installée à notre table et a aussitôt commencé à jouer le grand jeu avec mon amant. Décolleté plongeant, sourire aguichant, rires provocateurs.

Ce soir-là, mon anglophone de service a choisi Aïsha. Et j'ai décidé de fermer les yeux. Parce que je savais que mon amie était en panne sèche et que, de toute façon, je n'éprouvais pas de véritable sentiment pour ce Mike qui m'amusait mais qui commençait à avoir fait son temps.

Par la suite, je ne l'ai plus jamais revu. Et je n'ai posé aucune question à mon amie. Bonne joueuse, je ne lui en ai pas voulu.

Mais aujourd'hui, c'est autre chose. Pas question qu'elle touche à un cheveu de Maxou. Il faut que ce soit très clair.

— Tu me comprends, hein, Aïsha ?

— Je vais te dire ce que je comprends, Charlotte. T'es insécure et t'as peur de perdre Max. Donc tu vois des complots partout.

Des complots ? Qui a parlé de complot ? Elle n'a jamais comploté dans mon dos, elle a fait ça devant moi, sans aucun scrupule. Et là, je passe par-dessus le fait qu'elle s'est fait un plaisir de rappeler à maman qu'elle venait de franchir le cap de la soixantaine.

— Mais dans le fond, Charlotte, t'as bien raison, poursuit-elle, de plus en plus enragée… T'as raison d'être insécure. C'est évident que toi et lui, ça pourra pas durer. Regarde les choses en face, vous êtes pas du même milieu. Lui, il est diplomate, il appartient à une autre classe, il doit venir d'une famille de bourgeois, c'est certain. Tandis que toi, ta mère, on n'en parle même pas. Et ton père… ton père, Charlotte, c'est un col bleu, un vulgaire chauffeur de déneigeuse. Puis un col bleu, ça fréquente pas des diplomates !

Je suis interloquée. Qu'est-ce que mon père a à voir là-dedans ? Aïsha continue de plus belle.

— Et tu sais quoi, Charlotte ? J'en ai marre. C'est pas mon problème si t'es jalouse de moi. Et c'est pas ma faute si j'ai plus de poitrine que toi. Va falloir que t'en reviennes un jour !

Aïsha se lève, s'empare de son sac à main Miss Sixty rose et de sa veste de cuir marron, me regarde d'un air condescendant, tourne les talons et quitte le bar.

Mais qu'est-ce qui a bien pu se passer ? Qu'est-ce que j'ai fait pour qu'elle me parle comme ça ? Moi, jalouse d'Aïsha ? Ben voyons, je l'aime comme la sœur que je n'ai jamais eue.

Et puis, qui a dit que deux personnes de milieux

différents ne pouvaient pas s'aimer pour la vie, envers et contre tous ? C'est arrivé dans *Love Story*. Bon, c'est vrai que ça finit mal, mais c'est parce qu'elle meurt à la fin du film. Pas parce qu'ils appartiennent à deux classes sociales différentes.

Le barman me jette un coup d'œil inquiet, je crois qu'il a entendu toute la scène.

— Non, mais vous parleriez comme ça, vous, à votre meilleur ami ?

Le barman bafouille quelque chose d'incompréhensible et retourne essuyer des verres à l'autre bout du bar.

En silence, j'avale les dernières gorgées de mon verre de vin. Je suis toujours sous le choc de notre conversation. Ce n'est pas la première fois qu'Aïsha et moi, on a une prise de bec, mais ce n'est jamais allé aussi loin. C'est la première fois qu'elle me parle aussi méchamment.

Je n'ai pas l'habitude d'être rancunière, maman dit même que je ne le suis pas assez. Mais cette fois-ci, je ne sais pas comment je pourrais oublier les paroles assassines d'Aïsha. Pour l'instant, de toute façon, je ne suis même pas certaine de vouloir encore lui parler.

Je règle la facture et quitte le bar complètement désemparée. Une fois assise dans mon auto, je me mets à pleurer doucement. Je regarde autour de moi et constate, une fois de plus, que ma voiture est dans un état de décrépitude avancé.

Ça me fait penser à ce que maman me disait quand j'étais petite fille : « Mieux vaut pleurer dans une limousine que dans un bazou. » Et mes larmes coulent de plus belle.

6

« Les serveurs doivent entrer dans la salle à manger l'un derrière l'autre et marcher en cadence. »

Cours de majordome à l'International Butler Academy.

— Quoi ? Tu veux que je joue le garçon de table ? Jamais !

J'ai devant moi un Justin complètement furieux, qui pique une scène royale devant mes deux autres « employés », Martin et Ugo. Nous sommes tous les quatre réunis dans ma cuisine, une bouteille de rhum cubain et quatre verres à shooter posés devant nous.

Tout en versant la précieuse boisson ambrée dans nos verres préalablement refroidis au congélateur, je tente de leur expliquer le plan de la soirée. Et ce, avec le plus de tact possible. Mais devant le peu de temps qu'il nous reste, je m'impatiente.

— Regarde, Justin, c'est pas compliqué, t'as pas le choix. Je ne te le demande pas, c'est une faveur que tu me dois. Un point, c'est tout !

— Tu sais, dit Ugo, ça peut être très drôle. On peut avoir beaucoup de plaisir.

— Ah oui ? Avoir du fun à servir des Français chiants… me semble, rétorque-t-il d'un ton désabusé.

— Ben voyons donc. C'est pas parce que c'est des Français qu'ils sont chiants, hein, Ugo ? Mon chum, il est loin d'être chiant !

— Non, non, il est super fin. D'habitude, en tout cas. C'est sûr que là, il a beaucoup de demandes précises. Ça m'inquiète un peu, on connaît pas vraiment ça, l'étiquette française.

— En tout cas, moi, je suis bien content de jouer le chef. Comme ça, je vais pouvoir rester dans la cuisine et pas dire un mot, hein, Charlotte ? intervient Martin, en cherchant mon approbation.

— Hum, faut pas prendre de chance. Les invités peuvent demander à voir le chef et là, il va falloir que tu puisses leur parler des plats que soi-disant tu as préparés.

— Non, mais je connais rien en cuisine, tu le sais, Charlotte, je suis nul.

— C'est ta blonde qui cuisine ? s'informe Ugo.

— Non, j'ai pas de blonde. Je mange des trucs préparés que j'achète à l'épicerie.

— Ah ben, tu devrais venir à ma boucherie, j'en fais plein. Des paupiettes de veau dans une sauce marinara, des pâtés au poulet, des macaronis au porc gratinés, de la bonne bouffe maison… Toi aussi, Justin, tu es le bienvenu, dit-il en se tournant vers lui avec un grand sourire.

Ugo se lève pour offrir des cartes de la boucherie aux deux autres. Tout en lisant les informations sur la carte, Justin refroidit les ardeurs d'Ugo.

— Merci, mais j'habite pas vraiment dans le coin.

Et il remet la carte à Ugo.

Je croise le regard de mon meilleur ami et j'y aperçois un peu de tristesse. Ah non, ne me dites pas qu'il trouve Justin à son goût ! C'est vrai qu'il est particulièrement séduisant, avec ses yeux vert-gris, sa barbe de trois jours qu'il affiche avec une nonchalance toute calculée et son sourire narquois. Un beau gars de vingt-six ans, mais combien déplaisant quand il s'y met !

C'est que notre chroniqueur horticole a une légère tendance à se prendre pour un autre. Tout ça parce que des téléspectatrices le reconnaissent quand il fait son marché : « Mon Dieu ! Vous êtes encore plus beau en personne… Ma sœur et moi, on vous aime beaucoup, on suit vos conseils à la lettre… J'ai des problèmes avec mon figuier pleureur qui perd ses feuilles, vous pouvez me dire quoi faire ?… »

Et Justin les écoute patiemment. Autant il peut être chou avec les téléspectatrices et avec Roxanne, autant il peut être désagréable avec les gens qui ne peuvent pas le faire avancer dans sa carrière.

En plus, personne dans l'équipe n'est vraiment certain de son orientation sexuelle. Gai ou pas ? Mystère. Je vais devoir en discuter avec Ugo.

Avant de poursuivre, je ressers une grande lampée de rhum à mes amis, pour mieux les préparer à la suite. Je me lève pour faire meilleure impression. J'ai déjà lu que si on est plus haute que son interlocuteur, celui-ci va nous prendre plus au sérieux. Et là, je ne veux surtout pas être prise à la légère.

— Pour ce qui est de l'étiquette, j'ai fait mes devoirs, dis-je en leur distribuant à chacun un DVD. Voici un reportage sur une école de majordome en

Europe. En le regardant, vous allez savoir comment vous comporter le soir du souper.

— Ben là, tu veux quand même pas qu'on prenne un accent français ? se choque Justin.

— Je pense que ce serait préférable, oui. Comme ça, les invités vont être moins à l'aise de vous critiquer s'il y a un problème. Je veux qu'on mette la totale et je vous rappelle que ma relation avec Max en dépend.

— Voyons, chérie, tu charries pas un peu, là ? suggère Ugo.

— Ouin, je trouve que t'en mets pas mal, ajoute Justin en s'enfonçant dans sa chaise, les bras croisés devant lui.

— Vous savez pas de quoi vous parlez ! Vous le connaissez pas, mon chum, c'est un perfectionniste. Et il joue sa carrière avec ce souper-là.

Ça, j'avoue que je n'en sais rien. Mais si ça peut les aider à être obéissants…

— Donc, dans le DVD, vous allez apprendre ce qu'on appelle le langage du service. Par exemple, quand le repas sera prêt, vous allez dire à Max « Monsieur est servi ! » et non pas : « C'est prêt ! »

Je vois Justin qui lève les yeux au ciel, dans un geste d'exaspération, et Martin qui me regarde d'un air perplexe. Ne te laisse pas déconcentrer, Charlotte, c'est toi qui mènes, continue ton exposé sur les bonnes manières.

— Aussi, si un invité vous demande de lui apporter quelque chose, vous répondez : « Ce sera un plaisir ! » Ugo et Justin, vous devez aussi marcher tous les deux en cadence quand vous entrez dans la salle à manger.

— Euh, Charlotte, risque Martin, tu crois pas que

c'est un peu trop pompeux ? Est-ce qu'ils font vraiment tous ces chichis en France, dans les dîners d'affaires ?

— Mais comment tu veux que je le sache ? Je ne suis jamais allée dans un dîner d'affaires à Paris. Alors, on ne prend pas de chance, je vous l'ai dit, on met la totale. Il pourra quand même pas nous reprocher d'en faire trop.

— Ben oui, il pourrait, ajoute Martin.

Et les deux autres d'acquiescer en hochant la tête.

Ding ! Ça sonne à la porte. Sauvée par le livreur de poulet BBQ !

7

Menu pour M. l'ambassadeur et ses distingués collègues :
– Brochettes d'escargots aux fines herbes
– Fricassée de lapin aux pistaches, ses pommes duchesse et ses haricots sautés au beurre
– Plateau de fromages français
– Mousse à l'érable québécoise.

C'est le grand jour ! Je roule dans mon bazou sur le pont Victoria en direction de Saint-Lambert. J'ai toujours détesté ce pont, que je trouve trop étroit et instable. On ne roule pas sur de l'asphalte, mais sur des treillis métalliques croisés.

Mon père, lui, l'aimait beaucoup ce pont-là. Il l'appelait « le pont qui chatouille les pieds ». Quand j'étais petite, il faisait de grands détours pour emprunter le pont Victoria.

Je rigolais bien quand je sentais la vibration des treillis sous mes pieds. Je suppliais mon père de faire un autre tour sur le pont. Et il se pliait de bonne grâce à mes plaisirs d'enfant… Pauvre papa, il n'a plus souvent l'occasion de venir se faire chatouiller les pieds sur le pont Victoria. Si seulement…

Bon, assez de nostalgie. Révisons l'organisation de la journée. Maxou est à Ottawa, il devrait arriver chez lui en début de soirée, environ une heure avant les invités.

Hier, on a passé la soirée en tête à tête et je lui ai montré le menu du prétendu traiteur. Il était enchanté et surtout très impressionné que le menu soit écrit à la main. Faut dire que Martin a vraiment fait du beau travail.

— Tu sembles avoir trouvé quelqu'un de vraiment bien, Charlotte, m'a-t-il dit. Peu de gens accordent de l'importance aux détails de nos jours. Mais c'est ça qui fait la différence. Et comment il s'appelle, ce traiteur ?

Et là, j'ai dû simuler une crampe au ventre pour faire diversion. J'avais complètement oublié de trouver un nom pour le traiteur. J'ai donc passé une partie de la nuit à chercher un nom d'entreprise crédible et j'ai finalement décidé d'y aller avec quelque chose de banal, qui n'attirera pas l'attention : « Traiteur Martin. »

Dès mon réveil, j'ai aussitôt passé une commande chez un commerçant pour trois étiquettes en velcro avec l'inscription : « Traiteur Martin. » Elles seront prêtes en fin d'après-midi et on pourra les coller sur les uniformes de mes employés.

Me voilà maintenant chez Maxou. Je me stationne dans l'entrée de la résidence, le temps de décharger la voiture, que je vais ensuite cacher quelques rues plus loin. Mon chum ne sait toujours pas que je possède une auto, encore moins un tas de ferraille. Pas question qu'il l'apprenne aujourd'hui.

J'ai tout l'après-midi pour cuisiner et me préparer.

Mes employés seront là pour me donner un coup de main un peu plus tard. J'ai décidé qu'aujourd'hui, c'était consommation zéro en cuisinant. Le premier verre, je le prendrai en même temps que les invités.

C'est Maxou qui a choisi les vins et je peux vous dire qu'on ne boira pas de la piquette. Une caisse de romanée-conti est arrivée à Saint-Lambert plus tôt cette semaine, directement de Bourgogne. Un vin qu'il avait réservé depuis des lustres, m'a-t-il confié.

Juste à regarder les bouteilles, j'ai des étourdissements. C'est le vin le plus cher au monde et je vais pouvoir y goûter ce soir. Quand je vais raconter ça au bureau…

Je me suis promis de boire seulement un verre de vin ce soir. Mais c'était avant que je découvre ce que Maxou allait servir. Depuis dix ans, je rêve de porter à mes lèvres un verre de romanée-conti, de fermer les yeux et de jouir d'un moment parfait. Pas question de me contenter d'un seul et unique verre.

Curieusement, je ne me sens pas trop nerveuse. Habituellement, avant une réception, je suis un vrai paquet de nerfs, je ne tiens plus en place. Mais là, pour une raison que j'ignore, je suis particulièrement calme. J'ai peut-être vraiment la bosse des affaires, après tout.

***

La fricassée de lapin mijote doucement sur la cuisinière, les brochettes d'escargots ont été assemblées, la mousse à l'érable refroidit au frigo et, moi, je suis déjà épuisée.

Pendant que je finis de me maquiller, j'entends Martin et Justin qui se disputent dans la cuisine.

— Non, le foulard rouge, tu ne le portes pas sur le côté, ça fait fille. Tu mets le nœud en avant… comme ça, dit Justin en ajustant le foulard dans le cou de Martin.

— Les gars, vous êtes superbes.

Je leur lance le compliment en arrivant dans la cuisine. C'est vrai qu'ils ont de la gueule mes trois complices. Avec leurs chemises blanches, leurs tabliers noirs et leurs nœuds papillon – pour les serveurs –, on croirait qu'ils sortent tout droit d'un café de Saint-Germain-des-Prés.

Il ne manque que leurs gilets, puisque j'attends toujours la livraison de mes étiquettes.

— Tu m'as pris des souliers trop petits, Charlotte, j'ai déjà mal aux pieds, chiale Justin.

— Ah, te plains donc pas…

— Charlotte, avance Martin avec son petit air timide, tu es vraiment magnifique, ce soir. J'en connais un qui est chanceux…

— Merci, t'es trop *sweet*.

Je pivote sur moi-même pour faire virevolter ma robe couleur corail, qui m'arrive tout juste au-dessus du genou. Une merveille en mousseline de soie, avec son bustier sans bretelles et ses délicates perles décoratives qui soulignent le décolleté. Je m'y sens flotter.

D'un air espiègle, je remonte tout doucement ma robe sur ma cuisse, tout juste assez pour laisser entrevoir le haut de ma nouvelle acquisition : mes bas jarretières à dentelles. Mes trois employés suivent la scène avec beaucoup d'intérêt.

— Charlotte, mais qu'est-ce que tu fais ?

D'un mouvement sec, je baisse ma robe et me retourne subitement. Qui se tient devant moi ? Nul autre que l'homme de ma vie, Maxou. Et il va maintenant penser que je suis une dévergondée qui ne pense qu'à flirter avec des domestiques. Son air catastrophé en dit long sur ce qu'il pense de la situation.

— Euh… Maxou… Je t'ai pas entendu arriver.

Je rougis à vue d'œil tout en tentant de trouver une explication logique à mon curieux comportement. Rien d'intelligent ne me vient à l'esprit. Laissons passer.

— Pas étonnant avec cette musique qui joue à tue-tête. On l'éteint, tu veux bien ? J'ai la migraine.

— Ah non, pauvre chou ! Monsieur Brodeur, dis-je en me tournant vers Justin, voulez-vous arrêter la musique, s'il vous plaît ?

— Tout de suite, madame, marmonne Justin, qui s'exécute de bonne grâce, même s'il a des poignards à la place des yeux.

J'avoue que je savoure particulièrement la situation. Au boulot, c'est l'inverse, c'est moi qui le sers. Avec une meilleure attitude, bien entendu, puisque je suis une fille. C'est bien connu, les filles sont plus vaillantes et plus gentilles – ou plus hypocrites, c'est selon – au travail.

— Ugo ? Mais qu'est-ce que tu fais ici ? s'exclame Maxou en serrant la main de mon meilleur ami.

— Euh, c'est que…

— Ugo, tu peux le dire, y a pas de honte à arrondir ses fins de mois.

Je me tourne vers Maxou pour lui fournir plus d'explications.

— Ugo a des problèmes de liquidités à la boucherie. Un des employés du traiteur s'est déclaré malade ce matin, alors j'ai pensé appeler Ugo pour lui rendre service. Comme il a déjà été serveur dans une autre vie…

Bon, en voilà un deuxième qui me regarde comme s'il voulait m'étrangler. Ugo n'aime pas beaucoup qu'on pense qu'il ne sait pas gérer un *business*. D'autant plus que c'est plutôt le contraire. Comme homme d'affaires, il est vraiment génial. Tous les mois, il fait des profits et met de l'argent de côté pour des REER. Un exemple que je devrais suivre… Un jour, peut-être.

— Maxou, je te présente le chef de « Traiteur Martin », Martin Santerre.

— Bonsoir, monsieur Lhermitte, vous allez bien ?

— Très bien, merci beaucoup, Charlotte m'a dit beaucoup de bien de vous.

— Ah… c'est… gentil, balbutie Martin, qui s'essuie nerveusement les mains sur son tablier, tout en baissant les yeux au sol.

— Viens, Maxou, je vais te faire un petit massage de la tête avant que les invités arrivent.

Et je prends la main de mon chum pour l'entraîner vers nos appartements privés, laissant les domestiques faire leur travail. Je crois que je m'habituerais rapidement à la vie de châtelaine.

***

Nous voilà maintenant assis tous les douze à la grande table de la salle à manger de Maxou. Des chandeliers anciens en bronze illuminent la pièce d'une douce lueur, la nappe en dentelle de Bruges recouvre la table où sont déposés des couverts en argenterie et des verres à vin en cristal d'Arques.

C'est vraiment d'un chic fou. Je suis particulièrement fière de la décoration de ma table. Tout est luxueux, ancien, classique.

Maxou m'a assigné la place de l'hôtesse, au bout de la table, tout juste face à lui. L'invité d'honneur, l'ambassadeur, est assis au milieu du groupe. Jean-Jacques de Marichalar est accompagné de son épouse, la charmante Pauline.

Il y a aussi le consul, Pierre-François Perrin, avec qui travaille Maxou, son épouse, et trois couples de visiteurs français : les Chauvin, les Vasseur et les Guillou.

Pour l'instant, j'avoue que j'ai du mal à suivre la conversation qui porte sur le cours de l'euro. Mais je fais semblant de comprendre en souriant à tout un chacun.

J'écoute d'une oreille distraite, puisque j'étudie plutôt nos invités d'honneur. Discrètement, bien entendu.

L'ambassadeur m'intimide beaucoup, avec son charme aristocratique, un brin austère. C'est clair qu'il a reçu une éducation bourgeoise, qu'il est sûrement diplômé de la Sorbonne et qu'il a été élevé à Neuilly-sur-Seine ou dans une autre banlieue chic de Paris avec un nom composé.

Je suis aussi très impressionnée par ses boutons de manchette Montblanc et son épingle à cravate assortie. Un accessoire que, personnellement, je trouve un peu dépassé, mais qui donne toutefois beaucoup de panache, je dois reconnaître.

Bref, l'ambassadeur est une personne que je ne souhaite pas réellement approcher ce soir. En fait, j'aurais peur de ne pas savoir quoi lui dire. Le mieux, c'est d'éviter d'entreprendre une conversation avec lui. Comme ça, je suis certaine de ne pas me mettre dans l'embarras. Ce qui ne doit absolument pas se produire, ce soir. Je me suis promis de jouer *low profile*, rien de moins.

En revanche, je trouve que l'épouse de l'ambassadeur semble très gentille et surtout, accessible. Elle est hyper élégante dans son tailleur-jupe marine, son chemisier coquille d'œuf et ses escarpins Louboutin. De discrètes perles d'eau douce, avec une légère teinte rosée, entourent son joli cou. Elle se tient droite et ses manières sont raffinées.

J'adore son sourire engageant qui incite à la confidence. Cette femme-là doit avoir une tonne de copines, c'est certain.

Tout en continuant mon observation, je remarque que tout le monde autour de la table porte des vêtements aux teintes plutôt neutres et foncées. Marine, noir, gris, beige. Je suis la seule à avoir osé la couleur. Et à avoir les épaules dénudées.

Est-ce que c'était vraiment une bonne idée ? En fait, je constate que je suis plutôt vêtue pour un cocktail dans un bar branché du centre-ville de Montréal que pour un dîner avec des gens d'affaires et des diplomates. Oups !

Tout à coup, je sens que je détonne. Je suis beaucoup trop voyante, moi qui m'étais juré de ne pas attirer l'attention. Si seulement j'étais à la maison, j'irais me chercher un châle noir, et le problème serait réglé. Mais ici, chez Maxou, je n'ai aucun vêtement de rechange.

Je dois trouver un moyen de camoufler un peu le corail de ma robe. Mes yeux parcourent la salle à manger à la recherche d'un bout de tissu, de n'importe quoi, finalement, pouvant recouvrir un peu mes épaules.

Rien à faire, tout ce que je vois, c'est ma serviette de table. Je pourrais en faire une bavette, ça cacherait un peu ma robe. Voyons donc Charlotte, t'es pas en train de manger du homard dans une cabane sur la plage en Gaspésie !

L'idéal, ce serait un châle de dentelle de la même couleur que les murs : portobello. Je connais cette teinte, j'ai la même dans mon couloir. C'est fou ce que les compagnies de peinture inventent comme nom pour désigner un beige fade et sans personnalité. N'empêche que c'est ce qu'il me faut.

Je revois tout à coup les petits rideaux de dentelle de la salle de bains de Maxou. Beiges et fades, comme le mur. Voilà, j'ai trouvé. Suffit d'aller les récupérer.

Je m'excuse auprès des invités et me dirige vers les toilettes. Les rideaux me semblent drôlement bien fixés et la fenêtre est beaucoup plus haute que je pensais.

Je ne trouve rien qui puisse faire office de petit escabeau. Je suis incapable d'atteindre la tringle. Bon, aux grands maux, les grands moyens ! Je vais tirer sur le rideau, quitte à le déchirer et le remplacer plus tard.

Un, deux, trois, go ! Je tire de toutes mes forces sur le tissu que j'entends se déchirer de tout son long. Bon, un premier pas de franchi !

Pendant toute cette opération, je m'aperçois que mes nouveaux bas jarretières ne cessent de descendre et de s'enrouler sur mes genoux. Je dois sans cesse les remonter. Quelle déception ! J'aurais besoin d'un porte-jarretelles.

Je dépoussière le rideau de dentelle et je l'examine.

Il est vraiment, mais vraiment fade. De plus, quelques fils pendouillent tristement. Pas terrible, finalement.

Je le drape autour de mes épaules et me regarde dans le miroir pendant de longues minutes. À la limite, ça peut passer pour un châle de grand-mère. Entre un look de star et celui de mamie, je choisis – bien malgré moi – le plus sage.

Je retourne m'asseoir à ma place, juste à temps pour goûter le romanée-conti que Justin vient de servir. En portant le verre à mes lèvres, je regarde mon chum amoureusement. Que je suis chanceuse !

Je suis tellement envoûtée par l'odeur du vin que je m'aperçois à peine que Maxou ne me rend pas mon regard amoureux. Je crois même remarquer une lueur d'inquiétude dans ses yeux quand il me regarde.

Qu'importe, ne gâchons pas ce pur moment de plaisir que j'attends depuis dix ans. La première gorgée de vin est tout simplement sublime, il n'y a pas d'autre mot. À cet instant précis, je me dis que si le ciel me tombait sur la tête, je mourrais comblée. Par le vin et par l'amour.

Les portes françaises de la salle à manger s'ouvrent sur Ugo. Il est vraiment mignon dans son uniforme et il semble bien se débrouiller avec le plateau qu'il tient dans sa main droite. Un vrai garçon, avec un magnifique sourire en surplus.

— Monsieur est servi, lance-t-il à Maxou, qui le regarde avec un point d'interrogation dans les yeux.

Une petite mise au point avec mon employé sera nécessaire. On dit « Monsieur est servi » une seule fois pendant la soirée, pas chaque fois qu'on apporte un plat. Vraiment, il faut tout leur dire…

Il dépose les assiettes d'escargots devant chacun des

convives. C'est vrai qu'il n'a pas l'aisance des gens qui font ce métier depuis des années, ses mains tremblent un peu, mais personne ne semble y prêter attention.

Il me regarde d'un air complice quand son sourire se fige soudainement. Quoi ? ai-je envie de crier. Son regard s'attarde sur mes épaules. Son air catastrophé en dit long sur ce qu'il pense de mon déguisement de fortune.

Je bouge les lèvres sans émettre un seul son : « C'est pour cacher ma robe. »

Ugo fait la même chose. Je lis sur ses lèvres : « Enlève ça ! »

Je lui réponds, toujours sans aucun son : « Non ! » Il tourne les talons et retourne en cuisine.

— Charlotte, ma chérie, ça va ? me demande Maxou, un brin d'angoisse dans la voix.

Son intervention me fait sursauter et accrocher au passage mon verre de vin, qui perd pied et tangue tout doucement à gauche.

— Hiiii… non, non, non, dis-je en m'adressant à mon verre, que je redresse maladroitement, non sans avoir éclaboussé la belle nappe en dentelle de quelques gouttes de vin rouge.

Ouf ! Le pire a été évité. Je ne veux pas perdre une seule goutte de ce divin nectar.

Je souris à Maxou, en adoptant l'air de quelqu'un en parfait contrôle de la situation. Une spécialiste de la visualisation m'a déjà expliqué que si on pense très fort à l'image de soi que l'on veut projeter, les autres vont y croire.

À voir les airs peu convaincus des invités qui m'entourent, je crois que j'ai encore beaucoup de travail à faire, côté visualisation.

J'essaie de déchiffrer le regard de mon amoureux. Le problème, avec Maxou, c'est qu'il est très *poker face*. Et encore plus devant des invités de marque. Ce qui est bien normal, on s'entend. Mais j'avoue que parfois, j'aimerais bien qu'il soit un peu plus expressif, qu'il laisse de côté son discours de diplomate pour parler avec ses tripes.

Par exemple, quand je lui ai demandé ce qu'il pensait de maman, après le souper pour son anniversaire, il m'a répondu qu'il la trouvait intéressante. Ça, c'est une vraie réponse de politicien. Ça ne veut rien dire.

J'aurais préféré qu'il dise quelque chose comme : « Elle est complètement folle, mais adorable. » Ou bien : « Ne me sors jamais en public avec elle. » Ça, j'aurais compris. Mais intéressante ? Pfff ! Décidément, il maîtrise bien l'art de ne rien dire.

— C'est original, votre robe, c'est une création canadienne ? me lance une des épouses des entrepreneurs.

Quel est son nom déjà ? Ah oui, Mme Chauvin.

— Tout à fait, madame Chauvin. Cent pour cent québécois, comme les Québécois « pure laine ».

— « Pure laine », quelle curieuse expression. Ça signifie quoi exactement ? me demande son mari.

Ouille, moi qui avais promis d'être discrète ce soir. Me voilà maintenant coincée dans une discussion sur l'identité nationale, un sujet pour le moins épineux. Je dois prendre exemple sur Maxou. Parler, sourire… mais ne rien dire. Plus facile à dire qu'à faire.

— Comme dans « Québécois de souche ». J'en suis une d'ailleurs.

— Mais encore ? insiste-t-il.

Et si j'essayais de le mélanger en lui expliquant ça à la *Elvis Gratton* ? Il ne saurait plus si je suis une Canadienne québécoise, une Française d'Amérique du Nord, une Américaine du Nord française, une Québécoise d'expression canadienne-française… et j'en passe.

Tout compte fait, ce n'est peut-être pas l'idée du siècle. Je réussirais peut-être à l'étourdir, mais je ne suis pas certaine que ça l'impressionnerait. Allons-y plutôt pour une explication neutre.

— C'est un Québécois dont les racines sont ici, au Québec.

— Et ça vous confère un statut spécial, d'être un « Québécois de souche », comme vous dites ?

— Non, non, non, pas du tout. C'est simplement qu'on est peut-être plus…

Hé merde, venez à mon secours, quelqu'un ? Dans quel pétrin suis-je en train de me mettre ?

— Madame Charlotte, intervient soudainement Ugo en ouvrant les portes françaises avec fracas. Le chef vous demande.

Ouf !

— Excusez-moi, je dois aller en cuisine, dis-je en me levant de ma chaise.

Je n'ai qu'une envie : fuir toutes ces paires d'yeux interrogateurs qui me font sentir comme la fille d'un col bleu que je suis. Comme me l'a si gentiment rappelé Aïsha.

Je suis Ugo d'un pas assuré, en bonne maîtresse de maison. Aussitôt les portes françaises refermées derrière nous, Ugo tire sur mon châle et réussit à me l'enlever.

— Franchement, Charlotte ! C'est quoi cet accoutrement ?

Je lui ordonne de me redonner mon rideau-châle,

qu'il cache dans son dos. Je tente maladroitement de le récupérer, mais rien à faire. Ugo ne cède pas.

— On dirait un rideau tout défraîchi ! Tu ne remets pas ça, c'est sûr.

— Bon, d'accord, t'as gagné. Je voulais juste couvrir mes épaules, je me sens pas rapport avec cette gang de vestons-cravates.

Ugo me caresse doucement les épaules et me regarde droit dans les yeux.

— T'es magnifique, Charlotte, quand est-ce que tu vas le comprendre ? T'as pas besoin d'être comme les autres, tu seras jamais comme les autres.

— Ah, t'es fin... Et puis, t'as raison, c'est un vieux rideau.

Tous les deux, on éclate de rire.

— Charlotte, viens vérifier si le lapin est correct. Il me semble que ça manque un peu de sauce, m'interpelle Martin.

— J'arrive, chef !

Justin, lui, est appuyé contre le garde-manger, les chevilles croisées, un verre de blanc à la main. Je le dévisage sans lui dire un seul mot.

— Ben quoi, j'attends le service du lapin, dit-il, un air de défi dans la voix.

— Arrange-toi pas pour être soûl. Je te le pardonnerais jamais !

Je me penche sur la casserole de lapin et j'y goûte avec la cuillère en bois qui traîne sur le comptoir.

— Ajoute une tasse de liquide, moitié bouillon de légumes, moitié vin blanc. Ensuite, un filet de crème à cuisson. Je trouve que ça manque de saveur, ajoute une pincée d'estragon frais... OK, Martin ?

Maxou entre dans la pièce comme un coup de vent.

— Charlotte, tu viens maintenant ? On t'attend pour commencer le repas.

— Je suis prête, j'arrive.

— Et Dieu merci, tu as enlevé cet affreux châle, me lance Max avant d'ouvrir les portes françaises pour aussitôt les refermer.

Il se retourne et ajoute, l'index levé vers moi.

— Dernière chose, depuis quand une maîtresse de maison se mêle-t-elle de causer politique à table ? Arrête de les insécuriser avec ton nationalisme à la con !

Le Maxou qui vient de me parler, je ne le connais pas. Jamais il ne s'est exprimé comme ça avec moi, sur un ton autoritaire de gendarme français. Presque méprisant. Bon, mettons ça sur le compte de la nervosité.

— Désolée pour ce contretemps, dis-je aux invités en m'asseyant au bout de la table.

— Dites-moi, Maximilien, qu'est-ce que le Canada a à offrir de plus à des entrepreneurs comme nous ? demande M. Vasseur.

— Je vous dirais tout d'abord qu'il offre beaucoup de flexibilité, commence Maxou.

Tout le monde l'écoute attentivement et je fais de même. Disponibilité de la main-d'œuvre, libre-échange avec les États-Unis et le Mexique, visibilité des entreprises françaises à l'étranger, etc. Il me semble que ça dure des heures.

J'attaque mes escargots. Je n'en ai pas mangé depuis des lunes. Cela fait tellement longtemps que je ne me souviens plus très bien quel goût ils ont. En fait, c'est le goût de la purée à l'ail et aux herbes qui prédomine. Je croque dans le mollusque et c'est là que les choses se gâtent.

Eurk ! La texture me lève le cœur, c'est coriace, on dirait presque du caoutchouc. J'essaie d'avaler l'escargot, rien à faire, pas capable. Je me sens de moins en moins bien, je commence à avoir la nausée. Il faut que je me débarrasse de cette satanée bestiole, c'est dégoûtant.

J'étouffe du mieux que je peux les haut-le-cœur qui me donnent envie de vomir. Paniquée, je regarde autour de moi pour trouver un endroit où cracher discrètement l'escargot, mais je ne trouve rien. À part le sucrier, mais je suis certaine que c'est une très mauvaise idée. Et où ai-je bien pu mettre ma serviette ?

Autour de moi, tout est normal, les gens bavardent sans se rendre compte de mon drame intérieur. J'essaie d'afficher mon plus beau sourire, en gardant le mollusque dans ma bouche et en essayant d'y penser le moins possible.

Allez, Charlotte, à trois on avale. Je compte dans ma tête : un, deux, trois. Je déglutis, mais l'escargot ne veut pas passer. Ça y est, je vais vomir. Je me lève subitement de ma chaise, marmonne un semblant d'excuse à nos invités et cours jusqu'à la cuisine. Je sens derrière moi les regards étonnés de nos convives.

Dans la cuisine, je me précipite à l'évier et je crache finalement l'escargot tout ramolli et poisseux. Délivrance. Mes trois amis se sont approchés de moi et me bombardent de question.

— Qu'est-ce que t'as ? T'es malade ? Est-ce qu'ils se sont aperçus de quelque chose ?

La tête toujours au-dessus de l'évier, je leur demande

de me donner à boire. Ugo me tend un verre d'eau et je rince ma bouche pour effacer toute trace du mollusque.

— À boire pour vrai, maintenant. N'importe quoi.

Je tends mon verre vide à Ugo. Il me sert une bonne rasade de vodka, que j'avale d'un trait pour me calmer et surtout pour éviter la honte qui commence à m'envahir. Je dévoile à mes amis la source de mon malaise et je demande à Ugo d'aller s'excuser de ma part auprès des invités, le temps que j'invente une histoire dans ma tête.

— Vas-y toi, Justin, dit Ugo. Moi, je reste avec Charlotte.

— OK, je peux bien faire ça pour notre Charlotte.

— Dis-leur que je suis partie m'allonger et que je vais les rejoindre un peu plus tard. Et n'oublie pas ton accent français.

Il me sourit et s'exécute de bonne grâce. Étrange changement d'attitude. Est-ce que je devrais être inquiète ?

Le temps de réfléchir à ce que je vais inventer pour me sortir de ce pétrin, je me colle contre Ugo, ma tête sur sa poitrine. Mon histoire doit être crédible. Déjà que Maxou ne semblait pas très content tout à l'heure quand j'ai quitté la table une première fois, je ne dois pas lui faire encore plus honte. Bon, quelle serait la meilleure excuse ?

Machinalement, je caresse la poitrine d'Ugo et mes mains s'arrêtent sur l'étiquette de velcro que j'ai fait faire spécialement pour l'occasion. Elle semble bien tenir en place, on pourrait facilement croire que c'est directement brodé sur le vêtement. « Traiteur Tintin. »

Traiteur quoi ? « Traiteur Tintin » ! Ils se sont trompés, c'est « Traiteur Martin »… Hé merde, ça ne fait pas très sérieux, « Traiteur Tintin ». Encore une autre tuile, comme si j'avais besoin de ça. Pourvu que personne ne le remarque.

Justin revient dans la cuisine et nous dit que tout le monde a très bien réagi à l'annonce qu'il vient de faire. L'annonce ? Comment ça, l'annonce ? Il devait simplement s'excuser en mon nom.

— Qu'est-ce que tu leur as dit au juste ?

— Premièrement, j'ai débarrassé la table en demandant à chacun : « Ç'a été ? » Tu sais, comme ils disent dans les restaurants français à tout bout de champ pour savoir si t'as apprécié. « Ç'a été » par-ci, « Ç'a été » par-là…

— On s'en fout, Justin ! Quoique j'aurais préféré que tu sois plus discret, mais enfin… Qu'est-ce que t'as dit à mon sujet ?

— Alors, j'ai dit : « Madame s'excuse, elle a eu un malaise. Mais vu son état, c'est bien compréhensible. »

— Vu quoi ? Quel état ?

Je suis de plus en plus paniquée.

— Bon, eux non plus n'ont pas très bien compris. Alors, j'ai fait le geste. Comme ça.

Et voilà Justin qui mime le ventre d'une femme enceinte. Je suis sans voix, incapable de prononcer un seul mot. Ugo et Martin sont également tous deux stupéfaits.

— Ben oui, je leur ai fait croire que tu étais enceinte ! Comme ça, ils vont t'excuser facilement, ils vont dire que ce n'est pas ta faute. T'aurais dû voir les épouses. Elles étaient toutes joyeuses, elles ont même félicité Maxou.

Maxou, mon Dieu…

— Et lui, comment il a réagi ?

— Ah ben, difficile à dire. Il avait son visage impassible de diplomate.

— T'es con, t'es con, t'es con !

Je me rue sur Justin pour lui asséner une volée de coups de poing à la poitrine.

— Là, j'ai un chum qui pense que je suis enceinte. Que non seulement je ne lui en ai jamais parlé, mais qu'en plus je me confie à un étranger qui ensuite annonce ça devant tout le monde.

Je suis de plus en plus enragée. Justin me retient à deux mains pour éviter les coups. Ugo et Martin tentent de me calmer en essayant de me faire croire que tout va s'arranger.

— Non, mais pour quelle tarte je vais passer, tu te rends pas compte ? C'est fini, c'est foutu. T'as tout gâché.

— Je voulais juste te rendre service. Si c'est comme ça que tu le prends… Tiens, ton souper à la con, lance-t-il en enlevant son tablier avec fureur. Tu te débrouilleras sans moi.

Il me regarde une dernière fois dans les yeux, tourne les talons et quitte la pièce avec empressement. Je m'écroule sur le plancher, le dos contre les armoires de cuisine et je me mets à sangloter sans pouvoir m'arrêter.

***

Je suis de retour dans la salle à manger juste à temps pour les fromages. Les invités ont adoré la fricassée, selon Ugo. Ils ont trouvé que c'était un excellent lapin à l'estragon… Disparu, le goût des pistaches.

Mais c'est la faute de Martin. L'apprenti cuisinier a

confondu une pincée d'estragon avec une poignée. Pas beaucoup de pif pour la cuisine, mon ami recherchiste.

Enfin, l'important, c'est que je sois maintenant remise de mes émotions et prête à faire face à la musique. Enfin, pas tout à fait. Depuis que je suis entrée dans la pièce, j'évite de croiser le regard de Maxou.

Un peu plus tôt, il est venu dans la cuisine pour tenter de me parler, mais j'ai fait semblant d'avoir une conversation de la plus haute importance au téléphone. En fait, je ne sais pas trop comment démêler cet imbroglio sans dévoiler le secret de l'organisation du souper. Et je n'ai pas le courage, pour le moment, de l'affronter.

Quand je suis entrée dans la salle à manger, les conversations se sont éteintes et un silence embarrassant s'est installé. Après m'être excusée de vive voix, je me suis assise promptement, comme si je voulais signifier que le sujet était clos. Ce qui était vrai, puisque je n'ai aucune envie qu'on me pose des questions sur mon hypothétique grossesse.

Je regarde devant moi les fromages que Maxou a exigés. Un époisses de Bourgogne, un comté et un bleu des Causses. Tous des fromages français.

Sauf que j'ai réussi à ajouter en douce un chèvre québécois qui a remporté des prix : le Cendrillon de la Maison Alexis de Portneuf. Question de montrer aux Français que, nous aussi, on fait d'excellents fromages !

Mais toute cette histoire m'a coupé l'appétit. Par contre, j'ai encore soif. Je fais signe discrètement à Ugo de me resservir un peu de vin. Il s'approche de moi en souriant et murmure à mon oreille : « Tes bas ! »

Oh, mon Dieu ! Un de mes bas jarretières est maintenant descendu sous mon genou. Je ne pourrai jamais me lever dans cet état, il va rouler jusqu'à ma cheville et je serai d'un ridicule comme c'est pas permis !

Discrètement, je tente de remettre en place mon bas. J'essaie de ne pas trop me pencher pour ne pas attirer l'attention et je continue de regarder devant moi.

D'une main, j'attrape mon bas avec le bout de mes ongles et le remonte tranquillement, jusqu'à ma cuisse. Voilà, personne ne s'en est rendu compte. Je baisse les yeux pour replacer la jupe de ma robe et que vois-je ? Une immense maille dans mon bas noir, qui descend jusqu'à la cheville.

Heureusement, j'ai des bas de rechange. Le hic, c'est que je vais encore devoir quitter la table et je sais que ça va déplaire à Maxou. Comme je suis du genre à me lever de table toutes les cinq minutes, il m'a demandé de faire un effort ce soir pour rester en place. Mais ai-je vraiment le choix ?

Je me lève à contrecœur, en m'excusant et en prétextant que je sens une curieuse odeur venir de la cuisine. Mes invités ne semblent pas s'en formaliser et continuent la conversation. Je n'ose pas regarder Maxou.

À mon retour, Ugo sert le dessert. Pauvre chou, il est débordé depuis que Justin nous a laissés tomber. Quel ingrat !

La mousse à l'érable fond dans la bouche. Le mariage avec le cidre de glace pétillant que j'ai choisi est sublime. J'en suis déjà à mon troisième verre quand je commence à converser avec Pauline. Les bulles ont effacé toute trace d'inhibition et j'ai envie d'en savoir plus sur cette femme raffinée.

— Vous, Pauline, est-ce que vous avez des enfants ?

— Oui, nous en avons trois.

— Trois ? Wow ! C'est toute une famille que vous avez là, Pauline. Moi, je pense que je préférerais m'arrêter à deux. C'est plus simple et ça coûte moins cher.

Son regard étonné ne m'empêche pas de poursuivre.

— Mais oui. Par exemple, si vous voulez acheter un billet familial pour un parc d'attraction, c'est souvent prévu pour des familles de quatre : deux adultes, deux enfants. Faut payer un extra pour le cinquième. Aussi, à quatre, vous pouvez avoir une petite berline comme voiture. Tandis qu'à cinq, il faut opter pour la fourgonnette, vous voyez ?

— C'est une façon de voir les choses, répond-elle poliment.

— Et avec trois enfants, est-ce que vous avez le temps de travailler à l'extérieur ?

— En fait, j'étudie. Depuis que mon mari est en poste au Canada, j'ai entrepris une maîtrise en commerce électronique. J'aime beaucoup le milieu des affaires.

Milieu des affaires… Paris… Et si Pauline connaissait cette fameuse Béatrice Bachelot-Narquin ? Voici peut-être l'occasion d'en apprendre plus sur l'ex de Maxou.

J'hésite entre deux stratégies pour cuisiner Pauline. La première, c'est de commencer une conversation sur les femmes qui réussissent en affaires à Paris et d'espérer que le nom de l'ennemie viendra sur le tapis. Ouais, c'est ce qu'on appelle un *long shot*… Pas vraiment le temps pour ça.

Ou bien, je peux carrément jouer franc jeu et faire confiance à la solidarité féminine… Une technique qui convient plus à ma personnalité et qui, je l'espère, devrait donner de bons résultats. Mais pour ça, il faut tout d'abord créer plus d'intimité avec l'épouse de l'ambassadeur.

— Pauline, on va se tutoyer, ça va être beaucoup plus simple. D'accord ?

— Comme vous voulez, Charlotte.

— Voilà qui est réglé, dis-je tout en prenant conscience qu'elle m'a vouvoyée de nouveau.

Bon, laissons-lui le temps de s'adapter.

— J'aimerais te confier quelque chose. Max m'a parlé d'une femme d'affaires qui, semble-t-il, a beaucoup de succès en France. Béatrice Bachelot-Narquin. Tu la connais ?

— Bien entendu, c'est l'étoile montante des managers du Tout-Paris. Une femme brillante, qui va aller loin. Est-ce une amie de Maximilien ?

— En fait, c'est son ex et je t'avoue que ça m'inquiète un peu. Je ne suis pas certaine qu'il l'ait complètement oubliée, je l'ai même surpris en train de la *googler*.

Si je voulais être vraiment sincère, je lui dirais que j'ai plutôt jeté un coup d'œil dans l'historique de l'ordinateur de Maxou pendant qu'il était absent. Non pas que j'espionne mon chum. Je m'intéresse à lui, ce n'est pas pareil. Et, avouons-le, je surveille mes intérêts.

— Ah, je vois. Charlotte, vous ne devriez pas trop vous en faire. Maximilien est un bon garçon. Et puis, dans votre état, il faut éviter le stress inutile.

Ah oui, ma fausse grossesse ! Je ne pardonnerai jamais à Justin de m'avoir mise dans pareil pétrin !

Et Pauline, qui ne semble pas du tout vouloir passer du « vous » au « tu ». Trop bien élevée, j'imagine. À bien y réfléchir, je devrais peut-être en faire autant.

— Non, non, tout va bien. Ne t'en… ne vous en faites pas. Mais revenons à Béatrice, elle est mariée ?

— Charlotte, je vous avoue que je n'en sais rien. J'ai connu Béatrice Bachelot-Narquin dans un contexte professionnel.

L'ambassadeur jette un regard dans notre direction et décide de se mêler à la conversation.

— Pardonnez-moi, je ne veux pas vous interrompre, mais vous parlez bien de Béatrice Bachelot-Narquin ?

— Oui, Jean-Jacques, c'est bien ça, répond Pauline.

— Vous savez qu'elle a de grands projets pour son entreprise, dit-il en s'adressant à nous deux.

— Ah oui, quel genre de projet ?

Tout en posant ma question à l'ambassadeur, je remarque que le silence s'est fait autour de la table. Tous tendent l'oreille pour écouter la suite.

— Béatrice Bachelot-Narquin a l'intention d'implanter des succursales du Groupe Eurova en Amérique du Nord. À New York, Chicago…

Bon, tant qu'elle reste aux États-Unis, elle n'est pas trop dangereuse.

— … Toronto et Montréal. D'ailleurs, c'est ici qu'elle compte ouvrir son premier bureau nord-américain. À cause de la langue, vous voyez ?

Pour la première fois de ma vie, je regrette que notre peuple n'ait pas été assimilé par les Anglais. Mais restons calmes, un tel projet peut prendre des années.

L'ambassadeur poursuit son monologue.

— Maximilien vous a peut-être dit, Charlotte, qu'elle sera ici la semaine prochaine. Un premier voyage de prospection que nous avons planifié avec elle.

Je bafouille une réponse inaudible. Je me tourne vers Pauline et y croise un regard de pitié. Ah non, quand même, je ne me laisserai pas faire ! Allez Charlotte, reprends-toi !

J'affiche maintenant ce masque de confiance inébranlable que j'ai appris à me forger au fil des ans. Nécessaire quand on travaille en télévision.

— Mais bien entendu que Max m'a parlé de la visite de Béatrice. C'est d'une telle importance, comment aurait-il pu ne pas m'en faire part ?

Je me tourne vers lui, pour bien lui faire comprendre que je ne suis pas du tout contente qu'il m'ait caché la visite de son ex. Mais que je ne lui ferai pas de scène. Pas devant les invités, du moins.

— D'ailleurs, je vais réserver une table au *Pied de cochon*. Vous connaissez ? C'est un resto unique en son genre, avec de la poutine au foie gras. On peut même y manger une tête de cochon entière, qu'on vous sert directement sur la table. C'est génial. Elle va adorer, j'en suis certaine.

Et, si j'ai de la chance, elle prendra quelques kilos… Je reprends une gorgée de cidre, tout en leur expliquant ce qu'est une poutine.

— Est-ce que Max vous a dit que c'est là, au *Pied de cochon*, que nous nous sommes rencontrés la première fois ? C'était un jeudi soir, l'endroit était plein à craquer, mais je l'ai tout de suite remarqué, avec ses beaux cheveux blonds, son veston gris anthracite, ses…

— Ah, que vous êtes romantique, Charlotte, m'interrompt Pauline, en ne me quittant pas des yeux, comme pour me faire comprendre quelque chose.

Maxou me regarde aussi avec insistance. D'un regard plus froid et plus dur que d'habitude. Les conversations personnelles ne semblent pas très appréciées dans un dîner d'affaires. Voulez-vous bien me dire de quoi on peut parler alors ? Mieux vaut me taire finalement.

Ugo entre dans la salle à manger, me lance un regard complice et annonce que le café est servi au salon.

— Dites-moi, jeune homme, est-ce que votre chef est belge ? demande l'ambassadeur à Ugo, qui reste interloqué. « Traiteur Tintin » ? C'est bien le nom de votre entreprise ? précise-t-il en regardant l'étiquette sur le gilet d'Ugo.

Et moi qui espérais que personne ne le remarque. Je dois trouver une explication. Rapidement.

— C'est sa femme qui est belge. C'est une ancienne journaliste, une fan de Tintin. Mais le chef est français, originaire de Lyon. Il vit au Québec depuis plusieurs années.

De grâce, faites que personne ne demande à rencontrer le chef. L'accent gaspésien de mon ami Martin n'a rien à voir avec celui des Lyonnais.

— Vous lui transmettrez nos félicitations. C'était délicieux. Des mélanges un peu surprenants, mais réussis, dit Pauline à Ugo.

Ça fait du bien à entendre.

— Merci beaucoup, Pauline, j'ai travaillé très fort pour préparer le…

Ugo m'interrompt en se raclant la gorge bruyamment. Maxou me fixe d'un air interrogatif.

— Pour… pour… pour trouver ce traiteur.

Ouf ! J'ai failli me prendre à mon propre piège. J'aime tellement quand les gens me complimentent pour ce que j'ai préparé. En fait, c'est pour moi la plus belle reconnaissance. Dans mon travail, les compliments, c'est mon animatrice qui les reçoit. Alors que, dans ma cuisine, c'est moi la star. Personne d'autre ne récolte le crédit à ma place. Sauf cette fois-ci et je l'avais presque oublié.

Ugo me lance un regard d'avertissement avant de retourner à la cuisine et nous nous levons tous pour aller savourer notre café au salon.

***

Nos invités viennent tout juste de partir. Il était temps, ma montre affiche 2 h 15. La discussion s'est éternisée au salon et je devais faire appel à toute mon énergie pour ne pas bâiller.

Ugo et Martin sont partis depuis un moment déjà, laissant derrière eux une cuisine immaculée et des restes au réfrigérateur. Je leur dois une fière chandelle. Me voilà donc seule avec Maxou, je vais pouvoir relaxer.

— Charlotte, est-ce que tu aurais quelque chose à me dire par hasard ?

— T'es content, ça s'est bien passé, hein ?

— Putain ! Tu me prends pour un imbécile ou quoi ? Pourquoi tu ne m'as jamais dit que tu étais enceinte ? C'est quoi cette histoire ?

Ah, mon Dieu ! Je l'avais oubliée, celle-là ! La grossesse inventée de toutes pièces par Justin. Maxou est furieux, il fait les cent pas dans son salon. À tel point qu'il m'étourdit.

— Viens t'asseoir, je vais tout t'expliquer.

— M'expliquer quoi, Charlotte ? Ça fait à peine quelques mois qu'on se fréquente. Tu te rends compte ?

Je vais peut-être retourner à Paris à la fin de mon contrat.

Je me lève d'un coup. Ça suffit, il doit m'écouter.

— Y en a pas de bébé ! C'est Justin qui a tout inventé.

— Comment ? Tu n'es pas enceinte ?

— Non, je ne suis pas enceinte.

Maxou se laisse tomber sur le canapé, appuie ses coudes sur ses genoux et cache son visage avec ses deux mains. Il secoue la tête de gauche à droite, ce que j'interprète comme un signe de découragement.

— Je suis désolée, je ne pensais pas que tu y croyais vraiment…

Maxou relève la tête et me regarde avec l'air de quelqu'un qui ne comprend plus rien à ce qui lui arrive. Il enchaîne avec un ton un peu plus doux.

— Charlotte, ça fait des heures que je me fais du souci, que je me sens pris au piège. Et là, tu me dis que j'ai tout faux… Ça me dépasse… Honnêtement, je suis un peu perdu, là…

Oh, que je me sens coupable et incompétente ! J'aurais dû rectifier le tir dès le départ avec Maxou et ne pas le laisser se faire des scénarios dans sa tête. Moi qui pensais que c'était plutôt les filles qui se torturaient de la sorte.

— Pauvre chou, je m'en veux tellement !

— Charlotte, ce n'est pas un jeu. Et puis, tu sais bien que je n'ai pas l'intention d'avoir d'autres enfants. Je te l'ai déjà dit. C'est déjà assez compliqué comme ça. Ma fille qui vit avec sa mère à Paris, moi ici…

— Je sais, je te jure que je ne suis pas enceinte !

Je prends sa main dans la sienne. Il la retire aussitôt et se lève d'un bond. Il recommence à marcher de long en large, en se passant nerveusement la main dans les cheveux.

— Tu veux bien m'expliquer pourquoi le garçon a cru bon d'inventer pareille connerie ? Quel manque de professionnalisme !

— Je crois qu'il m'a prise en pitié...

— Pourquoi donc ?

— Ben, je pense que...

— Il y a quelque chose qui cloche avec ce traiteur, m'interrompt Maxou en s'enflammant. Tu as entendu l'accent du serveur ? Pas Ugo, l'autre, le pédant. Ni français ni québécois, un curieux mélange. En plus, il nous demandait constamment si c'était bien, si on avait aimé. Pour la discrétion, on repassera. Et ses manières ! T'as vu qu'il servait et desservait du mauvais côté ? Quelle ignorance ! On aurait dit un mauvais vaudeville.

— OK, c'était pas parfait, mais au moins, c'était bon.

— Bon ? Non, mais tu rigoles ? Ils ont changé le menu sans nous le dire. Le lapin, il était à l'estragon et non aux pistaches. Et puis, t'as vu qu'ils ont ajouté un fromage de chèvre ? Eh bien, ça n'allait pas du tout avec le vin.

C'est vrai, j'avais oublié qu'on sert du blanc avec le chèvre. N'empêche que de tous les fromages, c'est celui qui a eu le plus de succès. Ils ont adoré son goût acidulé.

Maxou est de plus en plus fâché. Et moi, je trouve qu'il est drôlement sévère envers mon équipe. S'il y a une chose dont je suis certaine dans la vie, c'est quand je manque mon coup en cuisine. Et ce souper-là, il était réussi. Même Pauline l'a dit.

— Mais c'est toi qui voulais un menu français typique, mais pas trop.

— Eh bien, c'était raté. Tu sais quoi, Charlotte, ça n'en restera pas là. Je vais déposer une plainte. Je vais demander un remboursement, voilà tout ! Tu me donneras leurs coordonnées, je vais m'en occuper personnellement.

Oups… Ça, ce n'était pas prévu.

— Non, non, je vais le faire. Tu dois pas avoir le temps, de toute façon.

— Je préfère le faire, dit Maxou, qui s'éclaircit la voix et retourne s'asseoir.

Mais cette fois-ci, il choisit le fauteuil à accoudoir de style Louis XIV et me demande de prendre place face à lui, sur le canapé.

— Charlotte, commence-t-il d'un ton plus solennel, je voulais te dire… je vais être très occupé au cours des prochaines semaines.

— Ah oui, la visite de Béatrice… Pourquoi tu m'as pas dit qu'elle venait au Québec ?

— Je n'y ai pas pensé… Mais peu importe, ce n'est pas de ça que je voulais te parler… J'ai tellement de boulot que je n'aurai pas beaucoup de temps à te consacrer… Et il y a mon contrat, qui se termine à la fin de l'année, du coup je vais peut-être retourner en France…

— Maximilien Lhermitte, arrête de tourner autour du pot. Qu'est-ce que tu veux dire exactement ?

— Tu es une femme extraordinaire Charlotte, mais…

— Mais quoi ?

— J'ai besoin de me retrouver, de faire le point, tu vois…

— Non, je ne vois pas. On est bien ensemble tous les deux, on s'entend bien… Je comprends pas là. C'est à cause de ce soir, à cause de l'histoire de la grossesse ?

— Écoute, ce n'est la faute de personne, c'est juste comme ça. J'ai besoin de temps pour moi.

— Oui, mais si t'es trop occupé, on peut se voir moins souvent.

— Charlotte, sois raisonnable, tu veux bien ?

Je me lève péniblement du canapé et je réalise tout doucement que je vis une scène de rupture. Je tourne le dos à Max pour cacher les larmes qui montent à mes yeux. Il s'approche de moi, pose une main sur mon épaule et me souffle à l'oreille qu'il est désolé, qu'il ne voulait pas me faire du mal. Sa main chaude sur ma peau me trouble et une peine encore plus grande m'envahit.

J'essaie de contenir mes larmes, mais c'est plus fort que moi. Je commence à pleurer tout doucement, en lui faisant signe de la main de me laisser tranquille.

Comme une automate, je marche jusqu'à la chambre à coucher, où je rassemble mes affaires. Appuyé contre la porte, Max me regarde tristement.

— Non, mais attends… Tu ne vas pas partir comme ça, en pleine nuit ? s'inquiète-t-il.

Oh, que si ! Une fille a sa fierté. Et puis, ce n'est pas la première fois que ça m'arrive, j'ai l'habitude de me faire larguer. Chaque fois, je me fais un devoir de ne pas m'accrocher. J'ai appris ça de maman, qui m'a toujours dit de rester digne, quoi qu'il advienne.

Je prends une grande inspiration pour être capable de prononcer quelques paroles et je me retourne vers lui.

— T'en fais pas, j'ai ma voiture.

— Ta voiture ? dit Max, surpris.

— Y a bien des choses que tu ne sais pas sur moi, Max…

J'enfile mes bottes, je mets mon manteau sans prendre la peine de le boutonner et je tourne la poignée de la porte.

— Charlotte, je t'en prie, reste un peu…

Je le regarde dans les yeux. Il a l'air aussi malheureux que moi et ça le rend encore plus beau, encore plus vulnérable. Ses cheveux sont tout ébouriffés, comme ils l'étaient quand on faisait l'amour. Comme pas plus tard qu'hier matin.

Je n'ai jamais autant désiré un homme de ma vie. Sa peau chaude et douce va me manquer terriblement. Je ne peux pas croire que c'est fini.

Je détourne le regard, ouvre la porte et m'enfonce dans la nuit noire et glaciale, sans prononcer un seul mot.

8

Béatrice Bachelot-Narquin.

— Roxanne, est-ce que tu m'écoutes ?

Je suis en pleine réunion de production avec mon animatrice, qui semble plus intéressée à envoyer des textos qu'à parler du contenu de l'émission spéciale que nous préparons pour Pâques.

— Un instant, Charlotte, et je suis à toi, me répond-elle en tapant sur son iPhone.

Je soupire bruyamment et Roxanne me dévisage tout à coup, peu habituée à me voir perdre patience. C'est vrai que j'ai les nerfs à fleur de peau depuis trois jours. Plus précisément trois jours, seize heures et… quarante-sept minutes. Depuis ma rupture avec Maxou.

La nuit dernière, je n'ai pratiquement pas fermé l'œil, à force d'essayer de comprendre pourquoi il m'a laissée. Je déteste quand je suis dans le néant. Il me faut une explication, une raison, un motif. Je ne peux pas me contenter des sornettes qu'il m'a racontées. Trop de boulot, pas assez de temps, mon œil !

Je crois tout simplement que je n'ai pas su faire

le poids lors du souper avec les Français. C'est là qu'il s'est probablement dit que je n'étais pas celle qui pouvait lui servir de compagne lors d'événements prestigieux.

Et pour un diplomate ambitieux comme Max, ça peut pencher fortement dans la balance quand vient le temps de choisir une blonde. J'aurais dû m'en douter, il est tellement soucieux de son image.

Depuis le début, il m'a toujours dit que sa carrière passait en premier. La preuve : sa fille de douze ans qui vit de l'autre côté de l'océan.

Quand j'y repense, je constate en effet que j'ai fait plusieurs gaffes ce soir-là. La robe, tout d'abord. Pas du tout de circonstance. Ensuite, l'épisode de l'escargot. Totalement inconvenant. Et finalement, les conversations personnelles à table. Malaise.

Et de lui laisser croire qu'il allait être papa a enfoncé le clou dans mon cercueil, c'est certain.

Peut-être qu'Aïsha avait raison finalement, nous venons tous les deux de milieux trop différents. Aïsha… C'est qu'elle me manque cruellement ces jours-ci.

D'autant plus qu'Ugo n'est pas là non plus. Il boit des margaritas sur la plage de Key West en Floride avec des amis américains qu'il ne m'a jamais présentés. Et dont je suis d'ailleurs un peu jalouse.

Il est parti le lendemain du souper avec les Français et je n'ai pas osé lui dire ce qui s'était passé, de peur qu'il annule son voyage. Depuis son départ, on s'est écrit quelques courriels, dans lesquels je fais semblant que tout va bien, que le seul problème dans ma vie est le temps gris qui s'éternise sur la ville. Comme si j'avais besoin de ça, en plus.

Je n'ai donc personne avec qui partager cette peine qui me serre le cœur. Et c'est toute seule le soir, dans mon lit, que je pleure toutes les larmes de mon corps en buvant du vin rouge et en écoutant en boucle Whitney Houston chanter *I Will Always Love you*. Ma vie amoureuse est finie, je ne pourrai plus jamais aimer un homme comme j'aime Maxou.

Je vais désormais me contenter d'aventures sans lendemain, sans engagement. Des amants de passage pour satisfaire mes besoins ou bien des « amis avec bénéfices », traduction respectueuse de l'expression vulgaire *f@#$ friends*.

Je n'ouvrirai plus jamais mon cœur à un homme. Sauf à Ugo. Et à mon père, si je le revois un jour.

Et je vais me le dire tout haut tous les soirs en regardant mon miroir : « Charlotte, tu ne tomberas plus jamais en amour, ça fait trop mal… Charlotte, tu ne tomberas plus jamais en amour… » Et ainsi de suite jusqu'à ce que j'y croie vraiment.

— Bon, tu disais quoi déjà ? me demande tout à coup Roxanne, me tirant de mes sombres idées.

— On va cuisiner des œufs pour l'émission spéciale de Pâques.

— Impossible, je déteste les œufs. J'en mange jamais.

— C'est que… tout est organisé. Le chef de l'émission a testé ses recettes, on aura une nutritionniste avec nous et on a même fait bâtir un décor spécial. Tu vas voir, c'est génial. On a deux fauteuils en forme de coquille d'œuf cassé.

— Je suis désolée, je ne peux vraiment pas. Va falloir trouver autre chose.

Bon, encore une lubie d'animatrice. Je dois absolument la convaincre. On n'a vraiment pas le temps, ni les moyens, de préparer une autre émission.

— Ben, tu pourrais juste prendre une petite bouchée. Pas besoin de tout manger. Ou même faire semblant.

— Pas question, je ne veux pas en manger et je ne veux pas être associée à des œufs. Ça fait *loser*...

— Excuse-moi, je ne te suis pas du tout, là.

— Ben oui, ça manque de classe, les œufs. C'est gluant, c'est dégueulasse. Ça me fait penser aux déjeuners des bûcherons, avec du bacon et des patates rôties. C'est pas bon pour mon image.

— Mais non, au contraire, c'est *in*, les œufs, c'est redevenu à la mode. Même les nutritionnistes disent que c'est bon pour la santé.

— Et le cholestérol, hein ?

— Pas de problème si t'en manges pas plus d'un par jour.

— Ouin... je suis loin d'être convaincue.

Il est temps de laisser tomber mon argument de poids. Et vous allez comprendre que c'est dans tous les sens du mot.

— Et tu sais quoi, Roxanne ? C'est reconnu que manger un œuf le matin peut aider à maigrir.

Devant son air incrédule, je continue mon explication.

— Oui, oui, parce que ça soutient, t'as moins faim après... Donc, tu grignotes pas.

— Ah oui ? fait-elle maintenant, plus attentive.

Je hoche la tête de façon persuasive. Roxanne réfléchit quelques instants, tout en ramenant ses cheveux en arrière pour les attacher avec un élastique bleu ciel.

— Il faut que j'en parle à mon agent, affirme-t-elle en commençant à pitonner sur son téléphone.

Son nouvel agent, aurait-elle dû préciser. Complètement charmée par son entraîneur Mark, elle a décidé de lui confier également les rênes de sa carrière. Monsieur Muscle guide donc maintenant Roxanne dans toutes ses décisions professionnelles, lui qui ignore tout du merveilleux monde de la télé. Bientôt, il va s'improviser spécialiste en ses placements financiers, j'en suis convaincue.

Le coup de fil de Roxanne s'éternise. Elle en profite pour demander à Mark s'il aime la nouvelle publicité qu'elle a tournée pour la télévision et dans laquelle elle vante la performance du dernier véhicule utilitaire sport de Ford.

Quelle incongruité tout de même ! Roxanne accepte de faire la promotion d'un véhicule qui pollue la planète, mais quand vient le temps de manger quelques malheureux œufs en public, elle flanche.

Admettons toutefois que Ford a payé cher les services de notre animatrice. La compagnie n'a cependant pas réussi à la convaincre de troquer sa BMW convertible pour un véhicule utilitaire sport.

Elle a dit aux gens de Ford que s'ils acceptaient de lui donner le véhicule gratuitement, elle pourrait le conduire de temps en temps pour aller à son chalet sur le bord d'un lac dans les Laurentides. Il faut croire qu'ils ne trouvaient pas l'idée rentable, puisqu'ils n'ont jamais fait de suivi.

Roxanne termine finalement sa conversation, se tourne vers moi avec un grand sourire et m'annonce que Mark accepte que notre émission porte sur les œufs.

Ouf ! Bien joué, Charlotte !

***

À la fin de ma journée de travail, en mettant le nez dehors, je constate que le temps est doux. Idéal pour une marche de réflexion. Inconsciemment, mes pas me guident vers le centre-ville, sur la rue des petites boutiques de designers. J'arrive devant le commerce qui appartient à Aïsha et j'ai tout à coup le souffle coupé.

Une grande affiche est collée sur la vitrine et on peut y lire : « Solde 80 %. Vente de fermeture. Tout doit partir. »

Aïsha ferme sa boutique ? Mais pourquoi ? Les affaires avaient l'air de bien rouler pourtant. Je m'approche tranquillement de la vitrine et je regarde à l'intérieur. J'aperçois Aïsha debout derrière le comptoir, elle semble seule dans la boutique.

Elle est penchée sur une tonne de papiers, qu'elle examine attentivement. Je l'observe silencieusement pendant quelques instants. Elle semble découragée et j'aurais juste envie de la prendre dans mes bras et de la consoler. Mais est-ce que je peux vraiment lui faire confiance ?

Soudain, Aïsha relève la tête et d'un geste rageur, envoie valser tous ses papiers à travers la pièce. Elle jette un coup d'œil vers la vitrine. Mon Dieu qu'elle a l'air épuisée ! Ses grands yeux noirs sont cernés et elle ne porte aucun maquillage. Jamais de toute ma vie, je n'ai vu Aïsha en public sans maquillage.

L'heure est grave. Mon amie ne va pas bien, c'est certain. Je pousse doucement la porte de la boutique, un peu inquiète de l'accueil qu'elle me réservera.

— Charlotte, qu'est-ce que tu fais ici ? me lance

Aïsha tout en se penchant pour ramasser les papiers qui jonchent le sol.

— Je passais dans le coin et… Aïsha, qu'est-ce qui se passe ?

Elle évite de me regarder et continue à récupérer les factures et les états de compte sur le plancher.

— Aïsha, réponds-moi. Pourquoi tu fermes ?

Elle se relève péniblement et me regarde dans les yeux. Les siens sont inondés de larmes.

— Vas-tu me dire ce qui se passe ?

— Ah, Charlotte, c'est épouvantable ! J'ai perdu ma boutique.

Elle s'effondre dans mes bras et sanglote comme une petite fille, avec le hoquet en prime.

— Ben voyons, ça peut pas être si pire que ça. Viens t'asseoir et tu vas tout me raconter.

Entre deux sanglots, Aïsha commence à m'expliquer comment elle s'est fait arnaquer par son associée. Depuis un an, sa partenaire d'affaires pigeait allègrement dans le compte de la compagnie pour s'offrir des fantaisies : croisière dans les Caraïbes, nouvel ordinateur portable, chaussures et sacs Prada, etc.

Aïsha ne s'est rendu compte de rien, puisque son associée était de mèche avec un comptable véreux qui trafiquait les états de compte de la compagnie.

Jusqu'à ce que des fournisseurs qui attendaient d'être payés depuis des mois sonnent l'alarme. Un véritable choc pour mon amie. Non seulement le compte de la compagnie était pratiquement à sec, mais elle avait accumulé des dettes de plusieurs milliers de dollars. Un cauchemar.

Aïsha a tenté par tous les moyens de sauver la boutique, mais elle a dû se rendre à l'évidence : elle ne pouvait plus continuer.

— Au moins, j'ai évité la faillite, c'est toujours ça, se console-t-elle. J'ai remboursé personnellement nos fournisseurs. Mais pour ça, j'ai vendu mon auto et j'ai pris tous mes REER.

— Et elle ? Tu vas la poursuivre ?

— Pfff… Elle n'est même pas solvable. Mon avocat m'a dit que ça ne servait à rien.

— Ç'a pas de bon sens, voyons. Ta boutique, c'était toute ta vie, Aïsha.

— Oui, mais tout ça m'a fait réfléchir, Charlotte. Moi, je suis une créative, je suis pas une femme d'affaires. Ça m'a toujours embêtée le côté gestion, administration. C'est pour ça que je laissais mon associée s'occuper de ça. Moi, j'en ai rien à foutre.

— Ouais, mais qu'est-ce que tu vas faire maintenant ?

— Ben, je vais faire comme tout le monde, je vais me trouver un job. De toute façon, j'ai pas le choix, je suis complètement cassée.

Toutes les deux, on reste pensives quelques instants sans parler. Je retrouve peu à peu cette douce complicité avec Aïsha.

— Tu sais ce qui fait le plus mal dans tout ça, continue Aïsha, c'est la trahison. Quelqu'un en qui t'as confiance et qui te joue dans le dos, ça ne s'oublie jamais.

— T'aurais dû m'en parler, voyons. T'as vécu ça toute seule, ç'a dû être l'enfer.

— Un cauchemar… J'ai pas dormi pendant des semaines, je n'étais plus moi-même.

Elle me regarde droit dans les yeux et je vois qu'elle repense à notre dernière rencontre.

— Charlotte, je sais pas pourquoi je t'ai dit tout ça sur toi et Max. Je l'ai regretté, mais j'ai pas osé te rappeler. Je me trouvais tellement *cheap* de t'avoir parlé comme ça.

— Ça m'a fait beaucoup de peine et ça m'a fait douter de moi. Me faire dire que je suis juste la fille d'un col bleu… Vraiment !

— Ah, excuse-moi ! Je le pensais pas vraiment. C'est sûr que ça peut marcher, toi et Max, voyons. C'est pas grave si vous venez pas du même milieu. C'est moi qui étais jalouse, c'est clair qu'il t'aime ce gars-là !

Et c'est à mon tour de me mettre à pleurer à chaudes larmes. Décidément, on fait une belle paire !

***

Deux heures et deux bouteilles de rouge plus tard, Aïsha est au courant de tout. Nous sommes attablées devant une crème brûlée au thé vert, au *Terminus*, le resto du chef le plus célèbre en ville.

Ce soir, tout est permis : les calmars tempura, le steak frites et le gros dessert cochon. Au diable les calories !

Je lui ai tout raconté : le faux traiteur, le souper avec les Français, la grossesse inventée de toutes pièces et ma rupture. Aïsha est consternée.

— En tout cas, tu lui dois un chien de ta chienne à Justin. Faire croire que tu es enceinte… Franchement !

— Je lui en veux tellement, je me demande s'il l'a fait exprès…

— Ça m'étonnerait pas. Il a l'air tellement mesquin, ce gars-là.

— En effet. Le pire, c'est qu'Ugo le trouve à son goût, imagine-toi donc.

— Ah, t'es pas sérieuse ! Il est vraiment temps qu'il se trouve un chum, lui.

— On sait pas, il va peut-être revenir de Key West avec quelqu'un. En tout cas, à voir les photos qu'il m'a envoyées, il a pas l'air de s'ennuyer une miette.

Aïsha ne m'écoute plus. Elle joue nerveusement avec les bagues de sa main droite. Des bijoux magnifiques qu'elle a achetés quand elle vivait en Tunisie.

— Charlotte, y a quelque chose qui marche pas dans ton histoire avec Max. Il peut pas t'avoir laissée seulement à cause de ses ambitions politiques… Penses-y deux minutes. Bon OK, t'as fait des gaffes, mais y a rien de dramatique là-dedans.

— Je sais bien, moi non plus, je comprends pas. Et puis, j'étais pleine de bonnes intentions, j'ai pas fait ça pour mal faire.

— Puis ça allait bien vous deux, non ? Sexuellement aussi ?

— C'était trop *hot*, j'avais jamais vécu ça.

Je souris en repensant à notre première fois. C'était chez moi, après notre premier souper en tête à tête au resto. Toute la soirée, je l'avais dévoré des yeux et je n'avais pratiquement pas touché à mon *risotto ai funghi*, pourtant mon plat italien préféré.

J'étais à la fois extrêmement excitée et terrifiée à l'idée d'être maladroite tellement j'étais nerveuse.

On a commencé à s'embrasser sur la banquette arrière du taxi et toutes mes craintes se sont envolées. C'était à la fois doux et passionné. D'une seule main, habile et précise, il avait détaché un à un les boutons de mon manteau pour ensuite me caresser là où j'aime tant, dans le creux des reins.

On a fait l'amour trois fois cette nuit-là et chaque fois c'était plus intense. Je n'ai jamais eu besoin de le guider, il savait exactement ce qui me faisait plaisir.

C'est là que j'ai compris que Maxou, c'était le mien. Après des tonnes de relations toutes plus décevantes les unes que les autres, l'homme de ma vie venait finalement de se manifester…

— Non, plus j'y pense, plus je me dis qu'il y a autre chose, continue Aïsha.

— Ça donne quoi de ressasser tout ça ? Je suis quand même pas pour aller le supplier à genoux de reprendre ?

— Non, mais tu pourrais lui parler, lui demander pourquoi exactement. Si tu découvres qu'il t'a vraiment laissée pour des questions d'image… Ben, il mérite pas ton amour, Charlotte.

— Oui, peut-être. De toute façon, il faut que je lui parle pour la facture du traiteur. Je vais lui dire que j'ai négocié et qu'il nous a fait un rabais. Comme ça, il va peut-être laisser tomber l'idée de déposer une plainte.

— Bon, alors profites-en pour éclaircir tout ça, d'accord ?

Je soupire et acquiesce à la demande de mon amie, avant de nous commander deux verres de vieux porto.

La soirée achève et on rigole bien toutes les deux. Je raconte à Aïsha comment Roxanne est en train de se faire embobiner par son nouvel entraîneur et agent, Mark.

— Du Roxanne tout craché, il suffit qu'un homme la traite comme une diva pour qu'elle…

Je m'interromps tout à coup. Aïsha regarde par-dessus mon épaule et affiche un air décomposé. J'entends la voix d'une femme qui se rapproche de nous. Une voix forte et claire, avec un accent français très chiant.

— J'espère que le tartare de saumon est aussi bon que tu le dis, Maximilien.

Je ferme les yeux un instant. Pas besoin de me faire un dessin. Des Maximilien, il n'y en a pas des tonnes. Et celui que je connais sait très bien qu'ici, on sert le meilleur tartare de saumon en ville. C'est moi qui le lui ai fait découvrir.

La voix de la femme, c'est celle de Béatrice Bachelot-Narquin, j'en suis convaincue. Elle continue à jacasser et passe juste à côté de notre table. Aïsha lève les yeux et fusille de son regard noir celui qui suit la *bitch* aux longues jambes.

— Salut, Max, lance Aïsha.

Je reste les yeux cloués sur mon verre de porto et j'entends Max répondre de sa voix chaude.

— Bonsoir, Aïsha… Bonsoir, Charlotte, comment vas-tu ? ajoute-t-il d'un ton un peu moins assuré.

Protège-toi, Charlotte, écoute ton instinct et réponds-lui froidement, sans le regarder ! Mais la curiosité est plus forte.

Est-ce qu'il a l'air en forme ? Ses yeux sont-ils cernés comme les miens ? Est-ce qu'il a son allure impeccable de diplomate ou a-t-il négligé de repasser sa chemise, trop préoccupé par notre rupture ? Et surtout, est-ce que je vais lire du regret dans son regard ?

Je lève les yeux et je sais instantanément que je viens de prendre la mauvaise décision. J'aurais dû écouter mon instinct. Même si je le sens embarrassé à cause de notre rencontre fortuite, c'est clair qu'il n'est pas du tout malheureux. Il a même l'air *top shape*. Aucune trace de fatigue ni d'angoisse.

Et comme si c'était pas assez, il a le look que je lui préfère : chemise décontractée blanche, pantalon noir coupe étroite avec poches cavalières et ceinture Hugo Boss avec le logo bien en évidence. Une ceinture hyperclasse et… très facile à détacher.

Allez, Charlotte, ne laisse rien paraître ! Fais-lui croire que tout va bien dans ta vie, que tu es déjà passée à autre chose. Réponds-lui avec ton plus beau sourire.

— Ça va très bien, et toi ?

— Très occupé.

Ouais, on voit bien avec qui… Sale traître, aurais-je envie de lui répondre.

— Tu nous présentes ton amie ? intervient Aïsha en désignant du menton Béatrice, qui revient tranquillement sur ses pas.

Je fronce les sourcils à l'intention de mon amie, qui me lance un regard rassurant du genre : « Mieux vaut connaître ses ennemies, ma chère… »

Nous saluons Béatrice, qui nous confie qu'elle adore Montréal et surtout sa vie nocturne.

— Je suis choyée d'avoir un guide comme Maxou. Il connaît tous les endroits branchés, roucoule-t-elle.

MAXOU ! C'est moi qui l'ai surnommé comme ça. Elle n'a pas le droit. OK, la guerre est officiellement déclarée !

— C'est que, lui aussi, il a eu une très bonne guide… N'est-ce pas, Maxou ?

Je le regarde avec un air triomphant. Il s'éclaircit la gorge, visiblement mal à l'aise. Et là, je comprends qu'il ne souhaite pas vraiment que j'en dise plus long. Lui a-t-il seulement dit qu'il vient tout juste de terminer une relation ?

Et puis, j'en ai rien à foutre ! Je me retourne vers Béatrice pour poursuivre la conversation.

— Hé oui, c'était moi sa guide. Ici, par exemple, c'est grâce à moi qu'il connaît. Je l'ai amené ici pour fêter notre premier mois de fréquentation…

Je laisse tomber cette dernière information comme si c'était la chose la plus naturelle du monde. Béatrice semble un peu perdue. Je crois bien qu'elle se demande quel est mon rôle exactement dans la vie de Maxou. Malgré les avertissements que je peux lire dans le regard d'Aïsha, je poursuis avec beaucoup d'aplomb.

— Vous allez prendre le tartare de saumon, j'espère, c'est le meilleur en ville. Le chef me le fait toujours avec un petit extra de caviar russe. Je vais lui dire de vous le servir comme ça.

Et je lui fais un clin d'œil, comme pour lui signifier qu'elle fait partie des privilégiés. Béatrice reste interloquée et lance un regard interrogateur à Maxou.

Je prends ma dernière gorgée de porto et je me lève. Soulagée, Aïsha m'imite.

— Bon, nous, on s'en allait. Alors, bonne soirée à vous deux.

— Au plaisir, répond Béatrice.

— Bonne fin de soirée, ajoute Maxou avant de poser sa main dans le bas du dos de Béatrice, pour la guider vers une table.

— Ah, j'oubliais, Maxou. J'ai reçu la facture du traiteur pour le souper de samedi. Je vais te la transférer.

Il hoche la tête et me remercie. Je tourne les talons

et décide à l'instant que non seulement le traiteur ne lui fera aucun rabais, mais que la facture sera encore plus élevée que prévue. Pas de cadeau, mon homme !

***

Une semaine plus tard, je tiens dans mes mains le précieux chèque signé par l'adjointe de Maxou.

Comme prévu, il est fait au nom de Martin, le prétendu chef, qui pourra l'encaisser et m'en remettre la quasi-totalité. Je lui offre un petit dédommagement et, surtout, j'achète son silence.

Je veux éviter à tout prix que Justin sache combien j'ai reçu pour ce fameux souper. Un joli montant finalement, qui me console un peu de ma peine.

En déduisant mes dépenses, je constate que je viens d'empocher l'équivalent d'un mois de salaire. Brut. Je vais pouvoir respirer un peu, payer le solde de ma carte de crédit et m'acheter le nouveau pichet en forme de poisson qui fait « glou glou » quand on verse l'eau.

Je suis contente, mais en même temps, ça me rend triste. Maintenant, je n'ai plus aucune raison de communiquer avec Maxou. Cette semaine, on s'est envoyé quelques courriels. Il n'arrêtait pas de me relancer pour avoir les coordonnées du traiteur, afin de porter plainte.

Mais après maintes discussions en ligne, je l'ai finalement convaincu de laisser tomber. Ouf ! Échappé belle !

N'empêche que ce chèque est le dernier lien qui me restait avec mon Français. Après notre rencontre au resto, j'ai compris qu'il y avait peut-être un autre facteur dans notre rupture.

Ce facteur s'appelle Béatrice. Qui me dit qu'il

n'avait pas repris contact avec elle, avant son arrivée au Québec ? Il l'a bien *googlée* ! C'est donc possible.

Le téléphone de mon bureau sonne. C'est le préposé à l'accueil qui m'annonce que la personne pour mon rendez-vous de 10 heures est arrivée.

Je descends au rez-de-chaussée de la bâtisse pour accueillir mon invitée. Aïsha se tient devant moi, une carte de visiteur dans le cou et un grand sac brun de chez Bloomingdale's dans la main droite.

L'autre jour, j'ai entendu notre animatrice se plaindre de sa styliste à son agent. Ce n'est pas tombé dans l'oreille d'une sourde. Aïsha serait parfaite pour ce poste. J'ai l'intention de la présenter à Roxanne, en espérant que ce sera le coup de foudre professionnel.

Je frappe donc doucement à la porte de la loge de Roxanne, Aïsha sur mes talons. Pas de réponse. J'essaie à nouveau. Toc, toc, toc. Roxanne nous ouvre finalement la porte, l'oreille collée contre son cellulaire, les yeux remplis de larmes.

Que se passe-t-il ? Est-ce que son chum a découvert qu'elle s'envoyait en l'air avec à peu près tous les invités mâles de l'émission qui ont de l'allure ? Dans le fond, ce serait un juste retour des choses. Moi, l'infidélité chronique, je ne supporte pas.

— Docteur, il faut faire quelque chose. Ça ne peut plus durer, il ne va pas bien du tout ! crie-t-elle dans l'appareil.

Oups, ça semble un peu plus sérieux. Qui est malade ?

Aïsha est visiblement très mal à l'aise. Elle me fait un signe qu'elle ira attendre dehors. Je lui dis de rester, en ajoutant que Roxanne est comme un grand livre ouvert pour moi. Je sais tout d'elle, sauf ce qui concerne le dossier chirurgie esthétique. Sur ce sujet, elle n'est pas très bavarde.

Je regarde Roxanne parler au téléphone et je constate, une fois de plus, qu'il est vraiment temps qu'elle change de styliste. Celle qui l'habille actuellement est vraiment nulle. Le pire, c'est que toute la garde-robe de Roxanne a été choisie par elle. Tous ses vêtements, pas seulement ceux qu'elle porte à l'écran.

Notre animatrice a quarante-cinq ans, mais elle est habillée comme une ado de dix-sept ans. Elle porte un pantalon blanc taille basse très ajusté et qui fait remonter ses bourrelets. Bon, d'accord, ils sont tout petits, mais ce sont des bourrelets quand même.

Roxanne les a surnommés ses « poignées d'amour bio », puisqu'elle ne mange que des aliments biologiques. Mais ce n'est pas une raison pour ne pas les camoufler.

De plus, ses pantalons blancs sont légèrement transparents, ce qui fait qu'on devine très bien la fine dentelle de son string, blanc également. Mais ça, je la soupçonne de faire exprès. Toute femme sait très bien qu'un dessous blanc sous un vêtement blanc sera visible.

Pour le haut, ce n'est guère mieux. Une camisole blanche, avec un boléro en jeans qui a dû coûter une fortune. Une création originale d'un designer québécois vraiment magnifique. Le problème, c'est que ça ne lui va pas du tout et qu'à mon avis, il est une taille trop petite.

Roxanne a une poitrine superbe, mais là, elle est comprimée sous le boléro, dont les boutons semblent prêts à éclater à n'importe quel moment.

Je craque toutefois pour ses souliers. Des escarpins

sandales en cuir verni rouge Jimmy Choo. Je vois qu'Aïsha les a tout de suite remarqués et nous sommes toutes les deux vertes de jalousie.

— Bon d'accord, docteur, demain matin, 10 heures. On sera là tous les deux, dit Roxanne en raccrochant la ligne et en se retournant vers nous, les yeux encore larmoyants.

— Roxanne, qu'est-ce qui se passe ? Qui est malade ?

— C'est Victor, je pense qu'il fait une dépression.

Victor ? Première fois que j'entends parler de lui. Sûrement un nouvel amant.

— Ben, tu sais, ça se soigne. Le médecin va sûrement lui prescrire des antidépresseurs.

— Des antidépresseurs ? Je ne serai jamais capable de lui faire avaler ça. C'est tout juste si j'arrive à lui brosser les dents.

Hein ? De quoi parle-t-elle ? Je consulte Aïsha du regard, qui semble aussi interloquée que moi. Je sens qu'elle se demande si elle a envie de travailler pour une pareille névrosée.

Roxanne sort une photo son porte-monnaie et me la montre.

— Regarde comme il est adorable…

J'ai devant moi l'image d'une bête à quatre pattes. Un caniche nain couleur abricot avec des poils dans les yeux. Depuis quand appelle-t-on son chien avec un nom d'humain ?

— Ah bon, c'est ton chien…

— Ben oui, je t'avais pas dit que je m'étais acheté un caniche ? Mon agent dit que ça me fera de la compagnie. Tu sais, on est souvent bien seule au sommet, comme dit le dicton.

Qu'est-ce qu'il ne faut pas entendre !

— Mais là, il ne va pas bien du tout, poursuit Roxanne en ignorant complètement Aïsha, qui poireaute à mes côtés. J'espère que le vétérinaire va trouver quelque chose demain pour le sortir de sa léthargie. Il est vraiment déprimé, il dort pendant des heures dans son panier, il ne joue plus, il ne mange plus. Je ne sais plus quoi faire.

— Roxanne, je veux te présenter mon amie Aïsha, tu sais, je t'en ai souvent parlé…

Roxanne retrouve un peu d'aplomb et se façonne un sourire, avant de se retourner vers Aïsha et de la saluer chaleureusement. Roxanne est vraiment une séductrice-née. Elle a besoin de séduire tout le monde, plus particulièrement lors d'une première rencontre.

— Roxanne, Aïsha est styliste.

Les yeux de mon animatrice s'illuminent quand Aïsha lui raconte qu'elle était propriétaire d'une boutique de mode, mais qu'elle a mis la clé sous la porte parce qu'elle trouvait que les relations avec ses clientes étaient trop impersonnelles.

— Je préfère désormais me consacrer à quelques clientes seulement. Je veux vraiment les connaître, savoir ce qu'elles aiment, ce qu'elles n'aiment pas. Elles vont avoir toute mon attention.

Aïsha a vraiment bien appris sa leçon. Elle fait sentir à Roxanne qu'elle est unique au monde, comme je le lui ai suggéré. Mon animatrice ne pourra pas résister, j'en suis persuadée.

— Et j'aimerais beaucoup m'occuper de vous, Roxanne, ajoute Aïsha en sortant de son sac Bloomingdale's une grande écharpe en soie lilas. Avec vos cheveux, ça va être magnifique.

Roxanne enroule l'écharpe autour de son cou et s'admire dans le miroir, en virevoltant sur elle-même.

Je lance un coup d'œil complice à Aïsha, pour lui signifier que la partie est gagnée. Je quitte la loge sur le bout des pieds, pendant que mon amie fouille à nouveau dans son sac pour en sortir un superbe haut blousant, d'un beau gris argenté.

Malgré moi, je ressens une pointe de jalousie. J'aurais été si belle dans ce vêtement !

9

« Oui, les desserts peuvent vous aider
à surmonter une peine d'amour. »

Une psychothérapeute gourmande.

— Comment ça, c'est fini avec Max ?

Ugo traîne sa valise à roulettes en me suivant à travers l'aéroport. Il a un teint magnifique après ces dix jours passés sous le soleil de la Floride. Je viens tout juste de lui apprendre que je suis redevenue célibataire. Bien malgré moi.

J'ouvre la valise de mon auto et je déplace mon sac de gym pour faire de la place. Ça me rappelle que je ne suis pas retournée m'entraîner depuis ma rupture. Demain, c'est promis !

Ugo dépose lourdement ses bagages dans le coffre, avant de me prendre dans ses bras pour la deuxième fois en quelques minutes. Mon Dieu, que ça fait du bien ! Je resterais comme ça sans bouger pendant des heures.

— Pourquoi tu m'as rien dit ?

— Ben, je voulais pas te gâcher tes vacances.

En roulant vers nos appartements, je lui raconte tout de A à Z. Incluant le facteur Béatrice Bachelot-Narquin. Plus mon récit avance, plus Ugo est en colère.

— Eille, c'est ordinaire pas à peu près ! Pour qui il se prend, ce gars-là ? J'en reviens pas !

— Moi non plus.

— D'après moi, il t'aimait pas assez.

— Ouin, c'est ce que je me dis aussi. Mais en même temps, c'est fou comme je le sentais amoureux. Je peux pas croire qu'il a fait semblant tout ce temps-là. Je suis pas naïve à ce point-là !

— Ben non, t'es pas naïve, voyons. Peut-être que dans le fond, il t'aimait vraiment, mais qu'il a choisi les apparences. Faut être superficiel rare !

— C'est ça, le problème, il n'est pas superficiel.

— Ben il est coincé d'abord. Pis pas à peu près !

— Peut-être… Je sais qu'il a reçu une éducation très stricte…

Je stationne ma voiture juste devant la maison. Avant de descendre, je regarde mon ami et je me rends compte à quel point il m'a manqué.

— Va porter tes bagages et viens me rejoindre ensuite. J'ai préparé ton plat préféré.

***

— Ah, ça fait du bien de manger comme du monde. Ton osso buco fond dans la bouche, Charlotte.

— Ugo, je me suis trop ennuyée, la prochaine fois, tu m'emmènes dans tes bagages, OK ?

— Tu trouverais le temps long…

— Avec toi, jamais. Puis ça me permettrait de connaître tes amis. Ils viennent d'un peu partout aux

États-Unis, c'est ça ? Ce serait chouette, je pourrais pratiquer mon anglais.

Ugo s'éclaircit la voix et détourne le regard tout en prenant une gorgée de montepulciano d'Abruzzo. Je mords dans un morceau de pain à l'ail maison avant de continuer.

— Je comprends pas pourquoi tu ne veux pas me présenter tes amis. Moi, je n'ai pas de secrets pour toi, tu sais tout de ma vie.

Je n'aime pas penser qu'Ugo a une vie parallèle à la nôtre, de laquelle je suis exclue.

— C'est pas que je veux avoir des secrets, c'est juste qu'il y a rien à dire. C'est des compagnons de voyage, c'est tout. C'est pas vraiment des amis.

— T'es pas tombé en amour pendant le voyage ?

— Non, et c'était pas le but non plus.

— Ah non ? C'était quoi le but, alors ?

Je commence à être un peu pompette et j'ai le goût de jouer à l'innocente, juste pour le mettre mal à l'aise. Et aussi, inconsciemment, pour lui faire payer son absence…

Ah ! Et puis je le connais le but de ce voyage qu'il fait tous les ans. J'ai simplement envie de l'entendre me le dire. Je le relance avec un brin de dérision dans la voix.

— Pourquoi, hein ? Visiter la maison d'Ernest Hemingway ? Nager avec les dauphins ? Manger de la *Key lime pie* ?

— Ah, t'es fatigante, dit Ugo, un sourire en coin, en rougissant de plus en plus.

— Bon, tu veux pas le dire. Ben, je vais le dire, moi. C'est pour le sexe que t'es allé là-bas. Parce que c'est ça qui mène le monde, le sexe. Ça puis l'argent, bien entendu.

— T'es dans les gros clichés là, Charlotte. Le gai qui voyage pour avoir des aventures…

— Ben, dis-moi que c'est pas vrai. Jure-le-moi sur la tête de ta mère.

Ugo pousse un soupir d'exaspération. Il sait que je ne le laisserai pas tranquille tant qu'il ne m'aura pas tout dit.

— Oui, oui, oui, c'est vrai. T'es contente là ? Puis à ce que je sache, je suis célibataire. Et on est tous entre adultes consentants.

— Raconte-moi.

— Non, mais t'es vraiment obsédée. Pas question, t'auras aucun détail.

Je fais la moue comme quand j'étais une petite fille et je me lève pour aller sortir le tiramisu du réfrigérateur.

— Charlotte, t'es cynique ce soir. Le sexe et l'argent qui mènent le monde, c'est pas un peu étroit comme pensée ? Y a l'amour aussi.

— Ça, j'y crois plus. Je me suis trop investie dans des relations qui ne marchent jamais, de toute façon. Chaque fois, c'est pareil. Plus j'en donne, moins ils en veulent.

— Ben voyons donc, je te connais. Tu vas t'en remettre et tu vas retomber en amour, ce sera pas long. Charlotte, t'es pas faite pour être toute seule.

Je dépose le tiramisu sur la table. C'est fou la quantité de desserts que j'ai pu cuisiner depuis ma rupture : mousse aux trois chocolats, clafoutis aux bleuets, bagatelle à l'érable et gâteau au fromage à la mode de New York. L'odeur sucrée qui se répand dans ma cuisine me réconforte. Le problème, c'est que je les ai tous mangés. Vivement le retour au gym !

Je sers une large portion de dessert à Ugo et je m'assois pour reprendre la conversation. Je lui réponds d'un ton plus triste et résigné.

— C'est différent cette fois-ci. La blessure est plus profonde.

Ugo se tait. Il semble déstabilisé et commence à comprendre que ma peine n'est pas celle d'une petite fille gâtée à qui on vient de confisquer sa Barbie préférée. Il prend ma main dans la sienne.

— Ça va aller, tu vas voir. Donne-toi du temps.

— Je comprends pas pourquoi ça marche jamais. Aïsha m'a dit que j'étais pas assez indépendante, que les gars aiment ça, les filles qui se font désirer… Toi, qu'est-ce que t'en penses ?

— Je pense que Max te méritait pas et que tu devrais passer à autre chose. C'est tout.

Facile à dire. J'haïs ça quand Ugo parle comme un vrai gars. Ce qu'il est, je sais bien, mais j'aime mieux son côté fille, plus sensible. Pour dire toute la vérité, je préfère quand il me dit exactement ce que je veux entendre. Et comme ça ne semble pas être le cas ce soir, je vais changer de sujet.

Mais c'est Ugo qui prend les devants en me demandant si j'ai revu Justin depuis notre fameux souper avec les Français.

— Je l'ai croisé plusieurs fois au bureau, mais je l'ai ignoré. Tant que je suis pas obligée de lui parler, je lui parle pas.

— Ben voyons donc, Charlotte, tu lui en veux tant que ça ?

— Tu peux pas imaginer à quel point.

— Je suis certain qu'il a pas fait ça pour mal faire. C'est pas un mauvais gars, dans le fond. Puis il est pas mal *cute*…

— Ugo, écoute-moi bien. Justin, c'est le pire égocentrique que j'aie jamais rencontré. En plus, je sais même pas s'il est gai.

— Regarde, fais-moi confiance. Je suis certain qu'il est gai. Quand tu te seras réconciliée avec lui, tu nous inviteras à souper tous les deux, d'accord ?

Tu peux toujours rêver, mon cher Ugo.

***

Dans quatre, trois, deux… C'est parti. Hop, le pied bien au centre de la plate-forme. Pied gauche une fois, pied droit une fois.

J'ai décidé d'essayer de faire de l'aérobie à la maison, à l'aide d'un DVD. Comme ça, quand je n'ai pas le temps d'aller au gym, je n'ai plus aucune excuse pour ne pas m'entraîner.

J'ai donc acheté un *step*, un ballon et des haltères vert pomme. Pour l'instant, je suis debout sur mon tapis et je suis les instructions de l'entraîneure.

C'est plutôt facile, je dois dire. Un pied après l'autre sur la plate-forme. Bon, c'est pas comme ça que je vais maigrir. Ah ! On ajoute les bras. Ça commence à travailler un peu plus. Je suis parfaitement synchronisée avec l'entraîneure. Honnêtement, je ne me savais pas si douée pour la chorégraphie.

Je continue de suivre les instructions : on passe par-dessus le *step*, une fois, deux fois. Genoux *up*, trois fois. De côté maintenant. Gauche, gauche, droite, droite.

Au secours ! Je ne comprends plus rien. Je suis à gauche, l'entraîneure est à droite. Je suis derrière la plate-forme, elle est devant.

OK, on arrête le DVD et on reprend tout du début. Après tout, c'est ma première fois, je dois prendre le temps de m'habituer.

Je m'apprête à recommencer l'entraînement quand mon cellulaire sonne. C'est maman. Elle m'a déjà laissé plusieurs messages. Je ne peux pas toujours ignorer ses appels. Prenons notre courage à deux mains.

— Bonjour maman.

— Est-ce que j'ai encore une fille qui s'appelle Charlotte ? me lance-t-elle, tout de go.

— Ah, maman, j'ai été très occupée, c'est tout.

— Trop occupée pour retourner mes appels ? Ça prend une minute, Charlotte. Une minute pour ta mère, c'est pas trop demander à ce que je sache.

Elle est vraiment furieuse. C'est vrai que je n'ai pas été très gentille, mais je n'avais pas envie de lui parler et de faire semblant que tout va bien quand mon cœur est en mille morceaux.

Je n'ai jamais pu me confier à ma mère. Je veux qu'elle me croie solide et heureuse. C'est comme si les rôles étaient inversés, c'est moi qui veux protéger ma mère. Malgré les apparences, je sais qu'elle se fait beaucoup de souci pour moi. Alors, autant la laisser en dehors de mes problèmes.

— Excuse-moi, maman. Comment ça va ?

— Ce serait plutôt à moi de te poser la question, ma chérie.

— Moi, ça va bien. Pas grand-chose de neuf.

Tout en parlant avec maman, je suis les mouvements de l'entraîneure à l'écran et j'essaie de les mémoriser.

Ouf ! Décourageant, je n'y arriverai jamais. Après tout, le gym est peut-être une meilleure option.

— Comment ça, pas grand-chose de neuf ? Et ta séparation, c'est rien ça ?

J'arrête tout à coup de regarder le sourire forcé de l'entraîneure et je ferme le téléviseur.

— Comment t'as su pour Max ?

— Je l'ai appelé, figure-toi.

— Hein ?

— Oui, je voulais des suggestions pour mon prochain voyage à Paris. Je me suis dit, j'ai un gendre français, je vais en profiter. Je l'ai donc appelé au consulat.

Elle a parlé à Maxou. Des tas de questions se précipitent dans ma tête. Comment était sa voix ? Fatiguée ? Tristounette ? Chaleureuse ? Non, elle devait être comme elle l'est toujours quand il est au boulot : professionnelle.

— Ah, il a été super gentil, il m'a donné plein d'adresses de restos à Paris. Charmant comme tout.

Ouais, c'est son genre. Bien élevé et charmant.

— Mais ensuite, quand je lui ai dit que j'allais vous inviter à souper tous les deux, il m'a dit : « Mais madame Champagne, Charlotte et moi, avons rompu… » Ma propre fille qui ne m'avait rien dit. J'ai eu l'air d'une belle dinde !

— Bon, bon, j'allais t'appeler justement là.

— Ensuite, je lui ai demandé si c'était lui qui t'avait laissée ou l'inverse.

— Et qu'est-ce qu'il t'a répondu ?

— C'était pas clair, il m'a parlé d'incompatibilité, de buts différents dans la vie, d'océan qui vous sépare. Des niaiseries comme ça. Alors, j'ai compris que ça venait de lui.

— T’as raccroché après, j’espère ?

— Ben non, qu’est-ce que tu penses !

Oh my God ! Qu’est-ce qu’elle a bien pu lui raconter…

— Je lui ai dit que, quand on est en amour, rien ne peut nous arrêter. Je lui ai parlé de ma propre expérience avec Moussa, mon Sénégalais. Tu te souviens, je l’avais connu quand il étudiait ici à l’université ?

J’imagine Maxou au bout du fil, exaspéré, mais répondant poliment. Belle petite revanche finalement, maman.

— Il était tellement beau, poursuit-elle. Un vrai dieu. Bon, c’est certain que, quand il est retourné en Afrique, on ne se voyait pas beaucoup, mais ç’a quand même duré un an. Jusqu’à ce que je rencontre Rémi, mon vendeur d’assurance-vie.

— Tu lui as pas raconté tout ça ?

— Mais oui, ma chérie. Et il m’a écoutée, crois-moi.

— Par politesse, oui.

— En terminant, je lui ai dit qu’il venait de faire la plus grosse bêtise de sa vie. Je lui ai dit que des filles comme la mienne, il en trouverait pas à tous les coins de rue. Belle, drôle, intelligente et avec un cœur gros comme la Terre.

— Merci, maman.

Quelques heures plus tard, quand je me suis glissée sous mes draps – seule, une fois de plus – je me suis mise à pleurer comme tous les soirs. Mais cette fois-ci, mes larmes ont séché plus vite. Les paroles de maman me sont revenues en tête et je me suis dit que, finalement, j’ai peut-être encore un avenir amoureux.

10

The hot Chef is in the house !

— Je vous présente le nouveau chroniqueur culinaire de *Totalement Roxanne* : Pierre-Olivier Gagnon. P-O pour les intimes.

M. Samson, le grand patron des émissions, est particulièrement fier de lui ce matin. Il se tient debout, Pierre-Olivier à ses côtés, devant toute l'équipe rassemblée dans la salle de conférences.

Il a le torse bombé, ses cheveux teints noirs sont lissés vers l'arrière avec de la pâte modelante et il porte sa cravate décorée de balles de golf.

C'est vrai qu'il a raison d'afficher un air satisfait. M. Samson a réussi à signer un contrat avec le chef le plus populaire de Montréal. Celui qui fait le meilleur tartare de saumon.

Pierre-Olivier Gagnon est le chef-propriétaire du resto *Le Terminus*, où nous sommes allées, Aïsha et moi, récemment. Et où j'ai vu Max pour la dernière fois.

En observant P-O de plus près, je remarque d'ailleurs

qu'il me fait penser à mon ancien amoureux. Mêmes beaux grands yeux brun noisette, même sourire de tombeur et mêmes épaules carrées. Il a toutefois le teint plus basané et ses cheveux sont d'un beau brun foncé.

Côté personnalité, par contre, il est totalement différent. Autant Max est un homme posé et raffiné, autant P-O est exubérant. Il a ce côté plus brut, plus primitif, plus sauvage. Un mâle alpha quoi !

Et je vais maintenant devoir le côtoyer presque quotidiennement. C'est ce qu'on peut appeler une bonne nouvelle.

Autour de la table, l'équipe habituelle est réunie. Roxanne, qui dévore carrément P-O des yeux, Dominique, la réalisatrice, qui fait la même chose mais de façon beaucoup plus discrète, et mes deux collègues masculins, Martin et Justin, avec qui je me suis réconciliée finalement depuis que ce dernier s'est excusé du bout des lèvres.

Je ne suis pas dupe, je sais bien qu'il l'a fait seulement parce qu'il ne peut pas se passer de mon aide au bureau. Et comme je suis une bonne joueuse d'équipe, j'ai accepté de passer l'éponge.

À la table de la salle de conférences, il y a aussi une nouvelle venue : Aïsha. Roxanne a tellement aimé son travail de styliste qu'elle l'a recommandée à Dominique, qui a décidé de l'engager.

En plus de choisir les tenues de Roxanne, Aïsha s'occupera du look de chacun des chroniqueurs. Elle agira aussi à titre de styliste culinaire et sera donc présente à tous les enregistrements. J'en suis ravie, je compte maintenant une alliée de plus au boulot.

— Je suis très heureux que P-O ait accepté de se joindre à notre belle équipe, poursuit M. Samson. Il sera le chef attitré de l'émission et nous cuisinera une recette par *show*.

J'ai soudain une idée et je décide de la partager avec l'équipe.

— Hé ! On pourrait donner un titre à la chronique : « P-O aux fourneaux » ! Ce serait *hot*, hein ? Qu'est-ce que t'en penses, Pierre-Olivier ?

— C'est génial, j'adore ça… Charlotte, c'est ça ton nom, hein ?

Je hoche la tête timidement. Il poursuit en me gratifiant de son plus beau sourire.

— On s'est vus au resto quelques fois. C'est toi qui aimes le caviar russe avec ton tartare de saumon, hein ?

— T'as une bonne mémoire…

— Pas difficile quand c'est une belle fille comme toi.

Je rougis de plus belle et je sens les regards de Roxanne et de Dominique me pénétrer comme des lames de poignard.

M. Samson en profite pour présenter les autres membres de l'équipe au nouveau chroniqueur et nous convie tous à un souper de bienvenue.

— J'ai pensé qu'on pourrait souligner l'arrivée de P-O dans notre équipe d'une façon originale. Comme on va pouvoir goûter sa cuisine toute l'année, j'ai pensé que, pour une fois, c'est nous qui pourrions cuisiner pour lui.

De quoi parle-t-il ? Moi, faire la popote pour le chef le plus talentueux de Montréal ? Pour l'auteur d'un livre de recettes super *hot* devenu un best-seller ? Pas question. Autant mourir.

— Chacun de vous va apporter un plat, poursuit M. Samson. Je fournis le vin et la salle. C'est donc demain soir, au Musée des beaux-arts. Soyez-y tous, à 19 heures.

Une excuse ! Il me faut une excuse plausible le plus rapidement possible !

***

— Charlotte, si je te donne cent piasses, tu prépares mon plat pour ce souper à la con pour Pierre-Olivier ?

— Justin, j'ai déjà assez du mien. J'ai pas le temps de faire le tien en plus.

J'ai bien essayé de me défiler, mais rien à faire. M. Samson tient à ce que nous soyons tous présents pour accueillir notre nouveau chroniqueur. En plus, a-t-il ajouté, un petit *get together* est toujours bon pour l'esprit d'équipe.

Pour l'instant, le petit *get together*, comme il dit, est plutôt source de discorde entre nous tous.

Tout d'abord, il y a eu Roxanne, qui a voulu que je cuisine à sa place. Elle insistait tellement que j'ai fini par céder. Je ne vais toutefois pas passer des heures aux chaudrons pour madame. J'ai donc envoyé un texto à Ugo pour lui demander de me préparer son poulet à la Kiev, que Roxanne pourra apporter.

J'ai délibérément choisi un plat sans grande personnalité et simple à réaliser, afin que Pierre-Olivier ne soit pas impressionné par les talents culinaires de Roxanne. Talents qu'elle ne possède pas, de toute façon.

Martin, de son côté, fait du troc au téléphone avec sa mère. Il échange quelques heures de travaux ménagers contre un gâteau des anges.

Dominique, pour sa part, nous réserve une salade surprise.

Aïsha fera de la cuisine tunisienne. Un tajine à l'agneau avec des fruits séchés.

Et Justin tente de me corrompre.

— Allez Charlotte, t'es tellement bonne cuisinière ! Tiens, tu pourrais faire le lapin que tu as servi aux Français. Il était super bon.

— Menteur, tu l'as même pas goûté. T'es parti avant, rappelle-toi !

— Oui, oui, j'y ai goûté dans le chaudron. C'était succulent.

— Si tu veux pas cuisiner, apporte des fromages, c'est tout. Ou fais une salade de fruits. Et laisse-moi tranquille, il faut que je trouve ma recette pour demain.

Je retourne à mon ordinateur pour fouiller dans mes sites de gastronomie préférés. En espérant que ce ne soit pas les mêmes que ceux de Pierre-Olivier.

Inutile de préciser à quel point je suis angoissée à l'idée qu'un chef réputé goûte un de mes plats. Tout doit être parfait. Aucune fausse note possible. Avec quoi vais-je pouvoir l'impressionner ?

Tout d'abord, je décide de faire deux plats. Déjà, j'aurai de l'avance sur les autres. Bonne stratégie. Essayons d'y aller avec des aliments de saison. Qu'est-ce qu'on mange au printemps ? Mais oui, du crabe des neiges.

Ouille, ça va me coûter une petite fortune. Bon, voyons ça comme un investissement. Et j'imagine bien que la prochaine fois que j'irai au resto de P-O, il me fera un petit cadeau. Un petit porto ou un dessert gratuit par exemple.

En cherchant une recette de gâteau au crabe sur Internet, je repense à notre nouveau collaborateur.

Ça fait déjà quelques années qu'on le voit au petit écran participer à différentes émissions de cuisine. S'il accepte de partager ses meilleures recettes avec le public, c'est une tout autre chose pour sa vie privée. Il est tellement discret que je ne sais même pas s'il est vraiment célibataire. Et pourtant, Dieu sait à quel point j'ai de bons contacts dans le domaine de la restauration et de la télévision !

Je pense que P-O entretient volontairement le mystère sur son état civil. Ce ne serait pas étonnant qu'il ait une copine cachée quelque part, mais qu'il continue de jouer les célibataires pour attirer une plus grande clientèle féminine à son resto et vendre davantage de livres de cuisine.

Dans son livre, il renoue avec ses origines italiennes. Il nous présente des recettes de la région des Pouilles, où est née sa mère, Angela Lombardi, qui a immigré au Québec à l'âge de dix-huit ans et a marié un Québécois pure laine… Ah non ! Je dois bannir cette expression de mon vocabulaire à tout jamais ! Disons plutôt un Québécois tout court : Marcel Gagnon.

P-O affiche donc cette assurance qu'on retrouve souvent chez les Italiens. Une espèce de confiance qui frise l'arrogance, mais qui est terriblement séduisante. Oh qu'il va faire un malheur à l'émission !

J'envoie un courriel à Aïsha, qui vient d'aménager à quatre bureaux du mien. J'utilise le courriel pour que notre conversation reste à l'abri des oreilles indiscrètes.

J'écris : « Qu'est-ce que tu penses de P-O ? »

Réponse d'Aïsha : « Mangeable ! T'as vu ses fesses dans ses jeans Diesel ? »

Aïsha fait une fixation sur les fesses. Le gars peut avoir l'air d'un vrai pichou, s'il a un beau derrière, elle succombe. Moi, ce qui m'attire chez un homme en premier, c'est le regard et le sourire. Après tout, c'est ce qu'on voit la majeure partie du temps, non ? À moins de se promener en arrière de son mec comme un petit chien !

J'écris : « C'est vrai qu'il est pas mal. D'après toi, il est célibataire ? »

Réponse d'Aïsha : « On s'en fout, Charlotte ! Je ferais pas ma vie avec ! Une baise, ce serait déjà pas mal. »

J'envie parfois Aïsha quand elle parle des hommes avec détachement. Un peu comme s'ils étaient de la marchandise.

Même si je me suis promis de considérer les hommes comme tels, j'avoue que c'est plus facile à dire qu'à faire.

Le naturel revient souvent au galop et je rêve toujours de cette passion amoureuse qui me dévorerait tout entière. Et qui, de surcroît, me permettrait d'oublier définitivement Maxou.

J'écris : « C'est sûr que s'il est aussi habile au lit que dans la cuisine… »

Réponse d'Aïsha : « Mais je pense qu'on peut oublier ça. C'est Roxanne qui va mettre le grappin dessus. Et je ne voudrais pas de ses restants. »

J'écris : « Tu te trompes, ma belle. Même si c'est clair qu'elle le trouve à son goût, Roxanne a un principe auquel elle ne déroge jamais : *don't fuck with the payroll* ! Elle ne couche pas avec ses collaborateurs réguliers et elle préfère les invités qui viennent à l'émission seulement une fois. Comme ça, elle ne les revoit pas par la suite et ils ne l'embêtent pas. Alors, le champ est libre, comme tu vois… »

Réponse d'Aïsha : « Super ! Mais toi, est-ce qu'il t'intéresse ou t'as encore Max dans la peau ? Si tu le veux, je m'incline. »

Comment veut-elle que je réponde à cette question-là ? Est-ce que je le veux ? Oui… Non… Je sais pas trop… Ça dépend. On ne parle pas du nouveau manteau de cuir à la mode, mais bien d'une possible, je dis bien, possible, aventure avec un des chefs les plus *hot* de Montréal. Ouais, vu comme ça, j'avoue que c'est pas mal sexy.

J'écris : « Excuse-moi. J'ai un appel urgent qui rentre. Je te reviens dès que possible. »

Et je me rends compte que je viens de faire ce que je déteste le plus chez les autres : me défiler comme une lâche !

***

J'arrive au musée complètement exténuée, mes deux sacs d'écolo remplis de victuailles sous les bras. Mes gâteaux au crabe sont prêts, il ne me reste qu'à les réchauffer et à les dresser avec leur garniture. Pour le dessert, j'ai préparé une mousse chocolat noir et café que je vais servir dans des coquilles d'œufs brisées et nettoyées.

J'ai aussi apporté le poulet pour Roxanne, que je vais transférer du Tupperware au plat de service le plus kitsch que j'ai pu trouver : une grande assiette beige et rose pâle avec des dessins de marguerites. Une horreur que m'avait offerte une de mes tantes lors d'un échange de cadeaux à Noël. Tant pis pour Roxanne, elle n'avait qu'à cuisiner elle-même.

La salle est superbe. En fait, elle ressemble plus à un salon avec ses gros fauteuils confortables en cuir brun, ses tables basses en verre et sa moquette qui semble toute douce pour les pieds. J'adore cet endroit. Douillet et moderne. Tout juste comme le sera mon nid d'amour un jour…

Bon, cessons de rêvasser et au travail ! Mon dessert est particulièrement compliqué à assembler. Pour éblouir P-O, je vais servir les mousses en pièce montée dans des demi-coquilles d'œufs, avec des tuiles au caramel. Opération délicate s'il en est ! Mais puisque je suis encore sobre, ça devrait se faire sans trop de péripéties.

Côté look, j'ai vraiment mis la totale ce soir. Minijupe noire et bottes en cuir hypermoulantes de la même couleur. Un nouvel achat pour l'occasion. Bon, il m'a fallu apprivoiser les talons hauts de dix centimètres, mais après quelques heures de pratique dans l'appartement, j'y suis arrivée. Ma démarche ressemble maintenant à celle d'un mannequin qui a porté ce type de chaussures toute sa vie.

Grâce à ma crème autobronzante, je n'ai même pas eu besoin d'enfiler des bas de nylon. Ça, c'est le vrai confort.

Pour le haut, j'ai longuement hésité et je me suis changée une dizaine de fois devant mon miroir. J'ai finalement opté pour un tee-shirt tout simple. Blanc, très ajusté, et légèrement transparent.

Seule touche de couleur dans cet univers noir et blanc : mon collier en agate Botswana, avec ses teintes rouges et orangées. Un cadeau de maman. « Tu vas voir, ça va t'aider à être moins énervée. Avec ça, tu seras plus calme », m'avait-elle dit en me l'offrant l'année dernière. Exactement ce dont j'ai besoin aujourd'hui.

Le salon est doté d'une cuisinette où je m'installe avec mes provisions. Avec beaucoup de concentration, je commence l'assemblage de mon dessert. Casser les œufs, vider les coquilles, les nettoyer et les remplir de mousse ne s'avère pas trop difficile. C'est ensuite que ça se corse.

Faire tenir les coquilles en équilibre sur les tuiles de caramel est un exercice périlleux. Mais je dois réussir : c'était tellement beau sur la photo de mon livre de recettes. Allons-y doucement, c'est tout.

Je place d'abord des tuiles au fond d'une assiette et j'y colle quelques coquilles à l'aide du caramel que je viens de faire réchauffer au four à micro-ondes.

Ça va pour cette première étape, mais ensuite ? Je ne me souviens plus trop comment faire la deuxième couche. Je consulte la méthode que j'ai recopiée, mais je m'aperçois que je l'ai fait un peu trop rapidement. Je ne comprends rien à ce que j'ai écrit. Quelle négligence !

Et le temps file à toute vitesse. Je dois me dépêcher de finir avant que les autres n'arrivent. Je place quelques tuiles sur le côté, à la verticale et j'y colle d'autres coquilles. Ça marche ! C'est comme sur la photo, une belle pyramide. Le tout s'en va au frigo et je cours aux toilettes me refaire une beauté.

***

— Allez Roxanne, dis-nous tout. On veut tout savoir !

— Laissez-moi donc tranquille, je vous l'ai dit : j'ai jamais eu de chirurgie de ma vie.

La soirée est déjà avancée quand Justin et Martin commencent à taquiner notre animatrice. Les martinis et le vin rouge aidant, ils se sont mis dans la tête de lui faire avouer que sa beauté n'est pas entièrement naturelle. Et par la même occasion, de déterminer le gagnant du *pool* qui s'élève maintenant à 230 dollars. De vrais enfants.

Le souper a été délicieux et tout le monde a craqué pour mes gâteaux au crabe, Pierre-Olivier compris. J'en étais très fière et soulagée. Nous attaquerons les desserts plus tard.

Je dois avouer que je trouve la soirée un peu trop tranquille à mon goût. Mon cœur n'y est pas. J'en profite donc pour envoyer un texto à Ugo. J'écris : « Justin est avec une fille ce soir. Je pense qu'il est hétéro finalement. » Ce qui n'est pas vrai, bien entendu. J'utilise une nouvelle stratégie pour qu'Ugo oublie Justin en souhaitant de tout mon cœur qu'elle fonctionnera.

Réponse instantanée d'Ugo : « C'est un *front*, ils font tous ça ! Bonne soirée, fais pas de gaffe. xx. »

Comme si je pouvais faire une folle de moi dans une soirée aussi ennuyeuse !

Appuyé contre le bar, P-O essaie de faire bonne figure auprès de M. Samson et de la réalisatrice. Je pourrais me joindre à eux, mais ils discutent de la prochaine émission sur les asperges. Et moi, je déteste parler boulot dans les *partys*.

Aïsha ne parle pas beaucoup parce qu'elle a mal

à la gorge et les autres membres de l'équipe sont rassemblés autour de Roxanne qui, comme toujours, prend la vedette.

En plus, je déteste le merlot et c'est précisément ce que M. Samson nous a offert. Heureusement, P-O nous a concocté des martinis en apéro. Et quel spectacle ! Derrière un bar, il est aussi sexy que Tom Cruise dans *Cocktail.*

J'adore le voir jongler avec les bouteilles de gin et de vermouth, verser généreusement la boisson dans un *shaker* pour ensuite l'agiter vigoureusement avec ses deux mains. Le summum, c'est quand il fait couler le cocktail dans des verres à long pied en tenant le *shaker* à hauteur de son épaule. Quel spectacle !

Des gouttelettes éclaboussent alors son tee-shirt gris *charcoal* à encolure en V, ce qui le rend encore plus désirable.

Avec sa main gauche, il fait glisser le verre rapidement vers lui, jusqu'au bord du comptoir, l'attrape de justesse avec sa main droite, y ajoute trois olives et voilà le résultat ! Un pur délice pour les yeux comme pour la bouche.

J'en suis donc à mon quatrième martini depuis le début de la soirée. Et les effets commencent à se faire de plus en plus sentir. Mes bottes me font terriblement souffrir et je me sens étourdie. Je m'assois lourdement sur le bras du sofa, à côté de Martin, et j'écoute la suite de la conversation.

— T'as bien dû essayer le Botox. Voyons, toutes les animatrices le font, lance Justin à Roxanne, qui est assise seule sur une causeuse, les jambes allongées sur le côté.

Notre animatrice a fière allure ce soir, elle paraît

plus jeune que ses quarante-cinq ans. En fait, son look a complètement changé depuis qu'Aïsha l'habille. Mon amie a tout d'abord dû la convaincre de se vêtir comme une femme de son âge, ce qui n'a pas été de tout repos.

Ensuite, il a fallu lui choisir des tenues « qui ne font pas matante » comme l'a précisé l'agent de Roxanne, Mark, qui a aussi exigé d'approuver tous les vêtements avant achat.

Aïsha a donc dû photographier une cinquantaine de pièces de vêtements, ainsi que dix-huit paires de chaussures, neuf sacs à main et des dizaines d'accessoires, pour ensuite les faire parvenir par courriel à Mark.

Sans doute pour exaspérer Aïsha, Mark a refusé la moitié de ce qu'elle lui a présenté. En professionnelle qu'elle est, Aïsha est retournée magasiner, a choisi d'autres articles et les a soumis de nouveau à Mark.

Elle a été docile et patiente. Jusqu'à ce que Mark refuse qu'elle achète une adorable tunique bleue et noire Kollontaï, sous prétexte que la couleur ne mettait pas en valeur le teint de Roxanne.

Aïsha a alors pris son ton hautain des grands jours et a lancé à Mark au téléphone : « Quand vous vous habillerez autrement qu'en pantalon de jogging moulant noir et jaune, peut-être que je considérerai votre opinion. Mais c'est moi la styliste de Roxanne et cette tunique fera partie de sa garde-robe, un point c'est tout. »

Sûrement peu habitué à se faire parler comme ça, Mark n'a pas soufflé mot. Mais Aïsha n'en avait pas terminé avec lui. Elle a ajouté : « Et si je peux me permettre de vous donner mon avis de professionnelle, oubliez les pantalons moulants. Ça ne vous va pas du tout. Vous pensez nous épater avec vos jambes musclées, mais vous n'avez pas du tout les fesses pour porter ça ! Elles sont trop hautes et trop plates. » Et elle a raccroché.

Ce soir, sur la recommandation de sa styliste, Roxanne porte la fameuse tunique Kollontaï. Et, bien entendu, elle lui va à ravir.

— Bon, c'est vrai, le Botox, j'ai essayé une fois, avoue-t-elle à Justin. Mais j'ai détesté ça et, de toute façon, mon agent m'a dit que j'en avais pas besoin.

Roxanne jette un coup d'œil du côté de P-O, un peu plus loin dans la pièce, et avale son verre de merlot d'un trait. Je souris intérieurement en comprenant qu'elle est en train de se soûler pour combattre son désir.

— Vous autres, les filles, avez-vous déjà eu des chirurgies esthétiques ? Ou du Botox ? poursuit Justin en se tournant vers Aïsha et moi.

— Ben voyons, j'ai juste trente-trois ans. J'ai pas besoin de ça. Aïsha non plus.

— Il me semble, Charlotte Lavigne, que t'as jamais pensé à ça. Je suis certain que tu rêves de te faire refaire les seins. T'aimerais pas ça avoir une belle poitrine comme celle d'Aïsha ?

Quel odieux personnage ! Comment a-t-il deviné ? J'aurais dû m'en tenir à mon premier plan : ne jamais me réconcilier avec lui et faire mourir ses plantes en les vaporisant de Windex.

— Ou comme la mienne !

Roxanne se lève de son fauteuil – son trône, devrais-je plutôt dire – pour me rejoindre en titubant. Je l'ai rarement vue aussi soûle. Elle pose son bras sur mes épaules et regarde ma poitrine.

— Tu serais belle avec une paire de seins comme

la mienne. C'est tout ce qui te manque pour être un vrai pétard, Charlotte !

Est-ce que je devrais prendre ça comme un compliment ? Ce serait bien la première fois que Roxanne m'en ferait un. J'entends tout à coup la voix de M. Samson derrière moi.

— Je suis venu vous dire bonsoir, je dois partir. J'ai une réunion tôt demain matin.

Après nous avoir serré la main de façon officielle, M. Samson nous fait un minisermon sur la conduite en état d'ébriété et quitte la pièce. Une minute plus tard, notre réalisatrice l'imite, prétextant une subite rage de dents.

Dès qu'elle franchit le seuil de la porte, tout le monde s'esclaffe bruyamment. Justin ne se gêne pas pour commenter la situation.

— Ah ben ! La *réal* qui couche avec le boss ! Ça peut-tu être bon pour l'émission, ça ?

— Tant que ça dure, ça peut pas nuire, c'est certain, répond Martin.

— Ouais, mais il est marié lui, non ? poursuit Justin.

Je me tourne vers lui pour lui répondre, d'une voix presque éteinte.

— Puis il a trois enfants. Tous en bas de dix ans.

Les histoires d'infidélité m'ont toujours attristée. Elles viennent briser mon rêve de l'amour idéal, qui dure toute la vie. Comme celui dont je rêvais avec Maxou. Dire que je pensais un jour avoir des petits saints Jean-Baptiste…

La voix forte et haut perchée de Roxanne me tire brusquement de mes sombres pensées.

— Vous pensez que je le sais pas, hein ?

En plus d'être complètement soûle, Roxanne semble tout à coup en colère. Elle interpelle maintenant Justin.

— C'est toi qui as pensé à ça, je suppose ?

— De quoi tu parles, ma belle Roxy ?

— Du *pool* ! Du *pool* sur mes supposées chirurgies plastiques !

Tout le monde arrête de parler et retient son souffle. Qui est le traître qui a tout raconté à notre animatrice ? J'observe attentivement les visages de chacun de mes collègues.

Mes yeux croisent ceux de P-O qui semble se demander qui sont ces énergumènes avec qui il devra travailler pour la prochaine année. Je m'approche de lui et pose une main sur son épaule. Il se penche vers moi et je murmure à son oreille.

— T'en fais pas. C'est *business as usual.* Faut toujours qu'elle ait toute l'attention.

D'un air complice, il me sourit discrètement et je commence à fondre tout doucement devant lui.

Comprenez-moi bien. Tout d'abord, il a ce regard qui vous fait sentir comme si vous étiez la seule femme au monde. De plus, je viens de découvrir qu'il porte mon parfum pour homme préféré : *Eau sauvag*e de Dior. Tout à fait à son image.

Et pour couronner le tout, ça fait maintenant plusieurs semaines qu'un homme ne m'a pas touchée. Pleine d'espoir, je lui rends son sourire complice.

— Comme ça, poursuit Roxanne, vous pensez que je me suis fait faire un lifting ? Ou refaire les seins. Ou augmenter les lèvres, hein Charlotte ?

— Ben non, Roxanne, on a jamais dit ça.

— C'est pas notre genre de faire ça, tu sais bien, renchérit Justin.

— Prenez-moi pas pour une valise, je l'ai vu, votre *pool*. Franchement, vous avez du temps à perdre pour faire des niaiseries pareilles.

Personne n'ose émettre un commentaire, de peur de contrarier Roxanne qui, debout au centre de la pièce, reprend une gorgée de vin avant de poursuivre :

— En tout cas, je peux vous dire que vous êtes dans le champ, pas à peu près… Y a personne qui va gagner les deux cents piasses. Tout ce que vous voyez est naturel à cent pour cent… C'est ce que vous voyez pas…

Roxanne laisse sa phrase en suspens et éclate d'un fou rire en nous fixant d'un regard narquois.

— Qu'est-ce que tu veux dire, ce qu'on voit pas ? demande Justin.

— Ah, vous le saurez pas, je vous le dis pas. Tout ce que je peux vous dire, c'est que mon chum aime beaucoup ça.

— Aime quoi ? insiste Julien. Tu nous as dit que tu n'avais pas de nouveaux seins…

Roxanne ne répond pas et continue de nous narguer. Je réfléchis à ce qu'elle peut bien vouloir dire et tout à coup, j'allume…

— Non, t'es pas sérieuse ? Ton voyage au Brésil, c'était ça ?

Elle hoche la tête. D'un air coquin et peu convaincu, elle met un doigt sur ses lèvres pour me signifier de me taire. Je crois qu'elle a envie de le dire, mais qu'elle veut les laisser languir un peu.

Pour l'instant, ni Justin, ni P-O, ni Martin ni même les membres de l'équipe technique ne semblent comprendre de quoi il retourne. Justin n'entend pas lâcher prise.

— Ah, *come on*, les filles ! C'est quoi ?

— T'as rien qu'à deviner, c'est pas compliqué, il me semble, répond Roxanne.

— Moi, je pense que je le sais.

Tous se tournent vers P-O qui vient de parler. Il sourit à Roxanne en poursuivant :

— T'as subi une périnéorraphie, hein ?

— Une quoi ?

Décidément, Justin manque de vocabulaire. Je me fais un plaisir de lui fournir la description du mot.

— Un remodelage du vagin, niaiseux.

Le silence se fait tout à coup dans le salon. Tout ce qu'on entend maintenant, c'est la musique de jazz fusion.

— Et j'ai aussi eu un lifting de vulve.

Roxanne affiche un sourire satisfait et les yeux des gars sont grands ouverts. Je peux y lire tous les fantasmes auxquels ils sont en train de penser. Bon, il est temps de passer à autre chose.

— Je crois qu'on va servir le dessert.

Je marche péniblement jusqu'à la cuisinette, en n'ayant qu'une seule envie : enlever ces foutues bottes. J'ouvre le réfrigérateur pour en sortir ma pièce montée, qui semble avoir tenu le coup.

Wow ! J'avoue qu'elle est assez bien réussie. Une belle pyramide de coquilles d'œufs et de tuiles au caramel, haute d'une cinquantaine de centimètres.

À côté de mon œuvre, le gâteau des anges de la mère de Martin ne fait pas le poids. C'est le moment d'en mettre plein la vue.

Je m'avance tranquillement en tenant fermement l'assiette avec mes deux mains. Mon but est d'aller la déposer sur la petite table au centre du salon, pour que tout le monde la voie et me complimente. Je n'ai pas travaillé aussi fort pour que tout cela passe inaperçu.

Plus qu'une dizaine de pas à faire. Mes collègues me tournent le dos et je dois me frayer un chemin jusqu'à la table.

— Attention, laissez-moi passer, s'il vous plaît.

Au moment même où tous se retournent pour me regarder, j'entends un drôle de bruit. Un genre de craquement. Affolée, je regarde mon dessert et je constate qu'une des tuiles de caramel a cédé. Oh misère ! La pyramide penche maintenant vers la droite.

Crac. J'entends un deuxième craquement. Maintenant, c'est une des coquilles qui vient de se briser. Bon, pas de panique, c'est encore tout à fait présentable. Quelques petites imperfections, sans plus.

Je lève les yeux et vois P-O qui semble bien s'amuser de la situation. Il se place devant moi, pour me bloquer le passage.

— Ça va, Charlotte ? Tout est sous contrôle ?

— Mais oui, pourquoi ça ne le serait pas ?

— Ouin, c'est tout un dessert que tu nous as préparé là !

— Pas pire, hein ? Tu veux bien me laisser passer maintenant ?

Crac. Troisième craquement. Une autre tuile qui vient de se briser. P-O étouffe un rire.

— Faudrait pas que ça lâche, hein ?

— Mais non, c'est solide, je te dis.

Ah ! C'est qu'il m'exaspère à la fin. S'il pouvait me laisser passer ! D'autant que je suis de plus en plus troublée par sa proximité et l'odeur de son parfum.

— Ta mousse, elle est à quoi exactement ?

— Chocolat noir et café… P-O, mon assiette est un peu lourde.

— Tu sais ce qui est vraiment cochon ? dit-il en ne se préoccupant pas du tout de ce que je viens de lui dire. C'est quand tu fais ta mousse avec de la crème 35 %, pas juste avec des œufs.

D'un geste hypersensuel, il trempe son index dans une des coquilles d'œufs et le porte à sa bouche.

— Ta mousse est délicieuse, Charlotte. Comme toi, j'imagine.

C'en est trop. Toutes mes forces m'abandonnent. Les quatre martinis, les bottes inconfortables et le désir l'emportent sur ma vigilance. Je sens l'assiette me glisser lentement des mains et je la vois s'écraser lourdement au sol, comme dans un film au ralenti. La mousse éclabousse le tapis et les jeans de P-O.

Pour la première fois de ma vie, je me fiche complètement d'avoir raté un plat. Je poursuis maintenant un seul et unique objectif et mon petit doigt me dit que je suis sur le point de l'obtenir.

11

« On va pas tomber amoureux, hein ?
On baise, on trinque, on tombe pas amoureux ! »
CAMILLE (AUDREY TAUTOU) dans le film *Ensemble, c'est tout*.

J'ouvre péniblement l'œil gauche, puis le droit. Les murs de ma chambre tournent autour de moi. Ma tête me fait horriblement souffrir, j'ai la gorge sèche et j'ai la nausée. Bref, comme dirait maman, j'ai mal aux cheveux.

Il me faut quelques secondes pour remettre mes souvenirs en place. La soirée d'hier a été plutôt arrosée et elle s'est terminée exactement comme je l'avais souhaité : avec P-O dans mon lit. D'ailleurs, où est-il maintenant ?

Tout semble tranquille dans l'appartement, je n'entends ni le bruit d'une douche qui coule ni celui d'un café qui infuse. Je suis seule, ma foi.

Ma chambre est dans un désordre inimaginable. Mes sous-vêtements traînent sur le plancher, près du lit. De vieux bas de laine sales les côtoient.

La chaise de mon bureau est recouverte de vêtements. De vieux tee-shirts pour dormir, des pantalons de jogging blancs que je porte seulement quand je suis seule et – oh, l'horreur – une petite culotte taille haute toute défraîchie.

Je ne peux pas croire que j'ai amené P-O dans ce bordel ! Franchement, un peu plus de prévoyance la prochaine fois, Charlotte !

Sur ma table de chevet, mon relevé de carte de crédit me nargue. Il me rappelle douloureusement que ma séparation avec Maxou m'a coûté très cher : neuf factures exorbitantes de restos, des achats presque quotidiens chez Macarons et compagnie, une nouvelle cafetière *espresso* – pour me donner un coup de fouet après mes nuits d'insomnie – et trois visites chez la massothérapeute, pour réduire les effets des trois tasses d'*espresso* du matin.

Ah oui, j'oubliais : deux nouvelles paires de chaussures et une veste de cuir mauve, pour aller avec ma nouvelle couleur de cheveux. On m'a dit que les blondes avaient plus de plaisir dans la vie, j'ai décidé de le vérifier moi-même et j'ai maintenant les cheveux d'un beau blond doré.

N'empêche que c'est une facture supplémentaire sur mon relevé, dont le solde s'élève à… Non, je regarderai ça demain. Aujourd'hui, j'ai trop mal à la tête. Pas question d'empirer ma condition. Et de toute façon, il s'agissait de dépenses absolument nécessaires à ma santé mentale.

Par contre, si je veux être vraiment honnête, je dois avouer que j'aurais pu me passer des macarons. J'aurais dû être raisonnable et me contenter des desserts que j'avais moi-même cuisinés. Tout à fait délicieux d'ailleurs.

Tout à coup, la porte d'entrée s'ouvre. Ah, je savais bien qu'il n'était pas vraiment parti ! Il doit être allé chercher des croissants. Quelle délicate attention ! Vite, Charlotte, va cacher tes affreuses bobettes sous ton lit !

— Charlotte, c'est moi !

La voix d'Ugo résonne dans l'appartement… Déception totale.

— Salut, ça va ? dit-il en pointant le nez dans ma chambre.

Pour toute réponse, je grogne et je me retourne dans mon lit pour lui tourner le dos.

— T'es pas de bonne humeur ce matin, on dirait…

— J'ai la gueule de bois.

— Pas de problème, j'ai de quoi te remettre d'aplomb. Des chocolatines et des brioches à l'érable.

— Ah non, ça, je suis pas capable. Juste l'odeur me donne mal au cœur.

— Oh, c'est un cas grave. Un cas de soupe poulet et nouilles, peut-être ?

Les lendemains de veille – et ils ont été nombreux –, j'ai tout essayé pour retrouver un peu de vigueur et chasser les nausées : l'eau minérale, le Seven Up, le sel Eno, le bloody mary et le thé au citron. Même la poutine à onze heures du matin ! Mais rien n'égale un bol de soupe poulet et nouilles en sachet. Salée à souhait.

— Tu veux bien me la faire, s'il te plaît ?

— OK, je t'attends dans la cuisine, lève-toi. Tu me raconteras comment ça s'est passé avec ton chef. C'est bien lui que j'ai vu sortir de ton appart' cette nuit ?

Je me retourne soudainement dans mon lit pour regarder Ugo. Ouille ! Un peu trop rapidement pour me tête endolorie. Je ne boirai plus jamais. Fini les martinis, les tequila paf, le vin, le porto. Fini l'alcool. Promis, juré, craché. Ah non, pas question de cracher ce matin, trop dégueu !

Et cette fois, ce n'est pas une promesse d'ivrogne. Bon peut-être un verre de vin de temps en temps, mais sinon je serai sage.

— Tu l'as vu sortir cette nuit ? Il était quelle heure ?

— Ben, je sais pas trop. Trois heures, je dirais. C'est le bruit de ses pas dans l'escalier qui m'a réveillé.

Et moi qui pensais qu'il était resté jusqu'au matin. Mais non, il est parti tout de suite après l'amour, tout de suite après que je me suis endormie en fait… Ça m'attriste mais, soyons raisonnable, c'est peut-être mieux comme ça.

Après tout, P-O n'est qu'un amant de passage, rien de plus. Je n'ai pas à me créer des attentes face à lui. Je prends ce qui passe, c'est tout. Comme je me le suis promis. Et en plus, je ne sais même pas s'il est libre. Les histoires compliquées… trop peu pour moi.

Je me lève péniblement et je suis Ugo dans la cuisine. Peut-être que P-O a laissé un mot sur le comptoir ? Avec des becs à la fin ?

Des bribes de souvenirs me reviennent en tête, pendant que je cherche un petit bout de papier sur lequel il me remercierait pour le moment magique passé ensemble. Rien.

Et s'il m'avait envoyé un courriel ou un texto ? Pendant qu'Ugo ouvre un sachet de soupe Lipton, je m'assois à la table pour consulter discrètement mes messages sur mon iPhone. Rien là, non plus.

Je dois avouer que j'aurais apprécié un signe de vie, mais, bon, rien ne l'y oblige. Et on ne sait jamais, il me donnera peut-être des nouvelles plus tard, la journée est encore jeune.

— Alors, c'était *cool,* le *party* ? me demande Ugo en déposant un bol de soupe fumant devant moi.

— Ordinaire.

— Pis après ?

— Pourquoi je te raconterai tout, hein ? Toi, tu veux jamais rien me dire.

— Parce que tu en meurs d'envie, Charlotte.

Parfois, j'aimerais être moins transparente et mieux cacher mon jeu. Mais c'est plus fort que moi. J'ai juste trop envie de me perdre dans mes souvenirs des dernières heures.

— En tout cas, ça paraît qu'il s'entraîne tous les jours. Méchant *body* ! Ah oui, et il a un tatou comme le tien sur le bras et un autre immense dans le dos. Un tigre polynésien.

Debout derrière moi, Ugo m'enlace tendrement et me murmure à l'oreille :

— Raaag... Est-ce que tu l'as fait rugir ?

— Je pense que oui. Le problème, c'est que j'étais pas mal soûle et je ne me souviens pas de tout.

— Mais dans l'ensemble, c'était bien ?

Ugo s'assoit maintenant à mes côtés pour mordre dans une chocolatine, pendant que je réfléchis à sa question.

— C'était plus que bien. Ouais... pas mal même. J'aurais juste voulu savoir s'il a aimé ça autant que moi.

Et j'attaque ma soupe en essayant d'oublier que P-O est parti tout juste après avoir obtenu ce qu'il voulait. Et sans même laisser un petit mot.

***

Assise confortablement dans ma loge, je tente de calmer ma nervosité en mâchant énergiquement une gomme balloune rouge, cadeau de ma machine distributrice. C'est notre première journée d'enregistrement avec notre nouveau collaborateur, P-O aux fourneaux.

Aujourd'hui, donc, je lui parlerai pour la première fois depuis notre aventure, survenue il y a maintenant une semaine. Aucun appel, aucun courriel, aucun texto. Ni de sa part ni de la mienne. Le silence total.

Sauf cette note envoyée à mon adresse courriel, au bureau :

Salut Charlotte,
Est-ce qu'on a du sel de mer Maldon, celui en flocons ? C'est tout ce qui manque pour ma recette d'asperges rôties.
Merci,
P-O

Plutôt impersonnel comme message, non ? Pas du tout ce que j'attendais de la part d'un homme avec qui j'ai vécu des moments, disons, assez intimes. Mais à bien y réfléchir, P-O a sûrement utilisé un ton professionnel parce qu'il craignait que nos messages au bureau ne puissent être lus par d'autres membres de l'équipe. Il veut garder notre liaison secrète et je le comprends tout à fait. Bon, ce n'est peut-être pas encore une liaison, mais qui sait ?

Roxanne surgit soudainement dans ma loge, les yeux pétillant de plaisir, un immense sourire aux lèvres.

— Charlotte, j'ai une grande nouvelle.

Bon, qu'est-ce qu'elle va m'annoncer, cette fois-ci ? Que son caniche est maintenant guéri grâce à une thérapie intensive ? Qu'elle a joint les rangs de l'Église de scientologie comme son idole Tom Cruise ? Qu'elle a maintenant atteint le chiffre magique de vingt mille admirateurs qui aiment sa page Facebook ?

— Je vais devenir comédienne !

— Hein, à ton âge ?

Oups, ça m'a échappé.

— Comment ça, à mon âge ? Je suis pas trop vieille, tu sauras…

— Non, non, je voulais pas dire ça. C'est juste un peu surprenant, étant donné que t'as jamais fait ça.

— C'est pas vrai, j'ai fait du théâtre au secondaire. Bon, en fait, j'avais un rôle de figurante, mais ça m'a quand même donné l'expérience des planches.

Roxanne m'explique qu'on lui a confié un petit rôle dans un nouveau téléroman. Elle jouera une femme qui a une attirance particulière pour les hommes plus jeunes qu'elle.

— Et c'est là que je vais avoir besoin de toi, ma belle Charlotte. Aïsha m'a dit que ta mère était comme ça, une *cougar woman* comme on dit. C'est vrai ?

— Euh, oui, oui. Si on veut.

— Bon, alors, tu penses que je pourrais la rencontrer ? C'est pour faire de la recherche, tu comprends… On pourrait souper ensemble. Pas au resto par contre, j'ai pas le goût qu'on soit dérangées par du monde qui veut des autographes.

— OK, qu'est-ce que tu proposes, alors ?

— Ben, on pourrait faire ça chez toi, Charlotte. On serait tranquilles. Et en plus, tu cuisines tellement bien.

Pas question ! Je vois déjà le scénario dans ma tête. Les deux femmes les plus égocentriques que je connaisse assises à ma table et moi qui les sers comme une Cendrillon. Non merci !

— C'est que… mon appart' est en pleine rénovation ces temps-ci.

— Bah, c'est pas grave.

— Et puis, je suis un peu grippée, je m'excuse mais…

— Grippée ? Ah ouin. C'est drôle, hein ? Je viens de rencontrer P-O dans le couloir et lui aussi, il est grippé. Tout un hasard, hein Charlotte ?

Roxanne me regarde maintenant avec un sourire que je pourrais qualifier de diabolique. Elle poursuit pendant que je reste figée sur mon siège.

— À moins que ce ne soit pas un hasard. C'est peut-être parce que vous êtes partis ensemble l'autre soir à la fin de la soirée…

J'ai maintenant des sueurs froides dans le dos. Je n'ai surtout pas envie qu'elle aille raconter tout ça à l'équipe. Et depuis quand Roxanne s'intéresse-t-elle à ma vie privée ? La réponse est simple, pourtant : quand ça peut lui servir.

— Tu t'imagines des choses, Roxanne. On a partagé un taxi, c'est tout.

— Me semble, me semble. Essaie pas, je vous ai vus vous embrasser dans le taxi.

Ce n'est même pas vrai, elle dit n'importe quoi pour me faire chanter. En fait, on n'a jamais pris de taxi. On est rentrés dans l'Audi sport de P-O. Mais je ne peux toutefois pas lui avouer.

— Bon, alors, ça marche pour le souper, me relance Roxanne. Demain, à 19 heures, chez toi ?

Prise au piège, je marmonne une réponse inaudible, ce qui ne semble pas du tout faire changer d'idée mon animatrice. Elle tient à ce souper comme à la prunelle de ses yeux. Ce rôle doit être capital pour elle.

— Ah, dernière chose, ajoute-t-elle, mon agent m'a conseillé de changer mon alimentation. Je suis maintenant végétalienne.

Roxanne quitte ma loge en claquant la porte. Une façon pour elle de me signifier que la discussion est close. Je m'aperçois qu'en trois minutes, je me suis fait doublement avoir.

Non seulement je vais devoir supporter une discussion maman-Roxanne, mais en plus il me faudra cuisiner du tofu ! Je suis bien prête à me sacrifier, mais je n'endurerai pas ça toute seule, parole de Charlotte !

***

Mon dossier de recherche à la main, j'arpente les couloirs du studio, en espérant y croiser P-O. On a déjà une heure de retard dans notre journée d'enregistrement et je trouve le temps long. C'est que Roxanne a ajouté à son horaire une séance de *body balance*, la nouvelle gym à la mode.

Alors, pendant que madame s'étire pour – soi-disant – mieux performer à l'écran, nous, on poireaute. Et on paye des techniciens en temps supplémentaire à la fin de la journée.

Ce qui est particulièrement injuste dans tout cela, c'est que Roxanne ne subira jamais les conséquences des frais supplémentaires que ses caprices occasionnent. Aucune différence sur son cachet d'animatrice, aucune coupure sur les services que lui offre l'équipe de production.

Qui va écoper, vous pensez ? Les recherchistes bien entendu. Les derniers dans la chaîne alimentaire. C'est nous qui, une fois de plus, devrons faire plus, avec moins. Décidément, je n'ai pas choisi le bon métier !

Je m'arrête devant la loge de P-O. La porte est fermée et je m'approche discrètement pour écouter. Est-ce qu'il est derrière cette porte close ? Peut-être est-il en train d'enfiler le tablier noir et vert que lui a déniché sa styliste, ma copine Aïsha ?

Aïsha à qui je n'ai rien dit. Sans aucune raison précise, je ne lui ai pas parlé de mon aventure avec P-O. J'ai simplement écouté ce que mon instinct m'a dicté.

J'entends des pas derrière moi, je m'éloigne prestement de la porte et je me retourne.

— Salut, Charlotte, me lance P-O du haut de son mètre quatre-vingt-huit, un *espresso* à la main.

Je sens mes jambes ramollir et un sentiment de gêne m'envahir. De son côté, P-O ne semble pas du tout mal à l'aise. Aucune trace de grippe non plus. Roxanne m'a bien eue.

— Ça va, tu cherches quelque chose ? ajoute-t-il.

— Non, non, je voulais seulement vérifier si tu avais tout ce qu'il fallait pour le tournage.

— Tout est beau.

— T'es pas trop nerveux pour ton premier enregistrement ?

— Pas du tout.

Il ouvre la porte de sa loge, pénètre à l'intérieur et je reste là, plantée devant lui dans le couloir. Je suis sans mot et je n'ose pas le regarder en face.

Je fixe mon dossier de recherche en essayant de

trouver quelque chose d'intelligent à dire, mais je n'y parviens pas, ce qui me rend encore plus nerveuse et me fait perdre de plus en plus mes moyens.

— Bon… ben… tant mieux.

Je lève les yeux et je m'aperçois qu'il m'a tourné le dos. Il examine avec attention son tablier suspendu à un cintre.

— Charlotte, tu pourrais m'envoyer Aïsha ? Je pense qu'il y a un problème avec mon tablier.

— OK. Je pense qu'elle est occupée avec Roxanne, mais je vais voir.

Je fais tout pour prolonger le moment, pour lui laisser la chance de me faire un signe. Un clin d'œil ? Un sourire complice ? N'importe quoi, mais pas cette froideur, cette distance. Comme si nous n'avions jamais couché ensemble.

— Merci beaucoup, dit-il sans même se retourner.

***

— Et ça te surprend ? me lance Ugo, avant de nous resservir un verre de Prosecco, mon mousseux préféré.

Je suis étendue sur le divan de son salon, la tête appuyée sur ses cuisses, après une longue et triste journée en studio. Il me caresse doucement les cheveux.

Je viens de lui raconter que P-O a gardé ses distances avec moi tout au long de l'enregistrement. En fait, il m'a pratiquement ignorée.

De plus, Roxanne était chiante comme c'est pas possible, criant sur tous les toits que c'était à cause de son SPM. À mon avis, elle ne veut surtout pas que quiconque pense qu'elle s'approche tranquillement de la ménopause.

Et pour couronner le tout, la réalisatrice m'a passé un savon parce qu'un de nos invités est arrivé avec une heure de retard, à cause d'un bouchon de circulation. Non mais, est-ce ma faute si toutes les rues de Montréal ont des allures de chantier routier dès que le printemps se pointe ?

Le seul qui a été gentil avec moi aujourd'hui, étonnamment, c'est Justin. Je ne sais pas s'il a senti ma peine, mais il s'est tout simplement assis à côté de moi, a posé sa main sur la mienne et m'a demandé si tout allait bien. Bien entendu, je lui ai répondu oui. Il m'a regardée comme s'il ne me croyait pas. Il s'est levé et est revenu quelques instants plus tard en me tendant une tablette de chocolat noir au gingembre. Mon préféré. Je lui ai souri tristement, avant de me réfugier dans ma loge pour aller pleurer. Quelle journée de merde !

— À quoi tu t'attendais d'un gars comme P-O ? me relance Ugo.

— Je sais pas trop, mais certainement pas à ce qu'il fasse comme si rien s'était passé.

— T'aurais voulu que ça aille plus loin ou quoi ?

— Ben, c'est sûr que je me serais pas fait prier pour recommencer. Je pense qu'on aurait pu bien s'entendre. Je sais pas trop où ça aurait pu nous mener, mais, au moins j'aurais aimé essayer.

— T'es dure à suivre, Charlotte. Toi-même, tu l'as dit que tu voulais juste des amants d'un soir, faudrait te brancher.

Ce que je déteste lors de mes discussions avec Ugo, c'est quand il est pragmatique et qu'il me rappelle ce que j'ai déjà dit, un soir de frustration. Alors qu'on sait très bien tous les deux que je n'en pensais rien.

— De toute façon, poursuit Ugo, c'est toujours compliqué les histoires de bureau. T'es mieux d'oublier ça.

— C'est pas juste l'histoire de P-O qui me rentre dedans. Tu comprends pas…

— Ben oui, je comprends.

— Non, tu comprends pas.

Ugo me demande de me relever et de m'asseoir à côté de lui. Je m'exécute. Il me regarde fixement dans les yeux et me dit patiemment :

— Bon, qu'est-ce que je comprends pas ? Explique-moi.

Mais c'est qu'il est trop parfait ce mec. Si seulement il pouvait arrêter d'être gai ! Bon, il semble que ça ne fonctionne pas comme ça. Dommage…

— Ben, tu le sais, je suis tannée de toujours recommencer. J'ai hâte de trouver quelqu'un avec qui ça va marcher. Je vais avoir trente-quatre ans bientôt, j'ai plus le temps d'attendre.

— Mais oui, t'as encore du temps.

— Pas si je veux des enfants. Ça commence à presser.

— Inscris-toi sur un site de rencontres.

— Ouin, je sais pas trop. J'aurais peur de rencontrer des tout croches.

— Ou dans un groupe de plein air. C'est comme ça que mon cousin a connu sa femme. Les gens qui font du plein air, ça doit être du monde équilibré.

— Franchement, Ugo, tu me vois sauter en parachute, peureuse comme je suis ? À moins de le faire en tandem avec Guillaume Lemay-Thivierge, là, ce serait *cool*. Super *cool* même. Sinon, je veux rien savoir…

— Ils font pas seulement des trucs extrêmes, y a des randonnées sur l'eau ou en montagne.

— Ah ouais, tu penses que je m'amuserais à ramer en groupe dans un kayak sur le canal de Lachine ? Au bout de dix minutes, je serais tannée. Puis la randonnée pédestre, c'est plate à mort ! Tant qu'à marcher, j'aime bien mieux marcher sur la rue Sainte-Catherine, là au moins y a des choses à voir, des magasins.

— Ouin, à bien y penser, c'est peut-être pas ton *bag*.

— Est-ce que tu crois qu'il existe des soupers pour célibataires gastronomes ? Ça, j'irais n'importe quand.

— Jamais entendu parler de ça, mais on va regarder sur Internet si tu veux. Parlant de bouffe, qu'est-ce que tu veux manger ?

Ugo se lève pour aller inspecter le contenu de son réfrigérateur. Comme à son habitude, il va me proposer de manger de la viande. Ugo est fidèle à son métier de boucher, donc très prévisible côté bouffe. Mais ce soir, je n'ai pas vraiment envie d'un bœuf Stroganoff, d'un navarin d'agneau aux petits légumes ou d'un filet de porc à la moutarde. Trop lourd, trop hivernal, trop habituel.

— J'ai acheté de l'aile de raie ce midi à la poissonnerie. Ça te tente ? Avec du beurre au citron et des câpres.

Wow ! Décidément trop parfait.

***

— T'as vu Justin aujourd'hui ? me demande Ugo à la fin de ce délicieux repas que nous avons mangé pratiquement en silence, perdus chacun dans nos pensées.

— Euh oui, oui, il était en studio.

— Et ?

— Et quoi ? dis-je innocemment.

— Ben, tu lui as parlé pour un souper tous les trois ? Ou pour aller prendre un verre ?

— Ah, excuse-moi, j'ai pas eu le temps.

Sans dire un seul mot, Ugo se lève de table, me tourne le dos, retourne au comptoir et commence à faire la vaisselle. Bing, bang. Je l'entends jeter bruyamment les casseroles au fond de l'évier.

C'est plutôt rare qu'Ugo perde patience. En fait, c'est même la première fois que j'en suis témoin. Est-ce que j'aurais blessé mon ami ?

— Ugo, qu'est-ce qui se passe ?

Il ignore ma question et continue son remue-ménage. J'insiste.

— Viens t'asseoir, on fera ça plus tard, OK ?

Toujours aucune réaction.

— Ugo, s'il te plaît. Viens prendre un dernier verre. On va pas gaspiller ce bon vin-là, quand même.

Il se retourne finalement et laisse tomber son linge à vaisselle sur le comptoir.

— Toi, Charlotte, quand tu me demandes quelque chose, c'est toujours urgent, toujours pour hier, c'est toujours la fin du monde. Mais quand c'est l'inverse, par exemple…

Je verse le reste de la bouteille de pinot gris dans nos verres. Je me lève pour lui tendre sa coupe et je prends mon ton maternel.

— Je fais ça pour ton bien.

— Mon bien, mon bien… Qu'est-ce que t'en sais de ce qui est bon pour moi ou pas ? Ça t'est jamais venu à l'esprit que, moi aussi, je pouvais avoir envie d'une relation stable ?

— Oui, mais…

Ugo ne me laisse pas terminer ma phrase et poursuit de plus belle. C'est la première fois qu'il se fâche contre moi. Et je n'aime pas ça, je n'aime pas ça du tout.

— C'est toujours comme ça, avec vous autres, les *straights*… Vous pensez qu'on est volage, qu'on veut juste des aventures…

Là, il exagère. Je n'ai jamais eu ce genre de préjugés envers les gais et il le sait très bien. Sa famille oui, mais pas moi. Il peut m'étiqueter comme *straight* autant qu'il le souhaite mais, à ce que je sache, ça n'a jamais été un irritant entre nous deux.

Vraiment, j'ai dû heurter une corde sensible pour qu'il me prête de mauvaises intentions comme ça. Pauvre chou, il est tout à l'envers.

— Ugo, voyons donc… C'est pas ça… Mais Justin, c'est pas le bon gars pour toi…

Il se laisse tomber lourdement sur la chaise. Je l'observe pendant qu'il passe une main dans ses beaux cheveux bruns très foncés. Ugo est le fantasme de tous les coiffeurs gais. Une crinière fournie, douce, brillante… et qui sent bon.

Il me regarde et je constate qu'il n'est plus fâché. Ses yeux marron clair sont maintenant remplis de tristesse.

— Laisse-moi au moins en juger par moi-même, OK ?

Je soupire et devant son petit air sans défense, je craque.

— OK, t'as gagné. Réserve ta soirée de demain… Moi, je monte me coucher.

12

Nouvelles de Daddy.

Dans un geste de mauvaise humeur, je dépose la revue sur ma table de chevet, avant d'éteindre la lumière. Je pense à l'article que je viens de terminer : « Les trente-cinq choses à faire avant d'avoir trente-cinq ans. » Et on n'y parlait certainement pas de cuisiner un souper végétalien pour des invitées qu'on n'a pas le goût d'avoir à sa table.

Le réveille-matin indique 3 h 35 et je n'ai toujours pas fermé l'œil. Et ce n'est pas la lecture de ce stupide texte qui m'aidera à trouver le sommeil. Parmi les trente-cinq choses à faire, j'en ai réalisé seulement quatre.

— Un : me baigner toute nue dans un lac à la pleine lune, en bonne compagnie. *Check !*

— Deux : passer à la télé. *Check !*... Bon, c'était quelques secondes, tout juste le temps de servir le thé vêtue de mon kimono lors de notre émission spéciale sur le thé, mais ça compte quand même.

– Trois : m'offrir une soirée au 281 avec des

copines. *Check !* J'en ai encore des souvenirs mémorables.

— Quatre : être surclassée en avion. *Check !* Honnêtement, j'aurais préféré que ça m'arrive sur un vol plus long qu'à destination de New York… mais bon, on ne choisit pas, hein ?

Il me reste donc un peu plus de deux ans pour accomplir les trente et une autres choses, dont flotter sur la mer Morte, gagner un prix, participer à une mission humanitaire dans un pays en développement, prendre un cours de *pole dancing* et être infidèle.

Je ne suis pas certaine d'avoir le goût d'inscrire un crochet à côté du dernier point. L'infidélité, très peu pour moi. À moins que je n'aie le goût de me venger. Ça, ce serait possible.

Mais la chose la plus importante à faire avant de célébrer ses trente-cinq ans, selon ce foutu magazine, c'est de trouver l'amour. Non mais, c'est un conte de fées ou quoi ? Comme si l'amour se trouvait au coin de la rue, entre la boîte aux lettres et le lampadaire où les chiens font pipi ! Plus facile à dire qu'à faire.

Et ce n'est certainement pas ce soir, alors que je vais recevoir maman et Roxanne, que le grand amour va apparaître en habit du dimanche et en souliers vernis, comme le dit la chanson.

Heureusement, Justin et Aïsha ont accepté de se joindre à nous. Et il y a Ugo qui va nous faire une arrivée surprise planifiée.

Pour plaire à notre invitée vedette maintenant végétalienne, j'ai opté pour un sauté de tofu à l'asiatique. Je vais tellement mettre de sauce aux huîtres, de sambal oelek et de coriandre qu'on va oublier que le tofu, ça ne goûte rien. Un truc vieux comme la Terre.

Justin s'est tout de suite méfié, quand je l'ai invité à ma table en même temps que Roxanne et maman. Mais j'ai coupé court à ses soupçons en prétextant que c'était une demande non négociable de notre animatrice.

Je lui ai aussi caché la vérité sur le menu. Je sais qu'il déteste la nourriture végétarienne… Alors imaginez ce qu'il dira d'un menu végétalien !

Ding. C'est mon iPhone qui m'annonce l'arrivée d'un courriel. Qui peut bien m'écrire à cette heure-ci ? C'est peut-être P-O qui, rempli de remords, m'invite à aller prendre un verre à son resto. Ou Maxou qui s'est finalement rendu compte qu'il ne pouvait pas se passer de moi…

Mais non, Charlotte, ça doit être une de ces annonces abrutissantes de *La Prison des sportifs*, qui fait la promotion de ses ailes de poulet à vingt-cinq cents… Non, mais qu'est-ce qui m'a pris de leur donner mon adresse courriel ? Ça ne valait pas les deux flûtes à bière promises en cadeau. D'autant que je ne les ai jamais reçues… Grrrr… Vite que je me rendorme.

Je me tourne sur le côté et j'empoigne solidement mon deuxième oreiller pour le coller contre ma poitrine, un peu comme si je dormais en cuiller avec un homme. Sauf que c'est l'oreiller qui joue le rôle de la petite cuiller, alors qu'avec un homme, c'est moi. Bien plus pratique. Les petites cuillers dans les grosses, c'est logique, non ?

Re-ding. Là, par contre, c'est inhabituel. *La Prison des sportifs* attend toujours au moins une heure avant d'envoyer un deuxième message.

Je me lève pour aller chercher mon iPhone sur mon bureau, que je retrouve finalement enfoui sous une pile de vieilles factures. J'ouvre mes courriels et j'ai un choc. L'objet des deux derniers courriels s'intitule : « Nouvelles de Daddy. »

Mon Dieu ! Après tout ce temps, papa qui me donne signe de vie. Bouleversée, je m'assois sur le bord de mon lit. Je n'ose pas trop ouvrir les courriels, de peur de recevoir une mauvaise nouvelle. Sinon, pourquoi m'écrirait-il ?

Et depuis quand papa s'est-il mis à l'informatique ? La dernière fois que j'ai eu de ses nouvelles, c'était sous forme de lettre manuscrite, il y a six mois.

J'ouvre le premier message :

Ma petite Charlotte,

Comme tu vois, je sais maintenant me servir d'un ordinateur. Tu serais fière de ton Daddy. J'ai pris des cours ici.

Je m'excuse de pas t'avoir donné de nouvelles dernièrement, j'étais très pris. Ici, il fait chaud et humide, c'est la saison des pluies qui commence.

Et toi, ma princesse, as-tu finalement trouvé un homme qui comblera tous tes désirs ? Je te le souhaite du fond du cœur. Travailles-tu encore à ton émission pour les petites madames ? Est-ce que tu fais maintenant cette chronique que tu avais proposée à ta réalisatrice ?

Réponds-moi SVP. Je m'ennuie.

Ton Daddy qui t'aime xx

P.S. Peux-tu dire à ta mère d'arrêter de m'envoyer des photos de ses voyages dans le Sud avec ses amants ? J'ai pas besoin de ça, surtout pas ici.

J'ouvre le deuxième message. Il est identique, papa l'a envoyé deux fois par mégarde.

Je reste quelques instants les yeux rivés à l'écran, sans bouger. Mille et un souvenirs plein la tête. Le clin d'œil complice de papa, la dernière fois que je l'ai vu à l'aéroport de Montréal, il y a un an, alors qu'il s'envolait pour un long voyage.

Les derniers mots qu'il m'a dits avant de partir. C'était à l'époque où j'accumulais les relations sans lendemain, avec des hommes qui ne m'aimaient pas vraiment. « Charlotte, n'oublie jamais que tu mérites ce qu'il y a de mieux. Te contente pas d'un homme qui ne t'aime pas vraiment, qui n'est pas fin avec toi. Fais du ménage dans ta vie… »

Et c'est ce que j'avais fait. À partir de ce moment-là, j'étais devenue plus sélective et j'avais commencé à chercher le grand amour. J'étais certaine de l'avoir trouvé un soir de décembre au *Pied de cochon*, sous les traits d'un Français aux cheveux blonds.

Il était assis à la table voisine avec trois amis, français également. Après une journée de studio infernale, j'avais proposé à Dominique d'aller manger le fameux boudin de Martin Picard. Nous étions toutes les deux en train de savourer notre plat quand j'avais commencé à écouter leur conversation.

Avec tout le bruit ambiant, j'en saisissais seulement des bribes. « … pensais pas aussi bien manger ici », « … leur accent par contre… pas toujours facile à comprendre… », « … et les Canadiennes, hein, elles sont chouettes, non ? »

C'est là que je m'étais immiscée dans leur conversation pour leur expliquer que les filles qu'ils avaient rencontrées ici à Montréal étaient beaucoup plus québécoises que canadiennes. « On est spéciales ici, bien différentes des autres Canadiennes. On est plus… comment dirais-je… on a un p'tit côté latin, plus chaud, plus festif. On aime la bonne bouffe, le vin, les amis. »

Impressionnés et quelque peu surpris par mon aplomb, les quatre Français nous avaient invitées à se joindre à eux pour prendre le dessert. Dominique avait décliné gentiment leur invitation et quitté le resto. Pour moi, il n'était pas question de laisser passer pareille occasion.

Je m'étais donc assise à leur table pour boire du champagne, manger du pouding chômeur et bavarder. Après le dessert, les trois compagnons de Maxou s'étaient levés pour partir et nous deux, instinctivement, étions restés assis l'un en face de l'autre.

Nous avons continué à jaser pendant quelques heures en buvant de l'eau pétillante. J'avais envie de tout savoir sur lui et je n'avais plus besoin d'alcool pour m'enivrer. Déjà, je flottais.

Il m'avait raconté son arrivée « sur » Montréal, un an plus tôt. À quel point il était tombé amoureux de la ville et des Montréalais, particulièrement les Montréalaises, même s'il m'avait avoué avoir été quelque peu déstabilisé par ce qu'il avait appelé notre « audace ».

Honnêtement, je ne crois pas que vouloir payer la facture au restaurant ou refuser l'aide d'un homme pour porter notre sac soient des gestes audacieux, mais si ça nous donne une image de femmes dégourdies, tant mieux !

Comme tout bon Français qui débarque au Québec, il m'avait confié avoir été séduit par nos grands espaces et la proximité de la nature. Là, je me souviens avoir déchanté un peu, m'attendant à ce qu'il me dise qu'il planifiait un voyage à la baie James pendant son week-end. Mais non. Ce qu'il souhaitait, en fait, c'était aller en Gaspésie en juin pour y manger du homard.

Là, j'avais su qu'on parlait le même langage. Je lui avais d'ailleurs immédiatement proposé de lui servir de guide, ce qu'il avait accepté avec enthousiasme. Je nous imaginais déjà tous les deux sillonnant les routes du Québec au volant de mon auto… Non, mauvaise image.

Au volant, plutôt, d'une petite décapotable bleu Pacifique, les cheveux au vent, ma main sur sa cuisse pendant qu'il conduirait et lui me jetant un regard toutes les trente secondes, comme si j'étais la huitième merveille du monde.

Ah Charlotte décroche ! Il t'a larguée comme une vieille chaussette. Sincèrement, c'est quelque chose que je n'arrive toujours pas à comprendre. Un homme ne peut pas être si gentil avec une femme pendant des mois et tout bousiller en une soirée ! Il s'est passé quelque chose dans sa tête ou dans son cœur et j'aimerais bien savoir quoi…

Assez ! Je secoue la tête pour chasser ces pensées et je m'installe à mon ordinateur pour répondre à papa.

Bonjour papa,

Contente d'avoir de tes nouvelles. J'espère que la vie n'est pas trop difficile là où tu es et qu'on prend bien soin de toi.

De mon côté, ça va super bien. J'ai trouvé l'homme de ma vie et nous allons emménager ensemble d'ici quelques mois. Il est merveilleux et aussi gentil avec moi que toi tu peux l'être. Alors, rassure-toi.

Côté boulot, ça va bien. Mon projet de chronique avance et devrait se concrétiser bientôt. J'ai très

hâte d'être en ondes, j'ai passé un screen test et on m'a dit que j'étais super bonne.
Comme tu vois, la vie est belle pour moi. J'ai juste très hâte de te revoir.
Ta princesse qui t'aime et qui s'ennuie.
Charlotte xx

J'envoie mon message et retourne dans mon lit, très contente de ma stratégie. Pourquoi inquiéter papa avec ma vie qui vivote ? Après tout, en théorie, je ne le reverrai pas avant deux autres années à cause de… Non, je ne dois pas penser à ça.

D'ici là, ma vie ressemblera peut-être à celle que je viens de lui décrire.

Tout ça me fait penser qu'il est temps de relancer ma réalisatrice pour le passer, ce fichu *screen test*. Elle me l'a promis depuis des mois.

Ding ! Encore un courriel. À nouveau papa.

Ma princesse,
On ne montre pas à un vieux singe comment faire des grimaces. Dis-moi la vérité, tu sais que tu peux tout me dire.
Daddy xx

J'en reviens pas ! Quelques lignes et il m'a percée à jour. Ah papa, si seulement tu pouvais me prendre dans tes bras présentement !

Les larmes aux yeux, je commence à taper vigoureusement sur mon clavier. Tout y passe : Maxou à qui j'ai tout donné, P-O le salaud qui pensait seulement à coucher avec moi, Aïsha à qui je n'arrive plus à faire totalement confiance, maman qui se soucie plus de son nouvel amant que de sa fille, Roxanne qui me traite comme sa servante et ma réalisatrice qui refuse de me donner ma chance en ondes.

Il n'y a qu'Ugo qui trouve grâce à mes yeux. Et encore. Je trouve le moyen de me plaindre de son orientation sexuelle.

Quand j'appuie sur « envoyer », une heure plus tard, j'ai écrit quatre pages. Une vraie thérapie. Soulagée, je retourne dans mon lit et je m'endors sur-le-champ.

13

Roxanne veut savoir et Charlotte joue les Violette.

— Tu crois qu'elle va vouloir me signer un autographe ? J'ai apporté mon agenda exprès !

Oh que la soirée va être longue ! Maman est aussi excitée qu'une adolescente qui irait voir Robert Pattinson jouer dans le dernier *Twilight*. Et pour l'occasion, elle a mis le paquet, côté look. Enfin, dans sa tête à elle.

Premièrement, elle est allée chez le coiffeur, qui a fait d'énormes boucles à ses longs cheveux blond platine.

D'ailleurs, maman est la seule personne qui ne m'ait pas complimentée sur ma nouvelle couleur de cheveux. Elle me préférait en brune, plus neutre, moins flamboyante, moins séduisante. Évidemment, elle a peur qu'en blonde je lui vole la vedette. Elle a même tenté de me faire revenir sur ma décision en me disant ceci :

— Ce n'est pas toi en blonde, tu n'as pas la personnalité qu'il faut. Toi, tu es une brune, il faut t'assumer. Je vais te prendre un rendez-vous avec mon coiffeur, il va t'arranger ça. Et puis je te l'offre… Ça me fait plaisir. Je vais lui demander de te les couper un peu aussi. Ça t'irait bien, une coupe à la garçonne, j'en suis certaine.

Je l'avais alors regardée avec un très grand sourire en lui disant que j'allais passer mon tour. Une coupe à la garçonne, elle est malade ou quoi ? En fait, loin d'être fâchée, j'étais plutôt satisfaite de sa réaction.

Ça confirmait ce qu'Ugo m'avait dit deux jours plus tôt : avec ma nouvelle chevelure, je venais d'entrer dans une autre catégorie. Celle des filles qui attirent le regard des hommes sur son passage et dont les autres filles sont jalouses ! Et vlan !

Alors, sachant qu'elle allait être la plus vieille – et la moins belle – du souper, maman a voulu se transformer en Barbie. Une Barbie de soixante ans. Elle a donc opté pour le rose vaporeux. Une espèce de blouse ample en soie rose pâle, avec une jupe blanche à mi-genoux. Quelle mauvaise coupe ! Elle porte des sandales argentées comme si on était en plein été et ses ongles d'orteils sont du même rose que sa blouse. Pour compléter son *agencement fashion*, comme elle dit, elle a ajouté une petite pierre argentée sur chacun de ses gros orteils. Pour « faire un rappel avec les sandales ». Honnêtement, je ne l'ai jamais vue aussi ridicule.

Elle aurait plus sa place dans un souper dansant avec *roast beef* à volonté que dans un appartement du Plateau-Mont-Royal. Pendant un bref instant, il me vient l'idée de lui prêter des jeans. Mais la coupe à la garçonne me revient en tête et je décide de la laisser faire une folle d'elle.

— Charlotte, tu rêves ou quoi ? Elle va vouloir me…

— Non, maman, pas d'autographe. On est entre amis ici.

— Entre amis, entre amis… Je la connais pas moi, ton animatrice. Après tout, c'est rare qu'on rencontre du monde qui passe à la télé.

— Le monde qui passe à la télé, comme tu dis, c'est du monde comme les autres, maman…

Hmm… Sauf peut-être pour leur ego démesuré, leur besoin sans fond d'amour et de reconnaissance, leur côté superficiel… Enfin, ne généralisons pas… Ils ne sont pas tous comme ça.

— En tout cas, c'est des gens qui ont réussi dans la vie.

Prends une grande respiration par le nez, Charlotte. Ce n'est pas le moment de se chicaner, les invités vont arriver dans quelques minutes. Ah et tant pis, j'en ai marre de ne jamais dire ce que je pense à maman !

— Ah, parce que ceux qui sont derrière la caméra n'ont pas réussi peut-être ?

— Ce n'est pas du tout ça que je voulais dire… Ma fille, tu es beaucoup trop susceptible.

— Non, je ne suis pas susceptible, je sais que tu le penses et je trouve ça bien superficiel. Y a plein de gens qui travaillent dans l'ombre et qui ont réussi. Au moins, papa était fier de moi, lui…

— Bon, qu'est-ce que ton père a à voir là-dedans ? Et puis, je suis fière de toi, ma chérie. J'arrête pas de dire à mes amies que tu fréquentes des vedettes… C'est pas tout le monde qui a cette chance-là, j'espère que tu en es consciente.

Je continue à couper mon tofu en cubes, tout en

rêvant de lui enfoncer la lame de mon couteau en plein cœur. J'imagine déjà le sang couler sur le rose de sa blouse, ses mains tremblotantes qui cherchent à retirer le couteau et son regard agonisant qui me supplie de la laisser en vie… Vraiment, je ne me croyais pas aussi sadique…

— Justement, j'ai eu des nouvelles de papa, dis-je en déposant mon couteau.

Mieux vaut être prudente et ne pas laisser de macabres visions se transformer en réalité.

— Ah bon ?

Maman prend un air faussement désintéressé et tente de camoufler son malaise en buvant une gorgée de son apple martini, son *drink* préféré.

— Imagine-toi donc qu'il s'est mis à l'ordinateur… Quoique je pense que je t'apprends rien de nouveau, hein ?

— Euh… Oui, oui, j'en ai entendu parler.

— Pffff… « Entendu parler ». Voyons donc, maman, tu lui envoies des courriels, assume-toi.

— Ben, j'ai pensé que ça pouvait lui changer les idées, le désennuyer. Ça doit pas être évident pour lui là-bas.

— Je pense que tu peux laisser faire les photos de toi en bikini avec tes amants sur la plage. Franchement maman, qu'est-ce que tu cherches ?

— Mais je ne cherche rien. Rien du tout. Comme si j'avais toujours une idée derrière la tête… Non, mais pour qui tu me prends ?

Pour Mado Champagne, soixante ans et toujours dépendante affective des hommes qu'elle a fréquentés. Même si c'est elle, la plupart du temps, qui met fin à la relation, maman est incapable de vivre avec l'idée qu'un de ses ex puisse l'oublier.

C'est pour ça qu'après la rupture, elle continue d'entretenir des relations amicales avec eux. Un petit coup de fil de temps en temps, un « bonjour » par courriel, une invitation à dîner ou à aller voir un spectacle.

Tous les mois, maman achète une paire de billets pour un spectacle d'humour. À la dernière minute, elle invite un de ses anciens amoureux, prétextant que la personne qui devait l'accompagner a eu un empêchement.

En règle générale, les hommes acceptent avec plaisir. Il faut dire que maman peut être de très bonne compagnie quand elle s'y met. Drôle et vive, elle sait se mettre en valeur et amuser la galerie.

Et comme les hommes de sa vie sont généralement de nature plutôt discrète et effacée, ils ne se formalisent pas qu'elle prenne toute la place. Je la soupçonne, en fait, de choisir consciemment des amants qui n'ont pas une forte personnalité, pour pouvoir jouer à la vedette en toute tranquillité.

Le seul homme qui échappe à cette règle, c'est papa. Je crois bien qu'il est celui dont elle a été vraiment amoureuse.

Je n'ai jamais compris réellement pourquoi ils s'étaient séparés, il y a une dizaine d'années. Ils m'ont dit que c'était une décision commune, que leur couple était usé et qu'ils avaient le goût de vivre de nouvelles aventures chacun de son côté.

C'est à ce moment-là que maman a commencé à fréquenter des hommes plus jeunes qu'elle. Elle leur reproche parfois de ne pas vouloir s'engager, mais je crois que ça l'arrange plutôt bien.

Parce que, au fond, je crois que son cœur appartient toujours à papa. Et l'inverse est vrai aussi à mon avis… Mais ils s'obstinent toujours à faire semblant qu'il n'y a plus aucun sentiment amoureux entre eux. Cherchez l'erreur !

Ding ! La sonnette de la porte d'entrée fait sursauter maman.

— Ah mon Dieu ! Elle arrive ! Tu penses que j'ai mis trop de rouge à lèvres ?

— Ah maman, t'es ben correcte, calme-toi un peu ! Tu vas voir, elle est super fine.

J'ouvre la porte d'entrée et j'ai devant moi, non pas Roxanne, mais bien Justin et Aïsha. Mes deux figurants, je les avais oubliés eux. Bizarre qu'ils arrivent ensemble tout de même. Aïsha m'a confié qu'elle détestait travailler avec Justin.

Il faut dire que je la comprends, Justin est exaspérant quand il se met à jouer à l'enfant gâté. Il peut nous faire toutes sortes de demandes farfelues et inutiles, seulement pour se sentir important et se faire servir.

Le comble, ç'a été quand il a demandé à Aïsha de lui repasser ses bobettes… sous prétexte que le tissu était trop rugueux et lui irritait les fesses. Ouais, me semble… D'après moi, son but était plutôt de nous montrer son slip Andrew Christian, qu'il dit porter bien moulant.

Tous les deux affichent ce qu'on pourrait appeler un air de bœuf ! Visiblement, ils ont pris la pluie. Les longs cheveux d'Aïsha dégoulinent sur son imperméable vert lime. Justin a les jeans et les baskets tout trempés.

— Coudonc, êtes-vous partis du bureau à pied ?

— Ben non, on a pris un taxi mais le chauffeur s'est

fâché et nous a laissés à trois rues d'ici, m'explique Aïsha. Et comme c'est la flotte…

— Tu parles d'un imbécile ! Qu'est-ce qui lui a pris de vous débarquer ?

Je sens un malaise s'installer entre Justin et Aïsha. Ils osent à peine se regarder et fixent le sol. Aïsha s'éclaircit la voix.

— Je pense qu'il était tanné de nous entendre nous chicaner.

— Vous chicaner ? Comment ça ?

— Ben… On a mis certaines choses au clair.

— J'appelle pas ça mettre les choses au clair, réplique Justin. C'est juste si tu m'as pas traité de trou de cul.

Wow ! Je suis impressionnée. Ça fait des mois que je rêve de dire à Justin ses quatre vérités. Aïsha, elle, le connaît depuis quelques semaines à peine et déjà, elle ose le confronter. C'est qu'elle a du culot mon amie ! Je devrais prendre exemple sur elle, parfois je me trouve bien mauviette.

Je ne sais pas combien de fois j'ai entendu : « T'es trop bonne, Charlotte. » Et je comprendrais n'importe qui de me lancer cette boutade ce soir.

— Exagère pas, Justin, répond Aïsha. Je t'ai jamais dit…

— Stop, stop, stop ! Vous allez pas gâcher mon souper tous les deux. Allez, fini la chicane ! Venez vous sécher plutôt.

À contrecœur, Aïsha et Justin commencent à retirer leurs manteaux pendant que maman se pointe derrière moi et éclate d'un grand rire.

— Mon Dieu, Aïsha, t'as l'air d'un caniche mouillé !

— Merci quand même, madame Champagne, euh…

Mado, je veux dire. Vous, la pluie, ça vous fait pas peur faut croire, répond Aïsha en suivant du regard les jambes faussement bronzées et les sandales argentées de ma mère.

Maman fait fi de la remarque d'Aïsha et commence à s'intéresser au seul homme présent dans l'appartement.

— Charlotte, tu me présentes ton ami… Ou c'est l'ami d'Aïsha peut-être ?

— Ah maman… Justin, c'est notre collègue. Il est chroniqueur à l'émission.

— Ah, mais oui ! Désolée, je vous avais pas reconnu avec vos cheveux plaqués sur la tête. Ils sont plus gonflés à la télévision. Moi, c'est Mado, Mado Champagne.

Maman tend la main à Justin, qui tente d'essuyer la sienne sur ses jeans sans grand succès.

— Excusez, je suis encore tout trempé.

— C'est pas grave, dit maman en empoignant la main de Justin de force. Je voulais vous dire que je vous trouve très bon quand vous parlez du *scrapbooking*.

Hein ? J'ai bien entendu « *scrapbooking* » ? Ha ! Ha ! Ha ! Trop drôle ! Devant la méprise de maman, notre beau *wannabe* animateur affiche un air étonné, puis contrarié. Aïsha et moi, on se jette un regard complice et on essaie d'étouffer nos rires du mieux qu'on peut.

— Maman, Justin est le chroniqueur horticole de l'émission. Il parle des plantes.

— Ah mon Dieu ! Toutes mes excuses.

Et voilà maman qui se retourne pour boire d'un trait le reste de son *drink* sans qu'on la voie. C'est ce qu'elle croit du moins. J'espère seulement qu'elle ne sera pas soûle quand Roxanne se pointera.

Ding ! Et parlant du loup, la voici qui sonne à la porte. J'entends un chien japper et je vois le sourire de maman se figer. En ouvrant la porte, je sens une boule de poil se faufiler entre mes jambes en courant. Victor, le petit caniche de Roxanne, semble plutôt bien remis de sa dépression.

— Bonsoir tout le monde, excusez mon retard. Victor voulait jouer à la cachette avant de partir. Ça vous dérange pas que je l'aie amené, j'espère ? Pauvre chou, je ne voulais pas qu'il reste tout seul à la maison.

Le « pauvre chou » semble s'en donner à cœur joie en sautillant sur mon nouveau canapé en cuir brun. Un autre de mes achats récents pour oublier Maxou.

Mon ancien canapé en tissu blanc me rappelait trop nos ébats amoureux de fin de soirée. Bon, c'est vrai que j'aurais pu simplement changer la housse, mais pourquoi ne pas repartir à neuf, me suis-je dit. Après tout, voilà à quoi servent les ventes de liquidation des marchands de meubles.

Victor pousse quelques aboiements, saute du canapé et revient vers nous en trombe, accrochant au passage ma magnifique azalée japonaise qui vient tout juste de fleurir. Je vois ma plante s'écraser au sol et le pot se casser en mille morceaux. Grrr…

— Hon… Le mauvais chien à sa maman, dit Roxanne en prenant Victor dans ses bras.

Elle le soulève pour le regarder dans les yeux et continue de faire semblant de le gronder. Je suis convaincue que si elle était seule avec lui, c'est tout juste si elle ne le féliciterait pas d'avoir retrouvé son énergie.

Les chiens sont des animaux que je connais peu. Pour tout dire, ils me font un peu peur et je ne sais pas trop comment me comporter avec eux. Surtout les petits qui jappent pour un oui ou pour un non, ils ont tellement l'air fâché que ça me déstabilise.

Non. Moi, je suis du type chat. J'aime leur raffinement, leur démarche langoureuse, leur indépendance et la façon dont ils vous envoient promener quand ils n'ont pas le goût de se faire caresser.

Si j'avais un chat, je suis convaincue que mes amis m'offriraient un de ces stupides chandails avec l'inscription : « J'habite chez mon chat. » Quand je vous disais que j'étais trop bonne et que j'avais tendance à me laisser manger la laine sur le dos… Ça s'applique aussi aux chats.

Mais comme j'y suis malheureusement allergique, ça ne risque pas d'arriver. Maman, elle, est allergique aux chiens. Je dirais même très, très, très allergique. Elle ne supportera pas d'être dans la même pièce que Victor pendant plus de cinq minutes, je ne peux pas lui faire un coup pareil.

— Roxanne, pour ton chien, c'est que maman est…

— Bonsoir Roxanne, intervient soudainement maman. Je me présente, je suis Mado Champagne et je suis vraiment très contente de faire votre connaissance.

Après avoir chaleureusement serré la main à mon animatrice, maman me jette un regard glacial qui veut dire : « Toi, tais-toi avec mes allergies ! »

Parfait, elle l'aura voulu. Qu'elle se débrouille toute seule avec ses yeux qui piquent, ses éternuements et ses reniflements.

— Venez au salon, dis-je pendant que Roxanne fait la bise à Justin et à Aïsha.

— Je ne savais pas que tu serais là Aïsha. Ça me fait vraiment plaisir de te voir.

— Moi aussi, je suis très contente.

— Tu vas pouvoir me raconter comment s'est passée ta soirée d'hier.

Et voilà Roxanne qui fait un clin d'œil à Aïsha avant de la serrer dans ses bras, comme si elles étaient les deux plus vieilles amies du monde. Eille ! Est-ce que je serais en train de me faire voler ma *best,* moi ? Surveille tes arrières, Charlotte !

J'ai vraiment préparé un drôle de repas ce soir. Mon entrée est d'inspiration vietnamienne, mon plat principal penche plutôt pour le style japonais et, pour terminer, j'ai cuisiné un dessert que j'avais déjà commandé dans un resto chinois. J'ai donc dit à mes invités qu'on mangeait asiatique, ça simplifie les choses.

Ils ont bien aimé ma soupe tonkinoise aux légumes, sauf Justin, qui a râlé parce qu'il aurait préféré que j'y ajoute du bœuf. Maman et Roxanne ont entamé leur conversation sur la femme cougar. Tout en préparant mon sauté, j'écoute d'une oreille attentive, ça me permet d'en apprendre plus sur maman.

— Je vous le dis, Roxanne, je m'ennuie avec les hommes de mon âge. Ils sont pépères, ils sont plates. Tout ce qu'ils veulent, c'est souper à 6 heures le soir pour regarder leur *game* de hockey avec une bière dans les mains.

— Ah oui, tant que ça ?

— Faut pas exagérer, intervient Aïsha. Y a des hommes dans la soixantaine qui sont sexy et allumés. Richard Gere, par exemple.

— Hein, toi aussi tu l'aimes, Richard Gere ? Il est

tellement classe, lance Roxanne en faisant un *high five* à Aïsha.

— Richard Gere, Richard Gere, c'est une exception, les filles, reprend maman. Les hommes ordinaires sont loin d'être comme ça. Croyez-moi !

— Ben papa, y est pas mal non plus, dis-je en déposant mes assiettes rectangulaires sur la table.

En cuisine, je suis superstitieuse et j'essaie de suivre religieusement les traditions. C'est pourquoi je n'utilise jamais mes assiettes carrées quand je cuisine japonais. Le carré représente la mort au Japon. Et même si parfois j'aurais envie de tous les voir six pieds sous terre, je ne veux pas être responsable de la mort de maman, Roxanne, Aïsha ou Justin. Ni même celle de Victor.

— Ah oui, il fait quoi ton père, Charlotte ? Tu nous en as jamais vraiment parlé, demande Justin soudainement intéressé par la conversation.

— Ben, euh, il a pris sa retraite il y a quelques années. Il a travaillé pour la Ville de Laval.

— Il faisait quoi à la Ville ? insiste-t-il.

— Bah, un peu de tout. Tu sais comment ça se passe, une carrière sur plusieurs années.

Pour cacher mon malaise, je fais le tour de la table pour disposer les assiettes vides devant mes convives. Victor me complique la tâche en gambadant joyeusement autour de moi. J'envie son insouciance de caniche nain.

Inquiète, je jette un coup d'œil à Justin, qui me fixe intensément… Allez, lâche prise, Justin, je t'en prie !

— Ah, je vois, il était col bleu, c'est ça ?

Maman se sent piquée au vif par le ton méprisant de mon collègue.

— Exactement, Justin, mon ex était col bleu et je vois pas ce qu'il y a de mal à ça. D'autant plus qu'il était consciencieux, pas du genre à boire sur la job ou à dormir dans son camion. Depuis quand as-tu honte du métier de ton père, ma fille ?

— J'ai pas honte, c'est juste que… Ah, et puis c'est trop compliqué.

— Comment ça, compliqué ? relance Justin.

— Ben oui. C'est quoi le problème, Charlotte ? ajoute Roxanne.

Seule Aïsha ne se met pas de la partie pour me faire parler. Visiblement mal à l'aise, elle sait bien que c'est à cause d'elle que je ne mentionne plus jamais le métier de mon père.

« Un vulgaire chauffeur de déneigeuse », comme elle l'avait surnommé lors de notre terrible chicane. Eh bien, il faut croire que ses paroles ont eu plus d'effet que je le croyais puisque me voilà aux prises avec une gêne que je n'éprouvais pas auparavant face au métier de papa.

— Atchoum, atchoum, atchoum !

À mon plus grand bonheur, les éternuements de maman attirent l'attention de tout le monde. Elle a les yeux rougis, pleins d'eau et son nez coule. C'est d'un chic fou !

— Ça va, madame Champagne ? Vous avez la grippe ? demande Roxanne avec sollicitude.

— Juste un petit rhume, ça va, répond maman avant de se moucher bruyamment.

— Pour revenir à notre sujet de ce soir, madame Champagne…

— Je vous en prie Roxanne, appelez-moi Mado. Je ne suis pas si vieille que ça. Je me sens d'ailleurs très jeune. Dans ma tête, j'ai encore trente ans. C'est pour ça que j'aime les hommes dans la trentaine. Maximum début quarantaine.

C'est décourageant, maman qui aime des gars de mon âge… Ou de celui de Maxou. Est-ce que j'aurais une mère quelque peu immature ?

— Mais… Est-ce que ça dure avec vos amants ou c'est plutôt passager ?

— Ben, c'est que… Généralement, ça ne dure pas, mais c'est moi qui mets fin aux relations. Après quelque temps, ils m'ennuient.

— Ah oui ? Ah ben ça confirme ce que j'ai lu sur le sujet, poursuit Roxanne. Les *cougar women* sont constamment en chasse.

Je pense exactement la même chose. Maman est toujours à l'affût d'une nouvelle conquête. Que ce soit lors d'une soirée entre amis ou dans son travail d'agente d'immeubles. Je ne sais plus combien de fois elle s'est retrouvée au lit avec un de ses clients. On repassera pour l'éthique !

— Tu ne crois pas si bien dire, ma belle Roxanne !

— Charlotte, t'as du front tout le tour de la tête. Ce n'est pas vrai. Regarde ce soir, je suis tranquille.

Son ton offusqué change du tout au tout quand elle se tourne vers Justin pour poursuivre. Elle se fait alors plus coquine.

— Qu'est-ce que t'en penses, Justin ? J'ai pas tenté de te séduire, hein ?

— Ben non, vous avez rien fait.

— Et pourtant, c'est pas parce que t'es pas de mon goût. Tu serais même plutôt mon genre, souligne maman en faisant les yeux doux à Justin.

Mais c'est quoi ce besoin irrépressible de séduire

toute la gent masculine ? Même ceux dont l'orientation sexuelle ne nous apparaît pas clairement ? Elle est aveugle ou quoi ? Elle vient de mettre Justin hyper mal à l'aise. Il détourne les yeux, se racle la gorge et change de sujet.

— Dis donc, Charlotte, c'est quoi ton plat japonais au juste ?

— Alors, pour faire plaisir à notre invitée d'honneur qui est maintenant végétalienne, j'ai préparé un bon sauté de tofu et légumes. C'est d'inspiration japonaise. J'y ai ajouté ma touche personnelle.

— Ah, Charlotte, tu me fais tellement plaisir ! J'adore les sautés de tofu, affirme Roxanne en me gratifiant d'un grand sourire.

— Ouin, ben t'es ben chanceuse, marmonne Justin.

— Quoi ! T'aimes pas ça le tofu ? dis-je.

— Bof, ça goûte rien. Je suis plus du type viande, moi.

Exactement la réponse que j'attendais. Mon plan va fonctionner à merveille !

Je retourne à mon wok pendant que mes invités continuent la conversation. Aïsha vient me rejoindre dans la cuisine, l'air boudeur.

— Eille, c'est plate à mort ton souper, Charlotte. Laisse-moi pas toute seule avec eux autres.

— Tu t'ennuies tant que ça ? Pourtant, t'as l'air d'avoir pas mal de fun avec Roxanne, d'habitude.

— Ben pas ce soir. Là, elle est en train de convaincre ta mère de l'amener dans une croisière pour les *cougar women*.

— Hein ? Ça existe, ça ?

— Ben oui, imagine-toi donc… Une gang de petites

madames ridées en bikini qui paient le plein prix pour se taper des jeunes de vingt ans… Dégoûtant !

— Ridées ? Franchement Aïsha, ces femmes-là sont pas si vieilles que ça, elles ont souvent l'âge de Roxanne, dans la quarantaine ou début cinquantaine.

— Ouin, mais ta mère ?

— Bon c'est vrai qu'elle est un peu plus vieille, mais c'est pas la norme. Faut dire qu'elle a commencé tard à sortir avec des jeunes.

— Puis ça te dérange pas, tu trouves pas que ça fait un peu immature ?

— Ouais c'est sûr. Mais je pense que ça cache autre chose. Comme si elle voulait s'étourdir pour oublier je ne sais trop quoi.

— Pour oublier qu'elle vieillit, tu penses pas ? Pour se prouver qu'elle est encore belle, qu'elle est capable de pogner.

— Y a sûrement un peu de ça… dis-je, pensive et soudainement un peu triste. Mais je pense aussi qu'elle essaie de se convaincre qu'elle a fait le bon choix quand elle s'est séparée de papa.

— Ah peut-être aussi, acquiesce Aïsha en m'observant assaisonner mon sauté. Pas trop de sambal oelek, Charlotte, c'est piquant ça.

— Mais non, t'inquiète pas, je sais ce que je fais… Et puis, c'est sa vie hein ? Qu'est-ce que tu veux que je fasse ? Tout ce que je souhaite, c'est de ne pas être comme elle. Parce que, dans le fond, je trouve qu'elle est très seule. C'est triste de vieillir seule.

— Ben voyons donc, ma Charlotte, me rassure Aïsha en passant son bras autour de mes épaules. Tu vieilliras pas toute seule. Tu vas le trouver, ton prince charmant.

— Ouin, ouin, on verra bien…

Je jette un coup d'œil en direction de la table. Aïsha m'imite. Maman et Roxanne semblent avoir une discussion passionnée, tandis que Justin tripote ses baguettes en affichant l'air de quelqu'un qui s'emmerde profondément.

— C'est bizarre, Charlotte, ton idée d'inviter Justin. Il *fitte* pas pantoute avec le reste de la gang.

— Ah, tu verras bien… Bon, c'est prêt. Apporte le riz et va t'asseoir, j'arrive avec le sauté. Allez ouste !

Après avoir chassé Aïsha de ma cuisine, j'ajoute la touche finale à ma recette : de la coriandre fraîche hachée et des arachides broyées. Ta-dam !

Au moment même où je dépose mon plat fumant sur la table, sous le regard écarquillé de Roxanne, on sonne à la porte. Ding ! Parfait timing !

— Ben voyons, je n'attends personne d'autre pourtant…

Je me dirige vers la porte d'entrée quand j'entends la voix de Justin dans mon dos.

— Si c'est des témoins de Jéhovah, t'auras juste à leur donner du tofu pour les faire fuir…

— Han, Han, très drôle, Justin. Commencez à vous servir, attendez-moi pas.

J'ouvre la porte et j'examine rapidement Ugo des pieds à la tête. Wow ! Il porte un blouson en cuir lavé noir Armani – c'est nouveau ça ? –, un tee-shirt gris tout simple mais hyperajusté, et ses jeans Mavi, ceux qui lui font les plus belles fesses. Par-fait !

En plus, dans ses mains, il tient une cocotte rouge qui dégage une alléchante odeur salée-sucrée. Je lui fais un clin d'œil avant de le laisser entrer. Il longe le couloir en se dirigeant vers la salle à manger.

— Charlotte, je viens de faire une *batch* de côtes levées à la boucherie et j'ai pensé à t'en apporter. Elles sont super…

Ugo s'interrompt en voyant mes invités. Comme s'il était l'homme le plus surpris au monde.

— Ah, je savais pas que t'avais des invités. Ben écoute, je vais revenir plus tard…

— Pas question, lance Justin en se levant. Est-ce que j'ai bien entendu, des côtes levées ?

— Salut, Justin. Bonsoir tout le monde. Désolé, je ne voulais pas vous déranger. Ouais, j'ai fait mes côtes levées BBQ et miel. Puis j'ai acheté des frites belges.

Je vois Justin qui salive déjà. Et Aïsha. Et maman. Ouin, je crois bien que mon sauté n'aura pas beaucoup de succès, finalement. Justin soulève le couvercle de la cocotte que tient toujours Ugo dans ses mains.

— Ça sent bon ton truc, j'y goûterais bien moi. Charlotte, invite donc Ugo à souper avec nous.

— Bonne idée !

Comme si l'idée venait de lui. Décidément, Charlotte, tu es futée.

— Ugo, donne-moi ton plat que je te présente. Mais je crois que tu connais tout le monde sauf Roxanne, hein ?

— Oui, c'est la première fois qu'on se rencontre, mais tu m'en as beaucoup parlé.

— En bien, j'espère ? demande Roxanne en tendant la main à Ugo.

Je laisse mes invités à leurs batifolages et je m'éclipse dans la cuisine pour aller faire la mise en place du plat d'Ugo. J'entends Justin lancer à Ugo :

— Au moins, je ne serai plus tout seul de ma gang !

Ouin, mais de quelle gang parles-tu, Justin ? Celle

des hommes ou celle des gais ? Quand est-ce qu'on va le savoir ? C'est énervant tout ça, à la fin. Bon, Charlotte, respire un grand coup et fais confiance à Ugo. Comme il te l'a demandé.

— Commencez à vous servir du tofu, j'arrive dans deux minutes avec le reste.

Quand je reviens à la table avec les côtes levées d'Ugo – je dois avouer qu'elles ont l'air vraiment appétissantes –, les assiettes de mes invités sont encore vides. À l'exception de celle de Roxanne, qui y a versé une miniportion de sauté.

— Bon, je vois que mon plat n'est pas tellement populaire, dis-je, sincèrement déçue. Goûtez-y au moins, c'est super bon. Et puis, j'y ai mis tout mon cœur.

Attendris par mes paroles de cuisinière dévouée, mes invités se servent chacun une petite portion de sauté, pour ensuite se ruer sur les côtes levées et les frites d'Ugo. Seule Roxanne s'en tient au tofu. Mais elle picore dans son assiette.

— T'aimes pas ça, Roxanne ?

— Non, non, c'est juste que c'est un peu trop piquant pour moi.

Je n'ai pourtant pas échappé le pot de sambal oelek dans mon tofu ! Je prends une bouchée pour vérifier. C'est certes relevé, mais loin d'être piquant. L'assaisonnement est parfaitement réussi.

Les saveurs de gingembre, de coriandre et de sauce tamari se mélangent harmonieusement dans ma bouche. J'adore !

Et tant pis pour eux s'ils préfèrent la bouffe de bûcheron ! Qu'ils les mangent, leurs gras saturés ! Qu'ils fassent monter en flèche leur taux de mauvais cholestérol ! Quand ils seront paralysés à cinquante-cinq ans à cause d'un AVC, ils regretteront de ne pas avoir choisi mon sublime sauté japonais !

— Atchoum ! Atchoum !

Et voilà maman qui continue d'éternuer et de se moucher bruyamment. Je regarde ses yeux et je me dis qu'il faut absolument que je lui parle des mascaras hydrofuges. Elle a de longues traces noires sous les yeux, un peu comme on voit chez les joueurs de football.

Si j'étais gentille, je lui ferais un signe discret pour qu'elle me suive à la salle de bains et je lui enlèverais tout ça. Mais est-ce que j'ai envie d'être une bonne fille ce soir ? Seulement, si elle mange mon tofu…

— Ma fille, tu m'excuseras, avec mon rhume je ne suis pas capable de manger épicé. Mais je suis certaine que c'est très bon.

Voilà ! Qu'elle continue de ressembler à un raton laveur. Beurk !

— Ugo ? demande Roxanne. Est-ce que tes côtes levées sont épicées ?

— Pas du tout, elles sont un peu sucrées, mais pas trop. Tu veux y goûter ?

— Juste un petit peu… Je suis pas supposée, mais une fois n'est pas coutume. Et puis, il faut bien que je mange.

Pauvre petite… Comme si on la privait de nourriture depuis des siècles.

— Je peux te faire un sandwich au végépâté, si tu veux, Roxanne.

— Ben, écoute, c'est que le végépâté… répond-elle, visiblement mécontente de mon offre.

Je le savais. Tout ce qu'elle veut, c'est se gaver

de côtes levées. Et elle est tellement habituée de se faire servir qu'il ne lui vient même pas à l'esprit de me dire une excuse du genre : « Non, non, Charlotte, ne te donne pas cette peine. Je ne veux pas te faire travailler. »

— … c'est trop calorifique, termine-t-elle.

Ah, c'est n'importe quoi ! Poussons plus loin, juste pour voir. Justin et Ugo semblent amusés par notre discussion, tandis que maman continue de se moucher et qu'Aïsha tape, encore une fois, un texto sur son iPhone.

Depuis le début de la soirée, Aïsha ne cesse d'envoyer des textos à je ne sais qui. Et ce *je ne sais qui* lui répond sur-le-champ. Toutes les fois que son cellulaire fait bip, elle affiche un sourire, qui s'agrandit à mesure qu'elle lit le message.

C'est clair qu'un homme se cache derrière tous ces textos. La question, c'est de savoir qui… Est-ce qu'elle a renoué avec un de ses anciens amants ou est-ce carrément un nouveau prospect ? Bizarre, elle ne m'a parlé de rien…

Bon, proposons autre chose à notre belle animatrice…

— Une salade de pois chiches, alors ?

— Ben, tu sais les pois chiches, ça donne des…

— Des quoi ? j'insiste en sachant très bien qu'elle parle des flatulences.

— Ben, tu sais, ça fait enfler.

— Ah, mais moi, j'ai un truc infaillible pour ça. Je les fais tremper dans l'eau et je change l'eau plusieurs fois. Ça marche à tout coup. Tiens je vais te montrer.

Je fais mine de me lever. Roxanne est plus exaspérée que jamais.

— Non, Charlotte, j'ai dit non. Ugo, sers-moi des côtes levées avant qu'elles soient froides. Ça sent trop bon. Et des frites aussi.

Bien bon pour ton derrière, ma belle Roxanne ! Et j'entame mon assiette de sauté asiatique. Un délice.

Pendant quelques instants, tout le monde se régale en silence. Ou presque. Je les entends marmonner entre deux bouchées : « les plus tendres que j'aie jamais mangées »… « croustillantes, ces frites-là »… « vais en reprendre ».

C'est vrai que ç'a l'air bon. Et si j'en prenais juste un peu ? Non, Charlotte, ne déroge pas à ta règle : la *junk*, c'est pour les soirs où t'as de la peine. Ce qui n'est pas le cas ce soir.

Plus il avance dans son assiette, plus Justin retrouve sa bonne humeur. Il écoute avec beaucoup d'intérêt Ugo raconter ses débuts à la boucherie.

— C'était pas dans mes plans du tout de devenir boucher, mais quand mon père est mort et que j'ai hérité de son commerce, j'ai pas eu le courage de le vendre. Il avait travaillé trop fort pour que ça se retrouve dans les mains d'un étranger.

— En tout cas, ça devait être dans tes gènes. Tes côtes levées sont vraiment débiles, bien meilleures qu'à *La Prison des sportifs*.

— Merci, c'est tout un compliment, ça. *La Prison* a quand même la réputation d'en faire de très bonnes.

Dans un geste de séduction totale, Ugo sourit à Justin, en soutenant son regard quelques instants. Il est à l'attaque, c'est le moins qu'on puisse dire. À mon grand étonnement, Justin ne semble pas dérangé le moins du monde par l'attitude d'Ugo.

— Et tu faisais quoi avant d'être boucher ?

— J'étais dans la coiffure. Ç'a bien adonné, parce que j'étais dû pour un changement. J'étais plus capable de ce milieu-là, tellement superficiel, tellement des gros ego, du monde qui se pense le nombril du monde… Un peu comme en télé, hein ?

Oups, ma bouchée passe mal tout à coup. Ne me dites pas que je vais m'étouffer avec mon tofu comme Maxou l'a fait avec sa fève edamame. Décidément, les soupers japonais ne me réussissent pas.

Vite, une gorgée de chardonnay que je réussisse à avaler ce satané cube de tofu. J'imagine que mon visage est déjà en train de virer au rouge ! Dans quelques secondes, je vais m'effondrer sur le carrelage, secouée de violents spasmes comme une personne épileptique.

Mes amis vont se disputer pour déterminer lequel d'entre eux me fera la manœuvre Heimlich. Leur chicane durera assez longtemps pour que je perde connaissance devant eux, sans que personne ne s'en rende compte. Sauf le chien Victor qui me léchera le visage pour tenter de me réveiller. Mais en vain.

Je cesserai de respirer et à la toute dernière minute, Ugo me verra et se penchera vers moi. J'entendrai : Charlooooootte… Noooooon ! Mais il sera trop tard, je m'éteindrai à trente-trois ans, en pleine santé… physique du moins. Pour la santé mentale, je n'oserais pas me prononcer.

On pourra lire dans le journal du lendemain : « Charlotte Lavigne laisse dans le deuil une mère éplorée, un père absent, quelques amis et collègues. Aucun amoureux, pas d'enfant. On se souviendra d'elle comme étant une bonne cuisinière qui aimait recevoir, mais qui n'a malheureusement pas eu le temps de réaliser ses rêves. » Pathétique.

STOP ! Arrête d'écrire le scénario d'un film à l'eau de rose, Charlotte, et reprends le contrôle de la situation. Je prends une grande gorgée de vin et sens tout doucement le cube de tofu se frayer un chemin jusqu'à mon estomac. Rassurant. Je réponds à Ugo.

— Ben là, des gros ego, des gros ego, faut pas exagérer. En télé, on est pas tous des égoïstes finis, hein Aïsha ?

— Pas tout le monde. Mais avoue, Charlotte, qu'il y en a une bonne gang qui se prennent pour d'autres. Mais pas vous deux, dit-elle en s'adressant maintenant à Roxanne et à Justin. Vous, c'est clair que vous avez les deux pieds sur terre.

Roxanne semble un peu perdue, comme si elle suivait mal la conversation. Elle me donne l'impression de se demander comment des gens peuvent penser qu'elle est égocentrique, elle qui fait du bénévolat à Noël.

En l'observant de près, je pourrais presque dire qu'elle a l'air peinée. Mais avec Roxanne, on ne sait jamais si les sentiments qu'elle exprime sont sincères. Après tout, elle fera peut-être une excellente comédienne !

Justin, lui, qui est beaucoup plus réaliste face au milieu dans lequel nous évoluons, ne semble pas ébranlé par nos propos.

— J'espère bien qu'on est *groundé*, hein Rox ?

— Certainement ! Moi, je suis de plus en plus près de mon public. Vous savez ce que j'ai fait mardi soir ?

— Non ? Quoi donc ? demande-t-on en chœur.

— Je suis allée dans une réunion avec plein de gens que je connaissais pas. Pas du monde du milieu, toutes sortes de gens ordinaires… C'était à Laval, dans un hôtel sur le bord de l'autoroute. C'était super sympathique. Imaginez-vous donc qu'il fallait un code pour entrer.

— Ah oui ? Et c'était pour quoi la réunion ? demande maman, déjà méfiante.

Maman a un sixième sens pour démasquer les arnaqueurs. Elle les renifle des kilomètres à la ronde. Sauf quand il s'agit de sa vie personnelle. Côté cœur, elle peut se laisser berner par n'importe quel homme qui porte du Armani… ou les derniers jeans à la mode. Pourvu qu'il soit sexy… et jeune.

Bip ! Encore le cellulaire d'Aïsha qui lui signale l'arrivée d'un texto. Je la foudroie du regard et lui fais signe de fermer son appareil. Penaude, elle baisse les yeux mais commence tout de même à lire le message. Vraiment accro la fille ! Je vois ses yeux qui pétillent de joie. Hé que je n'aime pas ça !

— C'était une réunion… Ben en fait, c'est un peu secret, on ne peut pas en parler à tout le monde. Seulement aux personnes dignes de confiance.

— Woof ! Woof ! aboie soudainement Victor.

— Ah, le beau petit chien. Viens voir maman, dit Roxanne en le prenant sur ses genoux.

— Ben là, tu peux nous faire confiance, Rox. Voyons donc ! C'est quoi ton affaire ? lance Justin, excédé.

— Est-ce que tu crois que je peux leur dire, Victor ? Qu'est-ce qu'il en pense, le petit bébé à sa maman ?

Je regarde Ugo et je vois dans ses yeux qu'il la trouve encore plus folle que ce à quoi il s'attendait. Il se tourne vers Justin, avec qui il échange également un regard complice.

Oh ! Oh ! Est-ce que notre bel étalon serait sensible au charme d'Ugo ? Ce ne serait pas étonnant avec le look d'enfer de mon ami. Mais pour le moment, Justin semble bien déterminé à faire parler notre animatrice.

— *Come on*, Rox, dis-nous-le donc !

— Bon, puisque vous insistez. D'ailleurs peut-être que ça pourrait vous servir à vous aussi. C'était… une réunion secrète d'investisseurs.

— Quoi ? Une réunion secrète ? Pour investir dans quoi, au juste ?

Les réactions de mes invités sont – c'est le moins qu'on puisse dire – assez vives. Tous la bombardent de questions. Roxanne est aux anges ! Elle a finalement volé la vedette aux côtes levées d'Ugo ! Hé oui, Roxanne n'est pas seulement en compétition avec les gens qui l'entourent, mais bien avec tout ce qui peut recevoir de l'attention, côtes levées comprises.

— Parlez pas tous en même temps. Laissez-moi vous raconter. Bon, premièrement, on était au moins une centaine. Moi, j'étais accompagnée de Mark, mon agent, c'est lui qui m'a amenée là.

Pas étonnant. Il est vraiment en train de prendre le contrôle de la vie de Roxanne, celui-là. Je me demande s'il a réussi à l'amener dans son lit.

— Au début, Mark m'a présentée à tout le monde, en disant que j'étais une personne très avisée en affaires, qui sait profiter des bonnes opportunités. Ce qui est tout à fait vrai d'ailleurs. Ensuite, la présentation a commencé.

Tout le monde suit le récit de Roxanne attentivement.

— C'était des gens d'affaires avec beaucoup d'expérience. Ils nous ont expliqué le fonctionnement de l'entreprise, comment nous allions devenir des partenaires. L'idée, c'est d'investir un montant au départ, qu'on récupère au fur et à mesure qu'on trouve d'autres partenaires. Et mieux que ça, en quelques semaines, on double notre investissement.

Oh my God ! J'ai l'impression de regarder un reportage à l'émission *FD*, ou *Fraudeurs démasqués* si vous préférez. Une émission hyper instructive dans laquelle des journalistes d'enquête nous dévoilent les arnaques de l'heure. Je bondis de ma chaise.

— Ben voyons donc, Roxanne, c'est de la vente pyramidale, ça !

— Ben non, Charlotte. Moi aussi, j'ai pensé ça au début. Avec tout ce qu'on a vu à *FD*, je me suis méfiée, tu penses bien. Donc, je me suis informée.

— Informée auprès de qui ?

— Ben, d'eux autres, ceux qui étaient là à la réunion.

— Oui, mais Roxanne…

— Tut. Tut. Ce sont des gens très bien. Et ce n'est pas pyramidal du tout !

— Ah non, comment ça ?

— Ben non, parce que ça fonctionne en cercle, pas en pyramide.

Abasourdie, je me laisse tomber lourdement sur ma chaise. Je ne peux pas croire que notre animatrice est en train de se faire avoir comme ça. Je dois réagir. Vite. À la rescousse !

— Et tu as investi combien ?

— Chacun investit ce qu'il veut, mais on suggère un montant de départ de 20 000 dollars.

— Ouin, c'est beaucoup d'argent, intervient Justin. Toi, t'as mis ça, Rox ?

— Ben oui, j'étais quand même pas pour mettre plus que le minimum. Pas en partant du moins.

Vingt mille dollars ! Envolés, partis en fumée, disparus, j'en suis convaincue. Et tous les autres autour de la table aussi, si je me fie à l'expression de leur visage. Décourageant.

— Maman, tu veux bien raconter à Roxanne ce qui est arrivé à ton amie Ghislaine ? Moi, je vais m'occuper du dessert.

Pendant que maman explique à Roxanne que son amie a tout perdu dans une aventure comme celle-là, je prépare mes ananas frits. Pas à la friteuse, malheureusement, puisque c'est contre-indiqué dans la recette. Mais je serai prudente, n'ayez crainte !

La conversation semble bien animée à table. Finalement sortie de sa bulle, j'entends Aïsha raconter, elle aussi, une histoire d'horreur. Celle d'une ancienne collègue qui a réhypothéqué sa maison pour investir dans une entreprise de ce type-là et qui s'est retrouvée à la rue deux mois plus tard : plus de maison, plus de chum, plus de chien, plus rien. Juste ses bobettes. Espérons que tous ces exemples mettront un peu de plomb dans la cervelle d'oiseau de notre animatrice.

Voilà Ugo qui s'amène dans la cuisine, flanqué de Justin.

— T'as besoin d'aide, Charlotte ?

— Non, Ugo, ça va.

— Est-ce qu'il reste du vin ? J'en prendrais bien d'autre. Et toi, Justin ?

— Ouais, pourquoi pas.

Ugo fouille dans le frigo, déplace des pots sur la tablette, les replace. Non, mais qu'est-ce qu'il fout ? Les bouteilles de vin sont dans la porte.

— On est à sec, Charlotte.

— Mais non, il me reste…

— Il ne reste rien du tout, dit-il d'un ton sans appel. J'en ai chez moi, je descends.

Il se tourne vers Justin et le regarde droit dans les yeux. Après une brève hésitation, Justin annonce qu'il l'accompagne. Je les observe franchir la porte avec beaucoup d'appréhension. Jamais je n'aurais dû céder aux pressions d'Ugo. Il va se faire mal dans cette histoire, je le sens.

Pour calmer mon angoisse, je plonge les deux mains dans la farine pour en saupoudrer mes tranches d'ananas. Avec un peu de miel et des épices, ça va être succulent.

Le problème, ces temps-ci, c'est que je trouve tous les desserts délicieux. Du banal gâteau aux carottes de la cafétéria du bureau au sublime sabayon au champagne de mon resto préféré. Je les aime tous. Et ça commence à paraître dans mes jeans. Faut que je me remette à l'exercice, ça presse.

— Ils sont passés où, Ugo et Justin ? s'enquiert Aïsha en mettant les pieds dans la cuisine.

— Partis chercher du vin chez Ugo.

— Bon, dis-moi pas qu'Ugo s'est finalement déniaisé.

— Je suis pas sûre, moi, que ce soit une bonne affaire. Bon, ça me rassure de voir qu'il est intéressé par les gars, mais je me méfie quand même.

— Ben voyons donc, Charlotte, ce sont de grands garçons, laisse-les faire. T'es bien trop maternelle avec Ugo.

— Ouin, ouin… Mais toi, dis-moi donc, avec qui tu textes depuis le début de la soirée ?

Visiblement mal à l'aise, Aïsha évite mon regard et tente de changer de sujet en me demandant ma recette d'ananas frits… Ce qui me rend encore plus curieuse. Son comportement ne veut dire qu'une chose : je le connais.

— C'est qui ?

— C'est personne d'important.

— Eille, me prends pas pour une valise. C'est un de tes anciens amants ?

— Écoute, Charlotte, je veux pas en parler, c'est trop tôt. Il ne s'est rien passé encore. Et je sais même pas s'il va se passer quelque chose.

Je constate, une fois de plus, qu'Aïsha et moi, on s'éloigne de plus en plus. Et ça me fait beaucoup de peine.

— Avant, tu me disais tout, Aïsha… Je comprends pas.

— Ben là, c'est *touchy*, cette fois-ci.

— C'est quoi, il est marié ?

— Non, non, c'est pas ça.

— Ben, c'est quoi d'abord ?

Aïsha garde le silence.

— Ah, je sais, c'est quelqu'un de connu ? Un chanteur, un acteur ?

— Non, non, non. Je te le dirai pas, c'est tout.

— T'inquiète, je finirai bien par le découvrir.

Exaspérée, Aïsha tourne les talons et retourne s'asseoir avec Roxanne et maman. Bonne nouvelle, les propos de maman semblent avoir ébranlé Roxanne, qui se questionne maintenant sur son investissement. Vivement qu'elle se retire de ce projet ! Non seulement elle risque de perdre de l'argent, mais c'est toute sa réputation qui pourrait en souffrir. Et je crois que c'est cet argument choc qui a fait fléchir notre animatrice. Quand on touche à son image…

Je termine la préparation de mon dessert en regardant ma montre toutes les minutes, en pensant à Justin et à Ugo. Non, mais est-ce qu'ils vont remonter ? Voilà déjà vingt minutes qu'ils sont partis chez Ugo.

Je suis rongée par la curiosité. Est-ce qu'ils discutent ou est-ce qu'ils sont passés à l'acte ? Peut-être en sont-ils aux préliminaires ? Comment pourrais-je bien faire pour essayer de savoir ce qui se passe ?

Tiens, si j'essayais le truc du verre vide ? Ça fonctionne sur le mur, semble-t-il. Peut-être que ça sera efficace sur le plancher. Et comme ma chambre est située juste au-dessus de celle d'Ugo, mes invités ne risquent pas de me surprendre dans une drôle de position. Allez hop ! On essaie ça.

Je pose un verre sur le sol de ma chambre et y appuie mon oreille. Rien, le néant total. C'est quoi ce truc débile ?

À moins qu'ils ne soient dans le salon… Me voilà maintenant à quatre pattes, cachée derrière la table à café. Non, rien ici. Je déplace mon verre de quelques centimètres. Rien là non plus… C'est vraiment bidon, cette technique !

— Charlotte ! Qu'est-ce que tu fais là ?

Je sursaute en entendant la voix de maman. Je balance mon verre derrière mon épaule, il heurte ma lampe en fer forgé et se fracasse en mille miettes sur le sol. Deuxième dégât de la soirée.

— Dis donc, t'avais l'air d'une fille qui veut écouter aux murs, ou plutôt aux planchers.

— Ben non, je cherchais quelque chose. Ma boucle d'oreille.

— Avec un verre ? À d'autres, ma fille. Mais veux-tu bien me dire qui tu espionnais comme ça ? Y a personne en bas, Ugo est ici…

Maman regarde autour d'elle avant de poursuivre.

— Il est où d'ailleurs ? Et Justin ?

Je pointe le plancher avec mon index. Je lis tout d'abord de la surprise sur son visage, qui se transforme en déception.

— Ah… Je vois… Comme ça, Justin, il aime les garçons…

— Ç'a l'air que oui… Quoi, t'es déçue ? Franchement maman, Justin a vingt-six ans ! Toi, t'en as…

— OK, OK, dis-le pas. Tu sais que je veux pas que tu le dises.

Je secoue la tête, tout à coup excédée d'avoir une enfant pour mère.

— Bon, maman, tu peux servir le dessert, s'il te plaît ? Je reviens dans deux minutes.

— Ben voyons, où tu vas ?

J'ignore sa question et j'ouvre la porte d'entrée, après avoir troqué mes talons hauts contre mes vieilles ballerines couleur argent. À pas feutrés, je descends par l'escalier extérieur jusqu'à l'appartement d'Ugo. J'entrevois de la lumière dans le salon. Le plus discrètement possible, je regarde à travers la fenêtre, mais le voilage blanc cassé m'empêche de bien voir à l'intérieur. Mais tout semble tranquille. Bon, ce n'est pas là que ça se passe.

Je fais maintenant le tour de la maison pour me rendre à l'arrière, en espérant qu'Ugo n'a pas fermé le store en bois de sa chambre…

Bingo ! Une douce lumière éclaire la pièce.

Sans faire de bruit, je sors le petit escabeau caché

sous l'escalier de secours et je l'installe sous la fenêtre de la chambre d'Ugo. Je l'enfonce solidement dans le sol boueux et j'y grimpe avec précaution.

Je me dresse sur la pointe des pieds. Mais au moment où je vais finalement tout voir, un soupçon de culpabilité m'envahit. J'entends le petit ange qui me dit : « Qu'est-ce que tu fais là, Charlotte ? T'as pas le droit. C'est sa vie, son intimité. »

Je commence à redescendre les marches de l'escalier quand j'entends le petit diable qui me dit : « Ben voyons donc, tu fais ça pour lui… »

Hum, hum, pas fort comme argument, monsieur le diable.

« Bon, tu veux la vraie raison, continue le diable, alors la voilà. Depuis le temps que tu meurs d'envie de voir de quoi il a l'air au lit, ton ami Ugo, c'est le moment. Et puis, de toute façon, il ne le saura jamais, hein ? »

Ça, c'est vrai. Je vais garder ça pour moi, c'est sûr. J'hésite encore quelques instants et je décide de plonger. Je remonte tranquillement jusqu'à ce que mes yeux puissent entrevoir ce qui se passe à l'intérieur.

L'image qui s'offre à moi est une des plus belles que j'aie jamais vues de ma vie. Pleine de douceur. Ugo et Justin sont torses nus, debout au milieu de la pièce, et s'embrassent tendrement. Deux corps parfaits qui semblent faits l'un pour l'autre.

C'est bien différent de ce à quoi je m'attendais. Pas du tout comme dans les films gais pornos. Moins sexuel, plus tendre, plus… amoureux.

Ugo caresse doucement le dos de Justin qui se cambre légèrement. Ses mains descendent, reviennent vers l'avant et commencent à déboutonner les jeans de Justin.

Tout à coup, Justin rouvre les yeux et met sa main sur celle d'Ugo pour arrêter son geste. Ah non, c'est chien ça, Justin ! Va jusqu'au bout ! Ne laisse pas mon ami en plan comme ça !

— T'as des condoms ?

Ah ! Responsable en plus ! Mais oui, il en a. Troisième tiroir à droite dans la salle de bains… Bon, je crois que c'est le moment de les laisser en paix.

Je redescends les marches de l'escabeau. Songeuse, je remonte chez moi rejoindre mes trois invitées. J'ai l'impression que je viens d'assister à la naissance d'un amour. Et même si c'était beau, j'espère sincèrement que je me trompe.

14

« La vodka n'a que peu de goût et de parfum. On l'apprécie surtout pour les coups de fouet que donne l'alcool. »

Le Grand Larousse gastronomique, édition 2007.

Les yeux rivés sur mon ordinateur, je relis les derniers messages que j'ai écrits sur mon statut Facebook.

« Charlotte Lavigne… souhaite une bonne journée à tous ses nouveaux amis Facebook. »

« Charlotte Lavigne… a un superbe BBQ à vendre. Tout neuf, n'a jamais servi. Prix d'ami. »

« Charlotte Lavigne… veut s'acheter une mijoteuse. Laquelle est la meilleure selon vous ? »

Seulement une semaine depuis mon inscription sur Facebook et me voilà déjà accro. C'est vrai que j'ai du rattrapage à faire. Il y a longtemps que j'aurais dû céder aux pressions de mon collègue Martin, qui ne cessait de me vanter les merveilles des réseaux sociaux.

Non que je ne le croyais pas. Mais je me connais. J'avais trop peur de devenir complètement dépendante de Facebook, une fois inscrite. Et c'est exactement ce qui est arrivé.

Je passe désormais mes soirées – et une partie de mes journées au bureau, quand personne ne me regarde – les yeux rivés sur mon écran, à chercher de nouveaux amis. Je veux atteindre le plus rapidement possible le chiffre de cent. Moins de cent amis, je trouve que ça fait particulièrement *loser* !

Une fois ce chiffre magique franchi, je pourrai respirer. Et j'irai consulter Facebook une fois par jour seulement. Promis. Mais en attendant, voyons voir si d'autres amis ont répondu à ma demande.

Je regarde encore une fois autour de moi. Les bureaux de mes collègues sont vides, en ce mardi matin. Tout le monde est descendu en studio pour préparer notre journée d'enregistrement.

Bon, j'ai la paix… Je vérifie de plus près mes alertes Facebook. Yé ! Trois nouveaux amis. Ce qui porte maintenant le nombre total de mes amis à… quatre-vingt-sept. Pas mal en une semaine !

— Comment ça, tu vends ton BBQ, Charlotte ? Tu l'aimes pas ?

Je sursaute en entendant la voix de Martin qui vient d'arriver à son pupitre.

— Salut quand même.

— Bon matin Charlotte… Mais pour revenir au BBQ, il était super, non ? dit mon collègue recherchiste en enlevant son banal imperméable beige.

Martin est très beige. C'est dommage parce qu'il est bel homme, au fond. Il a un très beau visage. De grands yeux pers qui, ce matin, sont gris comme la pluie, des cheveux châtains malheureusement coupés en brosse et de magnifiques dents blanches, qu'il ne montre pas assez souvent.

Le gros hic, ce sont ses vêtements. Pantalons de coton beige ou gris pâle. Chandail de laine uni, généralement noir. Flâneurs aux pieds – il pense que ça fait *cool*.

L'été, il porte des polos. Pas n'importe lesquels, ceux avec le petit crocodile. Un jour, il est rouge, le lendemain, vert lime, le surlendemain, marine rayé blanc. Avec des bermudas cargos, beiges la plupart du temps.

Il y a quelque temps, il est même arrivé au boulot avec des bas de golf blancs. Cette fois-là, j'ai vraiment eu pitié. Le midi, je suis allée lui acheter trois paires de bas noirs Calvin Klein. J'ai été franche avec lui en lui disant que je ne connaissais pas une fille sur terre qui baiserait avec un mec qui porte des bas blancs au bureau. Complètement *turn off*.

Il faut que je parle à Aïsha. On devrait lui offrir une journée *make-over*. Magasinage, coiffure, et même manucure. Pourquoi pas ? À condition qu'il en assume les frais, évidemment.

— Ben oui, c'était un super barbecue, mais j'ai pas de place pour le garder.

— Hein, comment ça ?

— Ben, j'ai pas de balcon chez moi.

— Ah ! C'est bien trop vrai ! Mais pourquoi t'as acheté ça, d'abord ?

— …

— Tu te rappelais pas que t'avais pas de balcon, peut-être ?

— Franchement, je suis quand même pas stupide à

ce point-là… En fait, je pensais l'installer chez Max, à Saint-Lambert, dis-je tristement.

— Ah oui, c'est vrai que ça t'aurait fait une belle cour pour faire des barbecues. Toi qui aimes ça recevoir, en plus.

Imbécile ! Tu ne sais donc pas ce que les femmes veulent entendre dans de pareils moments. Quelque chose du genre : « Tant pis pour lui, il ne mangera pas le meilleur poulet tandoori au monde… » Ben oui, au monde !

Bon, j'aurais su que c'était exagéré, mais ça m'aurait fait sourire et non pleurer. Comme ce qui va se produire dans deux secondes.

— Hon, je m'excuse. Je voulais pas te faire de peine, dit Martin en se rapprochant de mon bureau.

Je tente de retenir mes larmes du mieux que je peux, mais j'y arrive difficilement. J'ai l'air d'une petite fille de cinq ans à qui son papa ordonne de ne pas pleurer. Si ça continue, je vais être secouée de spasmes et le hoquet va m'assaillir. Autant sangloter un bon coup.

— Ah non, Charlotte, pleure pas. Je pensais que tu l'avais oublié, que t'étais passée à autre chose. Ça fait quand même quelques mois, non ?

— Ben oui, j'essaie de ne plus penser à lui, mais c'est plus fort que moi. Je l'ai même cherché sur Facebook, mais il n'y est pas. Au moins, j'aurais pu savoir ce qui se passe avec lui.

Je continue de sangloter de plus belle, ce qui met Martin particulièrement mal à l'aise. Il pose sa main sur mon omoplate et me caresse maladroitement. Il fait de petits ronds avec le bout de ses doigts. Je déteste ça. Je me retourne vivement.

— Toi, on sait bien, tu peux pas comprendre, t'as jamais été en amour.

— Pourquoi tu dis ça ? Qu'est-ce que t'en sais ? répond-il en arrêtant son geste.

Ouf, il était temps ! Plus capable, les petits ronds.

— Euh, ben t'as jamais vraiment eu de blonde.

— Et alors ? Ça veut pas dire que je n'ai jamais été en amour. Tu sauras que j'en ai eu des blondes ! Peut-être pas *steady*, mais j'en ai eu pareil.

Il tourne les talons et m'informe qu'il va s'acheter un café. Sans m'en offrir un, ce qui est plutôt inhabituel. Bon, je crois bien que je l'ai vexé. Ah, et puis tant pis ! J'ai de la peine, j'ai le droit d'être égoïste.

En séchant mes larmes, je me rends compte que je viens de faire une belle scène pour pas grand-chose finalement. *Overreaction*, peut-être ?

C'est que le sujet Maxou est particulièrement délicat ces jours-ci. Pourquoi les souvenirs me reviennent tout à coup ? Pourquoi est-ce qu'il me manque autant ? Peut-être parce que mes deux plus grands amis vivent des idylles amoureuses ? Ugo avec Justin. Et Aïsha avec je ne sais qui encore.

Ils ont tous les deux cette espèce de sourire niais qu'affichent les amoureux au début d'une relation. Vous savez, quand l'autre n'a aucun défaut, qu'il est l'être le plus merveilleux du monde et que même sa manie de mâcher de la gomme en faisant des bulles vous apparaît comme le geste le plus sexy au monde ?

Quand vous lui pardonnez de laisser traîner ses bobettes sales sur le plancher de la chambre ? Quand vous tentez de vous convaincre que vous adorez faire soixante kilomètres par jour en vélo, parce que c'est son sport préféré ? Quand vous le laissez vous traîner au cinéma pour voir un film d'auteur polonais sous-titré en anglais et qu'en sortant de la salle, vous dites : « C'était super bon, hein ? »

Bref, quand vous portez des lunettes roses. Mais tout ça ne dure qu'un temps, non ? Et j'ai bien hâte que ce temps soit révolu pour retrouver mes amis d'avant. Sans leur côté gaga.

Cette situation ne m'enchante guère pour une autre raison. Totalement terre à terre, celle-ci : la période des vacances qui approche à grands pas. S'il y a un moment dans l'année où il est particulièrement chiant d'être célibataire, c'est celui des vacances estivales.

En pareilles circonstances, les amis célibataires sont indispensables, ne serait-ce que pour partager les coûts. Que ce soit pour la location d'un chalet dans les Laurentides ou bien un séjour dans un tout-inclus à Cuba.

En solo, les seules vacances que je peux me permettre, c'est du camping au mont Orford. Et encore là, je n'ai même pas d'équipement. En plus, je déteste le camping. Trop de moustiques.

Et je suis convaincue que je serais obligée de retourner à la maison dix fois par jour. Tout d'abord, j'y aurais oublié ma microplane pour râper mon parmesan. Ensuite, j'aurais eu besoin de ma mezzaluna pour hacher mon basilic, de mes cuillères asiatiques pour servir mon tartare de pétoncles, de mon sel de Camargue aux herbes pour assaisonner ledit tartare, etc.

Bref, sans amis célibataires, mes vacances s'appellent Balconville à Montréal. Mais sans balcon. Quand je pense que j'aurais pu être en train de planifier un voyage en Gaspésie avec Maxou… Je salive en pensant au homard et à Maxou… bien entendu.

Est-ce qu'il ira passer le mois d'août en Normandie avec sa fille et sa mère, comme il l'avait prévu ? Ou Béatrice Bachelot-Narquin a-t-elle contrecarré ses plans ?

Je me demande si elle a finalement ouvert une succursale de sa compagnie à Montréal. Et si elle avait un statut Facebook ? Vérifions pour voir.

Je tape le nom de la *bitch* aux longues jambes et bien sûr, elle y est. On ne peut pas la manquer. Elle pose les cheveux dans le vent, verres fumés Chanel sur le nez et un grand sourire ensorceleur aux lèvres. Le teint bronzé, elle est vêtue d'une camisole licou hyperajustée, de couleur fuchsia. Une vraie photo de star. Je dois bien avouer qu'elle est une adversaire féroce.

Son site n'est même pas sécurisé. Allons voir si elle expose autre chose que son corps. Béatrice Bachelot-Narquin, anniversaire 9 novembre – elle est Scorpion, pas étonnant –, associée principale, Groupe Eurova. Aucune trace d'un bureau québécois. Ah bon ?

Mariée à… Christophe LeRoy. Hein, elle est mariée ? Depuis quand ? Allons voir ses photos. Je fais défiler ses albums jusqu'à ce que je trouve celui que je cherche : mariage, église Saint-Leu-Saint-Gilles, Paris… Il y a tout juste un an.

Béatrice est une nouvelle mariée… Tout à coup, je la sens moins dangereuse. Surtout que je me rappelle très bien la conversation que nous avions eue, Maxou et moi, un soir de tempête hivernale, bien au chaud sous les couvertures.

— T'as déjà eu une aventure avec une femme mariée ? je lui avais demandé.

— Jamais. Et ça n'arrivera pas non plus, crois-moi.

— Pourquoi donc ?

— Parce que ça ne m'intéresse pas. C'est compliqué. Et la femme qui trompe son mari, c'est clair qu'elle va faire la même chose avec toi si tu te mets en couple avec elle. Non ?

N'ayant alors aucune envie de lui confier que j'avais moi-même déjà joué le rôle de maîtresse, je l'avais embrassé pour le faire taire. D'autant plus que mon histoire avec un homme marié et nouveau papa s'était plutôt mal terminée.

Je garde un souvenir amer de cette relation clandestine avec Pierre-Luc, qui travaillait avec moi à l'époque. Oui, au début, je trouvais ça bien excitant. Les rendez-vous secrets à mon appartement sur l'heure du lunch. Une soirée volée ici et là, que nous passions dans mon lit, à faire l'amour et à commander de la pizza, des sushis, ou des nouilles chinoises au poulet.

Pierre-Luc est le seul homme pour qui je ne voulais pas cuisiner. J'étais prête à donner, mais pas tout. Sûrement pour me protéger, je ne voulais pas m'impliquer au point de lui préparer un souper. Trop engageant. Bien plus que faire l'amour, selon mes critères.

Donner accès à ma cuisine à un homme c'est, pour moi, un pas en avant dans une relation. C'est comme lui dire : « C'est toi que je choisis, c'est avec toi que je veux faire un bout de chemin. » Comme lui dire : « Je t'aime. »

Et Pierre-Luc, je ne l'aimais pas assez pour lui donner cet accès privilégié à ma cuisine… et à mon cœur. Lui, je le sentais amoureux de moi. Mais avec un poupon de six mois, il n'était pas question qu'il quitte sa femme.

Notre relation a duré environ trois mois. Jusqu'à

ce soir de novembre, où il s'est endormi dans mon lit. Avec moi.

C'est la sonnerie de son cellulaire qui nous a réveillés, vers 5 h 15. La surprise, puis la peur s'est affichée sur son visage. Il n'a pas répondu. Quelques secondes plus tard, le téléphone a sonné à nouveau. Il a éteint son appareil.

Paniqué, il s'est habillé à la hâte en me demandant de l'aider à trouver des excuses. Une réunion tardive ? À Québec peut-être ? Une crevaison au retour ? Pas fort…

— Dis-lui la vérité.

— T'es folle ? Des plans pour qu'elle demande le divorce et me lave complètement, a-t-il dit en boutonnant sa chemise en jaloux.

— Ben voyons, t'exagères.

— Ça paraît que tu la connais pas.

Puis, c'est mon téléphone qui a sonné. Je me suis figée.

— En tout cas, elle, elle me connaît.

— Réponds pas, laisse sonner.

Il est parti dans son 450 sans m'embrasser, me disant qu'il allait me rappeler le lendemain. Je me suis imaginé son épouse, assise dans la cuisine à l'attendre, les larmes aux yeux, son bébé dans ses bras pour la réconforter. Plus malheureuse que jamais.

Je me suis dit qu'aucune femme sur terre ne méritait ça. J'ai empoigné mon téléphone et j'ai signalé le dernier appel entrant. Prenant mon courage à deux mains, je nous ai dénoncés.

Je lui ai tout raconté. Elle m'a dit qu'elle savait depuis le début. Elle avait compris qu'il était amoureux de moi à la façon dont il parlait de sa nouvelle collègue de bureau, la belle Charlotte.

Qu'est-ce que les hommes peuvent être idiots parfois ! Idiots et vantards. Pourtant, Patrick Huard leur a dit clairement dans un spectacle : « Ferme ta gueule ! »

Toujours est-il que la femme de Pierre-Luc avait fait son enquête pour découvrir que j'avais huit ans de moins qu'elle et que j'étais célibataire. Ça lui avait crevé le cœur.

En congé de maternité, avec encore quelques kilos à perdre et sans argent pour se faire faire des mèches, elle s'était dit qu'elle partait perdante. Elle avait donc décidé de faire confiance à la vie et d'attendre que son mari retrouve la raison.

Tout ce qu'elle espérait, c'est que notre histoire ne soit qu'un coup de tête et que Pierre-Luc lui revienne. Je me suis engagée à ne jamais le revoir. Soulagée, elle avait raccroché en entendant la porte d'entrée s'ouvrir.

Cette nuit-là, je me suis promis de ne jamais plus être la maîtresse d'un homme. Et de ne jamais être infidèle à mes futurs amoureux.

Bien sûr, ç'a été l'enfer au bureau avec Pierre-Luc, les jours qui ont suivi. Comme je ne retournais pas ses appels, il m'a coincée un mardi après-midi dans une salle de montage pour m'engueuler comme du poisson pourri.

Puis, il m'a suppliée de remettre ça tous les deux. Je lui ai dit non fermement. Deux semaines plus tard, il acceptait un poste chez un concurrent. Ouf !

Martin réapparaît soudainement dans notre bureau. Deux cafés à la main.

— Tiens, je t'en ai pris un, dit-il en déposant le breuvage sur ma table.

— Merci, t'étais pas obligé.

Je le gratifie d'un grand sourire. Il est super gentil, un peu trop même. Et ça aussi, c'est un problème. Martin est trop mou, il n'a pas de colonne vertébrale. Il cède toujours aux caprices de tout le monde, sans jamais rechigner ou presque. Il dit toujours oui trop vite, sans se laisser désirer.

En fait, pour une femme, il n'offre aucun *challenge*. Pour moi, en tout cas. Mais je le soupçonne d'agir comme ça avec toutes les autres aussi. C'est dans sa nature.

En plus, il est recherchiste. Un job de fille, tout le monde sait ça. C'est comme un homme infirmier ou pire, un homme cosméticien. Oui, oui, ça existe. J'en ai croisé un derrière le comptoir d'une grande pharmacie l'autre jour. Comme on dit : ça *fitte* pas !

Je suis cent pour cent d'accord pour que les femmes envahissent les métiers traditionnellement réservés aux hommes. Vivement qu'elles deviennent camionneuses, plombières, toréadors ou pilotes d'avion. Mais des gars dans des jobs de filles ? Y a rien de moins sexy.

— Charlotte, faut descendre, on est déjà en retard.

Je jette tous mes dossiers et mon ordinateur dans ma petite valise à roulettes rose, que je referme ensuite rapidement pour suivre Martin jusqu'à l'ascenseur. Direction : le studio d'enregistrement. Aujourd'hui, c'est une journée très spéciale. Pour la première fois, l'émission *Totalement Roxanne* sera en direct. On teste une nouvelle formule.

Dès que les portes de l'ascenseur s'ouvrent sur le studio, je sens cette fébrilité dans l'air, bien particulière aux journées de production. Tout le monde est un peu sur la corde raide. Encore plus aujourd'hui.

Je vois Roxanne qui se dirige vers sa loge, vêtue d'une robe de chambre en satin bourgogne, des rouleaux chauffants sur la tête. Aïsha, fer à repasser d'une main et épingles à couche dans l'autre, marche derrière elle d'un pas rapide.

Justin, deux orchidées dans les bras, détourne le regard en m'apercevant. Visiblement mal à l'aise à l'idée que je sais, pour lui et Ugo. Et Pierre-Olivier pousse un chariot sur lequel se trouvent ses outils de cuisine. Et là, c'est moi qui fais semblant de ne pas le voir.

C'est ma nouvelle attitude envers mon amant d'une nuit. L'indifférence totale. Ce n'est pas dans mes habitudes d'ignorer les gens, ça ne fait pas partie de ma personnalité. Je sais que je vais devoir me fouetter – c'est une image, bien sûr – pour ne pas succomber à la tentation de lui parler. Mais il y a toujours des limites à être gentille.

Il a décidé de faire comme si rien ne s'était passé entre nous deux. Eh bien, pour moi, il n'existe plus. Et désormais, toutes ses demandes pour le travail, je vais les refiler à Martin.

— Charlotte, te voilà finalement. T'es en retard.

Notre réalisatrice a l'air particulièrement de mauvais poil ce matin. Elle affiche cet air frustré qu'on retrouve chez certaines femmes qui ne sont pas épanouies en amour… ou dans leur vie sexuelle.

Est-ce que sa relation particulière avec notre grand patron à tous, M. Samson, est terminée ? Ou bien est-ce justement le fait d'être la maîtresse et non la conjointe de M. Samson qui la rend si insatisfaite ? Allez donc savoir. Dominique est une vraie tombe.

— Excuse-moi, j'étais retenue en haut.

— Ouais, retenue sur Facebook, tout le monde sait ça.

— J'étais pas…

— On a pas le temps de s'obstiner. Suis-moi, faut que je te parle.

Bon, qu'est-ce que j'ai fait encore ? me dis-je en la suivant de mauvaise grâce.

Dominique m'entraîne dans sa loge, referme la porte après avoir installé la petite affiche qui dit : « Ne pas déranger. » C'est moi qui ai confectionné ces pancartes et j'en suis très fière. J'en ai fait une pour chacun des membres de l'équipe. Et elles sont toutes personnalisées. Un petit dessin, une couleur particulière pour chacun.

Celle de Dominique, je l'ai conçue en brun et beige, avec des feuilles d'automne mortes. Moi, si on m'avait offert pareil dessin en me disant qu'il reflétait ma personnalité, j'aurais voulu me suicider. Mais Dominique, elle, n'en a pas fait de cas.

— Charlotte, commence-t-elle d'un ton solennel, on a un gros problème.

— Ah oui, lequel ?

— La nouvelle tribune téléphonique qu'on doit faire avec nos téléspectatrices…

— Ouais, ben, c'est pour ça qu'on fait l'émission en direct, non ? Qu'est-ce qui se passe ?

— Roxanne ne veut plus l'animer.

— Hein ? Comment ça ? C'est elle qui insistait pour le faire, pour être plus près de son public.

— Elle n'aime plus le sujet, elle dit que ça la met mal à l'aise, que c'est pas bon pour son image.

— Ah, sa foutue image ! Bon, je gage que c'est encore son gourou, Mark, qui est derrière ça. Elle l'écoute comme s'il était le bon Dieu. Je peux peut-être tenter de la convaincre.

— Ça ne servira à rien, on a tout essayé.

— Qui ça, on ?

— Aïsha, Justin, P-O, moi. Elle ne veut rien savoir. Même M. Samson s'y est mis.

J'observe le visage de Dominique, à la recherche d'une quelconque émotion, mais elle ne laisse rien transparaître. Non, décidément, la seule façon d'en savoir plus sur sa relation avec notre patron, c'est de l'inviter à la maison et de lui faire boire un bon coup. Il faut que je planifie ça au plus tôt.

— Ben, c'est pas grave, Dominique, on a juste à changer de sujet. On va choisir une autre question à poser, c'est tout.

— On peut pas, la promo roule depuis des jours, c'est un gros *stunt* pour la station, ils sont enchantés par notre audace… Tu penses qu'on peut avoir un expert pour venir l'animer ?

— Eille, on est en ondes dans quarante-cinq minutes. Je peux bien essayer, mais faut pas compter là-dessus.

Je réfléchis à une solution de rechange, mais, honnêtement, je ne vois vraiment pas ce qu'on pourrait faire.

— On a pas le choix, Dominique, il faut que tu annules ce segment de l'émission. Ça durait quoi, quinze minutes environ ? On a juste à remplacer avec P-O. On va lui demander de faire deux recettes au lieu d'une.

Et voilà Dominique qui s'emporte. Ouh là là, je l'ai rarement vue aussi fâchée.

— Je viens de te dire que la promo roulait. Et le

patron y tient beaucoup. Il sera là tantôt pour l'émission, pas question de le décevoir.

Ah ! Elle est là, la véritable raison. La promo, on s'en fout. L'important, c'est de ne pas perdre la face devant M. Samson, n'est-ce pas, ma belle réalisatrice mal baisée ?

— Bon, Charlotte, voici ce qu'on va faire. Ça fait des mois que tu m'achales pour passer un *screen test*, que tu me dis que t'aimerais ça être en ondes. Ben, la voilà ta chance. La tribune, c'est toi qui vas l'animer.

— Quoi ?

Je regarde Dominique avec stupéfaction. Non, elle ne rigole pas. Ce n'est pas une plaisanterie. Je n'en crois pas mes oreilles.

Ce n'est pas du tout comme ça que j'imaginais mes débuts en ondes. J'avais rêvé d'une chronique resto ou de faire des reportages sur les produits du terroir. Pas d'animer une tribune téléphonique sur le sexe et l'infidélité.

***

— Ça va bien aller, tu vas voir. Fais-toi confiance, me dit la maquilleuse en appliquant de l'ombre à paupières *vintage* pour faire ressortir mes yeux verts.

Je savais qu'à ma première apparition en ondes, je serais nerveuse. Mais jamais comme je le suis présentement. Mes mains sont moites, ma jambe droite s'agite toute seule et je ne cesse de me mordiller les lèvres.

— Charlotte, tu vas saigner de la bouche ; si ça continue, je pourrai pas te mettre de rouge à lèvres. Calme-toi !

Pour la première fois depuis que j'ai arrêté de fumer,

il y a dix ans maintenant, l'envie irrésistible d'une cigarette me prend. Une bonne bouffée de Player's serait la bienvenue, il me semble.

Charlotte, retiens-toi ! Pas question de renouer avec les quintes de toux, les dents grisâtres, les doigts jaunis et l'haleine de cheval. Ouache !

Je commence à paniquer à l'idée que je dispose de seulement quarante-cinq minutes – en fait, maintenant précisément quarante-deux minutes et trente secondes – pour me préparer. *My God !* Il va falloir un véritable miracle pour que je sois à la hauteur !

Dans ma tête, je passe en revue les questions que je vais poser aux téléspectatrices qui vont nous appeler. Tout à coup, je trouve qu'elles manquent définitivement de subtilité et de finesse.

— Non mais, qui a bien pu écrire ces questions-là ? dis-je, m'exprimant ainsi tout haut.

— C'est toi ma pitoune, lance Aïsha en mettant le pied dans la « salle de torture », comme l'ont rebaptisée certains collègues à la blague.

— Hein ? Ben non, c'est pas moi.

— Eille, t'es énervée pas à peu près. Tu t'en souviens pas ?

— Non, il me semble que c'était pas tout à fait ça. En tout cas, je n'aurais jamais utilisé ce mot.

Pendant que la maquilleuse procède à la touche finale, je pointe discrètement le mot « fellation » sur la feuille de questions pour le montrer à Aïsha.

— Ben quoi, c'est français.

— Je vais le changer. Je vais dire « amour oral » à la place. C'est moins évocateur.

— Comme tu veux. Bon, je suis venue te montrer ce que j'ai trouvé pour toi. J'ai fouillé dans les vieilles tenues de Roxanne. Elle ne s'en rendra même pas compte.

— J'espère. Sinon, elle va m'en vouloir à mort.

Je me lève de la chaise de la maquilleuse et je me regarde attentivement dans le miroir. Wow ! Je me suis rarement vue aussi belle. Je dirais même jamais. C'est fou ce que ça peut nous changer, quelques coups de pinceau !

Aïsha me propose quelques vêtements que je retourne essayer dans ma loge. J'élimine d'emblée tout ce qui est rose – pas assez sérieux à mon goût –, noir – trop sombre –, gris – trop triste – et turquoise – trop voyant.

Ouais, plus que deux choix maintenant. Une veste à grand col couleur sable – trop matante – et un magnifique chemisier en soie. Coupe cintrée, manches courtes, décolleté plongeant mais pas trop, et d'un chaud rouge grenat. Tout simplement sublime et parfait pour mettre ma chevelure blonde en valeur.

Avec mon pantalon cigarette de couleur noire, l'effet est sensationnel. Allons-y avec les accessoires maintenant : pour les oreilles, j'opte pour des diamants, subtilisés eux aussi en douce à Roxanne. J'ajoute une délicate chaînette en argent autour de mon cou. Et voilà, je suis prête !

C'est le temps maintenant d'annoncer mes débuts à la télévision à tous mes amis Facebook. À la vitesse de l'éclair, je tape un message invitant tout le monde à regarder l'émission de ce matin.

S'il y en a une autre que je dois aviser, c'est bien maman, si je ne veux pas qu'elle me boude pour les dix prochaines années. Quoique, à bien y penser, ce ne serait peut-être pas si mal…

Non, mieux vaut éviter les drames. Je lui envoie un texto *subito presto*. C'est fait. Concentrons-nous maintenant sur l'émission à venir. Je jette un coup d'œil à l'horloge au mur. Plus que douze minutes.

Et s'il m'arrivait de faire une gaffe comme celle de cette jeune journaliste qui racontait une triste histoire aux nouvelles. Je me souviens de son intervention en direct. Tout le monde l'a entendue dire : « La jeune femme se baignait dans le pénis de son concierge. Euh, pardon, dans la piscine de son concierge, quand le drame est survenu. » Malaise.

La planète entière a vu le lapsus de la jeune journaliste, qui a été diffusé sur Internet. Des petits finauds se sont amusés à traduire l'extrait en anglais, en espagnol et en chinois. Elle a été la risée du monde entier et a même dû changer de carrière. Elle est maintenant vendeuse de souliers chez Yellow. Dur !

J'ai la gorge de plus en plus serrée et je sens qu'un nœud commence à se former dans mon estomac. Si ça continue, ce n'est pas sous les projecteurs que je vais me retrouver, mais bien allongée sur une civière en direction de l'hôpital.

Il faut que j'arrive à me détendre. Je ferme les yeux et j'inspire profondément. J'expire ensuite lentement. Rien, je suis toujours aussi tendue.

Essayons une nouvelle fois. Je me concentre sur ma respiration en essayant de ne penser à rien. Dring ! C'est qui l'imbécile qui m'appelle à dix minutes d'entrer en ondes ?

Je regarde l'afficheur de mon appareil et je reconnais immédiatement le numéro de téléphone. Pas question de répondre. C'est à nouveau mon conseiller financier de la banque. Depuis deux jours, il ne cesse de m'inonder de messages. Mais pour l'instant, je ne veux pas lui parler. Je n'ai rien à lui dire.

D'autant que je sais exactement ce dont lui veut me parler. Pas difficile à deviner, il me l'a répété sur chacun de ses messages. C'est d'un ennui total ! Il veut prendre un arrangement avec moi concernant les intérêts sur ma marge de crédit que je n'aurais selon lui pas payés depuis trois mois.

Tout d'abord, il va devoir prouver que je n'ai pas payé mes intérêts, ce dont je suis loin d'être certaine. Ce n'est surtout pas dans mes habitudes.

Ensuite, s'il m'apporte une preuve hors de tout doute raisonnable, j'accepterai de rembourser ladite somme. Mais il va devoir attendre que j'aie un peu d'argent devant moi. En théorie, ce sera quand j'aurai vendu mon barbecue. Mon intention, c'est donc de le rappeler à ce moment-là. Logique, non ?

Malgré la justesse et la solidité de mon argument, cet appel n'a fait qu'augmenter mon degré de nervosité. Je réessaie à nouveau les exercices de respiration. Décidément, je ne suis pas douée pour la zénitude.

Le seul remède que je connaisse pour calmer mes angoisses repose sur les tablettes de la Société des alcools… Un peu loin pour faire l'aller-retour en huit minutes.

À moins que… À genoux sur le sol, je fouille dans la petite poubelle de récupération de ma loge. Fébrile, j'envoie valser les papiers et les cartons à travers la pièce. Dans le fond de la poubelle, je trouve l'objet convoité : une bouteille d'eau vide.

Je m'en empare et je sors de ma loge pour me ruer dans la cuisine où est entreposée l'armoire garde-manger de P-O. La semaine dernière, il a préparé des penne romanoff et je suis certaine qu'il n'a pas utilisé tout le contenu de la bouteille de vodka.

J'ouvre toutes grandes les deux portes de l'armoire et je commence à explorer le contenu des tablettes. Huile d'olive extravierge, fleur de sel au safran, conserves de tomates, pot de lentilles sèches, Nutella…

Non mais, tu parles d'une façon de ranger ses aliments ! Le Nutella, ça ne va pas à côté des lentilles. Hello ?

— On le met plutôt ici, à côté du beurre d'arachide, dis-je tout haut en joignant le geste à la parole.

— Charlotte, il me semble que c'est pas le temps de faire du ménage.

Je me retourne vivement et j'aperçois P-O qui se tient derrière moi, vraiment sexy dans son nouveau tablier marron.

— On commence dans cinq, tout le monde te cherche, ajoute-t-il.

Bon, je sais, j'ai promis de l'ignorer, mais il s'agit vraiment d'une situation d'urgence.

— Elle est où, ta vodka ?

Il me regarde comme si j'étais la dernière d'une lignée d'extraterrestres.

— Eille, relaxe, c'est juste un *show* de télé.

Il peut bien dire ça, lui qui a l'habitude des caméras. Facile. Mais pour l'instant, je ne vois pas du tout les choses de cette façon. Et j'ai de plus en plus besoin de me calmer les nerfs. Si je n'ai pas ma dose de vodka dans les secondes qui suivent, je sens que je vais devenir carrément hystérique.

— Elle est où ? je répète en lui criant presque dessus.

— Dernière tablette, derrière le riz basmati.

— Quel bordel ton armoire !

— Pas pire que ta chambre, hein ? ajoute P-O d'un air coquin.

Non mais, qu'est-ce qui lui prend de remettre ça tout à coup ? Ce n'est vraiment pas le moment. Mieux vaut ignorer sa dernière remarque. Je m'enfile une bonne rasade de vodka. D'un seul trait.

— Entonnoir, dis-je à P-O en tendant ma main à la manière d'un chirurgien qui demande un scalpel à son infirmière.

Sûrement intimidé par mon ton décidé, P-O s'exécute tout de go. Je verse rapidement quelques onces de vodka dans ma bouteille d'eau vide. Ni vu ni connu. C'est à s'y méprendre. P-O me regarde, amusé.

— Qu'est-ce que t'as à me regarder comme ça ? Tu connais pas le vieil adage qui dit que la pression, il vaut mieux la boire que la vivre ?

Et sur ces sages paroles, dont j'avoue ne plus me souvenir de l'origine, je tourne les talons. J'entends P-O me souhaiter bonne chance avec la voix suave qu'il a quand il parle dans la langue de sa mère.

— *Buona Fortuna bella…*

15

« Hé, la p'tite demoiselle du cinquième,
vous croyez aux miracles ?
— Pas aujourd'hui, non. »

MADELEINE, la concierge, à Amélie,
dans *Le Fabuleux Destin d'Amélie Poulain*.

— C'est maintenant le moment tant attendu de notre nouvelle tribune téléphonique, lance Roxanne tout sourire à la caméra deux.

Elle se tourne vers moi et me présente comme sa nouvelle collaboratrice. Wow ! Je suis honorée.

— Charlotte, vous êtes très sexy avec votre chemisier en soie. On voit que vous avez pensé à notre sujet du jour en choisissant votre tenue ce matin, hein ?

Oh ! Oh ! Je sens une pointe de jalousie derrière ce commentaire mielleux. Je crois bien que, tout compte fait, elle se rappelle être propriétaire d'un joli chemisier rouge grenat.

— En effet. Merci beaucoup, Roxanne, dis-je avec un aplomb dû aux trois gorgées de vodka que je viens d'avaler.

— Alors, la tribune d'aujourd'hui porte sur quel sujet ?

Pour répondre, je m'adresse à la caméra un, comme me l'a indiqué notre réalisatrice. Où bien était-ce la deux ? Merde, j'ai un blanc. Bon, essayons celle qui est la plus près.

Je fixe la caméra un et le petit voyant rouge s'allume. Comme par magie. Décidément, la chance est avec moi ce matin.

— La question qu'on vous pose, aujourd'hui, porte sur les relations extraconjugales. Est-ce que, pour vous, embrasser une autre personne que votre partenaire ou lui faire l'amour oral sont des gestes d'infidélité ?

— Intéressant ! intervient Roxanne qui, visiblement, ne le pense pas une seconde.

— Vous Roxanne, quelle est votre opinion à ce sujet ?

Oups ! Je pense que je viens de commettre une maladresse que j'espère réparable. Mon animatrice affiche un sourire angélique, mais je la connais assez bien pour savoir qu'en fait elle est furieuse.

— Vous savez, c'est une question bien personnelle que vous me posez là, ma chère Charlotte. Allons plutôt vérifier auprès de nos téléspectatrices ce qu'elles en pensent.

Bien esquivé, ma belle Roxanne. Je suppose qu'elle ne voulait surtout pas que ses réponses trahissent ses propres habitudes extraconjugales. Encore dernièrement, elle me confiait avoir sauté la clôture avec le vétérinaire de son chien.

Une expérience sensorielle extraordinaire, m'a-t-elle raconté. Surtout avec son nouveau vagin. Le hic, c'est que son chien Victor a assisté à toute la scène et que, depuis ce temps, il est retombé en dépression. Mais au moins, ça permet à Roxanne de voir son nouvel amant plus souvent.

J'aperçois tout à coup la réalisatrice qui surgit dans le studio, comme un lion qui bondit hors de sa cage. Elle se plante devant nous, à côté des deux cameramen et nous fait des grands signes que je ne comprends pas.

D'un geste précis et vigoureux, elle tourne son index sur lui-même dans les airs. C'est quoi, elle veut qu'on change de place ? Qu'on fasse une danse de la pluie ? Ah, non, c'est vrai. C'est le signe qui nous indique qu'on doit faire du temps. On ne doit avoir aucun appel en ligne encore.

— Vous pouvez nous rejoindre au numéro de téléphone qui apparaît en bas de l'écran ou nous envoyer un courriel à l'adresse de *Totalement Roxanne*. En attendant, Charlotte, vous, qu'est-ce que vous pensez de l'infidélité ?

— Je suis totalement contre, ma chère totalement Roxanne. Ha ! Ha !

C'est que je me trouve vachement drôle avec mon jeu de mots bien placé. Roxanne, par contre, ne semble pas du tout partager mon humour de blonde. Je reprends discrètement une gorgée de vodka bien tassée.

— Mais encore ? Expliquez-nous !

— Je pense que si on aime vraiment notre partenaire, on a pas besoin d'aller voir ailleurs, ne serait-ce que pour un baiser ou une… Enfin, pour faire l'amour oral. Vous allez peut-être me trouver idéaliste ou dépassée, Roxanne, mais je crois en l'amour exclusif et rien d'autre.

— Mais non, je ne vous trouve pas idéaliste. Seulement, ce ne sont pas toutes les femmes qui ont la chance de vivre un amour comme le vôtre.

— Euh, c'est que…

— Ah, on a un premier appel d'une téléspectatrice, m'interrompt Roxanne. Bonjour, madame, vous nous appelez de quel endroit ?

— Bonjour, je vous appelle de Laval.

— Et votre nom, madame ?

— Mado. Mado de Laval.

En reconnaissant la voix de maman, mes yeux s'agrandissent et deviennent ronds comme des vingt-cinq sous. Qu'est-ce qui lui prend d'appeler à ma tribune téléphonique ? Il faut, encore une fois, qu'elle essaie de me voler la vedette !

Quoi qu'il en soit, il n'est pas question de causer sexualité avec elle devant des centaines de milliers de téléspectatrices ! On ne l'a jamais fait dans l'intimité de notre bungalow familial, pourquoi le ferait-on en direct à la télé ?

Parce que je n'ai pas le choix, en fait. Je n'ai même pas le temps d'inventer une excuse plausible pour la *flusher* et passer à un autre appel. Je prends une grande respiration et je plonge.

— Alors, Mado de Laval, quelle est votre réponse à notre question ?

— Pour moi, tromper quelqu'un, ça se passe plus au niveau des sentiments. Je pense qu'on peut coucher avec une autre personne que son conjoint. Mais si on ne l'aime pas, si c'est juste pour le sexe, ça ne compte pas comme tromper.

— Merci beaucoup pour votre opinion. On passe à…

— Je n'ai pas terminé. Moi, ça m'est arrivé souvent de coucher avec d'autres hommes que mon partenaire.

Je ne veux tellement pas le savoir ! Qui a envie de connaître les détails de la vie sexuelle de ses parents ? Hein, qui ?

— En fait, continue-t-elle, il ne faut pas que ça devienne une liaison. C'est à partir de ce moment-là qu'on peut considérer ça comme tromper. Mais une aventure d'un soir, juste pour le sexe, ça ne compte pas.

On croirait entendre un homme parler. Ce sont eux, souvent, qui tracent une ligne aussi franche entre le sexe et l'amour. Moi, j'aimerais bien y croire et m'offrir des aventures sans lendemain. Juste pour le plaisir charnel. J'essaie fort, je vous le jure, mais il faut toujours que mon cœur s'en mêle.

À mes côtés, Roxanne semble très attentive aux propos de maman, qui continue son monologue.

— Et puis, de toute façon, quand notre conjoint ne le sait pas, ça fait pas mal.

Bon, c'est assez ! En plus, j'ai la tête qui tourne légèrement. Trop de vodka, trop de chaleur dans le studio.

— Merci madame, on passe à la pause publicitaire.

La réalisatrice me regarde avec un air interloqué. Prise de court, elle envoie un signe à son assistante, qui fait immédiatement rouler la publicité du nouveau papier hygiénique quatre épaisseurs à l'odeur de jasmin. Bon, je suis débarrassée de maman.

— Charlotte Lavigne ! s'écrie Dominique avec fureur. Y avait pas de pause pantoute.

— Depuis quand tu joues à l'animatrice ? ajoute Roxanne, elle aussi vraiment en colère. Pousse pas ta *luck* trop loin, Charlotte !

— Ah, excusez-moi les filles, mais c'était vraiment trop nul ce qu'elle disait ! Et puis, j'avais trop envie de pipi.

Je me sauve en courant jusqu'aux toilettes. Je referme la porte de la cabine derrière moi. Il faut que je reprenne le dessus, je suis en train de tout foutre en l'air.

Je m'assieds pour faire pipi. Ah ! Ça fait du bien. C'est fou parfois comme les gestes les plus élémentaires nous apportent du réconfort.

— Ah non ! Y a plus de papier ! dis-je tout haut.

Je tente tant bien que mal de trouver une solution à mon problème quand j'entends la porte des toilettes s'ouvrir.

— Attends, Charlotte, je t'apporte du papier, lance Aïsha.

Mon Dieu, c'est extraordinaire ! Aïsha a lu dans mes pensées à distance. Nous sommes redevenues les sœurs cosmiques que nous étions avant nos chicanes. Je vais enfin retrouver l'amie qui me manque tant, la confidente à qui je peux tout dire. Quel soulagement !

En passant sa main sous la porte, elle me tend quelques carrés de papier hygiénique.

— Merci, mon amie.

— Charlotte, la prochaine fois que tu iras aux toilettes pendant la pause, ferme ton micro-cravate. On a tout entendu en studio.

Je regarde dans mon décolleté et je découvre le coupable : un minuscule micro accroché à mon chemisier. Comment ai-je pu l'oublier ? Un sentiment de honte plus grand que nature m'envahit.

— Aïshaaaaaaa… attends.

Je me dépêche de sortir de la cabine, me rince les mains rapidement. Tant pis pour le savon, pas le temps. Appuyée contre la porte, Aïsha me fait signe de me dépêcher.

— J'y retourne pas. Je vais trouver une excuse,

n'importe quoi. Je peux pas faire face à tout ce monde-là qui m'a entendue faire pipi. Impossible.

— Ben voyons donc, y a rien là. Tu t'es déjà mise dans des situations bien pires. Puis là, t'as une tribune téléphonique à finir.

— Oui, mais de quoi je vais avoir l'air en plus devant le nouveau cameraman. T'as vu comme il est *cute* ?

— Ouais, puis là, il vient tout juste d'apprendre que tu le trouves à ton goût parce que ton micro est toujours ouvert !

Oh là là ! Ça ne s'améliore pas, mon affaire ! Je veux maintenant rentrer six pieds sous terre. Aïsha m'empoigne solidement par le poignet, comme le ferait une maman exaspérée avec un enfant capricieux.

Elle me traîne de force jusqu'au studio et j'entends le décompte qui commence au moment même où je reprends ma place dans le fauteuil.

Cinq, quatre, trois, deux, un.

Un coup d'œil du côté du cameraman me permet de constater qu'il a en effet tout entendu. Son air moqueur en dit long. Bon, une autre situation à gérer !

Pendant que Roxanne fait rêver nos téléspectatrices en leur mentionnant les détails de notre concours *Gagnez et vous serez épilées à vie !*, je ferme les yeux. Un souvenir remonte à la surface.

Je revois la rue de mon enfance, l'été de mes cinq ans. Je suis assise sur mon petit vélo rose orné de paillettes blanches. La veille, mon père a enlevé les petites roues sur lesquelles je pouvais m'appuyer. Il tient la selle de mon vélo et je commence à rouler tranquillement. Je n'ai pas peur. Papa est là. Il me tient, il me guide.

— Là, ma princesse, tu vas y aller toute seule. T'as juste à continuer tout doucement, tu vas voir, c'est facile.

— Noooooon ! Je veux pas ! Je suis pas capable ! Je vais tomber !

— Mais oui, t'es capable. À *go*, tu y vas. Un, deux trois, *go* !

Je sens mon vélo qui se balance de gauche à droite. Ça y est, je perds l'équilibre, je vais tomber. Je m'imagine déjà un bras dans le plâtre. Pire, les deux bras dans le plâtre, ne pouvant plus jouer avec mes Barbies pendant des mois.

Et puis, comme par miracle, le vélo se redresse et retrouve son équilibre. Je roule, je flotte, je vole ! J'y suis arrivée toute seule !

— Bravo, ma princesse, t'es la meilleure ! T'es ma championne.

Je rouvre les yeux juste à temps pour le début de la tribune téléphonique. La championne est prête. Amenez-en des appels sur le sexe !

Les minutes qui suivent se déroulent à la vitesse de l'éclair. Je suis en feu. Mon souvenir d'enfance m'a donné des ailes. La vodka a permis de me détendre juste assez pour avoir l'air *cool*, mais pas ivre. Quatre gorgées, c'est vraiment la dose idéale. À retenir.

Je réponds aux appels avec une vivacité d'esprit que, moi-même, je ne soupçonnais pas. Je fais des blagues avec les téléspectatrices, taquine Roxanne gentiment et j'apporte même quelques commentaires tout à fait pertinents.

Au fil des appels, l'atmosphère se transforme en studio. La tension qui régnait sur le plateau au début de l'émission disparaît petit à petit. Les visages de mes collègues se détendent.

Je croise le regard d'Aïsha, qui est assise en retrait, tout près du beau cameraman. Elle me fait un grand sourire et lève son pouce dans les airs. Un geste qui n'échappe pas à notre animatrice. Elle foudroie Aïsha du regard. Jalousie…

Je sens que le vent tourne en ma faveur. Même P-O qui attend son tour près de l'îlot de la cuisine me lance un regard admiratif. J'ai la cote !

La tribune téléphonique se termine avec une belle surprise : l'appel d'un téléspectateur. Les hommes sont plutôt rares à regarder notre émission. En fait, j'ignorais même qu'il y en avait.

Richard nous raconte avoir pardonné à sa femme, qui avait langoureusement embrassé un de ses collègues un soir de *party*. Après quelques moments houleux, cet épisode les avait même rapprochés. Touchant !

— Merci pour votre témoignage, monsieur. Voilà, c'est tout pour cette première tribune téléphonique. Demain, Roxanne, un tout autre sujet. On demande à nos téléspectateurs de nous parler du stress qu'ils vivent.

Je poursuis en m'adressant à la caméra.

— Est-ce que le stress vous empêche de dormir ? Vous cause des maux de dos ? Vous donne des boutons ? Soyez là demain pour nous répondre !

Les projecteurs s'éteignent. Le silence se fait en studio quelques instants puis j'entends une première personne qui applaudit, suivie d'une seconde, d'une troisième et ainsi de suite.

Maintenant, c'est toute l'équipe qui frappe dans ses mains, même notre coincée de réalisatrice et notre très réservé patron, M. Samson. C'est un vrai miracle. J'ai réussi !

Seule Roxanne reste de marbre. Pire même, je crois

qu'elle boude. Pas drôle de se faire voler la vedette, ne serait-ce que pendant quelques minutes.

— Charlotte, est-ce qu'on vous a déjà dit que vous étiez faite pour la caméra ? me demande M. Samson.

À la fois flattée et intimidée, je rougis devant mon patron. Peu habituée à tant d'égards, je bégaie en voulant le remercier. Roxanne nous observe, des poignards à la place des yeux.

— Charlotte, tu peux me préparer le dossier sur le stress pour la tribune de demain ? Je vais l'étudier ce soir.

Bon, la voilà qui vient dégonfler ma balloune. Elle me ramène à ma triste réalité de recherchiste. Demain, c'est elle qui reprend les commandes. Mais pas question de la laisser gâcher ce moment unique ! C'est mon quinze minutes de gloire et j'ai bien l'intention d'en profiter jusqu'au bout !

— D'ac, Roxanne, tu vas avoir ça dans une heure.

Aïsha s'avance vers moi avec un sourire chaleureux. Elle est suivie de P-O.

— T'étais super bonne, Charlotte. Tu crèves l'écran, dit Aïsha en me serrant dans ses bras.

— *Good job,* Charlotte, ajoute P-O en me donnant une petite tape sur l'épaule au passage.

Je suis aux anges. Je sautille sur place comme une petite fille de sept ans.

— Aïsha, faut qu'on fête ça ! On pourrait aller souper ce soir, avec Ugo. Qu'est-ce que t'en penses ?

— Ben, je sais pas trop, j'avais prévu…

— Ah, envoye donc ! Dis oui ! Ça fait longtemps qu'on s'est pas vus tous les trois.

Je regarde autour de moi avant de poursuivre. Avec un air complice, je baisse le ton et je l'entraîne vers ma loge.

— Et puis, t'as pas envie d'en savoir plus sur comment ça se passe entre lui et Justin ? Hein ? Il nous a pas dit grand-chose encore. On va boire du chianti, tu vas voir qu'il va parler.

— OK. Ça marche. On va aller chez P-O, affirme Aïsha comme si le resto de notre chroniqueur culinaire était le seul en ville.

— Euh, t'es certaine ?

Pas envie du tout de passer la soirée sous le regard de P-O.

— Oui, oui. Appelle Ugo, je vais réserver pour 19 heures. Je te laisse, faut que j'aille magasiner. Roxanne m'a demandé de lui trouver un bikini Shan, le bleu et jade.

— C'est quoi, cette affaire-là ? Elle animera pas un *show* en costume de bain certain !

— Mais non, c'est pour son voyage à Monaco la semaine prochaine.

Parfois, je trouve notre animatrice pas mal effrontée. Faire courir sa styliste dans les magasins pour aller jouer les princesses sur le bord de la Méditerranée… N'importe quoi ! Et Aïsha qui se plie à ses quatre volontés. Décourageant !

Contente de ma performance, je me remets à mon travail en sifflotant comme Blanche-Neige, avec les sept nains. *Siffler en travaillant*… La vie nous réserve de bien belles surprises parfois.

Un petit tour sur Facebook me donne encore plus des ailes. Les commentaires de mes amis sur mon passage à l'émission sont tous positifs. Ils ont aimé mon sourire, mon chemisier, mon maquillage, ma coiffure. À lire leurs remarques, on voit bien qu'ils m'ont plus regardée qu'écoutée. Mais, c'est ça la télé. L'image passe avant le message.

Je consulte maintenant mes courriels. Wow ! J'en ai au moins une vingtaine. Décidément, l'émission est plus populaire que je ne le croyais. Je fais défiler les messages un à un, quand mon cœur cesse de battre. Le nom de l'un des expéditeurs me donne des sueurs froides : Maximilien Lhermitte.

Ça fait des mois que je n'ai pas eu de nouvelles de mon ancien amoureux et le voilà qui rebondit comme ça, sans crier gare. J'hésite à ouvrir le courriel qui porte le titre : « Belle performance. » Depuis quand Max regarde-t-il la télé pour madames ?

Ma blessure commence tout juste à cicatriser. Je ne pense plus à lui dix fois par jour, seulement deux ou trois. J'ai cessé d'écouter en rafales des tounes d'amour quétaines en pleurant à chaudes larmes. Et mon orgie de desserts est terminée, au grand soulagement de mon ventre et de mes fesses qui n'en pouvaient plus d'accueillir de nouveaux kilos.

Alors, si je lis le courriel de Max, est-ce que je vais rechuter ? Me faire des illusions encore une fois ? M'accrocher à ce message comme à une bouée de sauvetage lancée en pleine mer ? Fort possible. Mieux vaut l'ignorer et faire comme si je ne l'avais jamais reçu.

Je guide mes doigts vers la touche « supprimer ». Ils tentent de résister, mais je suis la plus forte. J'y mets toute ma bonne volonté pour qu'ils effacent la trace de celui qui m'a brisé le cœur. J'appuie finalement sur la touche. Ouf ! Disparu, le courriel de Max. Je peux maintenant respirer.

16

Quand on écrit à un ancien chum,
on signe-tu avec deux becs (xx) ou trois becs (xxx) ?

— Et pour monsieur, ce sera ? demande le serveur à Ugo.

— La mousse de foie de volaille en entrée et le trio de saucisses avec choucroute.

— Ugo, tu vas faire un AVC à quarante ans si tu continues à manger de la viande comme ça, lui dis-je dès que le serveur s'est éloigné.

— Elle a raison, Ugo, tu devrais faire plus attention, renchérit Aïsha.

— Bon, bon, d'accord. La prochaine fois, je vais prendre du poisson. Promis.

Je regarde mes deux amis avec tendresse. Je suis tellement contente qu'on soit réunis tous les trois. Il me semble que ça fait des siècles.

— À l'amitié, dis-je en levant mon verre de cidre de glace.

— À l'amitié, répètent Aïsha et Ugo en imitant mon geste.

— Et à toi, Charlotte ! À ton succès dans ta nouvelle carrière en ondes, ajoute Ugo.

— Ouais, je suis pas certaine que je vais faire d'autres tribunes téléphoniques. Roxanne va sûrement mettre son veto là-dessus. Mais au moins, j'ai prouvé que j'étais capable.

— Oui. Et on est fiers de toi, ajoute Aïsha avec affection.

Je la regarde du coin de l'œil et je lui fais un sourire complice. C'est notre signal. Allez, on attaque. Je commence.

— Piiiis ? Comment va le beau Justin ? Comment ça se passe avec lui ?

— Bien, bien.

— Ben là. Êtes-vous ensemble, oui ou non ?

— On se voit, mais de là à dire qu'on est ensemble… Et puis Justin veut qu'on soit très discret.

— C'est donc ben compliqué, vos affaires !

— Mais non, c'est pas compliqué. Faut juste que je lui laisse du temps.

— Du temps pour quoi ? intervient Aïsha.

— Ben, pour qu'il accepte de vivre autre chose qu'une aventure.

— Quoi ? Il a jamais eu de chum avant ? À vingt-six ans ?

— Non, jamais. Juste des histoires d'un ou deux soirs.

Notre serveur arrive à notre table, les bras chargés d'assiettes appétissantes.

— Les raviolis au homard pour ces dames et la mousse de foie de volaille pour monsieur, dit-il en déposant le tout sur la table.

Il revient trente secondes plus tard, une bouteille

de champagne à la main. J'interroge du regard Aïsha et Ugo pour savoir qui a eu la très mauvaise idée de commander une bouteille qui va nous coûter la peau des fesses. J'adore le champagne, mais de là à flamber 150 dollars sur une bouteille qui en vaut 65…

— Mesdames, monsieur, un cadeau du chef pour accompagner vos entrées.

Ah, je respire mieux… Surtout que me reviennent en tête les appels incessants de mon conseiller financier.

— Ouais, il se sent lousse, ton P-O, Charlotte, lance Ugo.

— Comment ça, *mon* P-O ? C'est le P-O de toute l'équipe, franchement.

Je me tourne vers Ugo de façon qu'Aïsha ne puisse pas voir mon visage. Je lui fais des gros yeux pour l'inciter à se taire. Il baisse les yeux. Message compris.

Pop ! Ah, le merveilleux son d'une bouteille de champagne qu'on débouche ! Surtout quand elle vous est offerte ! En trinquant avec mes amis, je perçois le regard soupçonneux d'Aïsha, mais vite, nous revenons aux amours d'Ugo.

— Justin, là, dans le fond, il est comme bien des gars : pas prêt à s'engager.

— C'est clair que ça lui fait peur. En plus, il ne veut pas trop que ça se sache qu'il est gai.

— À cause de son image ?

— Yep ! Il aime ça entretenir le flou. Il dit que ça le rend mystérieux et que ça ne risque pas de décevoir les petites madames de l'émission.

— Un peu comme P-O avec son célibat. On sait pas trop.

— Quoi, P-O ? Il est célibataire, affirme Aïsha.

— T'es certaine ?

— Oui, oui, il n'a pas de blonde, ni de bébé.

— Ah bon, dis-je, étonnée qu'elle détienne une telle vérité. Depuis quand une styliste est-elle mieux informée qu'une recherchiste ? Ça mérite réflexion. Et une enquête. Mais pour l'instant, c'est Ugo qui me préoccupe. Je prends sa main dans la mienne.

— Mais toi avec Justin, tu veux plus que ça, j'imagine ?

Ugo garde le silence, retire sa main de la mienne et se réfugie dans sa flûte de champagne. Aïsha lui dit tout doucement :

— Toi, t'es en amour, hein ?

De nouveau le silence.

— Écoute, ça paraît, tu rayonnes, poursuit-elle.

— J'espère juste que tu te feras pas trop mal, dis-je sur le même ton doux et affectueux.

— Ben non, ça va aller.

— Il est mieux d'être fin avec toi, parce que sinon j'écris sur sa page Facebook pour dire qu'il utilise des plantes en plastique à l'émission.

— Hein ? Il fait ça ? demande Aïsha.

— Non, mais on s'en fout. Ça nous ferait une belle vengeance.

Tous les trois, on éclate de rire tellement fort que le couple assis à la table voisine se retourne pour nous fusiller du regard. Oups !

La jeune femme replonge son regard dans celui de son chum. Il lui fait signe de s'approcher et lui murmure des mots doux à l'oreille. Elle l'écoute comme s'il lui disait la chose la plus importante au monde. Un beau petit couple d'amoureux. Comme Max et moi à l'époque.

— Vous savez pas qui m'a écrit, hein ?

La bouche pleine de saucisses bien grasses et de doré à l'orange, Ugo et Aïsha hochent la tête de gauche à droite.

— Max.

Tous les deux laissent tomber leur fourchette et me regardent, interloqués.

— Après tout ce temps ? Qu'est-ce qu'il te voulait ? me demande Aïsha.

— Je sais pas.

— Comment ça, tu sais pas ?

— Ben… J'ai pas ouvert son courriel.

— Hein ? T'es pas plus curieuse que ça ?

— Ben oui, mais je commence juste à ne plus penser à lui…

— Oui, mais s'il t'a écrit, ça veut dire qu'il a un intérêt… Peut-être qu'il regrette.

— Tu penses ?

— On sait jamais… Donne-moi ton iPhone, m'ordonne Aïsha.

Elle fait aller ses doigts sur mon appareil avec la même aisance qu'une sténodactylo, emploi qu'elle a d'ailleurs déjà occupé à son arrivée à Montréal, alors qu'elle avait dix-huit ans. Tout à coup, son visage s'illumine.

— Ça y est, je l'ai retrouvé. Il était dans la corbeille.

— Ne l'ouvre pas. Je veux plus rien savoir de lui. Redonne-moi mon téléphone tout de suite.

— Pas question. Nous autres, on veut savoir ce qu'il avait à te dire, hein, Ugo ?

— Ben… c'est peut-être pas nécessaire. Si elle veut pas…

— En effet, c'est pas nécessaire. Aïsha, *flushe* le message.

— Ah, arrête donc de niaiser, Charlotte ! De toute façon, je suis certaine que tu l'aurais ouvert en rentrant ce soir.

Là, j'avoue qu'elle marque un point. Je prends un air boudeur et je m'enfonce dans mon siège. Allez ! Qu'on en finisse !

— Alors, voici ce qu'il dit : « Ma chère Charlotte, je t'écris un petit mot pour te féliciter pour ta performance à l'écran, que je viens de voir par un pur hasard. Tu étais très à l'aise, comme si tu avais fait ça toute ta vie. Je suis content que tu aies enfin eu ta chance et je suis convaincu que tu iras loin. En passant, je te trouve très mignonne en blonde. À bientôt. Max. »

Je suis tout émue. Ça, c'est le Maxou que je connais. Gentil et attentionné.

— Y est donc ben chou. Est-ce qu'il y a des becs ?

— Non, mais il a dit à bientôt, par exemple. Ça veut peut-être dire qu'il aimerait te revoir.

Un grand sourire illumine mon visage et je me mets à glousser de plaisir. Maxou veut me revoir, Maxou veut me revoir, Maxou veut me revoir !

— Oups, attends un peu Charlotte, il y a un P.S. Il écrit : « Je suis heureux d'apprendre que tu as refait ta vie amoureuse. »

Mon sentiment d'euphorie s'éteint aussi rapidement qu'il était survenu, pour faire place à la consternation. J'en ai marre des émotions en montagnes russes.

— Comment ça, « refait ma vie amoureuse » ? Où est-ce qu'il a pris ça ?

— Il l'a entendu à l'émission. Tu sais quand Roxanne t'a dit que tu avais de la chance de vivre un grand amour.

— Ah, c'est vrai. Ah la chipie ! Bon, faut que je rectifie ça.

— Non, non, tu le laisses penser ça. T'es plus attirante comme ça, t'as pas l'air d'une *loser* qui l'attend encore. Non, c'est très bon pour toi, ça.

— Ben voyons donc Aïsha, ç'a pas de bon sens !

— Fais-moi confiance. Hein Ugo, qu'est-ce que t'en penses ?

— Vous savez ce que je pense de lui, les filles ? C'est un égoïste qui ne pense qu'à son image. Un vrai Français, chiant, qui se prend pour un autre. Moi, je le relancerais pas en tout cas. Je lui répondrais même pas.

— Ben, il est pas si pire que ça. On a vécu des bons moments ensemble quand même.

— Ah ouais ? Quand ça ?

— Ah Ugo, t'es de mauvaise foi ! Tu sais très bien que j'étais heureuse avec lui.

— Bon, bon. Fais donc ce que tu veux. Mais je t'aurai avertie !

— Tu vas lui réécrire, me dit Aïsha. Non, attends, je vais le faire pour toi.

— Ben là, je suis capa…

Aïsha lève la main pour me faire signe de me taire. Elle commence à écrire ma réponse. J'ai beau lui dire que ça m'inquiète, que je ne suis pas d'accord, que j'aimerais mieux l'écrire moi-même. Rien à faire. Aïsha persiste et signe.

— « Cher Max. Merci pour les encouragements. Mes patrons sont tellement contents qu'ils songent à me donner ma propre émission. »

— Eille, t'es malade. M. Samson m'a jamais dit ça !

— C'est pas grave ça. Il le sait pas, lui. Ce qui compte, c'est de lui en mettre plein la vue. On est dans une opération charme Charlotte. On va pas se contenter de lui raconter ta petite vie.

— Pas obligée de m'insulter. J'ai pas une si petite vie que ça. Pas plus petite vie que la tienne…

— Bon, bon, prends pas tout personnel. Ensuite, on va écrire : « Je pensais justement que ce serait chouette qu'on se voie tous les deux, comme ça entre amis, pour prendre des nouvelles. Fais-moi signe, on pourrait aller prendre un verre. » Non, on va mettre « l'apéro ». Les Français adorent l'apéro. En on va signer : « Charlotte. » Avec trois becs. « xxx. » Non deux. « xx. » Voilà.

— Attends, je veux le relire.

— Trop tard, je l'ai envoyé, dit-elle en me remettant mon cellulaire.

— Hé merde ! Aïsha. Qu'est-ce que t'as fait là ? Imagine si, tout d'un coup, il veut pas me revoir.

— T'aurais pu te mêler de tes affaires, Aïsha, intervient Ugo. C'est pas un gars pour elle, il me semble que c'est clair.

— Ah, Ugo, arrête de faire le rabat-joie. Qu'est-ce que t'en sais ? Hein ? Toi, le grand spécialiste des relations amoureuses, répond Aïsha, une pointe de méchanceté dans la voix.

— Pis toi, t'es pas mieux avec tes histoires de gars marié. C'est quand la dernière fois que tu as eu un homme libre dans ta vie, hein, Aïsha ?

— Tu sauras que j'en ai un présentement.

— Ben, présente-le-nous d'abord.

— Ouais, il serait temps là, dis-je. C'est qui ?

Bip ! Mon cellulaire m'annonce que je viens de recevoir un courriel. Je reste figée quelques instants, morte de peur à l'idée que Max m'ait répondu aussi rapidement.

— Ben non, c'est bon signe justement. Allez ! Lis-le, me supplie Aïsha.

— Non, pas capable. Lis-le, toi, fais-je en lui tendant mon appareil du bout des bras.

— D'accord. Bon, voyons voir.

Pendant ce qui me semble être une éternité, Aïsha garde les yeux rivés sur l'écran de mon iPhone, le visage impassible. L'air inquiet, Ugo attend lui aussi la suite. Je m'impatiente.

— Coudonc, c'est bien long ! Qu'est-ce qu'il dit ?

— Ah tu vas être contente Charlotte. Il dit : « Ça me ferait vraiment plaisir de te voir. Je passe l'été à Honfleur, mais je t'appelle à mon retour. Bon été, Charlotte. Max. » Et il a mis trois becs après.

— Wouhou !

Je me lève pour aller embrasser Aïsha, puis Ugo, qui semble toujours mécontent.

— Oh, allez gros nounours, sois donc content pour moi, dis-je en me blottissant contre lui.

— Bon d'accord, lâche Ugo dans un soupir. Mais à une condition. Tu m'appelles plus jamais « gros nounours ».

— OK, promis… mon p'tit poussin d'amour.

Ugo lève les yeux au ciel, en signe de découragement. Tous les trois, on rit de bon cœur en choisissant nos desserts.

Le repas se poursuit dans la bonne humeur. On a même fait des projets pour les vacances. On est convenus d'aller passer une semaine au nouveau chalet de maman, au bord de l'eau. Une résidence secondaire qu'un de ses anciens amants lui aurait laissée pour une bouchée de pain.

Bien entendu, on a choisi une période où elle ne serait pas là. Et pour être certain qu'elle ne pointe pas le bout de son nez, on ira pendant qu'elle se prélassera sur la plage à Cuba. Ugo tentera de convaincre Justin de nous accompagner.

— Et toi, Aïsha, y a pas quelqu'un que tu voudrais amener ? dis-je en espérant de tout cœur qu'elle me réponde non.

La perspective de passer une semaine en compagnie de deux couples me démoralise plus que jamais.

— Ben, peut-être, oui.

— Bon, enfin ! Fini les cachettes ! lance Ugo.

— C'est qui ?

— Vous voulez que je l'appelle pour qu'il vienne nous rejoindre ?

— Ouiiiii.

Aïsha s'éloigne de la table, son téléphone à la main. À son retour, elle nous informe qu'il va essayer de se libérer.

— On l'attendra pas toute la nuit. On a une autre émission demain, tu te souviens ?

— Oui oui, ça devrait pas être long.

En silence, on attaque nos desserts. Comme on le fait souvent, on a placé les trois plats au milieu de la table et on partage. Signe d'une amitié indéfectible.

Est-ce que c'est le goût moelleux du fondant au chocolat, l'ivresse du champagne, la présence de mes deux amis ou les nouvelles de Max qui font que je me sens comme la femme la plus heureuse de la Terre, ce soir ?

Quoi qu'il en soit, il y a longtemps que je n'ai pas

passé une aussi belle soirée. Je ferme les yeux pour savourer cet instant magique.

— Salut, tout le monde !

Je me retourne et j'aperçois P-O qui s'avance vers nous, une bouteille de porto et quatre verres à la main. Il dépose le tout sur la table et prend place à côté d'Aïsha. Non mais, personne l'a invité, lui ? Il se croit tout permis parce qu'il nous offre à boire ? Grrrr…

— Ouf ! J'ai couru toute la soirée, mon sous-chef était malade.

Après avoir serré la main à Ugo, qu'il rencontre pour la première fois, P-O nous verse à boire. On jase de sa prochaine chronique à l'émission, qui portera sur comment flamber des plats sans mettre le feu à la maison. Ça va m'être très utile, je pense.

La conversation se poursuit sur des sujets anodins. Envolée, la belle complicité du trio. P-O a tout gâché.

Tout à coup, il se tourne vers Aïsha pour lui murmurer quelque chose à l'oreille. Elle rougit de plaisir, le regarde dans les yeux et lui fait un immense sourire. Catastrophée, je me tourne vers Ugo. Il vient de comprendre la même chose que moi. Le nouveau chum d'Aïsha, c'est P-O.

17

Simplicité volontaire ?

— Je veux acheter un permis de pêche.

Le commis du magasin de chasse et pêche m'examine des pieds à la tête d'un air intrigué. Je porte ma nouvelle robe bain de soleil orange qui dévoile mon dos légèrement doré, grâce à la magie de ma crème autobronzante. J'étrenne aussi mes nouvelles sandales multibrides aux couleurs de l'arc-en-ciel.

J'ai glissé dans mes cheveux plus blonds que jamais un ruban mauve et jaune. Et je viens de ressortir du fond de mon placard mon sac à main rose et noir Betty Boop. À bien y penser, ce ne sont peut-être pas seulement mes sandales qui ont l'air d'un arc-en-ciel !

J'avoue que ma tenue ne cadre peut-être pas avec le décor d'ours empaillés et de poissons en plastique accrochés aux murs. Mais inutile de préciser que je ne possède aucune chemise à carreaux et qu'il n'est pas dans mon intention d'en acquérir une. Peut-être, et je dis bien peut-être, dans une autre vie.

— Bon, c'est combien pour le permis ?

— C'est pour vous ?

— Non… c'est pour le pape.

— Fâchez-vous pas, ma p'tite madame…

S'il y a une chose que je déteste le plus au monde, c'est bien quand on m'appelle « ma p'tite madame ». Avec mes ongles fraîchement vernis, je commence à pianoter sur le comptoir en signe d'impatience.

— C'est juste qu'on s'improvise pas pêcheuse, vous savez. Faut connaître la technique.

Je bouillonne de rage. Non mais, pour qui se prend-il avec son look à la Indiana Jones, le charisme d'Harrison Ford en moins ? S'il pense m'impressionner avec son chapeau d'explorateur et sa chemise sport entrouverte sur son torse poilu et perlé de gouttes de sueur… Ouache !

— Vous saurez, mon p'tit monsieur, que si Martin Picard peut aller pêcher son repas pour ses invités, moi aussi je peux le faire.

— Martin qui ?

Ignorant en plus ! Comment peut-il ne jamais avoir entendu parler du chef le plus rabelaisien, le plus excessif, le plus cochon du Québec ? Sur quelle planète vit-il ?

— Ah, laissez tomber. Bon, vous me le donnez le permis, oui ou non ?

Le *wannabe* Indiana Jones pousse un long soupir d'exaspération, se penche sous son comptoir et en ressort avec une petite pile de documents. Je quitte la boutique quelques minutes plus tard, le précieux document en main.

Ces derniers jours, j'ai visionné en rafales la série télé *Martin sur la route*. On y voit le chef du *Pied de cochon* chasser le phoque, pêcher l'anguille et faire de la plongée sous-marine pour aller récolter des fruits de mer.

Tout ça m'a inspirée. Quelle bonne idée pour impressionner mes invités ! Pratiquer le retour aux sources, revenir au temps où il fallait trouver sa nourriture dans la nature si on voulait avoir un morceau à manger pour le souper.

J'ai donc décidé d'imiter Martin Picard. Avec mes moyens à moi, bien entendu. Mon objectif : composer un repas avec des produits que j'aurai moi-même récoltés et les servir à mes amis, lors de notre séjour au chalet de maman.

J'ai réglé le cas du plat principal : truite d'eau douce grillée que je vais pêcher dans le lac juste en face du chalet. Ensuite, celui du dessert : bleuets sauvages que je vais cueillir dans un champ également non loin du chalet. Mais pour le reste, je suis un peu embêtée.

Je pourrais me lancer dans la fabrication d'une miche de pain de campagne à la saveur d'antan, mais encore faudrait-il que je possède une machine à pain. Ce qui ne cadre pas du tout avec mon projet.

Premièrement, à l'époque, ce type d'appareil n'existait pas. Et deuxièmement, le but de l'opération est de réduire le coût de mes soupers et de pouvoir éventuellement faire face à mon conseiller financier à la banque qui m'a encore laissé des messages, m'avisant que la prochaine fois j'aurais de ses nouvelles sous forme de lettre officielle. Ouch !

Bon, on verra ça après les vacances. Peut-être que lui aussi va réfléchir pendant cette période de grâce et décider de me laisser encore un peu de temps. Si seulement j'arrivais à vendre ce foutu barbecue…

Bravant la canicule, je marche vers mon appartement

en réfléchissant à la suite de mon menu. Et si je lui donnais un nom ? Tiens, je vais l'appeler « le menu de la simplicité volontaire ». Oui, c'est ça : « simplicité volontaire ».

C'est tellement moi, dans le fond. Connaissez-vous une fille plus simple et plus volontaire que Charlotte Lavigne ? Non, hein ? Ça me ressemble tout à fait. J'aurais dû y penser bien avant. Simplicité volontaire. J'adore ma nouvelle identité, c'est trop *hot* !

Pour mon souper, il me faut des légumes. Essentiel. Mais où pourrais-je bien en cueillir ? Dans un potager, bien sûr. Mais quel potager ? Celui d'un cultivateur, peut-être ? Humm… Un peu compliqué quand on n'a aucune connaissance chez les agriculteurs à part un éleveur de bisons.

Je continue à marcher quand la solution apparaît devant moi, comme par enchantement. Tiens, un jardin communautaire ; avec ses plants de tomates, d'aubergines, de concombres libanais, de poivrons orange, de piments jalapeño, de céleri-rave, de chou rouge et plus, et plus, et plus… Wow !

Je m'approche de la clôture en mailles de chaînes et je constate que l'endroit est inaccessible. Un immense cadenas protège les jardiniers en herbe des intrus comme moi.

J'attends patiemment en silence le long de la clôture, jusqu'à ce qu'un vieux monsieur au visage hypersympathique se pointe derrière moi. Un chapeau de paille sur la tête, le vieux monsieur transporte un sac rempli de petits outils de jardinage.

— Vous avez oublié votre clé, je gage ? me demande-t-il.

— Ben oui, puis il faut absolument que j'aille arroser mes épinards, sinon ils vont mourir.

— Des épinards, avec cette chaleur ? Voyons, tout le monde sait que les épinards, ça se cultive au printemps, pas en plein été… Vous êtes sûre que vous êtes faites pour le jardinage, vous ?

Oups ! Qu'est-ce qui m'a pris de parler d'épinards aussi ? Ça doit être mon inconscient qui me rappelle qu'il est grand temps que je mange une salade d'amour – épinards, sauce tamari, fèves germées, noix de cajou, etc.

C'est ma salade porte-bonheur. J'ai remarqué que les rencontres importantes de ma vie se sont produites au lendemain d'un repas composé d'une salade d'amour. Que ce soit Maxou, Ugo, Aïsha, etc. Ça ne peut pas être que des hasards, hein ?

C'est pourquoi j'ai décidé d'en manger au moins une fois par semaine, histoire de me donner le plus possible de chances de faire des rencontres significatives dans ma vie. Mais là, ça fait un moment que je néglige cette bonne habitude.

— Ah… Ben moi, c'est un test que je fais. Vous savez, pour la Ville. Ils veulent se lancer dans la culture d'épinards à l'année.

Le vieux monsieur me regarde maintenant d'un air amusé, comme si j'étais un objet de cirque. Mes sandales à talons hauts et mon sac à main Betty Boop semblent particulièrement le faire sourire.

— Vous avez pas de petit panier pour vos épinards ?

— Euh…

— Ah, je comprends…

— Qu'est-ce que vous comprenez ? dis-je, un brin d'angoisse dans la voix.

Il fait un signe de la tête en direction de l'immense potager.

— C'est lui que vous venez voir ?

— Qui ça ?

— Ben lui, là. Mathieu, insiste-t-il en pointant du nez un jardinier au loin.

Le Mathieu en question m'apparaît vaguement, derrière un reflet de soleil. Une silhouette à contre-jour. Mais quelle silhouette ! Taillé au couteau, le mec. Ouais, je ne dirais pas non à une petite visite à Mathieu.

— Ah, mais c'est que vous êtes un coquin, vous, monsieur ! Comment vous avez deviné ?

— Ben, avec le nombre de visites qu'il reçoit par jour…

— Ah oui ? dis-je, de plus en plus intriguée.

Les yeux du vieux monsieur brillent, comme s'il détenait le plus grand secret du monde. Il m'invite à me pencher vers lui, pour qu'il puisse me murmurer quelque chose à l'oreille.

— Et en échange de mon silence, il m'en donne un peu.

— Un peu de quoi ?

— Ben, de *pot* voyons ! Celui qu'il cultive dans son jardin.

Un vendeur de *pot*. De plus en plus intéressant. Voilà un excellent prétexte pour l'aborder.

— Mais… ajoute le vieux monsieur avec un air soupçonneux. C'est pas ce que vous alliez acheter là ?

— Oui, oui, mon bon monsieur. Je voulais juste être certaine que vous étiez dans le coup, vous comprenez ?

À voir son visage perplexe, je constate qu'il se

demande s'il doit me faire confiance ou non. Bon, il est temps de mettre fin à cette conversation.

— Ouvrez-moi la porte.

Le vieux monsieur s'exécute avec diligence. C'est fou parfois comment les gens nous obéissent quand on leur parle avec un ton autoritaire. Je le remercie avec mon plus beau sourire, j'enlève mes chaussures et je prends le sentier qui mène à ce fameux Mathieu.

Le torse nu, vêtu seulement de vieux jeans troués, Mathieu est maintenant à genoux, en train de désherber son potager Je m'arrête juste derrière lui. Concentré sur sa tâche, il ne m'a pas entendue venir.

— Salut !

Il lève les yeux et s'attarde un instant sur mes jambes. Ah ! Quelle bonne idée j'ai eue de raccourcir ma robe bain de soleil jusqu'à mi-cuisse. Mathieu se relève, secoue ses jeans pour en enlever la terre et me salue à son tour en souriant.

Wow ! LE pétard. Il a les cheveux châtains mi-longs, qui tombent au-dessus de l'épaule. Sa frange rebelle couvre légèrement son regard profond. Et ce qui me plaît par-dessus tout, c'est qu'il a le mot « sexe » écrit sur le front.

— C'est toi, Mathieu ?

— Ouais, qu'est-ce que je peux faire pour toi ?

— Ben, je voudrais, tu sais…

— Quoi ? Qu'est-ce que tu veux ?

Je regarde autour de moi pour vérifier si quelqu'un peut nous entendre. Le sourire de Mathieu s'est effacé.

— Bon, excuse-moi, mais j'ai de l'ouvrage.

Il fait mine de me tourner le dos pour retourner à ses plantations.

— Non, non, attends. C'est le vieux monsieur là-bas qui m'a parlé de toi.

— Maurice ? Qu'est-ce qu'il t'a dit, ce vieux Maurice ?

— Que tu vendais du *pot*, dis-je en chuchotant.

— Ben voyons donc. Il raconte n'importe quoi, répond Mathieu un peu trop sèchement.

Au contraire, mon petit doigt me dit que Maurice sait très bien de quoi il parle. Mais allume, Charlotte ! Mathieu ne te connaît pas. Il s'imagine peut-être que tu es un agent double déguisé en arc-en-ciel. Changeons de tactique et jouons franc-jeu.

— De toute façon, c'est pas pour ça que je suis ici.

— Eille, t'es une drôle de fille, toi ? Pourquoi d'abord ?

Je dépose mon sac à main et mes sandales dans le gazon. Je commence ensuite à lui expliquer longuement mon projet de menu « simplicité volontaire ». Comment j'en ai eu l'idée et à quel point c'est important pour moi de me rapprocher de la nature et de m'éloigner du monde effréné de la consommation. Ma tirade est tellement sincère, tellement authentique que j'en ai les larmes aux yeux. J'arrive presque à y croire moi-même.

Je lui expose ensuite ce que j'attends de lui. Pas compliqué : me laisser cueillir quelques légumes dans son potager. Il m'écoute sans m'interrompre, fasciné par mon assurance.

— Comme je ne veux pas payer pour la nourriture, je suis prête à faire du troc. Un échange de services si tu veux.

— Papa, c'est qui la madame ?

Une petite tête rousse vient d'apparaître à mes côtés.

Deux lulus, des taches de rousseur et le visage espiègle d'une enfant de cinq ans.

— Cerise, retourne jouer dans le carré de sable.

— Cerise ?

— Ben, oui. Cerise, c'est son nom, répond Mathieu avec l'air désabusé de quelqu'un à qui on a posé cette question mille fois. On l'a appelée comme ça parce qu'elle a été conçue un été où sa mère et moi on cueillait des cerises en Colombie-Britannique.

Je regarde la petite et un sentiment de pitié m'envahit. Elle va en baver dans sa vie, c'est clair. Les moqueries, les blagues plates, les allusions sexuelles. Imaginez un instant tous les jeux de mots qu'on peut faire avec un tel prénom… Pauvre chouette ! Moi, à sa place, je déposerais une plainte à la DPJ.

Ouais, Mathieu a peut-être le physique d'un dieu grec, mais le jugement semble être en option. Une petite fille si *cute* avec un nom si ingrat. La voilà qui tire sur ma robe.

— Pourquoi tu veux faire un échange avec mon papa ?

La question de Cerise me fige. D'autant plus qu'elle a l'air très fâchée et attend visiblement une réponse intelligente. Et moi, je n'ai jamais su parler aux enfants.

Affolée, je regarde Mathieu, l'implorant de venir à ma rescousse. Il ne semble pas déstabilisé le moins du monde. Il soulève sa fille de terre pour la prendre dans ses bras.

— La madame veut que je lui donne des légumes et, en échange, elle va me rendre un service, tu vois ? C'est comme quand toi, tu prêtes ta poupée à ton amie Marianne et qu'elle range tes jouets à ta place.

Cerise se tourne vers moi, essayant de démêler tout ça dans sa tête.

— Tu vas venir ranger les jouets de papa ?
— Ben non, pas exactement.

Devant mon malaise, Mathieu éclate de rire. Soulagée, je l'imite. Il dépose Cerise par terre, qui court rejoindre ses amis au carré de sable. Je relance Mathieu.

— Qu'est-ce que tu penses de mon idée ?
— C'est pas bête.
— En retour, je pourrais venir arroser ton jardin quand t'as pas le temps.
— Non, c'est beau. J'ai tout mon temps, je travaille pas l'été. Je suis enseignant.

Ah, le rêve ! Passer l'été à folâtrer, à faire des piqueniques entre amis et à boire du rosé tout l'après-midi.

— Je sais ce que tu penses. Mais je t'échange mes deux mois de vacances n'importe quand contre ta petite job pépère de bureau.
— Eille, j'ai pas une job pépère. Qu'est-ce que t'en sais ?
— En tout cas, ça doit être moins pire que trente ados complètement blasés qui n'en ont rien à foutre de ton cours d'histoire.

Vu comme ça, j'avoue que c'est moins réjouissant. Il s'interrompt quelques instants, songeur. Il s'assoit dans l'herbe, à côté de mes sandales.

— Tu m'as pas dit ton nom ? dit-il en levant les yeux vers moi.
— Charlotte, Charlotte Lavigne.
— Bon, alors Charlotte, qu'est-ce que t'as d'autre à m'offrir ?
— Je sais pas trop là. Et si je te faisais un gâteau ? Un gâteau forêt-noire, avec des cerises pour ta fille, hein ?
— Ouin, en fait, je suis pas très gâteau. Et j'essaie d'en faire manger le moins possible à ma fille.

— Bon alors, je peux te cuisiner autre chose. Une salsa maison, un guacamole ou des pâtes au thon comme t'en as jamais mangé.

— Pas la peine, j'adore cuisiner.

Bon, décidément, ça se complique. Je ne dispose pas de ressources inépuisables, moi. Et puis, je commence à avoir la cruelle impression qu'il se paye ma tête.

— Bon, ben, laisse tomber. Je vais m'arranger autrement.

Je me penche pour ramasser mes sandales et mon sac. Il attrape ma main dans la sienne. La paume de sa main est chaude et douce. Pas du tout rugueuse pour quelqu'un qui travaille dans la terre. Un courant électrique traverse mon corps des pieds à la tête.

— Attends un peu, dit-il en se levant.

Son corps est maintenant à quelques centimètres du mien. Je peux presque toucher son torse nu. Un torse parfait, sans aucun poil. Une peau lisse, souple, et légèrement basanée.

Ouf ! Il fait vraiment chaud tout à coup. Et ce n'est pas seulement à cause des trente et un degrés Celsius qu'affiche le thermomètre.

— Regarde ce qu'on va faire, je vais te préparer un petit panier de légumes, tu me donnes ton numéro de téléphone et je t'appelle si j'ai besoin de quelque chose. Qu'est-ce que t'en penses ?

— Génial !

Épuisée, je me laisse tomber dans le gazon. J'observe Mathieu à genoux dans son potager en train de cueillir les légumes les plus appétissants que j'aurai jamais mangés de ma vie.

18

« Je n'ai besoin de personn'
En Harley-Davidson
Je n'reconnais plus personn'
En Harley-Davidson. »

SERGE GAINSBOURG, 1967.

— Tourne à gauche ici !

— T'es certaine ? me demande Ugo au volant de son nouveau bolide.

— Oui, oui, c'est là.

La journée est magnifique. Un soleil de plomb, pas un nuage dans le ciel. Et dire qu'ils annoncent ça toute la semaine. Wouhou ! Quel séjour extraordinaire on va passer au chalet de maman tous les quatre ! Ugo, Aïsha et P-O. Mais oui, P-O. Et moi.

Je n'ai pas trop eu le choix de l'accepter comme le chum de ma meilleure amie. Aïsha dit qu'elle vit le plus grand amour de sa vie. Elle n'a jamais été aussi heureuse, m'a-t-elle confié. Il est tellement fin, tellement *sweet*, tellement attentionné, semble-t-il. Bla, bla, bla…

Je constate une fois de plus que les perceptions peuvent être très différentes, selon ce que vous avez vécu avec quelqu'un. Attentionné, P-O ? J'ai hâte de voir ça…

Mais pour l'instant, je veux profiter de mon début de vacances en tête à tête avec Ugo, puisque le beau petit couple Aïsha-P-O viendra nous rejoindre seulement demain. Quant à Justin, il a prétexté une fête de famille de la plus haute importance au Lac-Saint-Jean pour ne pas nous accompagner.

Pour se consoler, Ugo s'est donc acheté une nouvelle voiture. Une Volvo décapotable gris métallique que j'adore. Lui qui est toujours raisonnable, voilà qu'il s'est vraiment fait plaisir. D'autant plus qu'il en a les moyens. Bon, j'ai dû l'accompagner chez le concessionnaire pour le convaincre – ça n'a pas été de la tarte – mais j'ai réussi. Et c'est moi qui peux en profiter aussi !

Assise à côté de mon ami, un foulard carré en soie sur la tête, des lunettes de soleil *vintage* sur le nez, je me sens comme une vedette de cinéma dans un film des années 1960. Il ne me manque que le rouge à lèvres ultrarouge et flamboyant à la Marilyn Monroe pour être une vraie star.

Une star conduite par son chauffeur et qui arrive maintenant à sa résidence secondaire. Une pancarte nous accueille : « Bienvenue au chalet de Jean-Guy. Mon havre de paix lové en pleine nature. »

Jean-Guy, c'est l'ex-amant de maman. Un entrepreneur en construction qui pense savoir écrire des poèmes. Le seul homme de son âge avec qui elle a eu une aventure. Et c'est justement la raison pour laquelle leur relation n'a pas duré, même si Jean-Guy l'aurait souhaité de tout son cœur, allant jusqu'à lui vendre son chalet pour un prix dérisoire.

C'est que maman est tombée en amour avec l'endroit. Et on peut la comprendre. Une superbe maison de style victorien au charme vieillot, toute vitrée du côté du lac, avec un immense foyer en pierre qui trône au milieu de la pièce, une cuisine champêtre et un spa extérieur. Tout pour rendre heureux.

— Charlotte, arrête de rêver et viens m'aider avec les bagages.

Avec l'aide d'Ugo, je soulève une des deux caisses de vin que nous avons apportées.

On récidive avec la deuxième caisse, la glacière, le panier de légumes offert par Mathieu, le carton qui contient mes outils de cuisine essentiels – four à raclette, nouvelle assiette de service en forme de poisson, petits pics en plastique jaune pour manger les maïs… Ouf !

Mes trois valises, le *snatchel* d'Ugo, son sac de literie, les jeux de société, les matelas pneumatiques pour aller sur le lac, les raquettes de badminton, les outils en plastique pour faire des châteaux de sable… En deux temps, trois mouvements, le vestibule du chalet est complètement encombré.

— Coudonc, on est partis pour trois mois ou quoi ? dit Ugo, découragé.

— L'équipement, c'est de l'agrément, me disait papa. Puis toi, t'aurais pu laisser tes draps et ton oreiller. Y a tout ce qu'il faut ici.

— Ouais, mais si c'est pas propre, hein ? Tu sais bien que j'aime ça être dans mes affaires. Puis, je te le dis tout de suite, la première chose qu'on fait, c'est qu'on passe un linge partout dans la maison.

— À vos ordres, monsieur Net, dis-je en lui faisant un petit salut militaire.

Habitué à mes remarques sarcastiques sur son hygiène de vie, Ugo balaie mon commentaire du revers de la main.

— Charlotte, veux-tu bien me dire pourquoi t'as apporté des raquettes de badminton, hein ? Je t'ai jamais vue jouer à ça !

— C'est parce que j'avais jamais le temps. Là, en vacances, j'ai l'intention de m'y mettre.

— Et ça, hein ? ajoute Ugo en brandissant un petit seau en plastique rose. Il me semble que t'as plus l'âge pour jouer dans le sable…

— C'est pas pour moi. C'est juste au cas où on aurait de la visite.

— Quelle visite ?

— Ben, de la visite… avec des enfants.

— Des enfants ? Quels enfants ? On connaît personne qui a des enfants.

— Toi peut-être pas. Mais moi, oui.

Ugo me lance un regard intrigué. Je ne me fais pas prier pour lui raconter comment j'ai fait la connaissance de Cerise. Et comment, par la suite, j'ai découvert grâce à Facebook que son père était célibataire.

Je termine mon histoire en lui disant que si Mathieu m'appelle, j'ai la ferme intention de lui vanter la beauté du lac, de la plage de sable et du chalet. À un point tel qu'il ne pourra résister à l'envie de venir faire un tour.

***

Le jour se lève à peine quand j'entre dans la chambre qu'occupe Ugo. Une forte odeur de citron me monte au nez. Ça sent encore les produits de nettoyage qu'il a utilisés pour désinfecter la pièce hier. Pas maniaque de la propreté à peu près, mon bon ami.

Je m'approche du lit et je me penche vers Ugo, qui dort profondément. Pour le réveiller, je lui caresse doucement l'épaule.

— Ugo, Ugo, réveille-toi. C'est l'heure d'aller à la pêche.

— Mmmm…

Je le secoue maintenant vigoureusement. Pas question de manquer mon rendez-vous avec les poissons ce matin. Aïsha et P-O arrivent cet après-midi et il y aura de la truite fraîche pour le souper, parole de Charlotte !

Après avoir tiré Ugo du lit de peine et de misère, je descends au sous-sol où est entreposé le matériel de pêche, cadeau de l'ancien propriétaire. Des cannes à pêche, des mouches artificielles de toutes les couleurs, des épuisettes.

J'y trouve même des bottes, des cuissardes et des salopettes pour pratiquer ce sport. Vert caca d'oie, en caoutchouc. Et qui sentent le vieux poisson pourri en plus. Beurk ! Ça, ça va rester ici, dans la cave avec les araignées !

Hier soir, Ugo a remis notre expédition en question, prétextant notre manque d'expérience dans ce domaine. Pffff ! Voyons donc ! Aller à la pêche, quoi de plus simple ? Je l'ai rassuré en lui disant que j'avais fait mes devoirs.

Tout d'abord, j'ai passé la dernière semaine à lire des récits de pêche sur Internet. Très inspirant. J'ai appris mille et un trucs que je vais pouvoir mettre en application tellement ils sont simples.

Je me suis acheté le guide *La Pêche pour les nuls*. Et j'en ai lu les deux premières pages. Un détail que j'ai stratégiquement gardé secret.

Ensuite, je me suis procuré un permis de pêche pour nous deux et je me suis informée sur les quotas. On a droit à quatorze truites par permis. Pour quatre personnes, ça devrait être suffisant.

Je prépare du café que je verse dans un thermos. Je prends soin d'y ajouter quelques larmes de cognac, question d'aider Ugo à bien se réveiller. J'ouvre la porte du vieux réfrigérateur pour en sortir le lunch que j'ai préparé la veille.

— Waaaaah !

Je referme aussitôt la porte, complètement traumatisée. Ugo descend l'escalier en courant, sur le qui-vive.

— Coudonc, qu'est-ce qui se passe ?

Assise en boule contre les armoires de cuisine, je pointe le réfrigérateur du doigt, avec un air dédaigneux.

— C'est dégueu !

— Quoi ? Qu'est-ce qui est dégueu ? dit Ugo, la main sur la poignée du réfrigérateur.

— Noooooon, fais pas ça ! Ils vont se promener partout dans le chalet.

Ugo ne comprend rien à ce que je raconte. Il ouvre malgré tout la porte du réfrigérateur et la referme *subito presto*. Exactement comme moi.

— Je te l'avais dit, hein ? Ça lève le cœur.

— Charlotte, c'est ton idée. C'est toi qui ramasses ! Moi, je retourne me coucher, tu me feras signe quand tu auras fini.

Je prends mon courage à deux mains, enfile des gants de vaisselle jaunes, ouvre la porte du réfrigérateur et commence à ramasser les dizaines de vers de terre qui se sont échappés de leur boîte.

C'est la catastrophe ! Il y en a partout ! Sur le beurre, le pot d'olives, le morceau de chèvre noir, la pinte de lait, les concombres, les bouteilles de rosé. Ouache !

Je récupère mes appâts peu ragoûtants. Je jette la moitié du contenu du réfrigérateur, nettoie le tout de fond en comble et replace ce que j'ai pu sauver. Heureusement, ils n'ont pas touché aux bleuets qu'Ugo et moi sommes allés cueillir hier après-midi.

Deux heures à cuire sous un soleil de plomb, à quatre pattes dans les champs pour récolter quelques malheureux fruits. Tout juste assez pour faire quatre minipoudings aux bleuets. Pas question de recommencer.

***

— Il me semble que les vrais pêcheurs de truite, ils pêchent à la mouche, non ? Pas avec des vers de terre. J'haïs ça, ça grouille.

Avec un air dédaigneux, Ugo tente tant bien que mal d'enfiler un lombric sur son hameçon. Il faut dire qu'il ne s'est pas facilité la tâche en portant non pas une, mais deux paires de gants en latex.

— Oui. Mais nous, on est pas des vrais pêcheurs… Et puis, je trouve que t'as pas le cœur bien solide pour un boucher.

— Je travaille jamais avec des trucs vivants, c'est ça la différence.

Nous sommes au milieu du lac, dans la chaloupe de pêche blanche et verte de maman. Une très légère brume flotte au-dessus de l'eau. Pas une once de vent. Tout est calme, paisible, tranquille. Sauf Ugo qui s'énerve avec son ver de terre.

— Donne-moi ça !

En deux temps, trois mouvements, je réussis à accrocher le ver à l'hameçon et je jette la ligne d'Ugo par-dessus bord. Voilà ! Il n'y avait pas de quoi en faire tout un drame !

— Autre chose que je peux faire pour toi ?

— Euh non, non… répond Ugo, un peu piteux. Dis donc, c'est naturel chez toi, la pêche ?

— Je dois retenir ça de papa. Quand j'étais petite, il pêchait beaucoup. Il nous rapportait des énormes dorés qu'on mangeait en famille le dimanche.

Je me sens toute fière à l'idée d'avoir hérité des talents de pêcheur de papa. Ça va me porter chance aujourd'hui, je le sens.

— N'empêche que je suis convaincu qu'on aurait dû pêcher à la mouche, c'est plus efficace.

— Peut-être, mais ça semblait pas mal plus compliqué. Il aurait fallu prendre un cours juste pour apprendre à lancer la ligne. Alors que là, on met notre ligne à l'eau puis on attend. Facile, hein ?

— Ouin, mais c'est plate à mort et c'est pas ben ben sportif, ton affaire.

— Qui a dit que ça devait être sportif ? On est en vacances, et les vacances, c'est fait pour se détendre. Regarde autour de toi comme c'est beau. Ça sent bon, la nature.

Je ferme les yeux et prends une grande bouffée d'air frais. J'ai fait le serment d'essayer d'apprécier les petites choses de la vie pendant mon séjour à la campagne. Ça va avec ma nouvelle philosophie de simplicité volontaire. Les plaisirs simples et… gratuits. Comme pêcher la truite.

Deux heures plus tard, je commence à être un peu moins zen. Toujours aucune prise et je vois l'heure du souper qui approche dangereusement.

Je ne peux plus reculer, maintenant que j'ai annoncé à mes invités que je leur préparais un repas cent pour cent Charlotte. De A à Z. Plutôt mourir que perdre la face devant P-O ! Je vais lui montrer qu'il n'est pas le seul chef dans la gang. Mais pour l'instant, ça va plutôt mal. Ça ne mord pas !

Ugo, lui, ne semble pas paniqué le moins du monde. Plongé dans sa revue gaie, il cherche des arguments pour aider Justin à assumer son homosexualité. Et même, éventuellement, à le sortir du placard. Bonne chance !

— Ugo, qu'est-ce qu'on fait ? Ça marche pas, notre affaire !

— Ben, je sais pas moi, c'est toi l'experte. Qu'est-ce qu'ils disaient dans ton guide ?

J'attrape mon guide dans le fond de mon sac à dos. Je le feuillette rapidement à la recherche de solutions. La section vêtements de pêche attire mon attention.

J'y lis que, pour ne pas effrayer le poisson, on doit porter des couleurs sombres et neutres, telles que le kaki, le gris, le noir. Oups, pas tout à fait dans ma palette de couleurs.

J'observe nos tenues. Tous les deux, on porte un gilet de sauvetage orange fluo avec un chandail sport rose pour moi et un tee-shirt rouge pour Ugo.

— Faut se déshabiller !

— Quoi ?

— Oui, oui, vite, déshabille-toi. On fait peur aux poissons avec nos couleurs.

— C'est quoi cette niaiserie-là, encore ?

— Regarde, Ugo, c'est écrit dans le guide. Ça doit être vrai. On pognera jamais de poissons habillés comme ça.

J'enlève ma veste de sauvetage et mon chandail rose. Heureusement, j'ai une petite camisole blanche qui me permettra de rester décente.

« Le blanc est également déconseillé », peut-on lire aussi dans le guide. Aux grands maux les grands remèdes ! Après tout, c'est seulement Ugo. Et il n'y a pas âme qui vive sur le lac. Devant mon ami éberlué, je retire maintenant ma camisole. Me voilà en soutien-gorge. Noir, à mon grand soulagement.

— Ben quoi, tu m'as déjà vue en brassière, non ? Envoye, enlève ton chandail et ta veste.

— T'es folle, Charlotte Lavigne. T'es complètement folle, dit Ugo en s'exécutant néanmoins.

C'est dans des moments comme ceux-là que j'adore la promiscuité d'une chaloupe. Mon interlocuteur ne peut pas se sauver pour échapper à mon autorité. À retenir.

— Ensuite, ils disent qu'il faut changer d'endroit si ça ne mord pas. Bon, pars le moteur, on va aller un peu plus loin. Moi, je m'occupe des cannes à pêche. Si on pouvait trouver un ruisseau, ce serait super. Il paraît que les poissons aiment ça.

— Oui, mais on connaît pas le secteur. On risque de chercher longtemps.

— Mais non, on va trouver, tu vas voir.

Ugo pousse un soupir d'exaspération et met le moteur en marche. On démarre lentement, puis Ugo accélère de plus en plus. Brrr… c'est frisquet avec la brise maintenant. Surtout en petite tenue.

Je scrute l'horizon à la recherche d'un endroit qui pourrait me paraître stratégique. Le problème, c'est que j'ignore comment en reconnaître un.

Je réfléchis un instant. Comment je me débrouille habituellement quand je n'ai pas les compétences nécessaires pour accomplir une tâche ? Simple : je fais appel à un professionnel.

— Ugo, faut qu'on trouve d'autres pêcheurs. Ici, sur le lac.

Et nous voilà partis à la recherche de compatriotes qui sauront m'éclairer. Prudente, je me rhabille. Une pêcheuse en *push-up bra*, je ne suis pas certaine que ça fait très sérieux.

***

— C'est ici, c'est ici, dis-je à Ugo qui ralentit la vitesse de la chaloupe avant de l'immobiliser, tout près d'une île.

Nous avons eu une chance inouïe de tomber, quelques minutes plus tôt, sur un vieil homme à la retraite, seul dans sa barque. M. Marquis nous a dit qu'il pêchait ici depuis sa plus tendre enfance. En échange d'une tasse de café au cognac, il nous a livré tous ses secrets.

— Espérons que ça va mordre autant que nous l'a promis M. Marquis, lance Ugo, encore sceptique.

— La chance va tourner, j'en suis certaine.

Et je ne croyais pas si bien dire. Dix minutes plus tard, l'action commence.

— Ugo, ça mord, ça mord… Qu'est-ce que je fais ? Merde, qu'est-ce que je fais ?

J'essaie de stabiliser ma canne à pêche du mieux que je peux, mais le poisson semble se débattre très fort pour échapper à son destin. Ugo se lève précipitamment de son banc et s'empare de l'épuisette.

— Vas-y lentement, ramène ta ligne. Doucement, avec le moulinet.

— Oui, mais il arrête pas de bouger. Il veut m'emmener avec lui.

Je m'engage dans un combat digne du vieux pêcheur Santiago, dans *Le Vieil Homme et la Mer*, luttant de toutes mes forces pour récupérer mon trésor. J'en fais maintenant une guerre personnelle. Charlotte contre la reine du lac. Pour l'instant, c'est zéro à zéro.

Je mets toute mon énergie à remonter tranquillement ma ligne, m'arrêtant de temps en temps pour reprendre mon souffle. Je dois y parvenir. Mon avenir d'hôtesse de l'année en dépend ! Et mon image de gagnante aussi !

Je vois maintenant apparaître brièvement l'ennemi sur la surface de l'eau. Wow ! Ça me semble être toute une capture. Peut-être pas aussi grosse que l'esturgeon pêché par le vieux Santiago, mais pour une première prise, c'est impressionnant.

— Allez, tu vas l'avoir, Charlotte ! Encore un petit effort, fait Ugo, excité comme un enfant de deux ans, en tendant l'épuisette au-dessus de l'eau.

Le poisson se démène comme le diable dans l'eau bénite, éclaboussant au passage ma tenue de pêcheuse que j'ai remise à l'honneur. Soutien-gorge Passionnata et short de jeans.

— Le perds pas ! Amène-le ici, dans l'épuisette, ajoute Ugo.

— Essaie de le prendre, toi, avec l'épuisette. Pas comme ça. Plonge-la dans l'eau, ton épuisette, laisse-la pas au-dessus. Vite !

Ugo réussit à attraper le poisson qui gigote de plus belle. Il dépose l'épuisette et sa proie dans le fond de la chaloupe. Une superbe truite qui doit peser… à peine une demi-livre.

— Hein, elle est si petite que ça ?

Je suis un peu troublée. Moi qui croyais que je venais de pêcher un énoooooorme poisson, que je venais de me battre contre la terreur des mers ! Décidément, je crois qu'il est temps d'y aller mollo avec le café au cognac. Surtout qu'il s'agit plutôt de cognac au café…

— Bon, on la met où, maintenant ? demande Ugo devant la truite qui n'est plus vigoureuse du tout.

— Qu'est-ce que tu veux dire ? dis-je en décrochant la truite de l'hameçon.

— Ben, on peut pas la laisser comme ça dans le fond du bateau. Il fait trop chaud, ça va pourrir.

— Non, t'as raison. J'ai pas pensé à ça. Qu'est-ce qu'ils disent dans le guide ?

— C'est un guide pour les pêcheurs débutants, pas pour les pêcheurs stupides…

— Tu te crois drôle, hein ?

— Mais non, je t'agace. T'es adorable. Tu veux trop en faire, mais t'es adorable pareil.

— Je veux pas trop en faire. Je te l'ai dit, c'est la nouvelle moi. La Charlotte « simplicité volontaire ».

— Ah oui ? Et tu vas commencer à t'habiller dans une friperie peut-être ? Fini les soutiens-gorge à 150 dollars, les jeans Parasuco et les sacs à main griffés ? Hein ? Et puis, qu'est-ce que tu vas faire avec les mille et un objets inutiles qu'on trouve dans ta cuisine ?

— Y a absolument rien d'inutile dans ma cuisine, tu sauras.

— Ah non ? Est-ce que tu as réellement besoin de quatre râpes à fromage ? De trois plats à fondue au chocolat ? De treize bouteilles d'huile d'olive ?

— T'exagères, j'ai pas…

— Oui, oui. Je les ai comptées l'autre jour.

— Oui, mais tout le monde sait que l'huile d'olive, c'est bon pour le cœur.

— D'accord, mais treize, Charlotte, treize ! Tu te rends compte ? Et ton bol à punch en verre taillé, hein ? Tu sais, avec les petites tasses accrochées autour ? Kitsch au boutte ! Depuis quand tu prépares des punchs ?

— Ah ça, c'est au cas où je déciderais de faire un souper années 1980.

Ugo soupire en entendant ma dernière remarque. Il change de registre et laisse tomber le mode attaque. Son ton se fait plus doux.

— T'as beau vouloir l'impressionner autant que tu veux, P-O a choisi Aïsha.

— Tu te fais des idées, je fais pas ça pour impressionner P-O… De toute façon, il m'aurait pas intéressée. Il est bien trop fendant.

— T'es certaine ?

— Mais oui, c'est pas… C'est pas mon genre finalement.

— Ben voyons donc, Charlotte. T'essaies de te convaincre, là… Je sais, moi, que ça t'a fait beaucoup de peine.

— Mais non, je suis bien contente pour elle. Pis on

a pas le temps, faut trouver une solution pour notre truite.

Je plonge le nez dans mon guide, mais je suis incapable de le lire. Je sais bien qu'Ugo a raison, tout compte fait. J'ai beau essayer de jouer les bonnes perdantes, je n'ai pas réellement accepté la défaite. Je ne comprends pas le choix de P-O et ça m'enrage. J'éclate.

— Non mais, qu'est-ce qu'elle a de plus que moi, Aïsha ? Tu veux bien me le dire ?

Je suis maintenant debout dans la chaloupe qui tangue légèrement de gauche à droite. J'essaie de garder mon équilibre. Difficile, quand on a abusé du cognac et qu'on exprime une colère longtemps refoulée.

— À part des gros seins, hein ?

— Charlotte, assieds-toi.

— C'est quoi, hein ? Pourquoi les gars la trouvent plus *hot* que moi ?

Je sens les larmes me monter aux yeux. Ugo, lui, semble de plus en plus inquiet face à notre sécurité, surtout que je commence à taper du pied sur le banc de la chaloupe.

— Là, tu t'assois immédiatement… Sinon, je te jette par-dessus bord !

Je m'imagine alors en train de me noyer dans le lac. Je fais de grands signes mais personne ne vient à mon secours. Je m'enfonce de plus en plus dans l'eau brouillée et je coule jusqu'au fond du lac. Où je découvre un banc de poissons. Des centaines de truites gigantesques à la recherche de nourriture.

Dans un mélange de rires et de pleurs, j'obéis finalement à Ugo. Il vient s'asseoir à côté de moi, me prend dans ses bras et me console comme c'est son devoir de le faire.

***

Une heure plus tard, je vais beaucoup mieux. Tout d'abord, Ugo a réglé le problème de la conservation de notre prise. Il a attaché la truite à un fil relié à la chaloupe, qu'il a ensuite laissé tomber dans le lac. Une glacière de fortune qui nous sauve la vie.

La deuxième bonne nouvelle, c'est que la chance du débutant semble vraiment être avec nous. Notre première truite n'est plus solitaire. Oh que non ! Cinq autres beaux poissons ont mordu à nos lignes. Et ils sont deux fois plus gros. Nous sommes des champions de la pêche !

Bon, c'est vrai qu'on a dû relâcher deux prises. Qui veut manger du crapet-soleil, hein ? Certainement pas moi ! C'est laid, fade et rempli d'arêtes. En plus, ça se nourrit de toutes sortes de cochonneries. Beurk !

Ça nous fait quand même quatre belles truites bien grasses, bien au frais dans le lac. Et je décide que c'est assez. Y en a marre de la pêche ! On rentre au chalet. Et ça presse !

— Capitaine ? À tribord toute !

— À vos ordres, mon loup de mer, répond Ugo, visiblement soulagé de me voir sourire à nouveau.

Il fait démarrer le moteur de la chaloupe et passe rapidement à la vitesse quatre. Oh là là ! Beaucoup plus puissant que je pensais. On se croirait pratiquement sur un yacht. Il ne manque que le pont à l'avant pour que je puisse me faire bronzer dans mon bikini improvisé.

On accoste au chalet en deux temps, trois mouvements. Je songe avec angoisse à ma prochaine tâche : éviscérer les poissons. Juste à y penser, j'ai des haut-le-cœur. Il faut absolument que je trouve un moyen de soudoyer Ugo pour qu'il le fasse.

Perdue dans l'élaboration de ma stratégie, je ne vois pas Ugo récupérer nos trésors au bout du fil qui pend dans l'eau. Ce qui me tire de mes pensées, c'est l'énorme juron que je l'entends pousser.

— Quoi, qu'est-ce qui se passe ?

Ugo affiche un air catastrophé. Je suis son regard jusqu'au bout du fil de pêche et j'aperçois nos prises. Ou du moins ce qu'il en reste… Nos quatre belles truites n'ont pas survécu au voyage de retour. Elles sont complètement déchiquetées. Il ne reste que quelques têtes et de petits bouts de queue.

— Je pense qu'elles se sont prises dans le moteur, analyse Ugo.

— Merde ! Merde ! Merde ! On est donc ben niaiseux ! Comment ça se fait qu'on a pas pensé à les ramener dans la chaloupe avant de partir ?

— Je sais, c'est pas fort notre affaire.

— J'en reviens pas ! On a tout fait ça pour rien ! Viens-t'en, on y retourne !

— Ah non, Charlotte, j'en ai assez ! On a autre chose à faire de nos vacances que d'aller à la pêche. On a dit qu'on ferait du vélo cet après-midi.

— Oui, mais là, c'est un cas de force majeure. Qu'est-ce que je vais leur dire à Aïsha et à P-O, hein ?

— Ben, la vérité. C'est juste drôle, dans le fond.

— Jamais de la vie ! Ugo, jure-moi que tu raconteras pas ça !

— Voyons donc, Charlotte, on a pas commis de crime.

— C'est jamais arrivé. On va leur dire qu'on a pas eu le temps d'aller à la pêche finalement. Jure-le !

— OK, OK, je te le jure… Contente là ?

— Très. Bon, je m'en vais à l'épicerie, chercher quatre filets mignons.

— Puis tu vas leur dire que tu as tué le bœuf toi-même, peut-être ?

— Ha, ha. Très drôle !

***

Je suis de retour du supermarché juste à temps pour accueillir nos invités qui font une arrivée spectaculaire sur la rutilante Harley-Davidson de P-O.

Un bel engin noir et chromé parfaitement associé à la personnalité de notre chroniqueur culinaire. Viril, rebelle et indépendant. Tout pour faire un bon amant, mais pas un bon chum ! Tout compte fait, qu'elle le garde donc, son P-O !

— Hé !

— Hé ! répondent-ils en chœur en enlevant leurs casques.

— C'est trop *hot* la moto, 'bé ! lance Aïsha à P-O.

— Je te l'avais dit que tu tripperais, hein ?

— Ouais, c'était super !

Aïsha remercie son amoureux en l'embrassant langoureusement. Un baiser qui dure, qui dure, qui dure. Youhou ! C'est parce que je suis là, moi aussi, à poireauter en vous regardant !

En plus, ça fait des lunes que je n'ai pas embrassé un homme. Le dernier en date se tient justement devant moi. Dans les bras de ma meilleure amie. Pourvu qu'elle ne l'apprenne jamais ! Je toussote discrètement. Les lèvres d'Aïsha se détachent lentement de celles de P-O.

— Tu pourrais faire faire un tour à Charlotte demain, hein 'bé ?

Quoi ? P-O et moi, tous les deux, collés l'un sur l'autre pendant de longues minutes ? Dans mon état actuel de manque total d'affection, je ne suis pas certaine que ce soit une bonne idée. Même si j'ai toujours rêvé d'enfourcher une moto.

— Euh, je sais pas trop... C'est dangereux la moto, c'est...

— T'es bien peureuse, toi ! m'interrompt P-O.

— Ben non, c'est pas ça.

— J'irai pas vite, je te le promets...

— Bon, on verra... Venez, je vais vous montrer votre chambre. Ugo va nous rejoindre tantôt, il est parti faire du vélo.

Pendant qu'on visite le chalet, P-O s'informe de notre expédition de pêche. Je lui réponds avec une assurance surprenante.

— Ç'a super bien été. Imagine-toi donc qu'on a pris quatre belles truites. En une heure, à part ça.

— Ouin, ça va être bon ça. Y a rien de meilleur que de la truite fraîche. Ç'a rien à voir avec ce qu'on achète à l'épicerie. Tu nous gâtes, Charlotte.

Je sens une pointe d'angoisse monter en moi. J'ai très chaud tout à coup, mes mains sont moites et j'ai le souffle court. Je prétexte un malaise soudain pour aller prendre l'air et les laisser s'installer.

— Faites comme chez vous.

Je sors du chalet et marche vers le lac pour contrôler mon début de crise de panique. Je tente de me calmer en me rappelant ce que m'a dit le commis à l'épicerie, un peu plus tôt. Avant de me rendre au rayon de la viande pour acheter mes filets mignons, je m'étais arrêtée au comptoir de la poissonnerie. Juste pour voir.

— Ça, madame, c'est de la truite fraîche. Comme si vous l'aviez pêchée vous-même ce matin.

Ces paroles rassurantes m'ont convaincue de mener à terme le plan que je concoctais dans ma tête depuis dix minutes, debout devant le comptoir des poissons.

J'ai donc décidé d'acheter quatre truites et de faire croire que nous les avions pêchées, Ugo et moi. Après tout, c'est presque la réalité. Ce n'est pas comme si nous n'étions jamais allés à la pêche. Je n'ai fait qu'une substitution de produits.

Mais maintenant, j'ai un doute. S'il fallait que P-O s'en aperçoive. Non seulement, il est chef cuisinier, mais en plus, c'est un pêcheur expérimenté. Je n'ai plus qu'une solution : le soûler pour qu'il ne s'aperçoive de rien. On sort le rosé.

***

— Tadam !

Je pose sur la table un plat de tian parfumé aux fines herbes. Avec la troisième bouteille de rosé qu'on vient de déboucher, les olives et les cigales, on se croirait presque en Provence.

La soirée est particulièrement chaude. Parfaite pour souper sur la grande galerie extérieure.

— J'ai fait ça avec des légumes que j'ai cueillis moi-même.

— Où ça ? Au marché Jean-Talon ? ironise P-O en trempant un morceau de pain dans l'huile d'olive, qu'il avale ensuite gloutonnement.

Les manières de P-O à table me déroutent. Il y a chez lui un petit quelque chose de primitif quand il mange. Un côté brut et sauvagc. Ce qui le rend terriblement désirable. Surtout quand on sait qu'il fait l'amour exactement de la même façon. Brutalement et entièrement.

— Au marché Jean-Talon, franchement, P-O ! Mais non, dans le potager de Mathieu.

— Mathieu ? C'est qui lui ? demande Aïsha.

— Un nouvel ami. Tu le connais pas.

— Un ami comme dans : « Ça va rester un ami parce qu'il a l'air d'un pichou » ? Ou bien comme dans : « J'ai juste hâte qu'il se décide et qu'il me saute dessus » ?

— J'aurais peut-être pas dit ça comme ça, mais ça ressemble plus à la deuxième option.

— Ah, la coquine ! lance P-O en me lançant un regard plein de sous-entendus.

— Et vous allez peut-être avoir la chance de le rencontrer, dis-je fièrement. Je l'ai invité à venir nous rejoindre.

— Ah, il t'a appelée finalement ? dit Ugo.

— Ouais, cet après-midi.

— Ouin, ça lui a pas pris de temps… Fait que je vais me retrouver avec deux p'tits couples, ajoute Ugo, peu enchanté par cette perspective.

— Ben là, on peut pas parler d'un couple pour Mathieu et moi.

— N'empêche que je vais être la cinquième roue du carrosse.

— Ah, pauvre chou !

Je me lève pour aller serrer mon ami Ugo dans mes bras.

— Ah, il va finir par comprendre, tu vas voir ! Laisse-lui du temps.

— Qui ça, Justin ? intervient P-O.

Je jette un regard glacial à Aïsha. Comment a-t-elle pu trahir Ugo de la sorte ? On lui avait promis qu'on serait discrètes. Et une promesse du trio Ugo-Charlotte-Aïsha, c'est sacré ! Rien de moins.

Baisse les yeux tant que tu veux, ma belle Tunisienne, me dis-je dans ma tête, tu n'échapperas pas à mes remontrances pour autant !

— Je veux pas te faire de peine, *dude*, reprend P-O.

— Ben, ferme-la, dans ce cas-là ! dis-je, transférant ainsi ma rage d'Aïsha à P-O.

Il me regarde, interloqué, peu habitué à se faire répondre sur ce ton.

— Ben voyons, Charlotte, Ugo est assez grand pour décider pour lui. Puis, il a le droit de savoir.

— Qu'est-ce que tu sais, P-O ? demande Ugo, déjà fataliste.

— Justin est venu au resto l'autre soir. Je pense que c'était jeudi, ou non, vendredi plutôt. En tout cas, c'était le soir où j'avais de la longe de caribou au menu. Elle était écœurante, je l'avais faite avec une sauce…

— Eille, on s'en fout de ton caribou, accouche !

Surprise moi-même par mon ton quelque peu agressif, je sursaute. Mes trois amis me dévisagent en silence, ce qui me fait me sentir vraiment nulle. Je me renfonce dans ma chaise et croise les bras.

— S'cusez. Continue, P-O.

— Bon, alors il était seul, il a mangé au bar. Du caribou. Qu'il a adoré d'ailleurs. Il est resté jusqu'à la fermeture. Et… il est parti avec mon barman.

Silence.

— On s'est jamais rien promis. Il a le droit de faire ce qu'il veut, tient à préciser Ugo.

P-O s'éclaircit la gorge.

— C'est parce que c'est pas tout…

— Quoi encore ? demande Ugo.

— Il est revenu deux jours plus tard. Puis là, il est parti avec ma serveuse.

— Tu me niaises ?

— *Nope*. Désolé.

— Ouin, mais ça veut pas dire qu'il a couché avec, suggère Aïsha, essayant de rattraper sa trahison.

Je renchéris.

— C'est vrai, ça. Peut-être qu'il a changé d'idée une fois rendu dehors.

— Je veux pas vous décevoir les filles, ajoute P-O, mais ces deux-là, ils avaient pas l'air de vouloir juste aller prendre une marche.

Je le foudroie du regard, lui intimant de se taire. Les dégâts sont déjà assez considérables comme ça. Je regarde Ugo et j'ai tellement de peine pour lui.

Quand je l'ai rencontré, il y a six ans, alors qu'il était mon coiffeur, Ugo était en couple avec un dénommé Bruce. Un animateur de radio imbu de lui-même que je n'ai jamais pu sentir. Un gars qui assumait parfaitement son homosexualité et qui ne se privait pas d'aventures.

Ugo m'avait raconté que Bruce, qui avait dix ans de plus que lui, voulait une relation ouverte. Mais il y a toujours un perdant dans ce genre de relation, non ? Et c'était Ugo. Et même s'il disait accepter le choix de son chum, il le vivait très mal.

Combien de fois Ugo m'a-t-il appelée pour sortir à

la dernière minute parce que Bruce venait d'annuler leur rendez-vous ? Il m'en parlait peu, mais je voyais à quel point il souffrait.

Puis, un beau jour, le père d'Ugo est mort, lui laissant, en plus de la boucherie, un héritage considérable. Il a acheté deux billets pour un séjour de luxe en Jamaïque, pour Bruce et lui. Ils se sont envolés pour ce qu'Ugo souhaitait être le plus beau voyage d'amoureux de sa vie.

Trois jours plus tard, il était de retour dans la *slush*. C'est un Ugo au cœur brisé qui avait sonné à ma porte, ce soir-là. Non seulement Bruce avait multiplié les aventures, mais il lui avait annoncé qu'il comptait passer le reste du séjour dans un autre pavillon, avec ses nouveaux amis français.

Nous avions bu du rouge jusque tard dans la nuit, en grignotant des amandes au tamari. Et Ugo m'avait promis qu'il n'endurerait plus jamais ça. Il a rompu avec Bruce.

Depuis, il a bien eu quelques chums, mais il cherche toujours l'amour de sa vie. Et moi, j'essaie de le protéger du mieux que je peux pour qu'il ne retombe pas dans le même *pattern*.

— En tout cas, une chose est certaine, c'est qu'il est mêlé pas à peu près. Partir avec une fille ! constate Ugo.

— On dirait qu'il veut se prouver quelque chose, lance Aïsha. Dans le fond, s'il est mêlé comme ça, c'est peut-être parce que tu viens le chercher plus qu'il le voudrait.

— Ouin, ça se peut ça, ajoute P-O. Comme quand une fille te fait vraiment tripper, mais que tu veux pas te l'avouer.

Ah, mais c'est qu'ils m'exaspèrent, ces deux-là ! Comme si c'était le moment de donner de faux espoirs à Ugo. Il faut plutôt le ramener sur terre. Justin est un gars instable et égocentrique qui fait tout pour ne pas s'engager. Il me semble que c'est clair, non ?

— Ben là, on est pas dans sa tête. Vous sautez vite aux conclusions, je trouve.

— Mais non, penses-y Charlotte. Il réagit exactement comme un gars qui est en train de tomber en amour, avance P-O.

— Je suis d'accord avec toi, 'bé. C'est juste qu'il le sait pas encore vraiment.

— Ben voyons donc, ç'a pas de bon sens !

— Bon, allez-vous arrêter de psychanalyser Justin comme ça ? se fâche soudain Ugo. Je vous ai dit qu'il fallait être patient avec lui ! Laissez-moi donc faire !

Un court silence suit sa remarque. Tous les quatre, on replonge dans nos assiettes de tian. Les légumes de Mathieu sont vraiment divins. Aïsha dépose sa fourchette d'un air décidé et regarde Ugo droit dans les yeux.

— Ben moi, je pense que tu te trompes, Ugo. Ces gars-là, faut les faire sortir de leur torpeur. Faut leur brasser la cage ! Moi, à ta place, j'embarquerais dans mon nouveau char puis je monterais direct au Lac-Saint-Jean.

— Ouais, bonne idée, s'exclame P-O. Moi, je pourrais rester ici à m'occuper de nos deux pitounes.

Il pose sa main gauche sur la taille d'Aïsha, avant de l'embrasser dans le cou et de lui murmurer des mots doux à l'oreille.

Je m'approche d'eux pour ramasser les assiettes vides quand, tout à coup, je sens une main se glisser sous ma robe et effleurer ma cuisse. Je reste figée sur place. Complètement paralysée. À tel point que je cesse presque de respirer. Comment ose-t-il faire ça ? Devant sa blonde, en plus !

Il faut absolument que j'avertisse Aïsha qu'elle sort avec un parfait salaud. Je reste immobile quelques instants, dépassée par le comportement de P-O, mais aussi troublée par le désir que j'ai senti monter en moi, auquel il n'est pas question de succomber.

P-O a beau me faire encore beaucoup d'effet, n'empêche qu'on parle ici du chum de ma meilleure amie. Je m'éloigne rapidement pour entrer à l'intérieur.

— Je vais faire cuire les truites. Ugo, viens m'aider.

P-O se lève de façon précipitée, s'empare du reste de la bouteille de rosé, de son verre et du mien.

— Reste assis, *dude*, je m'en occupe. Je vous rapporte du vin.

Il franchit la porte du chalet et je me retrouve face à face avec lui. Je suis maintenant furieuse.

— À quoi tu joues, Pierre-Olivier Gagnon ?

— Bah, c'est juste pour rire, Charlotte. Dramatise pas.

— Tu sauras qu'Aïsha, c'est ma meilleure amie. Ça fait que, moi, je ris pas avec ça. Compris ?

Je lui tourne le dos pour sortir les truites du réfrigérateur. J'ai pris bien soin de les retirer de leur emballage commercial. En refermant la porte, je sens ses doigts sur ma nuque.

— Ouin, t'étais pas si farouche que ça, le soir du *party*.

D'un geste brusque, je me retourne, encore plus furieuse.

— Tu veux en parler du *party* ? Ben, parlons-en.

T'es parti comme un voleur en pleine nuit, sans m'avertir.

— Ah, excuse-moi. J'arrivais pas à m'endormir, et je voulais pas te réveiller.

— T'aurais pu laisser un mot. Ou m'appeler.

— Je pensais pas que ça te ferait de quoi. De toute façon, tu m'avais dit que tu voulais pas que ça aille plus loin. Parce que t'étais toujours accrochée à ton Français.

— Hein ? Je t'ai jamais dit ça !

— Mais oui, tu m'as dit ça. Et puis, c'est vrai que tu pensais encore à lui, non ?

— Bon, peut-être que je t'ai dit ça. Mais ça n'explique pas ton comportement quand on s'est revus.

— Où ça ?

— Ben, en studio ! T'as été bête comme tes deux pieds. On avait couché ensemble la semaine d'avant, et là, tu m'as presque ignorée.

— Ben voyons donc, Charlotte ! C'était ma première journée d'enregistrement. J'étais super nerveux. J'ai pas voulu t'ignorer, je te le jure. Je suis désolé.

Même si je sais qu'elles ne sont pas tout à fait sincères, les paroles de P-O me font du bien. Un peu comme si je retrouvais ma dignité. Je soupire de soulagement.

— *Apologies accepted.* Mais tu t'en tiens à ça, dis-je en lui donnant deux becs rapides sur les joues.

— OK, t'as gagné.

— Va leur porter une bouteille avant qu'ils se demandent ce qui se passe. Et reste dehors, j'ai pas besoin de toi.

Pendant que je l'entends s'éloigner en fredonnant

Bella ciao, je souris et verse une bonne quantité d'huile d'olive dans ma poêle.

Les truites sont magnifiques, elles ressemblent en tout point à celles que nous avions pêchées. C'est à s'y méprendre. Je les fais cuire doucement, en préparant les ingrédients de mon émulsion de citron.

J'avoue ici que j'ai triché encore un peu. Non, mais je n'étais quand même pas pour faire un aller-retour Montréal-Miami pour aller chercher des citrons ! Alors, je les ai achetés tout simplement au marché Jean-Talon.

Seule dans la cuisine, je finis mon verre de rosé et j'entends mes amis rire aux éclats. L'harmonie semble à nouveau régner et ça me fait terriblement plaisir. Il n'y a rien que j'adore plus dans la vie que d'avoir des gens heureux autour de ma table. J'entends la porte du chalet s'ouvrir dans un grincement.

— Humm, ça sent bon ici.

— Tu peux pas t'empêcher, hein P-O ? Faut que tu viennes vérifier.

— Chef un jour, chef toujours !

P-O se penche au-dessus de la cuisinière pour humer l'odeur du poisson. Il prend la spatule que j'ai déposée à côté de la cuisinière et soulève doucement une des truites.

Mes sens sont maintenant en alerte. Mon instinct me dit qu'il est grand temps que P-O retourne s'asseoir dehors.

— P-O, prends un *break* là. T'es mon invité, laisse-toi gâter !

— Charlotte, y a quelque chose de bizarre avec tes truites.

— Ben non, ben non. Allez ouste !

— Je te dis, elles jettent de l'eau.

— Comment ça, elles jettent de l'eau ?

Je ris jaune. J'ajoute que c'est normal, puisqu'elles ont été pêchées dans un lac. Rempli d'eau.

P-O dépose la spatule, me regarde droit dans les yeux.

— Tu penses que je vais avaler ça ? Charlotte, je pêche depuis que j'ai cinq ans. Je sais reconnaître une truite fraîche d'une truite congelée. Celles-là, elles ont été congelées !

Impossible ! Le commis de l'épicerie me l'aurait dit… À moins que… C'est vrai que, de nos jours, on ne peut plus se fier à personne. Bon, je n'ai qu'à bluffer.

— Bah ! N'importe quoi.

— Tes truites, elles viennent de l'épicerie. T'es jamais allée à la pêche ! Elle est bonne, celle-là !

P-O s'esclaffe. Son rire communicatif me fait flancher et je décide de tout lui raconter. Après tout, je n'ai rien à perdre. On s'assoit tous les deux à la petite dînette.

Pendant mon récit, il se bidonne tellement qu'il essuie des larmes qui coulent de ses yeux. Plus j'avance dans mon histoire, plus j'en ris moi aussi. Je ne lui épargne aucun détail, allant même jusqu'à lui révéler que j'ai pêché en soutien-gorge pour ne pas effrayer les poissons.

— Eille, t'es intense comme fille, toi, hein ? En brassière sur le lac ! Ça devait être beau à voir !

— J'imagine… Ah, ça fait du bien de rire ! Ça m'a tellement stressée toute cette histoire !

— Tout ça pour nous impressionner. C'était pas nécessaire, Charlotte. T'es parfaite comme tu es.

Le ton de P-O est maintenant plus doux. Il caresse doucement ma joue avant de poursuivre.

— En tout cas, le gars qui va t'avoir, il va être chanceux.

— Ç'aurait pu être toi, ce gars-là.

— Ouais peut-être… J'ai pensé à toi, tu sais ?

Je ferme les yeux, savourant l'instant. Je me permets de rêver quelques secondes, avant de le retourner à Aïsha. Sans faire de mal à personne.

Sa main sur ma joue, dans mon cou. Sa main qui, soudainement, se crispe et se retire rapidement. J'ouvre les yeux. P-O regarde en direction de la porte du chalet. Je suis son regard et j'y découvre Aïsha, debout, qui nous observe, à travers la moustiquaire. Les yeux plus noirs que jamais.

19

La cerise sur le sundae.

À : Aïsha Hammami De : Charlotte Lavigne
Objet : Réponds-moi SVP
Aïsha, ça fait trois messages que je te laisse depuis hier soir, réponds-moi SVP. Je te le dis une fois de plus, ce n'est pas ce que tu penses. Je veux te l'expliquer de vive voix.
Charlotte, qui est très malheureuse.

À : Aïsha Hammami
De : Charlotte Lavigne
Objet : Deux versions
Aïsha, ça fait deux jours que tu es partie du chalet et on ne s'est toujours pas parlé. Je t'en prie, donne-moi deux minutes pour t'expliquer ce qui s'est passé. Je ne sais pas ce que P-O t'a dit, mais il y a toujours deux versions à une histoire et j'aimerais bien que tu écoutes la mienne.
Charlotte, qui ne voulait tellement pas te faire de peine.

Je referme brusquement le clavier de mon ordinateur et je m'écrase sur le lit. La catalogne rose et aqua sent la boule à mites. Les murs de la chambre sont recouverts d'un papier peint vieillot aux motifs de fleurs de lys argentées. Et une tablette en mélamine est décorée avec de vieux animaux en peluche, lesquels auraient besoin d'un bon bain si l'on se fie à leur couleur et... à leur odeur.

La décoration des chambres du chalet de Jean-Guy est douteuse. Mais c'est malgré tout dans l'une d'elles que j'ai passé le plus clair de mon temps depuis le départ précipité d'Aïsha. À part une courte excursion en cuisine pour préparer deux desserts.

J'ai une immense boule dans la gorge depuis deux jours. Je repense sans cesse au regard de mon amie, derrière la moustiquaire. Un regard qui ne laissait place à aucune interprétation : celui d'une femme qui croit qu'on l'a trahie.

Aïsha n'a rien voulu entendre ce soir-là. Ni mes excuses, ni celles de P-O. Elle nous a ignorés tous les deux et a ordonné à Ugo d'aller la reconduire immédiatement à Montréal.

J'ai eu beau protester, pleurer, crier, elle a ramassé ses affaires sans dire un seul mot. Elle est partie sans même nous jeter un regard. P-O a enfourché sa moto et s'est mis à pourchasser la voiture d'Ugo.

Et tout ce beau monde-là est parti en véhicule avec un taux d'alcool plus élevé que point zéro huit. Beaucoup, beaucoup, plus élevé en fait. J'étais terriblement inquiète, jusqu'à ce qu'Ugo revienne au milieu de la nuit. Il avait reconduit Aïsha à sa porte, P-O lui ayant collé aux fesses tout le long du trajet.

Il m'a raconté qu'elle n'avait pas desserré les dents

de tout le voyage. Il avait bien tenté de la rassurer. Non, je ne couchais pas avec son chum. Non, je n'étais pas la pire des hypocrites. Mais elle lui avait dit qu'elle ne voulait plus entendre prononcer le nom « Charlotte ». De toute sa vie.

Quand Ugo avait laissé Aïsha devant son appartement, il avait vu P-O se stationner en fou derrière lui et rattraper sa blonde, qui grimpait les escaliers extérieurs. N'osant pas descendre sa fenêtre pour mieux entendre, il avait saisi seulement des bribes de leur conversation : « … pas ma faute », « … la consolait », « … très seule », « peut-être jalouse… ».

Pendant cinq minutes, il avait vu P-O tenter par tous les moyens de convaincre Aïsha de son innocence. Et de ma culpabilité, par le fait même. Il a dû lui en fournir des explications tordues pour qu'elle accepte finalement de le laisser monter chez elle.

Allez savoir ce que P-O a pu inventer, mais il est clair qu'il m'a fait porter l'odieux de la situation. Et je n'ai même pas eu l'occasion de me défendre. C'est ce qui m'enrage le plus. Condamnée sans même pouvoir plaider ma cause. Même les tueurs en série sont mieux traités que ça !

Inutile de vous préciser que P-O non plus ne me rappelle pas. J'ai même tenté de me faire passer pour une cliente insatisfaite en appelant au resto, mais il n'a jamais pris l'appel. Quel manque de professionnalisme !

En réfléchissant, j'aurais peut-être eu plus de chance de le joindre en lui faisant croire que j'étais une jeune cliente, étudiante, qui voulait le remercier pour le merveilleux souper qu'elle avait mangé la veille. Et, par le fait même, l'inviter à prendre un verre avec ses copines de l'université et elle. Là, il aurait couru jusqu'au téléphone. Une stratégie à essayer. Dès demain.

Mais en attendant, je partage mon temps entre manger des chips sel et vinaigre, du cheddar en grains Saint-Guillaume et du gâteau au caramel. Je m'isole dans ma chambre même si, dehors, il fait un temps splendide.

C'est la plus belle semaine de l'été et… la seule semaine de vacances d'Ugo, comme il se fait un plaisir de me le répéter pour me faire sortir de mes quatre murs.

Mais je n'ai pas le courage d'affronter le monde extérieur pour l'instant. Je vis ma peine d'amitié et j'en profite pour réfléchir à ma relation avec Aïsha. Une amitié faite de hauts et de bas. Les hauts étant nos séances intensives de magasinage, nos longues soirées à boire du vin en se racontant nos histoires d'amour et nos potinages au téléphone jusqu'à tard le soir.

C'est quand les hommes entrent en scène que ça se complique. Pas quand on parle d'eux, mais plutôt quand ils sont présents physiquement.

Comme si les deux meilleures amies du monde que nous sommes devenaient des rivales, chacune voulant attirer l'attention du mâle sur elle. En fait, c'est Aïsha qui entretient cette rivalité. Moi, je ne fais que me défendre !

Malgré tout, j'éprouve une profonde affection pour mon amie. Et je suis prête à lui pardonner bien des faiblesses. Peut-être parce qu'elle m'a raconté l'enfer que lui a fait vivre son premier amoureux, à son arrivée en sol québécois. Un jaloux de la pire espèce qui a profité de la naïveté de ses dix-huit ans pour l'enfermer dans une tour d'ivoire de la couronne nord de Montréal !

Une de ces affreuses maisons récemment construites au beau milieu d'un terrain de golf. De celles qui empruntent le titre de château simplement parce qu'elles sont en pierres grises, qu'elles ont une dizaine de pignons et d'imposantes colonnes extérieures. Sans oublier le lustre au plafond qui éclaire l'immense escalier d'acajou verni.

Une prison dorée où elle a vécu pendant trois ans, victime de violence psychologique. Depuis, la confiance d'Aïsha envers les hommes n'a plus jamais été la même. Elle a toujours ce besoin irrésistible de tous les conquérir, mais de là à les garder, c'est une autre histoire !

Elle a l'habitude de jeter son dévolu sur des hommes souvent engagés, ou bien qui ne souhaitent pas le faire. Je la soupçonne de les choisir parce qu'ils lui compliquent l'existence. En fait, elle n'est jamais tout à fait sortie de son rôle de victime.

Mais ça, c'était avant qu'elle ne rencontre P-O. Je sens quelque chose de différent cette fois-ci. Une sorte de réconciliation avec l'amour, je pense. Tout d'abord, il est libre, ce qui est tout à fait inhabituel.

Ensuite, je la sens plus vraie, plus authentique dans sa nouvelle relation. Avec P-O, Aïsha n'est pas toujours en représentation, elle laisse plus découvrir sa vraie nature. Une sensibilité peu commune, qu'elle cache généralement derrière une assurance toute feinte.

Est-ce qu'elle voit en P-O plus qu'une simple passade ? Est-ce qu'Aïsha commencerait à penser sérieusement à faire sa vie avec un homme, comme moi j'en rêve depuis que j'ai l'âge de jouer aux poupées ?

Comme toutes les petites filles de mon âge, le premier homme que j'ai voulu épouser, ç'a été papa. Il était beau, grand, et fort. En prime, il m'achetait de la barbe à papa à La Ronde. C'était l'homme idéal.

Maman m'a rapidement fait comprendre que Reggie, mon papa, c'était son homme à elle. Comme vous pouvez le constater, la compétition entre maman et moi ne date pas d'hier.

J'ai vécu ma première peine d'amour à l'âge de cinq ans. Pour me consoler, je me suis tournée vers mon cousin Daniel. Il était, lui aussi, beau, grand et fort.

À neuf ans, il avait même la permission d'aller tout seul acheter des *popsicles* au dépanneur. Je l'accompagnais le plus souvent possible en lui tenant la main, m'imaginant qu'il était mon Ken.

Et puis un beau jour, maman – encore elle – m'a brisé le cœur. « Les cousins et les cousines ne peuvent pas se marier ensemble. Tu vas devoir te trouver un autre amoureux si tu veux te marier », m'avait-elle dit. Ce que je m'efforce de faire depuis tout ce temps.

Trouver un mari et un père pour mes futurs enfants : voilà mon but. Je ne peux imaginer ma vie sans connaître les joies de la maternité – comme on l'écrit dans les revues de psycho-pop. Même si les enfants me paralysent dès qu'ils ouvrent la bouche ; avec les miens, ce sera différent, c'est certain.

Je vérifie une fois de plus mes courriels sur mon ordinateur. Toujours rien. Aucune réponse d'Aïsha. De toutes les chicanes que nous avons eues, j'ai la douloureuse intuition que celle-ci est plus sérieuse. J'ai même peur d'avoir perdu ma meilleure amie à jamais. Et ça me rend infiniment triste.

J'entends tout à coup le bruit d'une voiture qui

s'avance dans l'entrée. Bizarre, je n'attends personne. Ça ne peut pas être Ugo, il est parti en vélo pour la matinée. J'écarte légèrement le rideau de dentelle aux motifs de cygnes pour découvrir une vieille fourgonnette bourgogne toute rouillée.

J'aperçois la tête du conducteur. Il porte une de ces affreuses casquettes à l'effigie d'une quelconque équipe de hockey. À moins que ça ne soit du baseball ou du football.

Enfin, peu importe, je déteste les casquettes. Elles enlaidissent même les plus beaux gars. Et cet homme-là part avec deux prises contre lui : sa casquette et son véhicule délabré. Il sort de la fourgonnette et commence à la contourner.

— Allez, Cerise, on est arrivés.

Mathieu ! Je l'avais complètement oublié, celui-là ! Instinctivement, je jette un coup d'œil précipité dans le petit miroir en rond accroché sur le mur par un vulgaire clou. Ah, mon Dieu ! C'est épouvantable.

Je ne suis tout simplement pas présentable. Les cheveux gras, les yeux bouffis et deux énoooormes boutons sur le menton : conséquences directes de ma consommation compulsive de chips sel et vinaigre. Hé, merde !

— Papa, je peux aller me baigner ?

— On va aller mettre ton costume de bain avant.

Pas de panique ! Dans dix secondes, il va sonner à la porte. Je n'ai aucune solution, sauf celle de respirer par le nez. À moins que…

Ding dong !

J'empoigne mon iPhone et commence à taper un texto à toute vitesse : « Mathieu, si tu arrives et que je ne suis pas là, entre et fais comme chez toi. Je suis à l'épicerie. À tantôt. »

J'envoie mon message.

Trente secondes plus tard, j'entends Mathieu qui ouvre la porte et Cerise qui se précipite à l'intérieur. Couchée sur mon lit, j'attends patiemment sans faire de bruit. Ici, les murs sont en carton.

— C'est qui qui reste ici, papa ?

— Ben, c'est l'amie de papa, tu sais, celle qu'on a vue au jardin ?

— Ah oui, la madame que tu trouves belle.

— Comment tu sais ça, toi ?

— Ben, tu l'as dit l'autre fois à mononcle François que tu la trouvais belle. Puis drôle.

— T'écoutes mes conversations au téléphone, maintenant ?

— Non, j'ai pas écouté… En tout cas, moi je l'aime pas, elle.

— Cerise, regarde-moi. Tu seras toujours la plus belle et la plus drôle dans mon cœur, d'accord ?

— Hum… OK.

— Bon, on va se baigner maintenant.

Je les entends fermer la porte derrière eux et je m'aperçois que j'ai les larmes aux yeux. Émue à la fois par ce que Mathieu a dit à mon sujet et par la tendresse de sa voix quand il parle à sa fille.

Charlotte, ressaisis-toi. L'heure n'est plus à la rêverie. C'est l'opération transformation qui commence. Douche, mise en plis, maquillage. Hop !

Quelques minutes plus tard, me voici ragaillardie par la douche chaude. Toute nue, les yeux fixés sur l'horrible tapis de bain orange, je m'essuie les pieds consciencieusement. Tout à coup, j'aperçois une paire d'espadrilles rouges devant moi. Avec deux petits pieds à l'intérieur.

Je sursaute, pousse un cri d'effroi et ramène la serviette sur ma poitrine *subito presto*.

Sur le seuil de la porte de la salle de bains, Cerise me fixe de ses grands yeux verts espiègles. Je suis bouche bée. Elle tourne les talons rapidement et commence à crier en dévalant l'escalier.

— Papa, papa, la madame est là. Elle est toute nue en plus.

Hé, merde ! Qu'est-ce que Mathieu va s'imaginer ? Que je suis la pire nymphomane qu'il ait jamais connue ? Que je suis dotée de pouvoirs magiques qui me permettent de me téléporter de l'épicerie à ma chambre ?

Il faut que je justifie ma nudité. Enroulée dans ma serviette, je m'approche de l'escalier ouvert sur le rez-de-chaussée.

— Mathieu, t'es là ?

— Salut, Charlotte ! T'étais pas à l'épicerie ?

— Je viens de revenir. Mais là, faut que je prenne une douche, dis-je en restant assez éloignée de la cage d'escalier pour qu'il ne puisse pas me voir et, ainsi, s'apercevoir que j'ai déjà pris ma douche.

— OK, pas de trouble. Prends ton temps.

— Je descends dans cinq.

— OK, parfait, on va être dehors.

Il me faut évidemment non pas cinq, mais plutôt vingt-cinq minutes pour finir de me préparer. Vingt-cinq minutes pendant lesquelles Cerise est venue m'observer deux fois. La première fois, je séchais mes cheveux en chantant du Kaïn : « Envoye embarque ma belle, j't'emmène n'importe où, on va bûcher du bois, gueuler avec les loups... »

Une façon comme une autre de me donner un peu de courage et de me sortir de ma peine d'amitié.

La deuxième fois que Cerise est montée me voir, je m'appliquais à mettre la touche finale à mon léger maquillage. Là, j'avoue que j'ai un peu *freaké*.

Est-ce qu'elle m'a espionnée longtemps comme ça, à moitié cachée derrière le cadre de porte ? Je l'ignore.

Je pouvais lire dans ses yeux un mélange de curiosité, d'admiration et de crainte. Comment diable allais-je faire pour entrer en contact avec ce petit bout de chou ? Et si j'essayais le langage universel féminin ?

— Tu veux que je t'en mette ? ai-je dit en lui montrant mon rouge à lèvres mocha.

Elle a hoché la tête. J'ai dessiné ses lèvres au crayon, avant de lui appliquer une bonne couche de rouge à lèvres. Bon, c'était peut-être exagéré, mais Cerise, elle, a adoré.

Nous sommes descendues rejoindre Mathieu, main dans la main. Je venais de me faire une amie pour la vie. Du moins, c'est ce que je croyais.

***

— On va ajouter une tour ici, Cerise. Allez, donne-moi le seau.

J'observe Ugo jouer dans le sable avec la petite. Honnêtement, je ne le savais pas aussi doué avec les enfants. Depuis que Mathieu est arrivé avec sa fille, tout tourne autour d'elle. Et de ses désirs d'enfant de cinq ans.

Elle a voulu faire un tour de bateau, nous l'avons fait. Quand Ugo est revenu de sa randonnée de vélo, elle a voulu former deux équipes pour jouer au frisbee. Nous l'avons fait.

Ensuite, elle a voulu manger des hamburgers pour le dîner. J'ai préparé de délicieux keftas d'agneau que j'ai adaptés en hamburgers. Elle n'a pas aimé le « bizarre de goût de la viande », ni le tzatziki, ni le pain kaiser de blé entier.

Elle a exigé un hot-dog avec du ketchup. Je me suis précipitée à l'épicerie pour lui en acheter.

Dans l'après-midi, elle a échappé à notre surveillance pendant quelques secondes. Paniqués, nous l'avons cherchée partout dans le chalet et sur le terrain pour finalement la retrouver, dix minutes plus tard. Les dix plus longues minutes de ma vie.

Elle s'était cachée dans une vieille niche à chien. Pour nous « faire une farce », nous a-t-elle dit quand on l'a sortie de là. Une farce, tu parles ! Je l'aurais étripée ! Et son père l'a à peine grondée…

Elle nous a ensuite demandé de gonfler les matelas pneumatiques qui traînaient tout près de la chaloupe. Pour jouer au « radeau perdu en mer ». Pas question que je me défile. Elle a exigé que nous, les filles, soyons celles qui étaient perdues en mer – ce qui voulait dire sur le lac, à cinq mètres de la rive – les deux gars étant ceux qui viendraient à notre secours.

J'ai essayé de lui faire inverser les rôles, histoire de lui montrer que les femmes pouvaient être les plus fortes. Erreur ! La crise de larmes qu'elle m'a faite, me disant que c'était son jeu à elle et qu'elle seule décidait des règlements, auxquels je me suis finalement pliée de très mauvaise grâce !

Cerise a trouvé la situation pas mal moins drôle quand, quelques minutes plus tard, Mathieu m'a prise dans ses bras pour me « rescaper ». Elle a décrété la fin du jeu.

Un petit frisson m'a parcourue quand j'ai senti les mains de Mathieu se poser sur ma taille. Un petit frisson, tout petit. Moins intense que ce à quoi je m'attendais. Pourquoi ? Je crois que la réponse est dans la casquette.

Je le regarde assis à côté de moi, sur l'une des chaises Adirondack qui font face au lac. Il porte encore sa fichue casquette, qu'il n'a pas enlevée de toute la journée. Et pour moi, c'est un véritable *turn-off*. Au même titre que les bas de golf blancs.

Et puis, il y a son véhicule. J'ai déjà assez de mon bazou, sans être obligée de monter dans celui d'un autre. Non, je ne suis pas superficielle. Je suis pratico-pratique, c'est tout. J'ai besoin d'avoir accès à un deuxième véhicule fiable, qui ne menace pas de rendre l'âme à tout bout de champ.

Aïsha me dirait certainement que je vois trop loin, que je n'ai pas besoin de donner le rôle de futur chum à Mathieu, que je peux juste profiter de son corps. De toute façon, il doit bien enlever sa casquette quand il baise.

En d'autres circonstances, j'aurais probablement dit oui. *Let's go* pour une bonne partie de jambes en l'air. Mais le courriel que j'ai reçu cet après-midi entre deux minitournois de poches a tout changé.

Max m'a envoyé une photo du port de Honfleur. Avec lui en avant-plan, assis à une terrasse, une assiette d'huîtres fraîches devant lui, un verre de blanc à la main. Il a écrit : « Tu m'avais déjà demandé pourquoi j'aimais tant Honfleur. Eh bien, voilà. En espérant que tu puisses un jour en profiter toi aussi. Max xxx. »

Honfleur… Les huîtres… Le calvados… La mer… Et Max… Max, le raffiné. Sans casquette et en BMW. Vêtements griffés et souliers italiens.

Max, l'amant attentionné. Doux et passionné à la fois. Toujours au-devant de mes désirs. Des mains d'une habileté peu commune, autant pour les caresses que pour les massages.

Max, le généreux. Je n'ai jamais payé une seule facture pendant notre relation. Depuis qu'il m'a laissée, les choses ne cessent d'empirer, côté finances.

Et Max, le complice. Celui qui partageait ma passion pour la bouffe, en plus d'en connaître sur le sujet et non pas de faire semblant.

Mon Dieu qu'il me manque, ce Max-là ! Bon, il est vrai que j'ai une mémoire sélective. J'oublie Max l'intransigeant, Max l'égoïste et Max le Français qui s'obstine, s'obstine et s'obstine, même quand il n'a pas raison !

Mais ça fait partie de son charme, non ? Et puis, un être ne peut pas être parfait. Presque parfait, oui. Mais pas parfait, parfait. Il serait trop plate.

Pour me réconforter, je jette un coup d'œil à la photo de Max toutes les demi-heures sur mon iPhone, ce qui n'échappe pas à l'œil soupçonneux d'Ugo. D'ailleurs, ça doit bien faire vingt minutes que je ne l'ai pas regardée. Allons-y discrètement.

Je me perds quelques instants dans les yeux rieurs de Max, quand je sens une main attraper mon appareil vigoureusement.

— Donne, je veux voir.

— Cerise, non. Redonne-moi mon téléphone.

Trop tard. Elle a les yeux rivés sur l'écran et est

même en train de zoomer sur le visage de Max. C'est fou comme les enfants sont doués avec la technologie !

— C'est qui le monsieur ? C'est ton mari ?

— Non, non, c'est… mon frère.

Je n'ose lever les yeux en direction d'Ugo, qui vient certainement de comprendre de qui je parle réellement. Mathieu, lui, a plutôt l'air de s'en ficher royalement. En réfléchissant, je dirais que ça fait un petit moment qu'il affiche cet air plutôt flegmatique, voire indifférent. Un peu comme s'il était perdu dans ses pensées.

En fait, il a l'air complètement *vedge*. Comme quelqu'un qui vient de fumer un gros pétard. Ding ! Allume Charlotte, qu'est-ce que tu penses qu'il est allé faire aux toilettes pendant dix minutes ?

C'en est trop ! La casquette, la fourgonnette et le *pot* tout seul aux toilettes ! En plus de tout son manque d'autorité envers sa fille. Non, ça ne marche pas avec moi. La soirée va être longue…

— Ugo, tu penses qu'on a ce qu'il faut pour faire des margaritas ?

— Euh, ça devrait.

— Bon, je vais en faire. Ça va être parfait en apéro. On a des quesadillas pour le souper.

— Des quoi ? demande Cerise.

— Des quesadillas. C'est comme des petits sandwichs au poulet, mais encore meilleurs. Ça vient du Mexique.

— Beurk, j'en veux pas ! Je veux du macaroni au fromage.

Je regarde Mathieu dans l'espoir qu'il intervienne pour ramener sa fille à la raison. Mais non. Il scrute l'horizon à la recherche d'un quelconque bateau imaginaire, je suppose. Je l'ai dit, la soirée va être longue.

***

Et elle a été longue. Beaucoup trop longue. Ugo a dû courir à l'épicerie acheter du macaroni au fromage. J'ai laissé mes quesadillas trop longtemps sur le barbecue et ils ont légèrement carbonisé. Et je n'avais pas assez de tequila pour faire des margaritas dignes de ce nom.

Bref, la catastrophe côté bouffe. D'autant que j'ai voulu agrémenter le macaroni au fromage de Cerise, histoire de lui en faire un mets un peu plus complet. J'y ai donc ajouté de la ciboulette, du basilic et du parmesan frais râpé.

— C'est quoi, les affaires vertes ?

— Ben, des fines herbes. Tu sais, comme dans le potager de ton papa.

— J'aime pas ça !

— Goûtes-y ! Juste pour faire plaisir à matante Charlotte.

— T'es pas ma matante, puis je t'aime pas, a-t-elle crié avant de quitter la table comme la petite fille mal élevée qu'elle est.

Couchée à plat ventre sur le divan du salon, elle nous a hurlé sa peine dans les oreilles pendant de longues minutes en tambourinant des pieds. Jusqu'à ce que Mathieu se lève pour aller lui porter une énorme portion de dessert.

— C'est pour la faire taire, a-t-il précisé.

Eh bien, ç'a marché ! Cerise a englouti tout ce qui restait de mon gâteau au caramel. Ouf ! Merci, mon Dieu ! Mes pauvres oreilles n'en pouvaient plus !

La cerise sur le sundae, ç'a été quand j'ai remarqué que Mathieu n'avait strictement rien apporté pour la journée. Ni bouteille de vin, ni bouquet de fleurs, ni même un panier de ses précieux légumes. Les gars *cheap*, je suis pas capable !

C'est avec un grand soupir de soulagement que j'ai refermé la porte derrière Mathieu et Cerise. Nous nous sommes promis de nous rappeler, en sachant très bien qu'il n'en serait rien.

— Ouf ! Quelle journée de merde, lâche Ugo dès qu'il entend le moteur de la vieille fourgonnette démarrer dans un bruit d'enfer.

— Ouais, tu peux le dire.

— Charlotte, veux-tu bien me dire ce qui t'a pris d'inviter un gars que tu connaissais à peine ? Avec sa fille de cinq ans en plus ?

— Oh, regarde, *mea culpa*. Je sais pas trop à quoi j'ai pensé…

— La prochaine fois, essaie de voir plus loin que son beau p'tit cul.

— Promis.

Ce rendez-vous manqué avec l'amour – ou du moins avec le sexe – me rend un peu nostalgique. Mais j'essaie de m'encourager en pensant à Max, ce qui laisse un sourire béat sur mes lèvres pendant que je termine la vaisselle. Sourire dont mon bon ami Ugo n'est pas dupe. Il m'interpelle juste avant que je monte me coucher.

— T'as pas vraiment l'intention de lui donner une autre chance ?

— De quoi tu parles ? fais-je innocemment dans l'espoir qu'il laisse tomber cette discussion.

— Du salaud qui t'a envoyé une photo. Et sur laquelle tu as bavé tout l'après-midi.

— Ugo ! Arrête de dire que Max est un salaud. C'est pas vrai.

— Pas vrai ? C'est pour ça qu'il t'a laissée tomber comme ça, en pleine nuit ?

— C'est moi qui suis partie de chez lui, ce soir-là, tu le sais très bien.

— Ouais, après t'avoir dit qu'il ne voulait plus rien savoir. J'espère qu'il s'attendait pas à ce que tu restes pour lui faire une dernière pipe !

— Ahhhh ! Ça suffit ! T'arrêtes là, OK ? Moi, j'ai arrêté de dire des vacheries sur Justin. Ben, tu fais la même chose, pis ça va bien aller !

Ugo se radoucit, m'attrape par la main pour m'empêcher de monter l'escalier et me traîne jusqu'au canapé fleuri. On s'y assoit tous les deux et je pose ma tête sur son épaule. Il commence à caresser mes cheveux.

— Excuse-moi, dit-il.

— C'est correct… Mais, Ugo, on peut pas continuer à être possessifs comme ça l'un envers l'autre. C'est un peu débile, notre affaire.

— Je pense pas qu'on est possessifs, on est inquiets, c'est tout.

Peut-être que pour lui, c'est de l'inquiétude, mais pour moi, c'est autre chose. Je sais qu'au fond de moi-même je ne veux pas qu'Ugo soit en couple. Ça me fait peur. Peur de ne plus être la première dans son cœur. Peur qu'il ne soit plus aussi disponible. Peur que *l'autre* me prenne en grippe et dresse un mur entre Ugo et moi. Bref, peur de le perdre.

J'ai honte d'être aussi égoïste, mais c'est plus fort que moi. C'est pour ça que je trouve toujours mille et un défauts aux prospects d'Ugo. Ça me permet de me faire croire que je fais ça pour lui, pour lui éviter de la peine. Dans le fond, c'est moi que je protège.

Et je sens qu'avec la désertion d'Aïsha, mon étau va se refermer encore plus fortement sur Ugo. Bien malgré moi.

— Je t'ai pas dit que j'avais parlé à Justin, hein ?

Mes épaules se raidissent. Je me décolle subitement d'Ugo.

— Non, tu me l'avais pas dit. Est-ce qu'il est encore au Lac-Saint-Jean ?

— Non, il est de retour chez lui.

Je grogne intérieurement. Il ne pouvait pas rester dans sa lointaine contrée, lui ? Et s'y perdre tant qu'à faire.

Ugo se lève et commence à faire les cent pas. Bon, qu'est-ce qu'il va m'annoncer ?

— D'ailleurs, je voulais te dire que je pense rentrer en ville.

— Quand ?

— Ben… demain.

— Demain ? Mais il nous reste encore trois jours de vacances !

— Ouais, je sais bien… Mais Justin et moi, on aimerait ça aller faire du kayak sur la rivière Jacques-Cartier.

— Oui, mais moi, comment je vais rentrer dimanche ?

— Tu peux venir avec moi demain en ville chercher ton auto. C'est juste une heure de route. Tu pourrais revenir après.

— Ouin, je pourrais faire ça.

— Je suis désolée, Charlotte. C'est pas les vacances que t'aurais voulues, hein ?

— Pas pantoute… Mais c'est pas grave… Justin, c'est lui qui t'a appelé ou c'est toi ?

— C'est lui, répond fièrement Ugo. Puis j'ai l'impression qu'il a réfléchi. C'est même lui qui a proposé d'aller faire du kayak.

Je regarde le grand sourire d'Ugo et je réalise que je n'ai pas le droit de gâcher son bonheur. Même si demain, il se fait mal. Même si demain, c'est moi qui aurai mal. Pour l'instant, mon ami est heureux. Il est amoureux et c'est tout ce qui compte.

— Bon, je monte faire mes bagages. Je rentre avec toi demain et je ne reviens pas. De toute façon, j'en ai marre d'être ici. J'ai juste hâte de passer à autre chose.

Et je grimpe les escaliers de bois verni, pressée, tout à coup, de retrouver mon statut de citadine.

20

Nouvelles exigences de l'animatrice pour la nouvelle saison :

– *fish pedicure* ;

– traiteur personnel ;

– maître du divertissement ;

– un bouquet de fleurs (fraîches et uniquement blanches) livré à sa loge quinze minutes avant son arrivée.

— Attention, tout le monde ! S'il vous plaît, laissez-moi passer !

C'est la folie en studio en ce premier jour d'enregistrement de la nouvelle saison de *Totalement Roxanne*. Et si je me fie au brouhaha qui résonne dans mes oreilles depuis une heure, cette deuxième saison risque d'être encore plus débile que la première.

Tout d'abord, notre animatrice semble avoir consacré son été à dresser une liste de nouvelles exigences, toutes plus farfelues les unes que les autres.

Ce qui explique pourquoi une jeune femme asiatique vêtue d'un uniforme blanc tente de se frayer un chemin jusqu'à la loge de Roxanne, en poussant un grand aquarium sur roulettes.

— C’est qui, elle ? me demande Justin.

— C’est la nouvelle esthéticienne de Roxanne, Ming Yue.

— Et qu’est-ce qu’elle fout avec un aquarium ? Ça sert à quoi, ces petits poissons-là ?

— C’est pour la piscipédicure de Roxanne.

— La quoi ?

— Sa *fish pedicure*, si tu préfères.

— Attends un peu, je te suis pas là.

— Roxanne va se faire manger les pieds par des petits poissons.

Justin me regarde avec un air dégoûté et retient même un haut-le-cœur.

— Ben oui, c’est la nouvelle mode. Les poissons mangent les peaux mortes et ça rend les pieds doux, doux, doux.

— Eille, c’est n’importe quoi, cette affaire-là ! Puis pourquoi elle fait ça ici, en studio ? Ça va nous faire perdre un temps fou encore. Elle peut pas aller chez l’esthéticienne, comme tout le monde ?

— Ben voyons donc, Justin. Depuis quand Roxanne se comporte-t-elle comme tout le monde ?

— C’est décourageant.

— Et c’est pas tout. Elle a aussi obtenu…

— Ah ! M’en dis pas plus ! Quand je pense que cette année, ils ont coupé dans mon budget d’achat de plantes. Puis ils m’ont demandé une chronique de plus par semaine, pour le même salaire.

— Ah ! Pauvre p’tit chou, dis-je sur un ton ironique en lui tapotant doucement la joue, avant de lui offrir un carré de chocolat noir au citron, son préféré.

Il me fait un clin d’œil avant de s’éloigner en direction de sa loge.

Depuis que Justin m'a « autorisée » à faire partie du club sélect qui est au courant de sa relation avec Ugo, nous nous sommes beaucoup rapprochés. Un club vraiment secret dont je pense, finalement, être la seule membre.

C'est à moi, par exemple, qu'il a raconté ce qui s'était réellement passé le soir où il a quitté le resto de P-O au bras d'une belle serveuse à talons hauts.

Cette nuit-là, il avait eu envie d'oublier qu'il était en train de tomber en amour avec Ugo, ce qui, dans sa tête, compliquait les choses. Jusque-là, il avait pu vivre son homosexualité assez aisément. D'une aventure à l'autre, sans engagement, sans obligation.

Mais il avait vite compris qu'Ugo ne se contenterait pas du rôle d'amant occasionnel. Il lui avait donc fallu envisager la possibilité de vivre plus qu'une simple partie de jambes en l'air. Et ça, ça voulait dire s'afficher avec un homme, tout au moins à quelques occasions.

Ce qui, dans les années 2000 au Québec, n'a rien de bien traumatisant. Sauf peut-être quand on vient d'un tout petit village du Lac-Saint-Jean et qu'on a un père cultivateur et homophobe.

— Hein, ça existe encore de nos jours, du monde qui déteste les gais ? avais-je demandé.

— Charlotte, sors du Plateau un peu pis tu vas voir que les gais sont loin d'être acceptés partout.

— Ouin, mais tes parents t'ont quand même appelé Justin. Ça fait assez… féminin comme prénom, tu trouves pas ? Ils doivent pas être si rétrogrades que ça.

— Si je te dis un secret, jure-moi que tu le diras à personne, avait alors dit Justin d'un ton solennel.

— Oui, oui, promis. Ç'a l'air bien grave.

— Justin, c'est pas mon vrai prénom.

— Hein ? C'est quoi ?

— Gérard.

— Ben voyons donc, tu me niaises ? Gérard ?

— Ben oui. Ça te donne une idée de la raison pour laquelle j'ai changé mon nom dès que j'ai quitté mon coin perdu. Mais quand je vais chez mes parents, je suis toujours Gérard. Puis mon père arrête pas de me demander quand je vais lui présenter la future mère de mes enfants. Tu vois le portrait ?

— Ouin, pas très réjouissant tout ça. Si tu veux, je pourrais te servir de *front* une bonne fois.

— C'est pas bête, ça les calmerait. Pour un moment, au moins. Tu monterais au Lac avec moi ?

— Ben certain. Mais tout ça, ça n'explique pas pourquoi t'es parti avec une fille.

— Je le sais pas vraiment non plus. Mais ce que je sais, c'est qu'au dernier moment j'ai reculé. Elle a commencé à m'embrasser en sortant du resto sur le trottoir. Alors là, j'ai comme allumé…

— T'as allumé ?

— Ben, que ça me disait rien finalement. Tant qu'on était à l'intérieur, c'était un jeu inoffensif, y avait plein de monde. Il pouvait pas arriver grand-chose de grave. Mais là, ça devenait sérieux, son affaire.

— Comment tu t'es sorti de ça ?

— Ah, ç'a été l'enfer. Je savais plus quoi faire. Elle m'a invité chez elle. Je lui ai dit que je devais appeler ma femme avant. Déjà là, je pensais que ça la découragerait.

— Et ?

— Ben non, elle m'a dit : « Gêne-toi pas pour moi. » Fait que j'ai fait semblant d'appeler et j'ai fait exprès de demander bien fort comment allaient les jumeaux.

— Eille, c'est bon ça ! Bon truc.

— Ouin, mais ç'a pas marché.

— Ah non ? Elle était accro pas à peu près…

— Mets-en ! Elle a appelé un taxi. Quand il est arrivé, je l'ai laissée monter, puis j'ai refermé la porte derrière elle. Elle a baissé la fenêtre et a dit : « Mais qu'est-ce que tu fais ? » Là, j'ai bredouillé une quelconque excuse, que je travaillais tôt le lendemain matin, et je suis parti vers la ruelle.

— Franchement, tu parles d'un manque de classe !

— Ah, je sais, je sais. J'ai paniqué. Elle était tellement surprise qu'elle est même pas sortie du taxi.

— J'espère pour toi que tu la reverras jamais.

— J'espère pour moi aussi.

Après cette soirée, Justin a passé quelques jours à réfléchir à ce qu'il voulait vraiment dans la vie. Et la réponse s'est imposée d'elle-même : Ugo. Il a donc pris son courage à deux mains et fait le grand saut. En fait, ce que lui considère comme le grand saut.

Justin avait demandé à Ugo d'être très discret sur leur relation, histoire qu'elle ne fasse pas écho jusqu'au Lac-Saint-Jean.

Il fallait à tout prix éviter que leur union se retrouve à la une d'un magazine à potins. Ce qui signifiait, pour Justin, aucune apparition dans un lieu public aux côtés d'Ugo. Il ne voulait prendre aucune chance.

Pour mon ami, qui assume son homosexualité depuis belle lurette, c'est tout un compromis. Mais parce qu'il tient à Justin, Ugo a accepté les règles du jeu. Tout en gardant espoir de les changer dès que possible. Ce qui n'est pas sans m'inquiéter.

— Excusez-moi. Vous savez où je peux trouver la

loge de Roxanne D'Amour ? m'interpelle un homme dans la quarantaine.

Bon, c'est qui celui-là maintenant ? L'homme transporte une grande boîte remplie de nourriture que j'examine minutieusement. Trois bouteilles d'eau Évian, une assiette de crudités, une salade de légumineuses, une autre à l'avocat et aux tomates et une troisième aux algues fraîches. Un bol de Smarties, mais seulement les roses et les rouges.

Devant mon air interrogatif, l'homme, que j'ai identifié comme étant le traiteur personnel de Roxanne, m'affirme que sa cliente n'aime pas toutes les couleurs de Smarties. Et qu'il doit donc en faire le tri.

Non mais, il faut en avoir du temps à perdre ! Et notre animatrice aurait besoin d'une bonne dose de réalité, je pense. Après tout, elle anime une émission de services sur une chaîne de télé québécoise. Et quant à sa carrière de comédienne, elle ne tient pas la vedette dans un film à Hollywood. Elle joue un troisième rôle dans un téléroman minable.

Je ne vois qu'une chose pour expliquer son comportement de plus en plus diva : de l'insécurité maladive.

Pour se convaincre qu'elle n'est pas trop vieille pour faire ce métier-là et pour oublier que des filles plus jeunes, sans rides et sans syndrome de préménopause, frappent à la porte des producteurs tous les jours pour prendre sa place, Roxanne s'est créé un *entourage*.

Un peu à la manière des grandes stars, elle se déplace maintenant sur un plateau de tournage avec un paquet de monde pour la servir. Et ça ne s'arrête pas aux services essentiels, croyez-moi !

Elle a même fait appel à un maître du divertissement. Pour l'aider à relaxer, entre deux enregistrements, Roxanne va s'initier au sudoku. Et aux jeux de magie.

Le but est de faire le vide dans son esprit, lui a dit le joueur professionnel qu'elle a engagé. Et dont les honoraires seront assumés par… la production. Les patrons de l'émission ont jugé que c'était nécessaire pour l'équilibre mental de notre animatrice.

Est-ce que j'ai une poignée dans le dos ? Non mais, faudrait pas nous prendre pour des caves, nous les pauvres recherchistes sous-payés et exploités ! Je suis bien prête à cautionner des caprices, mais celui-là dépasse tout entendement.

Maintenant que j'y pense, ça ne serait pas étonnant du tout qu'il lui arrive malheur à cette énergumène. Glisser sur une peau de banane en plein studio et se casser les deux jambes, par exemple. Ou bien se faire renverser du thé bouillant sur la main droite, question de lui enlever toute possibilité de faire des tours de magie pendant quelques semaines.

Enfin… Il va bien falloir vivre avec la nouvelle réalité de notre animatrice ET ses nouveaux copains. Bienveillante comme je suis, j'indique la porte de la loge de Roxanne à son traiteur personnel.

***

Si je reste plantée là comme un poireau au beau milieu du couloir qui mène aux loges des vedettes de l'émission, c'est que j'attends quelqu'un de pied ferme. Et j'ai nommé : P-O.

Depuis l'épisode du chalet, il y a maintenant quelques semaines, je n'ai jamais revu P-O. En plus, il n'a jamais daigné répondre à mes appels. Et je veux savoir ce qu'il a dit à Aïsha pour qu'elle continue de m'ignorer de la sorte. Encore ce matin, quand elle est arrivée en studio, j'ai tenté de l'amadouer avec un *espresso* bien tassé. Rien à faire.

Pour Aïsha, je n'existe plus. Ce qui crée un immense vide dans ma vie. J'ai beau pouvoir compter sur Ugo, ce n'est quand même pas à un homme que je vais demander des conseils pour m'acheter un nouveau vibrateur. Le mien a rendu l'âme hier après une utilisation abusive, attribuable au désert qu'est ma vie sexuelle depuis des mois.

— *Buongiorno a tutti !*

Voilà P-O qui s'amène en saluant l'équipe de sa belle voix chaude. Quand il parle en italien, généralement, c'est qu'il est de très bonne humeur. Parfait ! Ça devrait être plus facile de lui faire cracher le morceau.

Plus il se rapproche et plus sa belle assurance s'éteint à petit feu. S'il pensait se débarrasser de moi aujourd'hui, c'est qu'il me connaît drôlement mal. Sa journée va même commencer par une petite conversation entre quatre yeux.

Il passe devant moi, je lui fais un large sourire et je pars à ses trousses. Il entre dans sa loge, j'y entre aussi, en prenant bien soin de refermer la porte derrière moi.

— Qu'est-ce que tu veux, Charlotte ?

— Tu le sais très bien. Je t'ai laissé à peu près dix messages. Je suis même passée au resto et tu as refusé de sortir de ta cuisine, sous prétexte que tu étais dans le *rush* total, à 3 heures de l'après-midi.

— C'est vrai que je suis dans le jus ces temps-ci.

— Ben oui, ben oui, comme tout le monde. Pas plus, pas moins. Mais là, tu vas me dire ce que tu as raconté à Aïsha pour qu'elle refuse de m'adresser la parole.

— J'ai rien fait de spécial. De toute façon, elle m'a dit que c'était pas trop fort votre amitié, ces derniers temps. Je pense qu'elle a juste besoin d'un peu d'air.

— Comment ça, besoin d'air ?

— Ben, je sais pas, moi. C'est ce qu'elle m'a dit.

— Comme si je l'étouffais ou quoi ?

— Genre, ouais.

Celle-là, j'avoue que je ne l'ai pas vue venir. Pour accuser le choc, je me laisse tomber dans le vieux fauteuil capitonné en velours noir. Bien malgré moi, les larmes me montent aux yeux.

— Bon, prends pas ça comme ça. Laisse-lui du temps. Vous allez bien finir par vous reparler un jour. Tout finit par s'arranger dans la vie.

Je n'écoute plus P-O qui tente de me rassurer avec des phrases creuses. Est-ce que c'est vrai ? Est-ce que je serais une amie étouffante ? Comme celle qui empêche les autres de respirer ? Tout ça me semble un peu gros…

Je suis certes exigeante en amitié, mais de là à étouffer ma meilleure amie… Ce n'est pas parce que je voulais qu'on se parle au moins deux fois par jour – idéalement matin et soir – que je brimais sa liberté…

Ce n'est pas non plus parce que j'insistais pour passer au moins une soirée par semaine rien que toutes les deux que j'étais envahissante pour autant.

Et comme je savais qu'Aïsha n'aimait pas les visites impromptues, je m'interdisais de débarquer chez elle à l'improviste. Sauf, bien entendu, s'il y avait urgence.

Comme ce soir-là où je devais absolument lui emprunter son tee-shirt *vintage* style camouflage parce que j'avais une *date* avec un soldat de Valcartier. Ou bien ce matin du 1er janvier où je l'ai malencontreusement tirée du lit pour piger dans son armoire à épices. Non mais, quelle idée aussi de fermer tous les magasins sous prétexte que c'est une nouvelle année ?

Ou encore cet après-midi-là où, complètement hystérique, j'avais sonné à sa porte parce que je venais de perdre mon iPhone. J'avais commencé à tout virer à l'envers dans son salon à la recherche du précieux objet quand Aïsha m'avait demandé depuis quand je l'avais égaré.

— Je l'avais encore ce matin, avais-je répondu.

— Ah ! À ce que je sache, à moins que tu te sois déguisée en fantôme, tu n'es pas venue ici aujourd'hui, hein ?

— Euh… non.

— Alors, Charlotte, explique-moi comment ton cellulaire pourrait se retrouver chez moi.

— Ben… on sait jamais…

Aïsha avait alors poussé un soupir d'exaspération avant de me jeter gentiment dehors parce qu'elle attendait son amant d'une minute à l'autre. J'avais finalement retrouvé mon iPhone dans la pochette secrète de mon nouveau sac à main. Trop bien ranger les objets ne m'a jamais réussi.

Bref, à part ces quelques rares visites à l'improviste – plus trois ou quatre autres dont le motif m'échappe –, j'ai toujours respecté son intimité. Comment a-t-elle pu se sentir étouffée ? Il me semble que mon comportement est normal, non ?

— Hum… Charlotte, tu veux bien sortir de ma loge ? Faut que je me change… me demande P-O en me tirant de ma réflexion.

Je referme doucement la porte derrière moi et m'éloigne vers ma propre loge, encore secouée par ce que vient de me révéler P-O. Est-ce que je ferais partie de ces femmes qui aiment trop ? En amitié… comme en amour ?

***

— Ugo, est-ce que je t'étouffe ?

En entendant ma question pour le moins directe, Ugo avale de travers sa bouchée de médaillon de cerf de Boileau.

— Non, mais si tu continues, je vais m'étouffer avec ma viande et tu vas être obligée de me faire la manœuvre de Heimlich.

— Ah, sérieux, là. Est-ce que je suis une amie envahissante ?

Ugo dépose sa fourchette, dans un geste qui annonce qu'il a besoin de réfléchir à sa réponse. Nous sommes chez moi, pour un souper en tête à tête. Je suis d'une humeur massacrante après la journée de merde que j'ai eue. Malgré toute ma bonne volonté, Aïsha m'a ignorée jusqu'à la toute fin.

— Écoute, envahissante, c'est peut-être un peu fort… Mais disons que tu es quelqu'un qui, comment dirais-je, s'investit beaucoup ?

— Ouais, mais c'est normal de s'investir en amitié, non ?

— Oui, oui, c'est normal… Pourquoi tu me demandes ça ?

— C'est à cause d'Aïsha, elle a dit à P-O que je l'étouffais, imagine-toi donc. Je trouve ça pas mal exagéré. Puis, en plus, elle m'en a jamais parlé : ça m'est tombé dessus comme une tonne de briques.

Ugo fait tournoyer son verre de cahors dans sa main droite, cherchant visiblement à me dire quelque chose sans me faire de peine. Je l'observe, de plus en plus inquiète.

— Ben là, coudonc, c'est si pire que ça ?

— Mais non, mais non, c'est juste que des fois…

— Des fois quoi ?

— Des fois, c'est vrai que ça peut être un peu lourd.

— Qu'est-ce qui peut être un peu lourd ? De quoi tu parles exactement ?

— Ben… de ta manie de toujours vouloir savoir où on est et avec qui. En plus, on dirait que c'est pire dernièrement.

— Franchement, t'exagères !

Je me lève subitement en repoussant mon assiette que je n'ai même pas terminée. Je pense à ce qu'Ugo vient de me dire. Moi, contrôler son agenda ? Voyons donc !

— C'est pas grave, Charlotte, ça me dérange pas tant que ça. Je me suis habitué.

— Habitué à quoi, au juste ?

— À… me rapporter.

— Te rapporter ? Voyons donc, je t'ai jamais demandé de te rapporter.

— Peut-être pas de cette façon-là, mais ça revient au même.

— J'ai pas toujours besoin de savoir où tu es. Hier par exemple, on s'est pas parlé de la journée, je savais pas où t'étais puis ça me dérangeait pas.

Ugo s'éclaircit la gorge et sort son iPhone de la

poche de son nouveau pull style militaire gris *charcoal* qui lui va à ravir. Il commence à me lire un texto.

— « T'es où chéri ? Tu fais quoi ce soir ? »... Tu te rappelles pas m'avoir écrit ça hier, Charlotte ?

— Mais non, c'était pas hier, ça. Ça devait être un autre jour... Avant-hier probablement.

— Non, non, c'était bien hier. À 17 h 47 précises. Tu veux que je te lise celui d'avant-hier, peut-être ?

— OK, ça va, j'ai compris. Pas besoin de me faire un dessin, j'emmerde tout le monde, c'est clair.

Je prends mon verre de vin, le remplis à nouveau et m'éloigne vers le salon. Je m'assois sur le divan et j'ouvre le téléviseur, geste que je fais très rarement, même si je travaille dans ce domaine. Je suis ce qu'on pourrait appeler un cordonnier mal chaussé.

Et je ne m'en porte pas plus mal. La seule chose, c'est que ça ne doit pas se savoir au boulot. Une recherchiste qui ne regarde pas la télé, ce n'est pas très bien vu.

Au bureau, je fais donc semblant d'être au courant de ce qui se passe au petit écran. Mais pour être crédible, il me faut un minimum de connaissances tout de même. C'est pourquoi je me suis créé une banque d'espions de la télé qui travaillent pour moi. Gratuitement !

Avant le début de la saison, je me suis donc rendue dans une résidence pour personnes âgées autonomes. Avisé de ma visite, le directeur de l'établissement avait réuni pour moi une dizaine de personnes qui avaient déjà accepté de faire partie de mon *focus group*.

Bien entendu, j'ai passé sous silence que mon initiative avait pour seul but de me faire paraître moins ignorante quand ma réalisatrice me poserait une question sur le dernier *talk-show* en vogue.

J'ai plutôt présenté le projet comme étant une vaste étude faite par le réseau de télévision où je travaille, une étude ayant pour but de connaître l'opinion des personnes âgées sur notre télévision.

J'ai donné un mandat à chacun de mes participants. Mme Gauthier devait me faire un rapport des émissions du matin. Mme Rhéaume s'est engagée à visionner les téléromans du lundi et du mardi pendant que Mme Coulombe s'occupait de ceux du mercredi et du jeudi.

Mme Livingston a hérité des téléséries américaines. Le seul homme du groupe, M. Quintal, a choisi les émissions de téléréalité. Et j'ai partagé le reste de la programmation entre Mmes Demers, Simard, Hamel, Michaud et Proulx.

Nous sommes convenus de nous rencontrer tous les mardis midi aux Résidences de l'Avenir pour un dîner-causerie. La semaine dernière, c'était notre premier rendez-vous.

Bien attablés à la salle à manger de l'établissement, devant un pain de viande sauce tomate et des haricots verts au beurre, nous avons discuté pendant une bonne heure de notre semaine de télé.

Et pendant la dernière demi-heure, nous avons parlé de la vie, tout simplement. La vraie vie, pas celle qu'on regarde à travers un écran de trente-deux pouces.

Mes p'tits vieux, comme je les ai affectueusement surnommés dans ma tête, m'ont raconté un paquet d'anecdotes sur leur jeunesse. J'ai trouvé ça fascinant et j'ai déjà hâte de me retrouver à notre prochain dîner pour en apprendre plus sur chacun d'eux.

— Tu vas bouder longtemps ? me lance Ugo en attrapant la télécommande pour éteindre le téléviseur.

— Je boude pas. Je vous trouve injustes, Aïsha et toi. C'est pas parce que je veux vous contrôler que je vous appelle aussi souvent. C'est parce que je m'intéresse à vous. Il me semble que c'est clair.

— Je le sais, Charlotte. Tu fais pas ça pour mal faire. Mais je pense qu'il y a quand même un peu d'insécurité là-dedans, dit Ugo en s'asseyant à mes côtés.

Il me fait signe d'enlever mes chaussures et de m'étendre sur le divan, les pieds sur ses cuisses. Il sort un paquet de lingettes humides désinfectantes du tiroir de la table du salon et commence à me nettoyer les orteils, puis le talon, la plante, etc. Mes deux pieds y passent au complet.

Toujours en silence, Ugo commence à me masser doucement. Je sens mon corps se détendre tranquillement. Mon ami est le meilleur massothérapeute que je connaisse.

Ses mains ne cherchent jamais, elles savent toujours exactement à quel endroit appuyer pour que j'atteigne rapidement un état de relaxation totale. Je ferais les pires bassesses pour un massage d'Ugo. Et il le sait très bien. Malgré mon état maintenant presque végétatif, je trouve la force de chuchoter.

— Ugo, tu fais pas ça parce que t'as quelque chose à me demander, hein ?

— Mais non, je veux que tu relaxes. Et que ce soir, en te couchant, tu réfléchisses à tout ça.

— À tout quoi ?

— À ce qui te rend aussi insécure.

Je me redresse tranquillement en m'appuyant sur

mes deux coudes et j'observe Ugo concentré sur sa tâche.

— J'ai déjà perdu Aïsha... Je veux pas te perdre toi aussi.

Ugo arrête son geste pour me regarder. J'ai les larmes aux yeux juste à penser que, lui aussi, il pourrait se tanner et me laisser tomber. Il pose sur moi un regard plein de tendresse et me prend dans ses bras.

— Mais qu'est-ce que tu vas chercher là, chérie ? Tu me perdras jamais, voyons donc. Je vais toujours être là.

— Oui, mais avec Justin, ça va changer les choses. Tu vas avoir moins de temps pour moi, c'est sûr.

— Mais non, tu vas voir. Ça va être comme avant.

Et je reste blottie contre lui en essayant de le croire de toutes mes forces.

21

Mordre dans la vie comme dans une cacahuète.

Si je ne me décide pas, je vais être en retard. C'est ce que je pense en me regardant pour la millième fois dans le long miroir de ma chambre. Je porte mon nouveau soutien-gorge double volume lilas et ma culotte brésilienne assortie.

Je m'interroge encore sur le choix de ma lingerie. En magasin, le tout avait l'air splendide. Mais ici, dans l'intimité de ma chambre, mes nouveaux sous-vêtements sont fades et sans personnalité. Depuis quand Charlotte Lavigne achète-t-elle du lilas ?

Depuis qu'une vendeuse acharnée m'a fait croire que cette couleur mettait en valeur mon teint clair et rehaussait le blond de mes cheveux. *Bullshit !* Et que dire de ce soutien-gorge double volume ? Ce n'était peut-être pas l'idée du siècle finalement.

Oui, ça donne la fausse impression que la nature m'a bien gâtée, côté poitrine. Mais comme le mec que je m'en vais rencontrer connaît très bien la véritable marchandise, il risque de découvrir la supercherie. Ou de penser que j'ai subi une augmentation mammaire.

Au diable mes nouveaux sous-vêtements ! Je m'en débarrasse à la vitesse de l'éclair pour en enfiler d'autres. Noirs et classiques. Bon, je me sens mieux. La suite, maintenant.

Cinq tenues différentes sont étendues sur mon lit. Ma petite robe noire cocktail que j'élimine d'emblée : trop *straight*, trop prévisible. Mon legging jeans et un pull à col roulé marine : ouache ! Trop nul. Ma tunique fuchsia avec mon legging noir : trop voyant, elle fait ressortir les bourrelets. Mon blouson en cuir avec ma minijupe : trop *rocker*, trop noir. Il ne me reste plus qu'un choix et je crois bien qu'il fera l'affaire.

J'enfile ma blouse tunique noire, qui tombe à mi-cuisse. Une large ceinture de la même couleur complète ma tenue décontractée et juste assez décolletée pour attirer les regards.

Mes escarpins noirs aux pieds, mon sac à main Guess orange brûlé pour la touche de couleur, un léger maquillage, et me voilà prête.

Vraiment ? Prête pour quoi au juste ? Pour un amour impossible ? Pour me faire mal à nouveau ? Pour rentrer pleurer toute la nuit seule dans mon lit ? Tout à coup, je regrette d'avoir accepté de revoir Max.

Mais il est trop tard pour avoir des regrets. À l'heure qu'il est, il doit déjà m'attendre au bar à vin où il m'a donné rendez-vous.

Je ferme les yeux un instant, respire un bon coup et franchis la porte de mon appartement pour m'élancer vers de nouvelles aventures. À la grâce de Dieu !

Le chauffeur de taxi qui m'amène dans le Vieux-Montréal ne cesse de jacasser, ce qui m'empêche de me concentrer sur ce qui s'en vient. Ah ! Si seulement Aïsha était là, elle me dirait quelle attitude adopter. La perte de ma bonne amie se fait sentir de plus en plus chaque jour.

Et c'est dans des moments comme celui-ci que sa présence me manque cruellement. J'aurais tant besoin de ses conseils, même si elle me reprochait de ne pas toujours les suivre à la lettre.

— Ça vous fait douze et cinquante, m'indique le chauffeur en pointant son taximètre.

Pendant un court instant, je songe à lui demander de refaire le chemin en sens inverse pendant que j'enverrais un texto à Max pour lui dire que je suis clouée au lit avec une maladie hypercontagieuse.

« *Chicken !* » me lancerait Aïsha, j'en suis certaine. Qu'est-ce qu'elle me dirait aussi ? Quelque chose du genre : « Allez Charlotte, mets ton masque de femme à qui tout réussit dans la vie et va te pavaner devant lui. Fais-lui en baver ! Il va regretter amèrement de t'avoir laissée tomber. »

Allez ! À l'attaque ! Je sors du taxi plus confiante que jamais. J'entre dans le petit bar bondé et je sens le regard des hommes se retourner sur mon passage. Bon, peut-être pas tous les hommes. Mais ces deux-là, BCBG en veston-cravate, m'ont bel et bien fait de l'œil. Wow ! Ça augure bien.

Ça doit être l'effet blonde ! Décidément, je ne m'y habitue pas. Je scrute attentivement l'endroit à la recherche d'une tête également blonde. Rien. Dans le fond de la salle, peut-être ? Toujours rien. Je fixe la porte des toilettes des hommes dans l'espoir de l'en voir sortir. Rien là non plus.

Je sens ma belle assurance fondre comme neige au

soleil. Est-ce qu'il m'aurait posé un lapin ? Depuis quand Max n'est-il pas le premier arrivé sur les lieux d'un rendez-vous ? Elles sont passées où, ses bonnes manières de *gentleman* français ?

Quand on sortait ensemble, il se faisait toujours un devoir d'être sur place quand j'arrivais. Ensuite, il commandait nos apéros, après m'avoir demandé ce que je désirais boire. Parfois, il en tenait compte, mais pas toujours. Il lui arrivait de me commander complètement autre chose. Pour me faire découvrir un vin d'importation privée. Et il payait toujours la facture.

Visiblement, mon changement de statut – de blonde *steady* à je ne sais quoi encore – ne me vaudra pas les mêmes égards. Je tire un tabouret vers moi pour m'asseoir au bar. Je l'attends dix minutes, pas plus. Juste le temps de prendre un verre de rouge. S'il n'est pas là dans dix minutes, bye-bye.

— Je vais essayer votre pinot noir australien, dis-je au barman en montrant l'ardoise derrière lui.

Pas question de prendre un vin français ce soir.

Je savoure l'excellent rouge qu'on vient de me servir en pensant à ce que m'avait dit Aïsha au sujet des manières de Max.

— Tu le laisses décider pour toi, m'avait-elle lancé sur un ton scandalisé.

— Ben, c'est juste pour l'apéro. Puis ça me permet d'essayer autre chose, d'autres sortes de vin.

— Charlotte Lavigne, t'as pas besoin d'un gars pour te faire connaître les vins ! Ni la bouffe d'ailleurs ! Tu connais déjà ça en masse. Fais-toi confiance.

Aïsha n'avait pas visé juste, cette fois-là. Ce n'était pas un manque de confiance en moi qui faisait que j'acceptais de boire le vin choisi par Max. C'était parce que je trouvais ça d'un romantisme comme ce n'est plus permis de nos jours.

C'est, bien entendu, une réflexion que je garde pour moi. Pas envie de me faire juger par les quelques rares collègues et amies qui s'affichent encore comme féministes. Ce que je suis, moi aussi, détrompez-vous ! Pas radicale, mais féministe quand même. Ce qui ne m'empêche pas d'être aussi très très fleur bleue à mes heures. Voire complètement démodée.

Encore cinq minutes à patienter. J'en profite pour consulter mon statut Facebook et voir les dernières nouvelles. J'ai maintenant cent quarante amis, ce qui est tout à fait honorable dans le merveilleux monde des médias sociaux.

Je sais que c'est bien peu si je compare à mes collègues. Mais moi aussi, quand je serai riche et célèbre, j'atteindrai facilement dix mille admirateurs pour ma page Facebook.

Ah, j'ai une nouvelle demande d'amitié. Voyons voir de qui ça vient… Réginald Lavigne. Papa ! Papa sur Facebook ? Vraiment, mon père est de plus en plus *hot*. Lui qui n'avait jamais touché à un ordinateur de sa vie, le voilà maintenant membre d'un des plus grands réseaux sociaux sur Internet. Génial ! Je m'empresse d'accepter sa demande et de consulter son statut.

J'y trouve quelques photos. La première le montre à l'époque où il travaillait pour la Ville de Laval, posant fièrement devant son camion de déneigement. Le voilà ensuite sous le soleil, en compagnie d'une femme qu'il tient par la taille. C'est qui, elle ? Jamais vue de ma vie.

Belle femme à la peau aussi noire que l'ébène, grande, racée et… pas mal plus jeune que lui ! Ah non, pas lui aussi ! Ne me dites pas que papa a le même penchant que maman pour les partenaires plus jeunes !

La compétition entre ces deux-là ne s'arrêtera décidément jamais… Je lis la légende de la photo à la recherche d'une explication plausible : « Avec Salama, la fille de mon associé africain. » Ah bon ! Me voilà soulagée. Je me souviens maintenant qu'il m'avait parlé d'elle, la fille qui créait de magnifiques colliers.

Papa l'avait aidée à vendre ses bijoux ici, par l'entremise d'une boutique de commerce équitable. Mais ça, c'était avant que tout tourne au vinaigre avec son fameux associé africain, qui l'a mis dans un pétrin dont il n'est pas près de sortir !

Juste à y penser, le cœur me serre. Comment a-t-il pu être aussi naïf et se laisser avoir de la sorte ? Ce n'est certainement pas ce soir que je vais trouver une réponse à cette question qui me torture depuis des mois.

Je prends une grande respiration pour me calmer et c'est à ce moment-là que je sens une odeur qui réveille ma sensualité. Le parfum de Max. *Allure pour homme* de Chanel. Je me retourne. Il est là, juste derrière moi.

Un grand sourire aux lèvres, les cheveux juste assez longs pour qu'on puisse voir apparaître de légères boucles dorées et une écharpe en cachemire noire nouée élégamment autour du cou. Wow ! De plus en plus beau. Il se penche pour m'embrasser… sur les deux joues.

— Tu m'excuseras pour mon retard, Charlotte. J'ai été retenu au boulot.

Je prends sur moi pour contrôler le trouble qui m'a

envahie dès la seconde où j'ai senti son parfum. Et j'essaie d'adopter un air détaché, en regardant ma montre.

— T'es arrivé juste à temps. Trois minutes de plus et je partais.

Ouh là là ! Pas habitué de se faire rabrouer de la sorte, le beau Français ! À voir son air déconfit, il ne s'y attendait pas. Non, mon cher Maximilien, même si mon corps tout entier vous réclame, vous ne gagnerez pas la partie si facilement… Ma tête, elle, ne se souvient que trop bien de la dernière soirée passée ensemble, un soir d'hiver dans le 450.

— Garçon, une bouteille de Pol Roger, lance Max au barman en reprenant tout son aplomb.

— Du champagne ? Qu'est-ce qu'on fête ?

— Ta nouvelle carrière à la télé.

— Wô ! Pas trop vite Max. J'ai fait une chronique, c'est tout.

— Il y en aura d'autres, crois-moi, Charlotte.

— Ouais, on voit bien que tu connais pas Roxanne. Elle s'est juré que je ne serais plus jamais en ondes tant qu'elle sera vivante.

— Raison de plus pour foncer. Ça veut dire que t'as du talent. D'ailleurs, je l'ai toujours su.

C'est vrai que Max a été un des seuls à m'encourager dans mon désir de passer devant la caméra. Un des seuls à y croire aussi. Combien de fois m'a-t-il répété que j'allais cartonner à l'écran ? Beaucoup moins de doute dans son esprit que dans le mien. Il faut dire que ça fait partie de sa personnalité. Monsieur-j'ai-confiance-en-moi-et-je-ne-doute-de-rien.

Le champagne est sublime, la conversation est facile. Max me raconte son été à Honfleur, qu'il a passé avec sa mère et sa fille. C'est fou comme je n'arrive pas à me l'imaginer en papa d'une fille de douze ans.

Je lui parle de mes vacances au chalet, les embellissant un peu. Ou beaucoup, c'est selon. Dans mon récit, j'ai gagné le concours de la meilleure pêcheuse du lac, j'ai roulé quarante kilomètres par jour sur mon vélo, j'ai participé à un marathon organisé par les riverains et j'ai cuisiné des bouffes spectaculaires tous les soirs.

— C'est ton nouveau mec qui te fait faire des trucs à la con comme ça ?

— Quels trucs à la con ? Quel nouveau mec ?

— Comment ça, quel nouveau mec ? Celui dont tu as parlé à l'émission.

Oups ! J'avais complètement oublié qu'à ses yeux je n'étais plus célibataire. Merci encore, Roxanne, pour ce piège débile.

— Ah… Celui-là ?

— Pourquoi ? Il y en a plusieurs ?

— Mais non. C'est juste que… Ben c'est fini, tu vois.

— Déjà ? Ah bon. C'est que ton animatrice semblait dire que tu étais très en amour.

— Bah, tu sais, elle sait pas toujours de quoi elle parle.

Le silence s'installe quelques instants entre nous deux. Max verse ce qu'il reste de la bouteille dans nos flûtes. Plus le temps passe, plus nos verres se vident et plus j'ai envie de me laisser aller.

Heureusement, je ne suis pas assez soûle pour perdre toute ma méfiance et oublier complètement la façon dont on s'est quitté. En même temps, j'ai tellement envie de tout remettre sur le tapis. Pourquoi ça n'a pas marché nous deux ? Qu'est-ce qui s'est passé pour que, du jour au lendemain, il décide que c'était fini ?

Je l'observe discrètement en silence et je constate qu'il a bu son dernier verre d'un seul trait. Étrange. Ce n'est vraiment pas dans ses habitudes de boire aussi rapidement. Max serait-il aussi nerveux que moi ?

— Tu veux une autre bouteille ?

Pas question. Un verre de plus et je flanche. C'est certain.

— Merci, j'ai assez bu… Je pense que je vais rentrer maintenant.

Je fais mine de me lever quand je sens sa main se déposer sur mon avant-bras. Et ce courant électrique qui me traverse tout le corps ! Ignore-le, Charlotte. Sauve-toi au bout du monde.

— Tu restes encore un peu ? Le temps de prendre un Perrier, d'accord ?

Bon, une eau minérale, ce n'est guère dangereux. Allons-y pour un dernier verre.

— OK, mais après je rentre. Essaie l'eau minérale Eska, elle est super bonne. En plus, elle vient d'ici.

— Tout ce que tu veux.

My God ! Qu'est-ce qui lui prend ? Lui qui ne jure habituellement que par les marques françaises. On boit notre délicieuse eau en bavardant de choses banales et inoffensives comme la météo et Joe Dassin.

— Bon, Max, tu m'as pas fait rester pour me parler de l'été indien.

— Euh, non, non.

— Qu'est-ce que tu voulais me dire, dans ce cas-là ?

Max prend ma main dans la sienne et commence tout doucement à caresser ma paume et mon poignet avec son autre main. Le supplice qui recommence…

— Je regrette, Charlotte.

— Qu'est-ce que tu regrettes ?

— La façon dont ça s'est terminé entre nous deux.

Au souvenir de cette nuit froide et triste et de celles qui ont suivi où j'ai pleuré toutes les larmes de mon corps, je retire ma main de la sienne. Max ne se laisse pas démonter pour autant. Il récidive. C'est maintenant mes deux mains qu'il tient fermement dans les siennes.

Si mon corps reçoit très bien le message, mon cerveau, lui, a de la difficulté à enregistrer ce qu'il voit. Max qui regrette ? Vraiment ?

— Je t'avoue que j'ai jamais compris pourquoi tu as voulu qu'on se laisse.

— En fait, je…

— T'as pas idée du nombre de scénarios que je me suis faits dans ma tête, dis-je en l'interrompant et en reprenant le contrôle de mes mains.

Et de mon corps par la même occasion.

Ça fait des mois que je veux qu'il sache à quel point il m'a blessée. Maintenant, plus rien ne m'arrêtera. Je sens monter en moi tout le chagrin et tous les doutes qui m'ont habitée dernièrement.

— On était heureux, ça allait super bien. Puis là, pouf, en une soirée, tout ça a disparu… Tu sais ce qui m'a fait le plus mal ? C'est que j'ai jamais su pourquoi.

— Laisse-moi t'expliquer, alors.

— Tu as été d'un manque de respect total, Max. J'ai jamais eu droit à des explications.

— Je sais, je voulais…

— Je me suis dit que tu me trouvais pas assez bien pour toi. Moi, la fille qui vient de Laval.

— Ce n'est pas ce que j'ai pensé…

— Mais oui, c'est ça que t'as pensé. Que je pourrais

jamais faire le poids avec ta *crowd*, ton univers, tes amis français. Que t'étais bien mieux finalement avec une fille comme Béatrice machin-chouette…

— Béatrice ? Béatrice Bachelot-Narquin ?

— Ben oui, celle-là.

— Charlotte… Béatrice, c'est une amie. Seulement une amie. Et puis, elle est mariée.

— Peut-être, mais n'empêche qu'on vient pas du même milieu, toi et moi. Ça, tu me l'as fait cruellement sentir. Y a pas une once de bourgeoisie dans ma famille puis ma mère porte pas un nom de reine comme la tienne. Tout ce qu'elle a de noble, c'est son titre de meilleure vendeuse de condos de Laval !

Sur ces paroles peu élogieuses envers maman, j'avale ma dernière gorgée d'Eska. En silence, je me lève pour me réfugier aux toilettes, laissant l'occasion à Max de réfléchir à la suite. Moi, j'ai fait ma part. Et je constate que j'en suis plutôt fière.

Finalement, je lui ai dit ce que je pensais. Sans pleurer, sans crier, sans jouer à la victime. J'éprouve soudainement un tel soulagement ! De retour à ma place, quelques minutes plus tard, je constate qu'un verre de blanc m'attend.

— Là, tu t'assois, tu bois et tu m'écoutes.

Trop épuisée pour argumenter, j'obéis et je prends une gorgée de vin. Je reconnais les parfums de pomme verte et de citron du bourgogne aligoté. On est maintenant de retour en territoire français.

— Il y a un peu de vrai dans ce que tu viens de dire, commence Maxou.

— Ah bon ? Comment ça ?

Jusqu'ici, il y avait toujours cette petite partie en moi qui pouvait espérer secrètement que j'avais tort.

Qu'une autre raison mystérieuse avait poussé Max à mettre fin à notre relation. Mais là, s'il confirme le tout…

— À cause de mon éducation, je pense. À cause de ma mère, Victoria.

— Qu'est-ce que ta mère a à voir là-dedans ?

— Je ne t'ai jamais dit que j'avais quitté Paris en partie à cause d'elle ?

— Non. Première nouvelle.

Pendant notre fréquentation, Max ne m'avait pas souvent parlé de son passé, de son enfance. Sinon pour me dire qu'il avait huit ans quand son père est mort dans un accident de voiture sur le périphérique. Et qu'il avait vécu ensuite seul avec sa mère jusqu'à l'âge de vingt-six ans.

Je me souviens avoir été surprise de constater qu'il était parti aussi tard de la maison, moi qui avais emménagé en appartement à Montréal dès ma première année de cégep, à dix-sept ans.

— Ma mère est une femme très contrôlante et je pensais qu'en venant m'établir ici, je pourrais échapper à son emprise. Mais j'avais tort.

— Ben, elle était quand même pas dans notre lit !

Facile de blâmer les autres, surtout quand ils ne peuvent pas se défendre parce qu'ils sont à cinq mille kilomètres d'ici.

— Ce que j'essaie de t'expliquer Charlotte, c'est que ma mère n'aurait pas approuvé notre relation et que…

— T'as besoin de l'approbation de ta mère pour sortir avec une fille ?

— Tu vas me laisser finir, oui ou merde ?

— OK, fâche-toi pas… Excuse-moi, je t'écoute. Continue.

— Tout ça, c'est un peu inconscient, Charlotte. C'est la peur de la décevoir. Tu sais, elle a tellement tout misé sur moi. Mon doctorat à la Sorbonne, c'est à elle que je le dois… Encore cet été, elle m'a rappelé tous les sacrifices qu'elle a faits pour moi.

Je réalise maintenant à quel point Max a dû subir le chantage émotif d'une mère manipulatrice. En même temps, ça m'échappe un peu. Comment peut-on laisser quelqu'un décider à sa place qui on va aimer toute sa vie ? Bon, un peu d'ouverture Charlotte. Fais ta Janette et essaie de comprendre au lieu de juger !

— Très jeune, elle a tracé mon avenir. J'allais travailler pour la nation et épouser une Française de bonne famille. Parisienne, de préférence.

— Et ?

— C'est ce que j'ai fait. Je me suis marié avec Sandrine Chatel, la fille de l'éditorialiste politique du *Point*. Alixe est née. Ma carrière a pris son envol. Ma mère était heureuse. Elle avait une belle-fille et une petite-fille qu'elle adorait. Mon mariage lui permettait de fréquenter les milieux intellectuels dont elle avait été privée depuis la mort de mon père.

— Donc, tout le monde était heureux. Tout le monde, sauf toi…

— Exact. C'est pour ça que j'ai divorcé… Mais ça l'a brisée.

— Ta femme ?

— Non, ma mère. Le château de cartes qu'elle avait commencé à construire le jour du décès de mon père venait de s'effondrer. Elle ne me l'a jamais pardonné.

Elle voulait me faire promettre de me remarier le plus rapidement possible avec un clone de Sandrine.

— Et ?

— J'ai résisté. Je ne voulais pas lui faire une telle promesse, mais elle était tenace. Je cherchais une façon de m'en sortir quand la solution s'est présentée à moi sur un plateau d'argent. Un job à Montréal, c'était parfait.

— Comment elle a pris ça ?

— Très mal. Elle m'a crié des injures : « fils égoïste », « père irresponsable ». Je me suis senti tellement coupable qu'elle m'a eu. J'ai promis de lui redonner la vie à laquelle elle avait droit, dès mon retour en France.

J'avale ma dernière gorgée de vin, sous le choc de toutes ces révélations. Je suis à la fois troublée et révoltée. Et je constate à quel point je suis chanceuse d'avoir grandi dans une famille où l'une des valeurs les plus importantes était la liberté de choisir.

— Moi, visiblement, je ne suis pas un clone de Sandrine. Et mon père n'est pas exactement un éditorialiste renommé.

— Et ta mère est la reine du condo de Laval !

Tous les deux, on éclate de rire. L'image de Mado, une couronne sur la tête, posant fièrement devant un immeuble gris et terne d'un quelconque boulevard de Laval, efface quelques instants les sentiments de tristesse, d'incrédulité et de révolte qui m'habitent. Dès que mon rire s'éteint, le doute, lui, revient.

— Mais Max, sérieux là, tu m'as pas quittée seulement à cause d'une promesse faite à ta mère ?

— En grande partie, si. Tu comprends, je me sens responsable d'elle.

— Mais y a autre chose aussi, c'est quoi ?

Max baisse les yeux un instant et fixe le marbre du bar. Il prend une arachide dans le petit plat en argent devant lui, la fait rouler entre son pouce et son index, avant de me la montrer.

— Elle est bizarre, cette cacahuète, tu ne trouves pas ?

Je la lui arrache des mains, la mets dans ma bouche et l'avale d'un seul coup.

— Tu veux bien me répondre, maintenant ?

— Hum… Je ne te cacherai pas, Charlotte, que tu me déstabilises…

— Je te déstabilise ?

— Oui. Comme tu viens de le faire avec la cacahuète, juste là.

— Hein ?

— Si, si. Tu mords dans la vie d'une façon peu commune. Je t'assure, je n'ai pas vu ça souvent. Cette urgence que tu as. De vivre, d'aimer, de donner, de prendre, c'est…

— Déstabilisant, je sais, tu l'as dit. Ben moi, je connais pas d'autre façon de vivre. C'est comme ça.

Non mais, je commence à en avoir marre de me faire dire que je suis trop entière. Parce que ça revient à ça, non ?

— Cette façon que tu as, aussi, de ne pas faire les choses de façon conventionnelle, c'est un peu déroutant. Je n'ai pas l'habitude d'avoir des gens comme toi dans ma vie. Les gens qui m'entourent sont plutôt posés, réfléchis…

— Et plates, je te gage.

— Je l'admets. Souvent ennuyeux.

— Bon. C'est quoi le problème, alors ? Tu préfères

la compagnie des gens plates et célèbres à celle d'une fille comme moi, pas riche, ni célèbre, mais…

Je dépose ma main sur sa cuisse, remonte tranquillement vers son entrejambe en le regardant droit dans les yeux. Non mais, elle me vient d'où, cette soudaine assurance ? Du champagne probablement.

— Charlotte, on est assis sur des tabourets. Tout le monde peut nous voir.

— Puis ? C'est ça qui est excitant, tu trouves pas ?

— T'arrêtes ça tout de suite.

— Arrête-moi si tu veux, toi, dis-je en continuant de lui caresser la cuisse et de remonter très tranquillement.

Il saute de son tabouret, m'attrape par la taille pour me faire descendre du mien, me plaque contre lui et commence à m'embrasser doucement… C'est tellement bon. Je resterais là, comme ça, pour l'éternité.

Sa main droite appuie fermement dans le bas de mon dos, pour m'inciter à me coller un peu plus intimement contre lui. Encore un peu plus… Et c'est là que je découvre que le désir l'habite tout autant que moi.

***

— Après ça, on est partis chacun de notre côté.

— Vous avez même pas baisé ? me demande mon meilleur ami, assis à côté de Justin sur le nouveau divan qu'ils ont choisi tous les deux sur Internet pour meubler l'appartement d'Ugo.

Refuge de célibataire qui se transforme peu à peu en véritable petit nid d'amour, puisque Justin y passe désormais le plus clair de son temps. Je commence à m'y faire tranquillement, même si je rêve secrètement d'avoir Ugo pour moi toute seule vingt-quatre heures par jour, sept jours par semaine. Au moins, j'ai réussi à négocier une soirée par semaine en tête à tête avec lui. Mais ce n'est malheureusement pas ce soir.

J'ai convenu aussi de ne pas me présenter chez Ugo sans aviser, sauf en cas d'urgence. Comme ce soir. Ça fait vingt minutes que j'ai quitté Max et je suis encore toute chamboulée.

— Pourquoi il a pas voulu aller plus loin ?

Piquée au vif par la question de Justin, je dépose mon verre de porto et bondis de mon fauteuil comme un fauve.

— Parce que tu penses, Justin Brodeur, que c'est nécessairement lui qui voulait pas ?

— Ça peut pas être toi certain.

— Ah non ? Et pourquoi pas ?

— T'es trop amoureuse de ce gars-là pour refuser de passer une nuit avec lui. C'est clair.

— J'ai pas de colonne vertébrale, c'est ça que tu veux dire ?

— C'est une façon de voir les choses…

Je me tourne vers Ugo, furieuse.

— Ugo, dis quelque chose.

— Ah non, Charlotte, tu commenceras pas ce petit jeu-là. Si t'as quelque chose à dire à Justin, dis-lui. Passe pas par moi.

Grrr… Décidément, je préférais mon Ugo célibataire… Je me rassois pour me calmer.

— Figure-toi, mon cher Justin, qu'il m'a proposé d'aller chez lui et que j'ai refusé.

— Ça te tentait pas ?

— C'est sûr que ça me tentait. Ça m'a pris tout mon petit change pour me décoller de lui quand il m'a soufflé à l'oreille : « Tu viens à la maison ? »

— Pourquoi t'y es pas allée ?

— C'est quand il a dit « à la maison » que j'ai pensé que c'était pas une bonne idée. Chez lui, encore dans son univers… conventionnel. Un monde dans lequel je *fitte* pas…

— C'est ce qu'il t'a dit ? Que tu *fittais* pas dans son monde ? Pour qui il se prend lui ? se fâche soudainement Ugo.

— Écoute, il m'a pas dit ça exactement comme ça. Mais c'est ce que ça voulait dire.

— Y est coincé pas à peu près.

— Bah, pas si pire. C'est juste qu'une fille comme moi, ça le *challenge* trop.

— Dans le fond, il t'accepte pas comme t'es.

— Ouais, y a un peu de ça, mais je sens qu'il veut faire des efforts. Il m'a dit en partant que je lui manquais, qu'il s'ennuyait de moi.

— Pourquoi tu lui as pas proposé d'aller chez toi ?

— Je sais pas, j'ai comme bloqué.

— Ça t'a déstabilisée de te faire dire que tu étais déstabilisante, ironise Justin.

— Ha, ha, très drôle !

— Allez-vous vous revoir ?

— Je sais pas trop, j'ai dit que je le rappellerais. Il aimerait ça qu'on se donne une autre chance.

— Pour te *flusher* de plus belle quand il va retourner à Paris, chez sa mère.

— Ah, Justin, t'es injuste ! Il m'a dit qu'il n'avait pas l'intention d'honorer la promesse faite à sa mère.

— Et tu le crois ?

— Ben oui. Max, c'est pas un menteur… Faut juste que je trouve un moyen pour le décoincer un peu.

— Fais-lui passer un test. Amène-le sur un terrain complètement déstabilisant la prochaine fois.

— Ouais, c'est bon ça. Comme quoi ?

— Ben je sais pas, moi. Une place vraiment pas rapport pour un Français comme lui.

Je réfléchis en buvant mon porto. Dans ma tête, je scanne tous les recoins de la ville à la recherche d'un lieu incongru, mais sécuritaire et intime à la fois. Humm… Pas évident. J'élargis le territoire de mes recherches et je traverse le pont Jacques-Cartier. Une petite auberge des Cantons-de-l'Est, peut-être ? Ben voyons, Charlotte, y a pas de défi pour Max là-dedans !

Soudainement, j'ai un éclair de génie. C'est ça, j'ai trouvé ! Et c'est à cinq minutes de chez lui en plus !

— Justin, t'es génial !

Pour le remercier, je lui donne un gros bec sur la bouche. Je fais la même chose avec Ugo, histoire de ne pas le rendre jaloux, et je me dirige vers la porte d'entrée.

— Eille, Charlotte, tu vas l'emmener où ? me demande Ugo juste au moment où j'ouvre la porte.

Je me retourne et je regarde mes deux amis avec un grand sourire avant de leur répondre.

— Dans un motel à quarante piasses du boulevard Taschereau.

22

Buffet de la réconciliation :
– canapés Cheez Whiz et bacon
– sandwichs « pas de croûte »
– céleris et radis frisés
– Jell-O à la framboise avec des fruits en conserve.

Autant j'étais terrorisée avant d'entrer dans ce bureau, autant j'en ressors le cœur léger et l'esprit soulagé. Je suis tellement heureuse que je gambade comme une petite fille en évitant les lignes du trottoir !

Non, je ne me suis pas trouvé un nouveau travail. Je viens tout juste de rencontrer mon conseiller financier à la banque. M. Lampron m'a expliqué que l'institution qu'il représentait n'avait aucun, mais aucun problème à me faire crédit, pour autant que je paie les intérêts tous les mois.

Honnêtement, je ne savais pas que la banque tenait autant à moi comme cliente. Je suis pourtant loin d'être dans les ligues majeures, côté finances. Mais j'ai du potentiel, m'a souligné M. Lampron. J'ai trouvé ça très flatteur, même si, je dois bien l'avouer, j'ignore le véritable sens de ses paroles.

Quoi qu'il en soit, nous avons convenu d'un arrangement qui fait mon bonheur. Je n'ai même pas eu à investir les 700 dollars récupérés avec la vente de mon barbecue neuf. Tant mieux. Je connais une bien meilleure façon d'utiliser cet argent.

Nous avons donc fait ce que M. Lampron a appelé une miniconsolidation de dettes. Et ça, sous la forme d'un prêt personnel. J'ai ainsi ramené ma carte de crédit à zéro, ainsi que ma marge. Yé !

Ma seule obligation maintenant, c'est ce paiement mensuel de 375 dollars. C'est certain que j'ai tiqué un peu en voyant le taux d'intérêt de treize pour cent. Mais après tout, ce n'est que pour un an.

Ensuite, M. Lampron m'a obligée à baisser la limite de ma carte de crédit. Je n'ai maintenant plus droit qu'à un malheureux 1 000 dollars sur ma Visa. Heureusement, j'ai encore accès à ma marge de 5 000 dollars. Celle-là, il n'y a pas touché.

Mon conseiller a été d'une gentillesse extrême et, rapidement, nous sommes devenus amis. À tel point qu'à la fin de notre entretien je me suis permis un petit conseil.

Je lui ai poliment proposé de remplacer les vulgaires « paparmans » roses et vert hôpital qu'il m'a offerts d'entrée de jeu par des bonbons dignes de ce nom. Voyant qu'il semblait apprécier mon expertise en la matière, je me suis même permis d'aller le rejoindre derrière son bureau et de mobiliser son ordinateur.

Sur le Net, je lui ai montré des dizaines de photos de confiseries toutes plus appétissantes les unes que les autres. Caramel à la fleur de sel, sucre d'orge, fruits confits, marrons glacés, nougat au miel de lavande et, finalement, bleuets du Lac-Saint-Jean enrobés de chocolat noir.

Il a semblé ravi de mes suggestions. Et devinez où je file à l'heure actuelle ? Me récompenser à la confiserie du coin, bien entendu. Tout ça m'a mise en appétit.

Mais je n'ai guère le temps de m'attarder aujourd'hui puisque tout doit être en place pour mon rendez-vous avec Max, ce soir. Pour tester sa capacité d'adaptation et son sens de l'humour, j'ai décidé de lui faire faire une incursion dans le Québec des années 1960.

Le motel *cheap*, le *baby doll* rose, les pantoufles avec plumes, le large bandeau rouge qui retient mes cheveux, le trait d'*eyeliner* qui allonge mes yeux et la musique des Classels, de Pierre Lalonde, de Robert Charlebois, de Jean-Pierre Ferland, etc.

Côté bouffe, un buffet froid composé de canapés au Cheez-Whiz et bacon, de céleris et de radis frisés et de sandwichs « pas-de-croûte », aux œufs et au Paris Pâté. Pour dessert, un magnifique Jell-O à la framboise avec des fruits en conserve pris au milieu. Ouache ! C'est presque de la torture ça, ma Charlotte !

Oh que j'ai hâte de voir son air quand je vais lui servir une Molson ou un verre de gros gin ! Je lui laisse le choix tout de même…

En arrivant devant la confiserie, je commence à m'interroger sur mon plan. Est-ce que j'en fais trop ? Est-ce que tout ça n'est pas un peu ridicule finalement ? Possible. Fort possible même… Mais le ridicule n'a jamais tué personne, n'est-ce pas ?

Et puis, si monsieur le Français coincé n'apprécie pas, eh bien tant pis pour lui ! Ça voudra dire qu'il n'est pas capable de m'aimer comme je suis. Folle et névrosée à mes heures.

Mais par pure précaution, je dois penser à un plan B. De toute façon, je ne suis pas certaine de vouloir moi-même me gaver de sandwichs au Paris Pâté toute la soirée. Et puis, la bière et le gin, je déteste ça.

Bon, maintenant que je me suis rassurée moi-même, j'entre dévaliser le magasin de bonbons. Tout un dîner en perspective.

***

Correcte. C'est le mot que j'emploierais pour désigner la chambre que je viens de louer dans un motel du boulevard Taschereau. Quarante dollars pour quatre heures. Et ça ne vaut pas plus que ça !

Au moins, tout est propre. Heureusement, avec la tonne de bouffe que je transporte. Je prépare les lieux tout en réfléchissant à la soirée qui s'annonce. Ce qui m'angoisse par-dessus tout, c'est que je n'ai fait valider mon plan par personne. Ni par Ugo, ni par Aïsha, bien entendu, puisqu'elle m'ignore toujours.

Habituellement, quand de telles idées farfelues me traversent l'esprit, je me fais un devoir de vérifier si elles tiennent la route. Et si j'essayais d'appeler Aïsha juste pour voir ? En utilisant le téléphone fixe de la chambre, elle ne reconnaîtra pas le numéro sur son afficheur et elle répondra peut-être.

Avant tout, il me faut une dose de courage. Je mélange gin et eau minérale dans un verre en plastique découvert dans la salle de bains. J'en avale une bonne rasade avant de composer le numéro d'Aïsha. Ça sonne. Allez, une autre gorgée ! Beurk, c'est vraiment dégueu !

— Allô ?

La voix d'Aïsha trahit une impatience aiguë. Celle du SPM. Ouch ! Ce n'était peut-être pas une bonne idée finalement.

— Aïsha, c'est moi. Raccroche pas s'il te plaît.

— Qu'est-ce que tu veux ?

L'ouverture d'Aïsha me laisse sans voix. Moi qui m'attendais à ce qu'elle me raccroche au nez, me voilà prise au dépourvu. C'était quoi sa question, déjà ? Ah oui ! Qu'est-ce que je veux ? En fait, ce que je veux, c'est…

— Me réconcilier !

— Pas cette fois-ci, Charlotte. T'es allée trop loin.

— Écoute, je sais pas ce que P-O t'a dit, mais c'est pas vrai. J'ai jamais essayé de…

— Essaye pas, Charlotte. Tu t'es jetée sur lui ce soir-là au chalet.

— Quoi ? C'est pas ça pantoute, Aïsha ! C'est ça qu'il t'a dit ? Que je m'étais jetée sur lui ?

— Ouais. Puis je vous ai vus aussi.

Je n'en reviens pas ! Le salaud ! C'est lui qui m'a caressé la joue. J'ai rien fait, sinon que me laisser faire deux secondes.

— Quand tu nous as vus, c'était juste… Ah comment dire ? C'était juste amical. Une petite caresse entre amis, c'est tout.

— Ah oui ? Et quand vous avez couché ensemble, c'était juste amical, ça aussi ?

— Bon, c'est lui qui t'a dit qu'on avait eu une aventure ?

— Ouais. Parce que toi, t'as pas jugé bon de me le dire, hein ? C'était pas important que je sache ça, peut-être ?

— Oui, mais c'était avant votre relation.

— Et alors ? T'aurais dû me le dire pareil !

— Peut-être. Je suis prête à prendre le blâme pour ça. Mais le reste, non. Je te jure que je ne lui ai jamais fait des avances au chalet.

— En tout cas, c'est pas ce qu'il dit.

— Penses-y, Aïsha. C'est bien plus facile pour lui de dire que tout est de ma faute… Mais il s'est rien passé au chalet, je te le jure.

Silence au bout de la ligne.

— Aïsha, tu me crois hein ?

— Bof ! De toute façon, peu importe. On est en *break* depuis hier.

— Ah oui ? Comment ça ?

— Encore la même histoire qu'avec les autres gars. Y est pas sûr de vouloir s'engager, ça va trop vite, y a besoin de prendre du recul. La poutine habituelle, quoi !

— Ah ! Pauvre pitchounette. Je suis désolée.

— Oui, ben moi aussi. Celui-là, je l'ai vraiment dans la peau.

Inutile ici de contrarier mon amie en lui rappelant qu'elle dit ça de tous les mecs avec qui elle couche. Quoique cette fois-ci, je pense que c'est beaucoup plus qu'une question de peau.

— Je sais, Charlotte, tu vas dire que je dis ça chaque fois. Mais là, c'est vrai. C'est le bon, j'en suis convaincue.

— C'est toi qui le sais Aïsha. Mais là, c'est fini, fini ? Ou vous allez vous revoir ?

— On est supposés se rappeler en fin de semaine prochaine. On va voir. Et toi, tu l'as revu ton Français, finalement ?

— Ben, justement…

Et je commence à lui raconter mon histoire de long en large, ne lui épargnant aucun détail de mon plan pour ce soir. Aïsha s'esclaffe au bout du fil. Que ça fait du bien d'entendre mon amie rire de bon cœur !

— Tu sais quoi, Charlotte ? Je trouve que c'est une super bonne idée !

— Ah oui ?

— Ouais. Ça va te permettre de savoir s'il est capable de rire de lui-même un peu. Puis, dans le fond, qu'est-ce que t'as à perdre ?

— Ben… lui. Peut-être qu'il va me trouver complètement folle et qu'il va se sauver en courant.

— Peut-être… Mais ça voudra dire qu'il se serait sauvé un jour où l'autre, Charlotte. Ça, t'es mieux de le savoir tout de suite.

— Ouais, t'as probablement raison.

C'est avec beaucoup de regrets que je mets fin à notre conversation. J'aurais continué à lui parler pendant des heures, mais le temps file et Max sera là d'ici vingt minutes. Heureusement, Aïsha a accepté mon invitation à souper pour le lendemain. Yahou ! J'ai retrouvé ma bonne amie et, par le fait même, une bonne dose de confiance en moi.

Allez, monsieur Lhermitte, présentez-vous, que je vous fasse vivre les heures les plus déstabilisantes de votre vie trop *straight* et trop confortable !

Bon, un coup de pinceau sur les paupières et je serai prête. Une tâche délicate que celle d'appliquer du *eyeliner* comme le faisaient les femmes dans les années 1960. Allons-y tranquillement. Hé, merde ! Pourquoi mon téléphone sonne-t-il toujours au mauvais moment ? Me voilà toute barbouillée.

— Allô ?

— Charlotte, c'est moi. Mon GPS ne trouve pas l'adresse que tu m'as donnée : 1123, Bouletasche. C'est quoi ça, Bouletasche ?

— Ah ! Excuse-moi, Max. C'est une abréviation. Ça veut dire boulevard Taschereau.

— Taschereau ? C'est bien ce boulevard sans âme tout près de chez moi ? Qu'est-ce qu'on va faire là ? Du *shopping* dans une quincaillerie ?

— Ah… Tu m'énerves ! Je t'ai dit qu'il fallait que tu aies l'esprit ouvert pour notre soirée de ce soir. Sinon, ça marchera pas. C'est un jeu. T'embarques ou t'embarques pas ?

— Bon, bon, ça va. J'embarque, comme tu dis… Tu veux que j'apporte quelque chose ?

— Juste ton corps, chéri. Juste ton corps… Appartement 33.

Et je raccroche, surprise moi-même par mon audace. Vingt minutes plus tard, il cogne à la porte de la chambre.

Je prends une grande respiration, une bonne gorgée de mon cocktail au gin et j'ouvre la porte en *baby doll* transparent… Sauf aux endroits stratégiques. Faut se laisser désirer tout de même !

Et dès que j'aperçois le regard que Max pose sur moi, je sais que j'ai fait le bon choix.

— C'est vachement sexy, ton truc *vintage*, là.

Et c'est sur ces paroles encourageantes que commence une des soirées les plus déterminantes de ma vie.

***

Il y a un bon moment déjà que mon *baby doll* est allé rejoindre le tapis gris souris de la chambre numéro 33. Allongée sur le lit, je caresse tendrement le dos nu de Maxou, détendu après l'amour. Je l'ai retrouvé. Il est redevenu mon Maxou.

C'était tout simplement extraordinaire. Y a pas d'autres mots. La chimie sexuelle, ça ne s'explique pas. Ça se vit. Nos corps se sont retrouvés comme s'ils s'étaient quittés la veille.

Maxou est le seul homme qui ne m'ait jamais déçue au lit. Pas comme ces autres qui, une fois sur deux, en viennent à faire l'amour de façon égoïste. Sans tenir compte de mes besoins. Et Dieu sait qu'ils sont immenses.

Mais l'homme étendu à mes côtés présentement a toujours placé mon plaisir avant le sien. Enfin, pour être honnête, presque toujours. C'est un homme après tout.

— Est-ce que tu dors ?

— Hum… Pas tout à fait.

Je continue de lui caresser le dos en y traçant des lettres avec mon index : J-E-t-'-A-I-M-E. Il prend ma main, la ramène vers sa bouche, y dépose un léger baiser et me souffle tout simplement : « Moi aussi. » Et tous les deux, on s'endort collés l'un contre l'autre.

Ce sont les cris – les hurlements dirais-je plutôt – de plaisir de nos voisins qui nous tirent du sommeil, une heure plus tard.

— Maxou… Ça te donne pas envie de recommencer ? dis-je en passant doucement ma main dans ses cheveux.

— Dis donc, t'es insatiable !

— Je me suis tellement ennuyée, tu peux pas savoir.

— Moi aussi, j'ai pensé à toi souvent. Mais là, je

mangerais bien une bouchée. Tu vois, j'ai sauté le déjeuner aujourd'hui.

Ah, mon Dieu ! Est-ce que c'est ici que va s'arrêter ma lune de miel à peine commencée ? Est-ce que mes canapés de Cheez-Whiz-bacon, mes céleris frisés et mon Jell-O aux fruits vont faire fuir mon amoureux ? Le jeter dans les bras de la première cordon-bleu venue ?

— D'accord, mais il va te falloir une autre bonne dose d'ouverture pour manger le souper que j'ai apporté.

— Je te le dis tout de suite, Charlotte, du Mac Do, je ne mange pas ça !

— T'inquiète pas, moi non plus ! Non, c'est plus santé que ça quand même. Mais je te dirais de voir ça comme un cours d'histoire. Comme un retour dans le temps.

Et je m'empresse de mettre un peu de musique tout en servant une Molson à Max, qui me demande une flûte à bière.

— Désolée, y a que des verres en plastique. Une bière traditionnelle québécoise, Max, ça se boit à même la bouteille. Goûte !

Ce qu'il fait immédiatement, en étouffant une grimace.

— Bon, ce n'est pas la bière du démon, mais ça se laisse boire.

— Du démon ? C'est pas cette bière française à 12 % d'alcool ?

— Ah ben là, tu m'étonnes… Y a pas beaucoup de gens qui la connaissent.

— Je sais tout, chéri, moi je sais tout.

Je continue la préparation de mon buffet, en écoutant Charlebois chanter *Lindberg*[1] :

Alors chu r'parti
Sur Québec Air
Transworld, Nord-East, Eastern, Western
Puis Pan-American
Mais ché pu où chu rendu...

— Ce mec qui chante là, c'est pas celui qui fait de la bière justement ?

— Faisait de la bière, oui. Hé... Tu vas devenir un vrai Québécois si ça continue comme ça. Et si tu restes assez longtemps pour ça... Justement, dis-moi, est-ce que t'as eu des nouvelles pour la prolongation de ton contrat ?

Je cesse de faire du brouhaha dans la glacière, dans l'espoir de l'entendre m'annoncer qu'il travaillera encore ici pour les dix prochaines années.

— Pas encore.

Ce n'est pas du tout la réponse que je souhaitais. Celle qui aurait apaisé le sentiment d'inquiétude qui m'empêche d'être heureuse à cent pour cent en ce moment ; une inquiétude qui prend peu à peu la forme d'une minicrise d'angoisse.

— Qu'est-ce qu'ils attendent ? Ton contrat finit bientôt, hein ? Après Noël, c'est ça ? Ça veut dire que ça se pourrait que tu repartes... Quoi, en janvier ? Mais merde, ça nous laisserait seulement quelques mois, ça ! Il faut que tu leur parles, que tu leur dises que

1. *Lindberg*, Robert Charlebois et Louise Forestier, Album *Robert Charlebois avec Louise Forestier*, Unidisc, 1968.

tu veux rester encore, que t'as pas fini ta mission ici, qu'il te reste plein de trucs à faire. Je sais pas, moi, il va falloir trouver quelque chose.

— Viens là, dit-il en tendant la main pour m'inviter à venir le rejoindre sur le lit.

Je l'ignore et recommence à brasser tout ce que je trouve dans la glacière, en lui tournant le dos. Ce n'est maintenant plus une minicrise que je fais, mais une vraie. Comme seule Charlotte Lavigne sait en faire.

— Je sais ce qui va se passer si tu retournes à Paris. Au début, on va s'envoyer des courriels, on va se parler sur Skype, puis tranquillement tu vas m'oublier. Tu vas céder aux pressions de ta mère et épouser une fille de bonne famille.

Je m'arrête le temps de reprendre mon souffle.

— Et moi, je vais rester ici toute seule comme une dinde. Et parce que je t'aurai attendu, je vais être rendue trop vieille pour me trouver un autre chum. Puis trop grosse à cause de tous les desserts que j'aurai mangés pour compenser ton absence.

Je sens tout à coup ses deux mains se déposer fermement sur mes épaules. J'arrête de parler et de bouger. Je me relève tranquillement, en lui tournant toujours le dos. Je ne veux pas qu'il voie mes yeux pleins d'eau. J'essaie de me calmer en prenant de grandes respirations.

Hé merde ! Pourquoi j'ai perdu les pédales comme ça ? Je vais encore le déstabiliser, comme il dit. Ce n'est pas seulement mes sandwichs qui vont le faire déguerpir. Je n'apprendrai donc jamais à contrôler mes émotions ! Je me tourne et enfouis mon visage au creux de son épaule.

— Excuse-moi.

— Ça va… Je vais bien finir par m'habituer aux montagnes russes. Mais ça ne sert à rien de se faire du souci avec ça. Pas maintenant.

— T'as raison… Bon, on mange maintenant.

Et je lui sers une magnifique assiette en plastique débordante de nourriture qui semble sortir tout droit du film *Crazy*. Il la prend sans même dire un seul mot. Je l'observe goûter poliment à chacun des aliments. On dirait qu'il n'apprécie pas beaucoup le Paris Pâté. Moi non plus d'ailleurs. Par contre, les céleris frisés, ça va.

— C'est quoi cette tartinade orange ? me demande-t-il d'un air dédaigneux en pointant le canapé au Cheez-Whiz, parsemé de morceaux de bacon cuits.

J'éclate d'un grand rire devant la situation totalement absurde que j'ai moi-même créée. Je retire l'assiette des mains de mon chum et l'envoie promener dans la glacière.

— Bon, allez, t'as fait assez d'efforts. Habille-toi, j'ai fait une réservation au resto.

— Ah ! Génial ! Je commençais à penser à commander une pizza. Est-ce que t'as réservé au *Terminus* ?

Au resto de P-O ? Pas question. Je ne remettrai plus jamais les pieds là. Surtout pas en compagnie de Maxou. Pas envie que P-O commence à s'amuser à lancer des sous-entendus à mon chum en lui faisant comprendre qu'il m'a consolée pendant notre séparation.

Macho comme il est, ce serait plutôt son genre. Non, le mieux en fait, c'est que P-O et Maxou ne se rencontrent jamais… Ça ne devrait pas être trop difficile, étant donné qu'Aïsha et lui ne sont plus ensemble.

— Non. On s'en va dans un bar à huîtres… Et comme c'est aphrodisiaque, je suis certaine qu'on va pouvoir baiser toute la nuit.

23

Moi, animatrice ? Wow !

— Écoutez-moi bien. Vous m'aviez dit qu'elle partirait par le vol d'aujourd'hui. Là, on est le 22 décembre. Dans deux jours, j'ai sept personnes à ma table puis j'ai pas l'intention de leur servir de la tourtière. Ça fait que si elle prend pas l'avion dès demain, je vais vous faire une réputation épouvantable à travers tout le Québec. Y a plus personne qui va commander vos produits, comptez sur moi.

Je raccroche, exaspérée. Ce n'est pas un stupide producteur d'oies de Normandie qui va gâcher mon réveillon de Noël, c'est certain. La volaille a intérêt à arriver à Montréal-Trudeau demain, sinon je ne réponds plus de moi. Après tout, je l'ai commandée depuis un mois. Et payée en plus !

Heureusement, je suis seule dans ma loge. Aucun témoin de ma crise au téléphone. Tous les autres m'attendent dans le studio pour un cocktail de Noël. Vaudrait mieux que je me calme avant d'aller les rejoindre.

Ça fait une semaine que je suis dans un état d'excitation avancé. C'est comme ça à chaque année quand la période des Fêtes arrive. Surtout quand c'est moi qui reçois. Ce qui arrive finalement… tous les ans.

Mon entourage n'est pas ce qu'on pourrait appeler, des « receveux », même s'ils proposent toujours d'apporter un petit quelque chose. Ce que je refuse systématiquement : trop compliqué à gérer. Puis pas mangeable une fois sur deux. Bien plus simple de cuisiner moi-même.

Je ferme une à une les applications de mon ordinateur dans le but bien avoué de voir apparaître mon fond d'écran. Une photo de Maxou qui me sourit de toutes ses dents. L'homme de ma vie avec qui je file le parfait bonheur !

On ne s'est pratiquement pas quittés d'une semelle depuis qu'on a repris. Sauf pour le boulot, bien entendu. On a fait plein d'activités en amoureux. Tout d'abord, la route des vins dans les Cantons-de-l'Est. Bon, il n'a pas été très impressionné par nos vignobles québécois, mais il a adoré le cidre de glace.

La visite du Festival de la canneberge dans le Centre-du-Québec, un séjour à Compton pour la virée gourmande, la cueillette des pommes à l'île d'Orléans, la dégustation de produits fins dans une fromagerie artisanale des Laurentides… Jusqu'à ce que Maxou, un peu essoufflé, me fasse remarquer qu'il ne s'était pas inscrit à un cours de gastronomie québécoise sur le terrain. « Est-ce qu'on peut simplement aller au cinéma ? » m'a-t-il demandé.

Et c'est comme ça que je me suis retrouvée à aller voir tous les films français qui sont sortis sur nos écrans ces derniers mois. Et pas un, malheureusement, avec Thierry Lhermitte. En échange, nous nous sommes tapé en vidéo tous les bons films québécois des dernières années.

J'essaie par tous les moyens, détournés ou pas, de convaincre Maxou que le Québec est le plus bel endroit au monde pour y vivre… et y mourir. Comme ça, même si son contrat n'est pas renouvelé, il va peut-être vouloir se trouver un autre job ici. Je mise beaucoup sur ma campagne de promotion pour assurer mon avenir amoureux.

— Charlotte, qu'est-ce que tu fais ? Viens nous rejoindre, me lance Aïsha en mettant les pieds dans ma loge.

— J'arrive.

Ça aussi, c'est une bonne nouvelle. Le retour de ma meilleure amie dans ma vie quotidienne. La réconciliation a été un peu plus longue que d'habitude, mais nous y sommes arrivées. La moins bonne nouvelle, c'est qu'elle traîne P-O avec elle, puisqu'ils ont repris et sont follement amoureux.

Aïsha découvre peu à peu le caractère bouillant dont P-O a hérité de sa mère italienne. Une personnalité à des années-lumière de celle de mon chum. Et c'est bien ce qui m'inquiète. Tellement différents, mais deux coqs à leur façon.

Deux coqs qui se rencontreront la veille de Noël chez moi pour manger, je l'espère, de l'oie farcie aux pommes. En plus de nous quatre, il y aura maman et son nouvel amant, Ugo et Justin.

Mais attention ici… Justin n'accompagne pas Ugo. Oh, que non. Pour mes invités, c'est à peine s'ils se connaissent. Justin m'a fait promettre de dire à tout le monde qu'il s'était joint à nous à la dernière minute parce qu'il n'avait pas pu se rendre dans sa famille au Lac-Saint-Jean.

Le problème, c'est que tout le monde sait qu'ils forment un couple. Mais Justin ne s'en doute pas. Et tout ça n'est pas sans causer beaucoup de peine à Ugo, qui fait preuve d'une patience exemplaire pour accepter de vivre dans l'ombre comme ça, lui qui aurait envie de crier son amour au grand jour.

Enfin… Ugo ne se décourage pas et a bon espoir que, d'ici peu, il pourra sortir au resto en tête à tête avec son chum. Ça, c'est si leur histoire ne se termine pas en queue de poisson, comme j'en ai le douloureux pressentiment.

Je suis Aïsha jusqu'en studio, où l'équipe boit du mousseux en grignotant des *antipasti di mare*, gracieuseté de P-O. C'est le début des vacances de Noël et tout le monde est joyeux. Sauf Roxanne.

Mais personne n'est surpris, puisque ça fait maintenant des semaines que notre animatrice est d'une humeur massacrante. Depuis, en fait, qu'elle a entendu des rumeurs circuler sur l'émission.

C'est que les cotes d'écoute n'ont pas été au rendez-vous cet automne. Et qui dit baisse de cotes d'écoute dit changements importants à apporter à l'émission. C'est pourquoi les patrons jonglent avec l'idée d'imposer à Roxanne une coanimatrice, ce qui ne fait pas du tout, mais pas du tout, l'affaire de notre belle vedette. D'autant plus que l'émission ne pourra plus s'appeler *Totalement Roxanne*.

Donc Roxanne est sur les dents. Et qui a écopé, vous pensez ? Son équipe, bien entendu. Nous, les méchants, qui sommes responsables de la chute de l'auditoire. Parce qu'on ne choisit pas les bons invités. Parce qu'on ne cuisine pas des recettes assez attrayantes. Parce qu'on ne l'habille pas assez sexy. Parce que, parce que, parce que…

Bref, tout est notre faute. Et on commence à en avoir marre de madame la princesse qui ne veut pas se remettre en question et faire l'exercice d'évaluer objectivement sa performance. Parce qu'elle aussi, elle a sa part de responsabilité.

Depuis que madame joue dans un téléroman, elle perd de plus en plus d'intérêt pour sa carrière d'animatrice. Elle est, comme qui dirait, sur le pilote automatique. Et le public n'est pas fou. Il se rend bien compte que Roxanne n'a plus la passion qu'elle dégageait au début de sa carrière.

— Eille, tout le monde. Un petit « Tchin » aux vacances, propose la réalisatrice en levant son verre.

— À *vos* vacances, précise P-O. Parce que moi, avec le resto…

— Ah ! Plains-toi donc, 'bé, se moque gentiment Aïsha. T'oublies qu'on ferme le resto le 2 puis qu'on part dans le Sud.

« On » ferme le resto ? Est-ce qu'Aïsha a maintenant des parts dans *Le Terminus* ? C'est vrai que, dernièrement, elle a passé toutes ses fins de semaine à donner un coup de main à P-O, complètement débordé.

Mais de là à se remettre en affaires… Elle qui avait juré qu'on ne l'y reprendrait plus… Encore une preuve qu'elle est vraiment amoureuse. Inquiétant. À ma connaissance, les affaires et les amours sont loin de toujours faire bon ménage.

— Charlotte, t'as une minute ? me demande notre réalisatrice entre deux bouchées de salade de moules au vermouth.

— Hum, hum…

— Viens, faut que je te parle seule à seule.

Dominique me fait signe de la suivre un peu à l'écart. On se cache toutes les deux derrière une caméra. Bon, c'est un peu le principe de l'éléphant qui tente de se camoufler derrière un arbre, mais au moins, on est à l'abri des oreilles indiscrètes.

— T'as entendu parler qu'on voudrait peut-être avoir deux animatrices à l'émission ?

— Ouais, un peu comme tout le monde. C'est vrai ?

— Y a rien de décidé officiellement, mais c'est sûr qu'il nous faut des changements. Sinon, oublie ça, cette émission-là, ça va être fini.

— Ah oui ? Tant que ça ?

— Tu le sais, Charlotte, qu'une baisse d'auditoire ça pardonne pas.

— Ouais, mais de là à tirer la *plogue*…

— De toute façon, ce que je voulais te dire, c'est qu'après les Fêtes on va faire des *screen tests* pour trouver une coanimatrice.

— OK.

— Puis M. Samson insiste pour que tu passes le test.

— Hein ? Moi ?

— Ben oui, toi. Allume Charlotte, t'as été super bonne quand t'as fait la ligne ouverte.

— Oui, mais j'ai pas assez d'expérience.

— L'expérience, l'expérience, c'est surestimé ça. Non, toi t'es jeune, t'es drôle et t'es rafraîchissante. C'est ça qu'il nous faut pour notre *show*. Le monde commence à s'endormir avec Roxanne.

— T'exagères, là.

— Pantoute ! Puis, il nous faut quelqu'un qui est

game aussi. Parce qu'on a l'intention de lui faire faire des trucs différents à la nouvelle coanimatrice.

— Différents comme quoi ?

— Bah, je sais pas encore exactement, mais il faut que ça sorte de l'ordinaire. Se faire tatouer en direct, manger des insectes crus, prendre un cours de baladi. Ou de *pole dancing*, tiens, ce serait encore plus *hot*.

— Coudonc, c'est un animal de cirque que vous voulez ?

— Ben voyons donc. Plus j'y pense, plus je me dis que tu serais parfaite pour ça, Charlotte.

— Moi, animatrice ? Wow !

Je suis un peu sous le choc. Je ne m'attendais vraiment pas à ça aujourd'hui. Devenir animatrice fait partie de mes plans depuis toujours. Mais honnêtement, je n'étais pas certaine d'en avoir la chance un jour. Et surtout pas aussi rapidement. Double wow !

— Bon, c'est pas encore fait. Mais si tu performes bien au test, d'après moi, t'as de très bonnes chances. Sauf que d'ici là, pas un mot. Roxanne est déjà assez pénible comme ça. J'ai pas envie qu'elle l'apprenne et qu'elle te fasse la vie dure.

— Bof, ça pourrait pas être pire que maintenant. Elle est déjà sur mon cas.

— T'as rien vu. Crois-moi, ça pourrait être bien pire.

— OK, je me la ferme… Animatrice ? J'arrive pas à y croire… Dominique, tu remercieras M. Samson pour moi.

— Euh, oui, oui. Mais je pense qu'il est parti en vacances.

— Ben, tu vas sûrement le revoir bientôt, dis-je dans une tentative d'en savoir plus sur leur relation.

— Pourquoi tu dis ça ? me demande notre réalisatrice, de plus en plus mal à l'aise.

— Ben… Tu vas le voir pendant les vacances, non ?

Dominique rougit, incapable de prononcer un seul mot. Ce sont ses yeux qui la trahissent le plus. Ce sont ceux d'une fille amoureuse. J'ai ma réponse. Je poursuis :

— En tout cas, je l'espère pour toi. Parce que passer ses vacances de Noël sans baiser, c'est plate à mort… Bon ben, merci pour tout.

Je lui donne un petit bec sur la joue et je m'éloigne, la laissant digérer ce qu'elle vient d'apprendre : je suis au courant de leur relation et, donc, toute l'équipe l'est aussi.

Je rejoins mes collègues, qui portent un autre toast. Nos verres s'entrechoquent, nos regards aussi. Je croise celui de Roxanne, rempli de haine, de mépris et de méfiance. Elle a compris que j'étais passée dans l'autre clan, celui des filles avec qui elle est en compétition.

Eh bien, tant pis ! Elle ne gâchera certainement pas mes vacances de Noël. Tout va trop bien à l'heure actuelle. L'homme de ma vie partage mon lit, mes amis sont là pour moi et je suis peut-être sur le point d'atteindre mon objectif professionnel. Est-ce que je rêve ? Pincez-moi quelqu'un !

24

« Cher père Noël, faites que ce soir
je sois l'hôtesse parfaite. »

Signé : la Charlotte qui prie aussi Martha Stewart.

Dix. C'est exactement le nombre d'heures que j'ai devant moi avant l'arrivée de mes invités. Dix heures pour préparer… combien de plats déjà ? Ah oui. Dix-neuf ! Et pour passer l'aspirateur. Et pour me faire belle. Et pour envelopper mes cadeaux. Et… pour ne pas céder à la panique. Et pour ne pas tomber raide morte de fatigue.

Une chose à la fois et tout ira bien. La bonne nouvelle, c'est que j'ai reçu mon oie hier et elle est vraiment magnifique : bien dodue, la chair souple, la peau fine et la graisse bien blanche. Ça promet.

Je n'envisage aucun problème avec la cuisson de mon plat principal. Non, là où j'ai eu des idées de grandeur, c'est dans la préparation de ma table de desserts. Pas question de présenter quelque chose de simple comme une bûche de Noël.

J'ai décidé d'y aller avec la tradition niçoise. Celle

des treize desserts. Pas deux, pas trois, pas quatre. Treize. À cause de Jésus et des douze apôtres. Heureusement, quelques-unes de ces douceurs ne demandent pas beaucoup de travail : dattes, fruits confits, etc. Mais d'autres, par contre, m'apparaissent un peu plus compliquées. Surtout si elles sont cuisinées à la dernière minute.

Comme la fameuse pompe à l'huile. Un dessert hybride entre la brioche et la fougasse. Un mélange d'huile d'olive, de sucre, de farine, de fleur d'oranger, etc. Bizarre. Une méthode qui demande de la délicatesse et de la précision avec tous ces temps de repos prévus pour la pâte. Pas certaine que ce soit une bonne idée de cuisiner ça un 24 décembre.

Je sais, j'aurais dû commencer hier. Mais j'ai passé ma première journée de vacances à me remettre d'une cuite monumentale. J'ai célébré ma peut-être future carrière d'animatrice avec Aïsha et Ugo. J'étais tellement excitée que je me suis comportée comme une adolescente.

Tout d'abord, nous sommes allés manger un gros hamburger juteux extrabacon. Avec des frites et de la mayo. Ensuite, nous sommes sortis dans un bar, où nous avons avalé des tequila paf toute la soirée. Cul sec avec le citron et le sel. Après quatre, j'étais complètement soûle. Mais rien ne pouvait m'arrêter et j'en ai bu trois autres. Ou quatre. Ou cinq. C'est flou dans ma tête.

J'étais tellement soûle que je n'ai pas osé répondre quand Maxou m'a appelée sur mon cellulaire. Je lui ai plutôt écrit un texto pour lui dire que j'étais au cinéma. Impossible de lui parler. À 11 h 40 le soir, il a dû trouver ça un peu bizarre, mais enfin, il n'y a pas fait allusion. Ni aux fautes dans mon message.

J'adore mon chum. Sincèrement, c'est l'homme de ma vie. Mais il y a des moments où je n'ai pas envie d'être une vraie femme. Où j'ai simplement le goût d'être cette ado de quinze ans qui arpentait la *Main*, une fausse carte à la main, pour aller danser sur les tounes de Madonna. Sans responsabilités, sans engagement et, surtout, sans argent.

Et ces moments-là, je ne peux pas les partager avec lui. J'ai besoin de décompresser entre filles. Bon, d'accord, Ugo n'est pas exactement une fille. Mais c'est tout comme. On a donc envoyé promener le reste de l'univers pendant quelques heures et on s'est soûlés à mort.

Heureusement, ces envies soudaines de me comporter de façon irresponsable ne me prennent pas souvent. Mais quand j'en ai besoin, tassez-vous de là !

Je commence à préparer mon somptueux souper, en pensant que j'ai très hâte d'annoncer à Maxou mes derniers développements professionnels. Je lui réserve la surprise pour ce soir. Il va être tellement fier.

***

Tout le monde est là : Aïsha et P-O, maman et Christian, son dernier amant, qui bat tous les records côté différence d'âge. Il a moins de vingt-cinq ans. Malheur ! Ugo, en pleine forme. Et Justin, qui joue le gars *cool* débarqué chez moi presque par hasard.

Il ne manque que Maxou. Où est-ce qu'il peut bien être ? Il a une heure et demie de retard et son cellulaire est fermé. Ça me rend malade. Je suis incapable d'apprécier le champagne et les verrines de foie gras et poire épicée.

Tous les scénarios possibles et imaginables me trottent dans la tête. L'accident de voiture, la chute dans la douche ou la crise cardiaque – plutôt rare à son âge, mais on ne sait jamais. Ou bien le retour de Béatrice Bachelot-Narquin en sol québécois, divorcée et portant un décolleté plongeant.

Trop préoccupée pour écouter P-O raconter qu'il compte ouvrir un deuxième resto d'ici quelques mois, je retourne à mon four surveiller mon oie farcie. Aïsha me suit discrètement.

— Coudonc, qu'est-ce qu'il fait, ton chum ? On est la veille de Noël. Ç'a pas de bon sens d'être en retard comme ça.

— Je sais pas, Aïsha, je sais pas pantoute où il est !

— J'espère que tu vas lui dire ta façon de penser quand il va arriver.

— En tout cas, il va se passer de champagne. Je lui en garderai pas une goutte !

Ding !

— Bon, enfin !

Je me précipite dans le hall, j'ouvre la porte et j'assassine Maxou du regard. Il se place tout de suite en mode défensive.

— Désolé, Charlotte. Je sais, c'est inacceptable. Je n'ai pas pu faire autrement.

— T'étais où ?

— Je t'expliquerai.

— Ça fait une heure et demie que je me fais du sang de cochon. Tu vas me dire où t'étais, sinon tu rentres pas.

— Au téléphone.

— Au téléphone ? Pendant une heure et demie ? Avec qui ?

— Avec ma mère. J'ai dû gérer une crise.

— Pourquoi ? Tu lui as annoncé une mauvaise nouvelle ou quoi ?

— En quelque sorte… On en parlera plus tard, tu veux bien ?

Je réfléchis quelques instants, me radoucis, l'embrasse tendrement et m'écarte pour le laisser entrer. Je lui souris d'un air complice.

— Ah… d'accord. Tu peux entrer maintenant.

Je viens de comprendre. Si la reine Victoria a pété les plombs pendant une heure et demie au téléphone, il n'y a qu'une seule raison. C'est que son fils chéri vient de lui annoncer qu'il ne retournerait pas à Paris. Pas tout de suite, du moins. Et il veut m'en faire l'annonce plus tard, quand nous serons seuls. *Yessssss !* La fête peut vraiment commencer. On passe à table.

***

— Attention tout le monde, Charlotte a une grande nouvelle à vous annoncer, lance Ugo avant de servir la crème d'huîtres que je viens de déposer en soupière sur la table.

— Ah oui ? Qu'est-ce que c'est ? demande maman, vêtue pour l'occasion de jeans et d'un tee-shirt noir hypermoulant sur lequel est inscrit : « Sauvons la planète. »

Probablement un cadeau de celui qui l'accompagne. Christian est bénévole pour un mouvement écolo pacifique. Comment gagne-t-il sa vie ? Aucune idée. Tout ce qu'on sait, c'est qu'il milite. Et qu'il charme ma mère. Laquelle, à mon avis, ouvre son porte-monnaie plus souvent qu'à son tour.

— Je vais enfin avoir la chance de devenir animatrice !

— Hein ? Où ça ? s'étonne Justin.

— Dis-nous-en plus ! s'enthousiasme maman.

Et je commence à raconter la conversation que j'ai eue avec la réalisatrice de l'émission. Mes invités sont ravis et me félicitent. Sauf Justin et Maxou. Justin, je peux comprendre, il est jaloux. C'est clair comme de l'eau de roche.

Mais Maxou ? Pourquoi il n'est pas heureux ? En fait, on dirait que ça l'angoisse. Il a l'air tétanisé. Et puis, tout à coup, c'est comme s'il se réveillait. Il me fait un grand sourire. Bon, j'ai dû m'imaginer des choses.

— Bravo, ma chérie… Mais ce n'est pas encore gagné, non ?

— Euh, c'est pas tout à fait dans le sac, mais j'ai de bonnes chances.

— Tu vois, ajoute-t-il en me caressant doucement l'avant-bras, c'est que je ne voudrais pas que tu sois déçue, si jamais…

— Eille, il est *turn off* pas à peu près, ton chum, Charlotte ! intervient soudainement P-O, avec toute la délicatesse qu'on lui connaît.

— Ah, P-O, *come on*… Il a peut-être pas tort dans le fond… Faut rien prendre pour acquis dans la vie.

Maxou lance un regard à P-O. Un regard qui trahit à la fois son mépris pour lui et la fierté qu'il éprouve parce que je lui ai donné raison. Le coq numéro un vient de gagner la première manche. Il poursuit à mon intention :

— Et puis, je suis convaincu que si ce n'est pas cette fois, il y aura d'autres occasions. Tu as beaucoup de talents, ma chérie.

— En tout cas, moi je sens que ça va marcher, clame P-O haut et fort. Toi et moi, Charlotte, on va faire un duo d'enfer. Ça va faire des flammèches, ça va être épeurant…

Pour appuyer ses dires, P-O lève sa main dans ma direction pour me faire un *high five*. Je tape dans sa main avec allégresse, en lui rendant son sourire complice. Le coq numéro deux vient de marquer un point, au grand déplaisir de sa blonde, qui s'empresse de se coller contre lui, pour marquer son territoire.

Sentant qu'on s'aventure sur un terrain glissant, Ugo a la bonne idée de commencer à servir la soupe en nous en faisant une description détaillée.

— Coudonc, c'est toi qui l'as faite, Ugo ? demande maman, surprise par le fait qu'il connaisse chacun des ingrédients composant la crème d'huîtres.

— Euh…

— Ben oui, c'est lui l'a faite, intervient soudainement Justin. Imaginez-vous donc que Charlotte est arrivée à la boucherie en plein milieu de l'après-midi avec ses sacs de provisions et son livre de recettes.

Je suis sous le choc ! Ça devait être notre secret à Ugo et à moi… Mais il a tout raconté à Justin, qui semble prendre un vilain plaisir à me planter en public.

— Puis là, comme s'il était pas déjà assez occupé comme ça, Charlotte a demandé à Ugo de l'aider pour le souper de ce soir. Fait que là, Ugo, en plus de découper des dindes pour ses clientes, il a dû faire la soupe aux huîtres, les verrines que vous avez mangées tout à l'heure puis des desserts.

On entendrait une mouche voler dans l'appartement. Tout le monde est stupéfait par la sortie de Justin. Ugo continue en silence de servir la soupe. Je me réfugie dans ma cuisine, pendant que Maxou se lève pour détendre l'atmosphère en allant mettre de la musique.

J'entends Justin expliquer qu'il se trouvait par hasard à la boucherie quand je m'y suis pointée. Il a tout vu en achetant son filet mignon. *Bullshit !*

J'ai honte, j'ai tellement honte ! Personne ne devait savoir que je ne suis pas l'unique cuisinière du repas de Noël. Ils vont tous penser que je suis une incompétente finie et non une hôtesse parfaite comme je voulais l'être ce soir.

Mais au-delà de la honte, ce qui fait le plus mal, c'est la trahison de mon ami. Et le voilà justement qui vient me rejoindre dans la cuisine. Décidément, Ugo aime le danger.

— Pourquoi tu lui as dit ?

— J'ai pas eu le choix, Charlotte. Il est venu me chercher à la boucherie à la fermeture. Il m'a demandé ce que c'était que tout ce stock que je transportais. Je voulais pas lui mentir, c'est tout.

— T'aurais dû ! Par amitié pour moi.

— Non. Je veux pas jouer de *game* dans mon couple. C'est déjà assez compliqué comme ça.

— Ouin… C'est plus comme avant, hein ? Même plus moyen d'avoir nos secrets…

— Mais non, ç'a pas changé tant que ça. Je t'aime tout autant, dit-il en me serrant dans ses bras.

Je m'abandonne contre lui quelques instants. Je n'ai jamais été capable d'en vouloir à Ugo plus de trente secondes.

— Qu'est-ce qu'ils disent de moi à table ?

— Rien pantoute. Tout le monde s'en fout de qui a cuisiné quoi. L'important, c'est que ce soit bon. Allez, viens, on y retourne.

***

— Charlotte, je n'ai jamais mangé une oie aussi savoureuse. Même pas en France.

— Ton chum a raison, renchérit P-O. Il faut que tu me donnes ta recette, je vais la faire au resto.

— Moi, c'est la première fois que je mange ça. C'est bien meilleur que du poulet, ajoute l'écolo de maman.

— À Charlotte, la meilleure hôtesse de Montréal, lance Ugo en levant son verre de châteauneuf-du-pape, aussitôt imité pas tous les autres.

Ces paroles me réconcilient avec mes faiblesses et mes imperfections. Rien ne peut me rendre plus heureuse que des moments comme celui-ci. Tout le monde autour de ma table respire le bonheur. Est-ce la fameuse magie de Noël ? Celle qui nous rend plus tolérant ? Plus ouvert ?

Quoi qu'il en soit, j'ai même cessé de bouder Justin, comprenant qu'il trouve que je prends beaucoup de place dans la vie de son chum. Je vais toutefois lui conseiller de s'y faire, parce que ça ne changera pas. Que ça lui plaise ou non.

Le repas se poursuit sur une note légère, chacun y allant de ses plus beaux souvenirs de Noël. Alfred Le Fermier, le fromage roi de la soirée, a conquis tous les palais, avec son goût de noisette.

Ugo et moi, on a droit à des félicitations pour nos treize desserts. P-O me demande recette par-dessus recette. Et Aïsha lui murmure qu'il n'en a pas besoin parce qu'il est le meilleur chef en ville.

Maxou a les yeux qui brillent. Je le sens plus amoureux que jamais, avec ses mains qui me caressent tantôt la nuque, tantôt la paume de la main, tantôt le bas du dos.

Même Justin risque un regard amoureux de temps à autre vers Ugo, qui, je le sens, est plein d'espoir. Et puis il y a maman et Christian. Je les observe, mais je ne comprends pas. Qu'est-ce qu'ils peuvent bien avoir en commun, ces deux-là ? Mais, comment on dit déjà ? Le sexe a ses raisons que la raison ne connaît pas.

Et puis, ça ne fait de mal à personne. Tant que Christian ne dilapide pas mon héritage. Va falloir que je l'aie à l'œil, celui-là.

— C'est l'heure des cadeaux ! annonce Aïsha en nous entraînant au salon.

Nous la suivons comme les enfants que nous redevenons tous un peu à Noël.

Vingt minutes plus tard, tout est fini. Le sol est jonché de papiers d'emballage et de rubans rouges et verts. P-O attache au cou d'Aïsha le collier de perles qu'il vient de lui offrir. Ugo enfile le pull de ski que je lui ai acheté. Maxou contemple les boutons de manchettes Louis Vuitton que j'ai payés avec ma marge de crédit toute neuve.

Et maman ne sait pas trop comment réagir devant le cadeau de son amant : des cosmétiques écologiques. Non mais, quel idiot ! Tous les hommes savent que chaque femme a sa marque de maquillage préférée. Écolo ou pas.

Il n'y a que Maxou qui ne m'ait pas encore donné mon cadeau. Mais il doit le garder pour plus tard. Il va me l'offrir quand on sera seuls, en même temps qu'il m'annoncera la bonne nouvelle. Vivement que la soirée se termine !

Je fais mine de me lever quand Maxou pose une main sur ma cuisse et me demande de rester assise. Il s'éloigne et revient quelques secondes plus tard, un cadeau à la main. Il s'assoit à mes côtés sur le divan et me tend la toute petite boîte carrée. Tout le monde se tait et nous regarde.

L'émotion me paralyse. Je croise le regard d'Aïsha, aussi émue que moi. Est-ce que c'est bien ce que je pense ?

— Tu peux l'ouvrir, ma chérie.

Je déballe mon cadeau, comme si j'étais dans un rêve. J'ouvre la petite boîte lentement. Tout le monde retient son souffle. Je reste quelques instants les yeux fixés sur ce qu'elle contient et je me mets à pleurer.

Maxou prend délicatement dans ses mains la bague qu'il a choisie pour moi. Une bague de fiançailles en or blanc, avec un diamant au milieu. Un solitaire en forme de cœur à l'éclat époustouflant, sur une monture légère et délicate. Une bague MA-GNI-FI-QUE ! À la fois classique et spectaculaire. Une bague faite pour moi. Tout doucement, il la glisse à mon annulaire gauche.

— Charlotte, je sais que notre union est récente, mais j'aurai bientôt quarante ans et je sais ce que je veux dans la vie… Ma chérie, est-ce que tu veux m'épouser ?

Je suis incapable de prononcer un seul mot. Les larmes coulent à flots sur mes joues. Pour toute réponse, j'enfouis mon visage dans sa poitrine, je hoche la tête de haut en bas et je continue à sangloter. Mes invités commencent à applaudir.

— Et venir vivre à Paris avec moi ? ajoute-t-il.

Le silence se fait de nouveau. J'arrête de sangloter subitement. Je m'éloigne de sa poitrine pour le regarder dans les yeux.

— Qu'est-ce que t'as dit ?

— Est-ce que tu veux venir vivre à Paris avec moi ? répète-t-il, en essuyant une larme sur ma joue.

Troublée, je me lève. Maxou m'imite. Nous voilà tous les deux au centre de la pièce, entourés de mes invités.

— À Paris ? Mais… je croyais que tu restais ici, que ton contrat avait été renouvelé.

— Non, j'y retourne dans quelques mois. Ça nous laisse juste le temps de nous marier ici.

— Moi ? Vivre en France ?

— Tu vas adorer.

Je réalise peu à peu ce qui est en train de m'arriver. Un mariage, une nouvelle vie dans un nouveau pays… Avec une ex aux longues jambes, une belle-fille ado et une belle-mère qui rêve de marier son fils à une Ségolène Royal.

— C'est de ça que tu as parlé avec ta mère, ce soir ?

— Hum, hum.

— Comment elle l'a pris ?

Maxou baisse les yeux, visiblement mal à l'aise. Toujours pas un son dans la pièce. Tout le monde écoute, je me croirais presque dans l'épisode final d'une téléréalité.

— Ne t'en fais pas. Quand elle va te connaître, elle va t'aimer.

Je suis encore un peu abasourdie. Je ferme les yeux et je vois apparaître une image. Celle d'une Charlotte toute joyeuse en train de déguster des macarons chez

Ladurée sur les Champs-Élysées. Ou de savourer une choucroute de la mer chez Bofinger. Ou d'acheter des rillettes de canard au foie gras à la Grande Épicerie de Paris.

Des endroits dont j'ai admiré les photos dix mille fois sur Internet et que je rêve de visiter depuis des années.

— T'es sérieux ? On s'en va vraiment vivre à Paris tous les deux ?

— J'ai jamais été aussi sérieux de ma vie !

— J'en reviens pas ! C'est le plus beau Noël de ma vie !

Heureuse comme je ne l'ai jamais été, je saute dans les bras de mon futur mari. Tous autour de moi, mes amis et ma famille, se bousculent pour venir nous embrasser et nous féliciter.

***

Couchée dans mon lit, avec Maxou qui dort à mes côtés, je contemple le diamant éclatant de ma bague. Est-ce que je dois l'enlever pour dormir ? Et si elle tombait et que je la perdais ? Pas question de prendre un tel risque, je la garde à mon doigt pour toujours.

Il est quatre heures du matin et je n'arrive toujours pas à trouver le sommeil. Je pense à ma future vie, de l'autre côté de l'océan. Et mille et une questions me viennent à l'esprit. Je suis à la fois la femme la plus heureuse de la Terre et… la plus angoissée. Et il n'existe qu'une seule personne qui puisse me calmer.

Je sors du lit sans faire de bruit, traverse l'appartement encombré de vaisselle sale et de bouteilles de vin vides, j'enfile mon manteau par-dessus ma nuisette et je mets mes bottes. J'ouvre la porte et je descends chez Ugo.

J'entre dans la chambre de mon ami, étendu dans son lit avec son chum. Je réveille Justin en lui tapant doucement sur l'épaule. Il n'apprécie pas du tout mon intrusion.

— Ah ! Fatigante ! Qu'est-ce que tu veux ?

— Va te coucher dans l'autre chambre. Faut que je parle à Ugo.

— Eille, on va-tu être bien quand tu vas être à Paris, toi !

— Qu'est-ce qui se passe, là ? murmure Ugo, tout somnolent.

— Y a que madame doit te parler. En plein milieu de la nuit.

— S'il te plaît, Justin, laisse-moi ta place.

— OK, mais c'est la dernière fois.

Il écarte les couvertures et se lève.

— Wow ! Beau boxer de Noël, dis-je en regardant son sous-vêtement en soie, orné de petits pères Noël.

— Ah… ta gueule !

Je me glisse dans le lit tout chaud, pendant que j'entends Justin chialer en se rendant dans la chambre d'amis.

— Ugoooo ?

— Oui, Charlotte ?

— Tu penses que je vais être heureuse à Paris ?

— Pourquoi ? T'en doutes ?

— Ben, ce sera pas pareil. Ici, j'ai mes amis, ma famille, ma carrière. Je deviendrai certainement pas animatrice à Paris.

— Non, mais tu vas faire autre chose. C'est toute

une chance que t'as là, Charlotte. Aller vivre à l'étranger, tout le monde en rêve.

— Ouais, mais tu vas tellement me manquer. Et Aïsha. Et maman. Je vais même m'ennuyer de Roxanne, je pense.

Ugo éclate de rire et me prend dans ses bras. Il caresse doucement mes cheveux.

— De quoi t'as peur, exactement ?

— De tout. De ne pas être à la hauteur... De ne plus avoir de vie à moi, d'être dans l'ombre de Max. De perdre la bataille contre la reine Victoria...

— Hé, c'est quoi ça ? C'est pas la Charlotte que je connais... Voyons donc, tu vas faire ta place là-bas. Comme tu l'as faite ici.

— Tu penses que je vais pouvoir continuer à recevoir là-bas ? Que je vais avoir des amis pour venir manger à ma table ?

— C'est certain, Charlotte. Les Français vont tous tomber sous ton charme.

Les paroles rassurantes d'Ugo me fouettent et me redonnent confiance.

— T'as raison. Je vais tous les séduire. Puis d'ici un an, y a pas un Parisien qui va pouvoir se passer de Charlotte Lavigne.

Remerciements

À Yves, sans qui Charlotte Lavigne n'existerait pas. Merci pour ton soutien indéfectible et ton amour inébranlable.

À Laurence, pour ses idées et sa passion.

À ma famille, les i : Marie, Lucie, Guy, Claudie. Pour leur appui, leur soupe aux légumes et leur spaghetti sauce à la viande.

À mes précieuses Aïsha : Julie au carré (l'enquêteure et l'horticultrice), Anne, Esther, Isa, Lu Chan, Marie-Françoise, Elsa, Maryse et Nadia. Pour la complicité, les fous rires et les bouteilles de rosé.

À mes premières lectrices : Audrey, Lise et Julie. Pour leur enthousiasme et leur tact de première classe.

À mon coloriste, Hugo, et à tous ses collègues du salon. Pour m'avoir aidée à faire d'Ugo un gai crédible et attachant.

À mon éditrice, Nadine Lauzon, et à mon agente, Nathalie Goodwin, pour leur aide et leur professionnalisme inestimable.

À tous ceux qui, un soir, se sont assis à ma modeste table pour un souper à la bonne franquette et qui en sont ressortis en m'attribuant quatre étoiles. Et à tous ceux qui n'ont rien dit quand j'ai raté mon coup.

Aux artisans du terroir québécois. Pour vos fromages, vos viandes, vos charcuteries, votre foie gras, vos poissons, vos fruits de mer, vos légumes, vos fruits, votre sirop d'érable, vos chocolats, vos bières, vos vins apéritifs, votre cidre de glace, etc. Tout simplement parce que vos produits sont délicieux et n'ont rien à envier à personne.

Composé par Nord Compo
à Villeneuve-d'Ascq (Nord)

Imprimé en Espagne par
Liberdúplex
à Sant Llorenç d'Hortons (Barcelone)
en septembre 2015

POCKET – 12, avenue d'Italie – 75627 Paris cedex 13

N° d'impression : 48093
Dépôt légal : avril 2014
S24135/02